Adiba Jaigirdar

Hani & Ishu
Fake-Dating leicht gemacht

ADIBA
JAIGIRDAR

Hani & Ishu

Fake-Dating leicht gemacht

Übersetzung aus dem irischen Englisch von
Leslie Fried und Anna Kuntze

one

Die Bastei Lübbe AG verfolgt eine nachhaltige Buchproduktion. Wir verwenden Papiere aus nachhaltiger Forstwirtschaft und verzichten darauf, Bücher einzeln in Folie zu verpacken. Wir stellen unsere Bücher in Deutschland und Europa (EU) her und arbeiten mit den Druckereien kontinuierlich an einer positiven Ökobilanz.

FSC www.fsc.org MIX Papier | Fördert gute Waldnutzung FSC® C014496

Titel der Originalausgabe:
„Hani & Ishu's Guide to Fake Dating“

Dieses Werk wurde im Auftrag von Page Street Publishing Co. durch die Literarische Agentur Thomas Schlück GmbH, 30161 Hannover, vermittelt.

Die Übersetzerinnen danken dem Literarischen Colloquium Berlin, dem Deutschen Übersetzerfonds und dem Europäischen Übersetzer-Kollegium Straelen für die Unterstützung ihrer Arbeit.

Textredaktion: Elena Bruns, Lingen
Umschlaggestaltung: Johannes Wiebel | punchdesign, München
Satz: 3w+p GmbH, Rimpar (www.3wplusp.de)
Gesetzt aus der Adobe Caslon Pro
Druck und Verarbeitung: GGP Media GmbH, Pößneck

Printed in Germany
ISBN 978-3-8466-0169-3

5 4 3 2 1

Sie finden uns im Internet unter one-verlag.de
Bitte beachten Sie auch luebbe.de

Liebe Leser:innen,

dieses Buch enthält potenziell triggernde Inhalte. Dazu findet ihr eine Triggerwarnung auf S. 367.

Wir wünschen uns für euch alle das bestmögliche Leseerlebnis.

Euer Team vom ONE-Verlag

Für alle jungen Bengalis, die aufwachsen mussten, ohne sich je repräsentiert zu sehen.

KAPITEL EINS

Ishu

Ich bin gerade völlig in die Biohausaufgaben vertieft, als plötzlich mein Handy vibriert. Einmal, zweimal, dreimal. Dann ruckelt es sich über die Tischkante in den Papierkorb.

»Ach, Scheiße«, brummle ich leise vor mich hin. Ich klappe das Biologiebuch zu und wühle mich durch Abschminktücher und Papierknäule. Kann ja keiner ahnen, dass mein Handy 1. unbedingt in den Müll will und 2. so empfindlich auf Nachrichten reagiert.

Der Fairness halber muss ich zugeben, dass ich es nicht gewohnt bin, Nachrichten zu bekommen, und mein Handy deshalb genauso wenig. Es ist mittlerweile auch schon drei Jahre alt, war ziemlich billig und braucht mindestens eine Minute, um egal was zu laden.

Als ich es endlich finde, vibriert es immer noch. Jetzt will auch noch jemand telefonieren.

Keine Ahnung, wann ich zuletzt angerufen wurde. Ab und zu sagen Ammu und Abbu vielleicht mal Bescheid, dass es später wird. Aber diesmal leuchtet auf dem Display der Name meiner älteren Schwester auf: Nikhita.

»Nik?«

»Ishu, Gott sei Dank!« Niks Stimme klingt am Telefon

komisch, viel höher als in meiner Erinnerung. Könnte auch daran liegen, dass ich schon ewig nicht mehr mit ihr geredet habe. Vor zwei Jahren ist sie weggezogen, um am University College London zu studieren. Ausgerechnet. Damit hat sie ja auch gar keine übertriebenen Standards gesetzt oder so. Seit wir ihr damals am Flughafen hinterhergewinkt haben, ist sie nur ein einziges Mal für zwei Wochen zurückgekommen. Und da saß sie die ganze Zeit bloß über ihre Medizinbücher gebeugt, nur um am Ende mit blutunterlaufenen Augen wieder in den Flieger zu steigen, als wäre sie überhaupt nicht im Urlaub gewesen. So ist das Leben einer Medizinstudentin am UCL. Selbst Ammu und Abbu ruft sie so gut wie nie an, aber das stört die beiden kaum, weil Nikhita der Stolz der Familie ist. Sie erfüllt sich alle ihre Träume.

»Äh, warum rufst du mich an?« Mir fällt erst auf, wie unfreundlich das klingt, als die Worte schon raus sind. Aber Nik ruft mich eben nicht an. Das hat sie noch nie getan. Manchmal schreibt sie mir über WhatsApp, wenn Ammu und Abbu nicht erreichbar sind, um rauszufinden, wann sie denn wieder erreichbar sind. Nie, um mit mir zu quatschen oder zu fragen, wie es mir geht.

»Mensch, Ishu, ich werd doch wohl noch meine kleine Schwester anrufen dürfen! Warum gehst du jetzt erst ran?« Sie klingt frustriert, aber da schwingt noch irgendwas anderes mit. Überspielte Nervosität. Doch wieso sollte die perfekte Nikhita nervös sein?

»Ich lerne grade. Nicht mehr lange bis zum Abschluss, weißt du doch.« Sie wird ja wohl kaum vergessen haben, dass diese Prüfungen entscheiden, auf welche Universität man es schafft.

»Ach ja, das Leaving Cert. Wow, das waren Zeiten. Ich wünschte, ich könnte das noch mal erleben.« Nik versucht, sarkastisch zu klingen, aber es kommt nicht richtig rüber. Als wäre sie nicht ganz bei der Sache. »Sind Ammu und Abbu schon zu Hause?«

Na bitte.

»Glaub schon, ja.« Ich sehe aus dem Fenster – es ist stockfinster draußen. Beim Lernen habe ich gar nicht gemerkt, wie spät es schon ist: laut Wanduhr 20:33 Uhr. »Ich glaube, die gucken gerade Fernsehen.« Leises Gemurmel und einige Fetzen Hindi aus einem Natok wabern durch die angelehnte Zimmertür.

»Okay, cool. Hör mal, kannst du mir einen Gefallen tun?«

Ich richte mich auf. Ein Gefallen ist definitiv was Neues. Wie soll ich damit umgehen? Verlange ich Details, bevor ich zusage? Bestehe ich auf einer Gegenleistung? Ehe ich mich entscheiden kann, erklärt Nik schon, was sie von mir will.

»Ich komme für ein paar Tage nach Hause, um Ammu und Abbu zu überraschen. Aber ich habe letztes Mal meinen Schlüssel dagelassen, deshalb müsstest du mir morgen nach der Schule aufmachen. Das geht doch, oder?«

»Du willst Ammu und Abbu überraschen?« Das Wort »überraschen« will mir nicht in den Kopf gehen. Bengalische Eltern überrascht man nicht, außer man möchte sich eine Thappor einfangen. Nicht, dass Ammu und Abbu ständig Ohrfeigen verteilen würden – oder überhaupt –, aber trotzdem. Überraschungen und bengalische Eltern sind keine gute Kombi.

»Sag das doch nicht so.« Nik klingt beleidigt.

»Wie?«

Sie seufzt. »Egal. Kannst du mir bitte einfach helfen?«

»Aber es ist doch mitten im Semester? Warum kommst du morgen? Ist alles in Ordnung?«

»Ja, alles gut«, antwortet Nik in einem Ton, der so gar nicht danach klingt, als wäre alles gut. Hoffentlich kriegt sie das als Ärztin irgendwann mal besser hin. »Ich hab euch bloß so lange nicht mehr gesehen, und … ich habe Neuigkeiten. Tust du mir den Gefallen?«

»Na ja, ich werd dir wohl kaum die Tür vor der Nase zuschlagen.«

Ich höre Nik genervt ausatmen, als hätte dieser Satz ihren ohnehin schon überspannten Geduldsfaden reißen lassen. »Okay, danke, Ishu. Also … dann bis morgen.«

»Bis m–« Doch Nik hat schon aufgelegt.

Wahrscheinlich sollte ich mir Gedanken darüber machen, was mit meiner Schwester los ist, aber am Ende werden wir eh so damit umgehen wie sonst auch – unabhängig voneinander. Ich bin nur dafür zuständig, ihr die Haustür aufzuschließen. Das kriege ich hin.

Außerdem will ich mir noch zu einem ganzen Biokapitel Notizen machen. Also werfe ich das Handy aufs Bett, schlage das Buch wieder auf und schiebe die Gedanken an Nik beiseite.

*

Ein Glück, dass ich gestern Abend gelernt habe. Ms. Taylor überrumpelt uns zu Beginn der Nachmittagsdoppelstunde Biologie mit einem unangekündigten Test. Sie schreibt gerne Überraschungstests, auch wenn sie noch nicht mal die Hälfte des vorgesehenen Stoffs mit uns geschafft hat. Mindestens einmal alle zwei Wochen beginnt sie so den Unterricht. Wahrscheinlich wird es noch häufiger Tests geben, je näher der Abschluss rückt. Aus irgendeinem Grund sind die anderen in der Klasse trotzdem jedes Mal wieder überrascht. Ich verdrehe die Augen, schnappe mir einen Kuli und fange an.

Da es in den meisten Fragen um die Kapitel von gestern Abend geht, habe ich ein gutes Gefühl. Am Nebentisch kaut sich Aisling Mahoney so doll auf der Lippe rum, dass sie eigentlich bluten müsste. Sie sieht auf, bemerkt meinen Blick und funkelt mich an. Ich schenke ihr ein fieses Lächeln.

Das scheint sie zu treffen: Sie verzieht das Gesicht und wendet sich wieder ihrem Blatt zu, das noch ziemlich leer aussieht. Würde Aisling im Unterricht weniger Zeit mit Snapchat und mehr mit Zuhören verbringen, wüsste sie vielleicht auch ein paar Antworten.

Nach dem Test geht Humaira durch die Reihen und sammelt die Blätter ein.

»Wie ist es gelaufen?«, fragt sie Aisling.

»Schlecht.« Aisling wirft mir einen wütenden Blick zu, als wäre ich daran schuld. »Ich hasse diese Überraschungstests. Bio ist einfach viel zu viel Stoff, wie soll man das schaffen?«

»Keine Sorge, ich kann dir helfen, wenn du magst. Vielleicht können wir in der Mittagspause ein paar Sachen durchgehen«, schlägt Humaira vor und lächelt ihr zu. Sie ist das einzige andere südasiatische Mädchen in der Klasse – eigentlich im ganzen Jahrgang –, und weil sie schon länger auf der Schule ist, scheinen die Leute manchmal zu erwarten, dass ich genau wie sie bin. Aber Humaira ist einfach übertrieben hilfsbereit, und vermutlich waren alle etwas enttäuscht, als sie festgestellt haben, dass ich das genaue Gegenteil von hilfsbereit bin.

»Danke, Maira.« Aisling lächelt sie an, als wäre es nicht ihre eigene Schuld, wenn sie weder aufpasst noch lernt.

Mir fällt auf, dass ich die Hände auf dem Tisch zu Fäusten geballt habe. Ich lockere den Griff, versuche, die aufgestaute Anspannung der letzten Minuten aus meinem Körper weichen zu lassen, und öffne das Biologiebuch.

Humaira braucht meine Hilfe nicht, egal, wie sehr ich sie durchschütteln und *Jetzt hör doch mal auf damit!* rufen will. Immer muss sie für alle ein offenes Ohr haben. Sie merkt gar nicht, wie die sie nur aussaugen und rein gar nichts zurückgeben. Manchmal frage ich mich, wie Humaira das schon so lange aushält. Manchmal frage ich mich, wie lange das noch so weitergehen kann.

Aber das geht mich nichts an.

Humaira und ich sind schließlich nicht mal befreundet.

Als ich im zweiten Jahr der Secondary School hierher gewechselt bin, sollte Humaira mich herumführen und mir alles erklären. Natürlich nur, weil wir beide People of Colour sind und alle dachten, wir würden uns sicher gut verstehen. Aber Humaira und ich könnten unterschiedlicher nicht sein, auch wenn wir beide bengalisch sind.

Jetzt wendet Humaira sich mir zu und lächelt mich zu meiner Überraschung ebenfalls an. »Und bei dir, Ishita?« Sie ist echt gut im Codeswitching. Wegen unserer bengalischen Eltern haben wir beide zwei Namen. Meine Familie und die meisten Bengalis nennen mich Ishu, alle anderen

Ishita. Humaira hat mittlerweile so viele Namen, dass ich kaum mehr mitkomme.

»Ganz gut, denk ich.« Ich zucke mit den Schultern. Ehrlich gesagt habe ich ziemlich sicher mit Bravour bestanden. So wie bei allen bisherigen Tests an dieser Schule – jedes Mal mit A, der Bestnote. Aber Aisling feuert schon wieder mit den Augen Blitze auf mich ab und bringt mich möglicherweise noch um, wenn ich nicht ein bisschen Bescheidenheit zeige.

»Schön.« Humaira legt meinen Test auf den Stapel.

»Und bei dir?«, frage ich.

Sie lächelt nur und tippt sich seitlich an die Nase, dann geht sie weiter zur nächsten Reihe.

Ich verdrehe die Augen. Aisling hätte sie bestimmt eine Antwort gegeben.

Egal.

KAPITEL ZWEI

Hani

Abba vor all diesen Leuten reden zu sehen fühlt sich surreal an. Die Menge ist ganz in seine Stimme gehüllt, und obwohl er sich an alle Anwesenden richtet, kommt es mir vor, als würde er *nur* zu mir sprechen. In gewisser Hinsicht wirkt er gar nicht wie mein Abba. In anderer schon. Die ganzen wundervollen Eigenschaften, die ihn zu meinem Abba machen, schwingen auch jetzt irgendwie mit.

Neben mir zieht Aisling ihr Handy aus der Tasche. Das Display ist unangenehm hell. Ich bin kurz genervt, schlucke meinen Ärger aber runter.

Von der anderen Seite hält Deirdre mir ihr Handy vor die Nase und deutet darauf. Der Anzeige in der oberen Ecke zufolge ist es 18:35 Uhr. Fragend hebt Dee eine Augenbraue. Ich schüttle den Kopf in der Hoffnung, dass ihr das als Antwort reicht, doch sie runzelt nur die Stirn.

Ehe ich mich's versehe, hat sie sich so weit zu mir rübergebeugt, dass ihre Schulter meine rammt. »Hast du nicht gesagt, wir können um halb sieben gehen?« Es klingt, als wäre es eine Strafe für sie, hier sein zu müssen.

»Nur noch ein paar Minuten …«, murmle ich, den Blick starr nach vorne auf Abba gerichtet. Ich versuche, wieder in seine Rede hineinzufinden. Natürlich habe ich sie schon tausendmal gehört. Wahrscheinlich könnte ich sie sogar selbst halten, wäre da nicht meine riesengroße Abneigung dagegen, vor Publikum zu sprechen.

Dee erschwert das Ganze, indem sie sich noch weiter vorbeugt und an mir vorbei bedeutungsvolle Blicke mit Aisling tauscht. Als wäre fünf Minuten länger zu bleiben für die beiden eine Zumutung.

Ich beiße mir auf die Unterlippe, während ich über die beste Vorgehensweise nachdenke. Einerseits will ich nicht mitten in Abbas Rede gehen. Andererseits sollen Aisling und Dee nicht weiter für Unruhe sorgen.

»Kommt«, flüstere ich schließlich und bedeute den beiden, mir zu folgen. Kurz darauf haben wir uns durch die Menschenmenge vor der Moschee gekämpft und stehen auf der anderen Seite des Zauns. Von hier aus hört man immer noch gedämpft Abbas Stimme, aber sie ist nicht laut genug, um einzelne Wörter auszumachen.

»Falls dein Dad Stress macht, sag einfach, dass du mit uns verabredet warst«, meint Aisling, als sie meinen Gesichtsausdruck bemerkt. Offenbar hat sie die Anspannung darin als Angst vor Abbas Reaktion missverstanden.

»Er wird keinen Stress machen«, sage ich leise und folge Aisling und Dee zur Bushaltestelle.

»Wir müssen ja nicht zu *allen* seinen Reden gehen, oder?«, fragt Aisling. In ihrer Stimme schwingt ein höhnischer Unterton mit, während sie – vergeblich – versucht, ein möglichst neutrales Gesicht zu machen.

Ich unterdrücke ein Seufzen. Fast wünschte ich, ich hätte Aisling und Dee nichts von der Veranstaltung erzählt. Als sie mich gefragt haben, ob ich heute Zeit habe, hätte ich irgendwas anderes sagen sollen – alles außer der Wahrheit: dass ich Abba beim Wahlkampf unterstütze.

Nicht mal die Tatsache, dass das Ganze auf dem Platz vor der Moschee stattfinden sollte, konnte Aisling und Dee vom Mitkommen abhalten. Ich hatte mich sogar ein bisschen darauf gefreut, ihnen unsere Moschee zu zeigen. Immerhin habe ich hier schon ziemlich viel Zeit verbracht: zu den Eid-Gebeten und, in den Schulferien, zum Juma-Gebet.

Aber das war offensichtlich ein Fehler.

»Ich fand's eigentlich ganz interessant«, sagt Dee.

Aisling dreht sich zu ihr um, und die Überraschung steht ihr ins Gesicht geschrieben. Anscheinend findet sie Abbas Wahlkampf und die Tatsache, dass er als erste süd-asiatische Person und als erster Muslim in den County Council gewählt werden könnte, so gar nicht interessant.

»Mein Dad hat gesagt, er ist stolz drauf, wie fortschrittlich die Politik in Irland geworden ist. Dass sogar jemand mit …« – verstohlen blickt Dee in meine Richtung – »… nicht so gutem Englisch eine Chance hat, zu gewinnen.«

Darauf kann ich nur mit einem Stirnrunzeln antworten. »Mein Dad spricht perfekt Englisch.«

Das stimmt. Wahrscheinlich ist sein Englisch sogar besser als meins. Im Gegensatz zu uns haben Amma und Abba als Kinder alle Feinheiten der englischen Sprache gelernt. Bei den ganzen mir völlig unbekannten Wörtern, die er benutzt, frage ich mich manchmal, ob Abba in seiner Freizeit Wörterbücher auswendig lernt.

»Ja, schon, aber … na ja.« Dee hebt eine Augenbraue, als wäre da irgendein Witz, den ich verstehen müsste.

»Na ja was?«

»Er hat einen Akzent«, rückt sie endlich mit der Sprache raus. »Nen ziemlich dollen.«

»Hat doch jeder«, gebe ich standhaft zurück. Ich will das Thema nicht einfach fallenlassen. Immerhin kandidiert Abba nicht jeden Tag für den City Council.

Aber Aisling und Dee begreifen es nicht, und ich bin nicht sicher, ob ich das ändern kann.

»Es war schon ein bisschen langweilig, schätze ich …« Ich verschränke die Arme, lehne mich gegen die Glasscheibe der Bushaltestelle und versuche gleichzeitig, das komische Ziehen in meiner Magengrube zu ignorieren.

Ein paar Minuten später kommt der Bus, und wir steigen ein. Aisling und Dee lassen sich nebeneinander auf zwei Sitze in derselben Reihe fallen, und ich gleite auf einen Fensterplatz auf der anderen Seite des Gangs. Während der Bus Fahrt aufnimmt, bleiben meine Augen an der Moschee hängen, die draußen an uns vorbeizieht. Eine Menschentraube bewegt sich auf den Eingang zu. Abba hatte vor, sich den Leuten zum Maghrib-Gebet anzuschließen, obwohl er zu Hause fast nie betet.

Kurz wünschte ich, ich wäre bis zum Ende der Versammlung geblieben. Aber wir hatten wirklich abgemacht, um halb sieben zu gehen, und es ist ja auch nicht Dees und Aislings Schuld, dass Abbas Rede länger gedauert hat. Oder dass das Maghrib erst viel später losgeht. Höchstwahrscheinlich wissen Aisling und Dee gar nicht, dass das Maghrib unser Abendgebet ist – ganz zu schweigen davon, wann es anfängt.

»Also, wenn wir bei mir sind, wollen Dee und ich gerne *Riverdale* weitergucken«, verkündet Aisling. Ursprünglich war der Plan, bei ihr einen Film zu schauen – wie früher, als wir drei uns regelmäßig zusammen bei einer von uns im Zimmer verkrochen haben. Aber das ist eine gefühlte Ewigkeit her.

»Ich weiß nicht, ob ich so Lust auf *Riverdale* habe«, sage ich, bereue meine Worte aber sofort. Ich kann förmlich dabei zusehen, wie sich Aislings Augenbrauen zusammenziehen.

»Tja, zwei gegen eine, sorry«, mischt Dee sich ein.

Ich seufze tief. »Wisst ihr was, es ist schon spät. Vielleicht sollte ich einfach nach Hause fahren.«

»Dein Ernst?« Aisling verschränkt die Arme vor der Brust und taxiert mich mit einem bohrenden Blick. »Du hast gesagt, du kommst mit zu mir, wenn wir davor zu dieser Sache von deinem Dad gehen.«

»Ich habe gesagt, dass ich zu meinem Dad gehe und *vielleicht* danach mit zu dir komme. *Ihr* wolltet mit zu der Rede.«

Aisling verdreht nur die Augen, als hätte ich sie gegen ihren Willen in die Moschee geschleppt – als ob irgendwer Aisling dazu bringen könnte, irgendetwas gegen ihren Willen zu tun.

»Sag deinen Eltern einfach, du möchtest bei Aisling schlafen. *Ich* schlaf jedenfalls bei ihr«, erklärt Dee.

»Das geht nicht, wisst ihr doch.« Ich seufze wieder und drehe mich weg. Keine Ahnung, wie oft ich diese Unterhaltung schon mit Aisling und Dee geführt habe. Sie lassen einfach nicht locker.

»Ich kapier's nicht«, sagt Aisling. »Deine Mom kennt mich. Sie weiß, wer ich bin. Bei mir zu Hause bist du definitiv sicher, und bequem hast du's da auch. Warum kannst du nicht einfach bei mir schlafen?«

»Es gibt keinen logischen Grund dafür, Aisling.« Ich hab es satt, mich immer und immer wieder erklären zu müssen. Vor allem, weil ich befürchte, dass Aisling und Dee es eines Tages auch satthaben werden und mich dann eben nicht plötzlich so akzeptieren, wie ich bin, sondern sich lieber jemand anders suchen, mit dem sie die ganzen »normalen« Sachen machen können. Beieinander übernachten zum Beispiel. »Ich bin halt bengalisch und muslimisch. Bei uns ist das so.«

»Also gehst du jetzt einfach nach Hause?« Aisling hat die Lippen zu einer schmalen Linie zusammengepresst und sieht nicht glücklich aus. Ich hasse es, wenn sie mich so anschaut. In letzter Zeit kommt es mir vor, als würde sie das überdurchschnittlich oft tun. So als könnte ich ihr einfach nichts recht machen.

Ich erinnere mich noch gut an unsere Grundschulzeit, lange bevor wir Dee kennengelernt haben. Damals waren wir unzertrennlich, und Aisling fand es nicht schlimm, dass ich abends nicht lange wegbleiben oder bei ihr übernachten oder Alkohol trinken konnte (was sie logischerweise auch nicht tat). Jetzt scheinen ihr die ganzen Kleinigkeiten aufzufallen, die uns voneinander unterscheiden. Und sie hasst sie alle.

»Ich muss. Es wird bald dunkel, und … ja.« In Wahrheit würde es Amma nichts ausmachen, wenn ich mit Aisling und Dee ein paar Folgen *Riverdale* gucke und später nach Hause komme. Wahrscheinlich hätte sie nicht mal was dagegen, wenn ich bei Aisling übernachte. Aber dann würde ich das Maghrib verpassen, und das sind mir zwei Stunden *Riverdale* mit den beiden definitiv nicht wert. Zu Aisling gehen würde bedeuten, dass ich überhaupt nicht beten kann. Die ein- oder zweimal, die das Thema bei uns aufgekommen ist, haben Aisling und Dee sich nämlich so sichtlich unwohl gefühlt, dass sogar *ich* mich unwohl gefühlt habe. Besser also, wenn ich diesen Teil meines Lebens hübsch verpackt zu Hause versteckt halte.

»Morgen kommst du aber mit, oder?«, fragt Dee. Ich löse den Blick vom Fenster und schaue zu ihr rüber. Sie lächelt mich strahlend an. »Nach der Schule. Nimm was zum Umziehen mit!«

»Ich weiß nicht …« Aisling und Dee haben mich gefragt, ob ich morgen mit ins Kino will, und ich weiß, dass ihre Freunde, Barry und Colm, ebenfalls da sein werden. Keine Ahnung, ob ich ihnen als fünftes Rad am Wagen einen ganzen Nachmittag lang beim Knutschen im dunklen Kino zuhören will. Bevor mir eine gute Ausrede einfällt, lehnt Aisling sich vor und sieht mich mit funkelnden Augen an.

»Sag jetzt bloß nicht ab!«, droht sie. »Komm schon, Maira. Wir sind zu der Sache von deinem Dad mitgekommen. Und du hast es versprochen!«

Auch wenn es das Letzte ist, worauf ich nach einem langen Schultag Lust habe, nicke ich. »Okay, klar.«

*

Am nächsten Tag wirkt Aisling in der Schule immer noch ein bisschen sauer. Ich versuche, sie zu beschwichtigen, indem ich sie ununterbrochen anlächle.

Aber als ich in der Mittagspause gerade ein paar Bücher aus meinem Schließfach hole, wirft sie mir einen merkwürdigen Blick zu.

»Alles okay?«, frage ich.

Sie lehnt sich mit dem Rücken gegen das Schließfach neben meinem und fragt: »Bist du echt mit Ishita Dey befreundet?«

Dee hört auf, vor ihrem Spind heimlich durch ihren Instagram-Feed zu scrollen, und schaut mich prüfend an.

»Wie kommst du denn darauf?« Ich würde Ishitas und meine Beziehung definitiv nicht als Freundschaft bezeichnen. Nicht mal als freundschaftlich. Ehrlich gesagt weiß ich nicht, als was ich sie bezeichnen würde. Als kompliziert wahrscheinlich.

»Sie ist auf dem Foto, das du letztes Wochenende auf Instagram gepostet hast?« Aislings Feststellung klingt eher wie eine Frage, auch wenn sie gleichzeitig ihr Handy hochhält, um mir das Foto zu zeigen. Sie muss sich das Bild wirklich sehr genau angeschaut haben, Ishita ist nämlich nur ganz verschwommen am äußersten Rand zu erkennen.

»Sie ist … sowas wie eine Freundin der Familie. Oder – eine bengalische Bekannte. Keine Ahnung. Das war bei 'ner bengalischen Feier.« Ich schüttle den Kopf. Wie soll ich das erklären? Alles, was mit meinem bengalischen Leben zu tun hat, ist so anders als das Leben meiner weißen irischen Freundinnen – unmöglich, es zu beschreiben, ohne gleich ein riesiges Fass aufzumachen. Und selbst dann würden sie es nicht verstehen. Oder es nicht verstehen wollen. Es gibt in der irischen Kultur einfach nichts, was man mit Dawats vergleichen könnte.

»Sieht ganz cool aus«, sagt Dee und lässt ihr Handy in die Brusttasche der Schuluniform gleiten, um es vor den argwöhnischen Blicken des Lehrpersonals zu schützen.

»Warum werden wir nie zu diesen ›bengalischen‹ Sachen eingeladen?«

»Ähm.« Ich zögere, unsicher, was ich darauf antworten soll. *Weil ihr nicht bengalisch seid* kommt mir ein bisschen zu direkt vor. Aber es ist die Wahrheit. Ich weiß nicht, weshalb sie überhaupt kommen wollen würden. Sie würden ungefähr so gut reinpassen wie ein Elefant auf einen Hühnerhof. »Also, es ist einfach … ein Familiending. Und eher nichts für Freundinnen.«

»Ishita gehört nicht zu deiner Familie«, wirft Aisling ein.

Ich muss mich zusammenreißen, um nicht laut zu seufzen. Außerdem muss ich mich davon abhalten, mir frustriert den Nasenrücken zu reiben. Und vor allem muss ich auf meinen Tonfall achten, damit darin nichts von meinem Ärger mitschwingt. »Na ja, wie gesagt, Ishita ist eine Art Freundin der Familie. Darum ist das ein bisschen was anderes. Ist kompliziert.«

Aisling und Dee stehen immer noch eine Million Fragen ins Gesicht geschrieben. Fragen, auf die ich keine Antwort weiß. Fragen, auf die ich keine Antwort geben will. Also ziehe ich den Reißverschluss meines Rucksacks zu, werfe ihn über die Schulter und sage: »Ich bin am Verhungern. Können wir jetzt bitte einfach essen?«

*

Als es endlich zum Schulschluss klingelt, bin ich komplett erschöpft. Aus irgendeinem Grund ist bei Aisling und Dee das Gegenteil der Fall. Die Tatsache, dass heute Freitag ist, scheint sie nur noch aufgedrehter zu machen.

»Wir gehen aufs Klo, uns umziehen«, sagt Aisling zu mir. »Kommst du mit?«

»Meine Klamotten sind noch im Schließfach. Ich komm gleich nach.«

Als ich meine Sachen holen gehe, sehe ich Ishita am anderen Ende des Gangs so böse auf ihren Spind starren, als hätte er sie persönlich beleidigt. Ich schultere meinen Turnbeutel im selben Moment, in dem Ishita die Schließfachtür zuknallt. Außer mir scheint niemandem die Lautstärke aufzufallen. *Was hat das Schließfach dir nur getan, Ishita?*

»Hey!«, rufe ich ihr zu, obwohl ich weiß, dass das nicht die beste Idee ist. Ishita ist nicht gerade bekannt für ihre gute Laune, aber ich glaube, so wütend habe ich sie nicht mehr gesehen, seit sie letztes Jahr ein B+ für einen Englischaufsatz bekommen hat. Damals hat Ishita Ms. Baker einen Vortrag über die Qualität ihres Aufsatzes gehalten, um nachträglich eine bessere Note zu bekommen. Woraufhin Ms. Baker nur matt lächelte und ihr mitteilte, sie hätte sich entschieden und an der Bewertung sei nicht mehr zu rütteln. Ishita bekam einen Wutanfall und eine Woche Nachsitzen.

»Was?« Jetzt bin ich es, die von Ishita böse angestarrt wird.

»Alles okay?« Ich senke die Stimme, um ihr zu signalisieren, dass wir ein vertrauliches Gespräch führen können, wenn sie möchte.

»Was interessiert dich das?«, fragt Ishita.

»Du wirkst einfach so … wütend? Hast du eine schlechte Note bekommen?«

Ishita übergeht meine Frage, als wäre diese Erklärung

zu weit hergeholt, um beachtet zu werden. Dabei sind Noten doch das Einzige, was Ishita zu interessieren scheint.

Sie schüttelt den Kopf. »Nein, es ist nichts. Egal.« Dann macht sie auf dem Absatz kehrt, wirft sich den Rucksack über die Schulter und rauscht davon.

»Na dann, tschüss, Ishita!«, brummle ich leise vor mich hin, während ich mein eigenes Schließfach zumache. »Dir auch ein schönes Wochenende, Ishita!«

»Mit wem redest du da?« Dee kommt um die Ecke und sieht sich auf dem beinahe leeren Flur um. Sie ist schon umgezogen und trägt jetzt Jeans und ein Crop-Top. Außerdem hat sie ihren Pferdeschwanz gelöst, und ich bin ziemlich beeindruckt von der Menge an Make-up, die sie innerhalb kürzester Zeit aufgetragen hat.

»Mit niemandem.« Ich schüttle den Kopf, um Ishita daraus zu vertreiben. Seit ihrem ersten Tag an dieser Schule ist sie nichts als eine Bürde für mich. Früher konnte ich sein, wer ich wollte. Mit Ishita hat sich das schlagartig geändert. Seit sie hier ist, werden wir wegen unseres gemeinsamen kulturellen Hintergrunds ständig über einen Kamm geschert. Bei allem, was Ishita macht, fragen mich Aisling und Dee: »Warum hat sie das gemacht?«; bei allem, was sie sagt: »Warum hat sie das gesagt?«. Ich weiß, es ist nicht Ishitas Schuld, wenn die Leute denken, dass unsere Kultur unser Sprechen und Handeln bestimmt. Aber trotzdem.

»Ich muss mich noch umziehen«, sage ich schnell. »Bin gleich zurück.« Ich versuche, nicht mehr an Ishita zu denken. Es gibt genug andere Dinge, über die ich mir den Kopf zerbrechen kann.

KAPITEL DREI

Ishu

> **Nik:** Jetzt sterb ich garantiert an ner lungenentzündung.

Beim Blick aufs Handy verdrehe ich die Augen, auch wenn Nik es gar nicht sehen kann. Dieses leblose Objekt ist mein einziger Zeuge. Schon seit einer Stunde schreibt Nik mir ununterbrochen, dass sie zu Hause angekommen ist und ich sie reinlassen soll. Sogar im Unterricht! Weil Nik so selten an irgendwen anders als sich selbst denkt, ist ihr wohl gar nicht in den Kopf gekommen, dass ich ihr nicht aufmachen kann, wenn ich in der Schule bin. Offenbar weiß sie nicht mal mehr, wann der Unterricht endet, obwohl sie hier vor zwei Jahren selbst noch Schülerin war.

> **Nik:** Ishu!!!

Ihre Nachrichten kommen in immer kürzeren Abständen und werden immer nervtötender. Sie treiben meinen Puls in die Höhe. Vom Bus aus kann ich ihr eh nicht helfen, und auch wenn sie mir noch so oft schreibt, ändert das nichts daran, dass es in Strömen regnet und ich erst in einer Viertelstunde zu Hause ankomme.

Ich stecke mein Handy in die Vordertasche vom Rucksack, verschränke die Arme und starre aus dem regennassen Fenster. Wenn ich es nicht schaffe, meinen Ärger etwas abzukühlen, dann werfe ich Nik noch irgendwas an den Kopf, was ich später bereue. Es ist ihr erster Besuch seit Monaten. Den sollte ich nicht gleich verderben.

Nik versucht zu lächeln, als sie mich durch den Regen auf sich zukommen sieht. Von Herzen kommt das nicht, aber egal. Ich kann es ihr nicht übelnehmen, es ist echt kalt hier draußen im Regen.

»Hi.« Mit dem Schlüssel in der Hand schiebe ich mich an ihr vorbei zur Haustür. Eine Umdrehung, klick, und sie ist offen. Ich schlüpfe hinein. Nik folgt mir leicht zitternd, wobei sie sich umsieht, als würde sie das Haus zum ersten Mal sehen.

»Ihr habt gestrichen«, stellt sie fest.

Ich betrachte die Wand. Das kommt mir schon so lange her vor, eine Erinnerung, die sich mittlerweile mit vielen anderen vermischt hat.

»Jup.«

»Sieht gut aus.« Nik streicht mit dem Finger über die Wand, als müsste sie sich jetzt anders anfühlen.

Wir ziehen die Schuhe aus, und während Nik von einem Zimmer zum nächsten geht und alle Neuerungen seit ihrem letzten Besuch betrachtet, sehe ich sie an. Nicht nur das Haus hat sich verändert, sondern auch Nik.

Ihr Haar ist viel kürzer. Die dicken schwarzen Locken, die sie immer voller Stolz ganz lang getragen hat, gehen ihr nur noch bis zu den Schultern, und sie hat sogar braune Strähnchen. Zugenommen hat sie auch. Früher war sie nur Haut und Knochen und hat als einzige wirklich regelmäßige Mahlzeit literweise Kaffee getrunken. Jetzt tragen wir wahrscheinlich die gleiche Größe.

Ammu wird das gar nicht gefallen.

»Seit wann haben wir so eine schicke Kaffeemaschine?«, ruft Nik aus der Küche.

Ich seufze und folge ihr, um zu sehen, wie sie die Kaffeemaschine bewundert, die ich Ammu und Abbu mit der Begründung aufgeschwatzt habe, ich bräuchte sie, um das Leaving Cert mit Bestnote zu bestehen. Ammu und Abbu würden mir vermutlich auch eine Herde Einhörner kaufen, wenn ich behaupte, dann besonders gute Noten zu schreiben.

»Seit zwei Monaten oder so«, beantworte ich Niks Frage.

»Wow, Ammu und Abbu verwöhnen dich ganz schön, was? Ihr Babu.«

Ich verdrehe die Augen. Babu nennen Bengalis manchmal das jüngste Kind der Familie. Wörtlich übersetzt bedeutet es Baby. Aber ich bin immer ausgerastet, wenn mich jemand so genannt hat, deshalb hat es sich nicht durchgesetzt. Nur Nik benutzt es manchmal, um mich aufzuziehen. Als hätten Ammu und Abbu sie nicht ihr Leben lang betüddelt, ihr perfektes Lieblingskind.

»Warum bist du hergekommen?«

Nik beendet die Kaffeemaschineninspektion und sieht mich geringschätzig an.

»Ich darf also nicht mal ohne bestimmten Grund nach Hause kommen?«, fragt sie in beleidigtem Ton.

»Du warst seit über einem Jahr nicht mehr hier«, entgegne ich. »Du rufst nie an.«

»Na und? Ich wollte euch halt einfach mal wiedersehen«, sagt Nik. »Ammu und Abbu …« Sie lässt den Satz einen Moment in der Luft hängen, bevor sie hinzufügt: »Na ja, ich hab auch was zu erzählen.«

»Und du konntest ihnen nicht vorher sagen, dass du kommst?«, frage ich.

»Ich wollte sie eben überraschen. Sie freuen sich bestimmt, mich so unerwartet zu sehen.« Nik lächelt, und plötzlich ergibt alles Sinn.

Niks eigentliche Überraschung wird Ammu und Abbu wütend machen. Aber wenn sie sich gleichzeitig über Niks plötzlichen Besuch freuen, schlucken sie die Wut vielleicht runter. Darauf scheint Nik zu setzen – dass sie sich mehr freuen als ärgern.

Die Neuigkeiten müssen ziemlich übel sein, wenn sie extra herfliegt, um sie zu überbringen.

»Sie kommen erst in ein paar Stunden nach Hause, nur dass du's weißt.«

»Okay. Dann können wir beide ja noch ein bisschen quatschen. Wie läuft's in der Schule? Hast du einen Freund?«

Ich seufze. »Ich muss lernen.«

»Echt jetzt? Ich hab dich seit einem Jahr nicht mehr gesehen.«

Und wessen Schuld ist das?, will ich antworten. Sie ist die große Schwester. Sie sollte zu Besuch kommen. Sie sollte zu Weihnachten und Silvester hier sein. Sie sollte anrufen und schreiben und erzählen, was bei ihr so los ist. Aber das tut sie nicht.

Wir waren nie besonders dicke, aber seit Nik weg ist, fühlt sich das Haus leer an. Ihre Abwesenheit bedrückt uns alle.

»Dein Überraschungsbesuch wird meine Lehrer nicht davon abhalten, uns Tests aufzubrummen.«

»Es ist Freitag.« Nik lässt nicht locker. Als hätte sie nicht selbst auch ihre Freitagabende damit verbracht, in ihrem Zimmer fürs Leaving Cert zu lernen. Aufs UCL kommt man nicht, indem man sich Lernpausen gönnt, wann immer einem danach ist.

Ich seufze. »Weißt du, unter welchen Umständen Ammu und Abbu sich noch mehr freuen würden, dich zu sehen?«

Niks Gesicht hellt sich bei dieser Frage auf. »Schieß los!«

»Wenn sie nach Hause kommen und ihre beiden Töchter Abendessen gekocht haben.«

*

Nik und ich bringen tatsächlich einen Topf Biryani zustande, noch bevor Ammu und Abbu nach Hause kommen. Wir sind beide nicht gerade geübte Köchinnen, aber mit einer Packung Shan Masala ist uns ein halbwegs vorzeigbares Gericht gelungen. Ammu und Abbu werden sich freuen.

Als das Haustürschloss klickt, huscht ein Schatten über Niks Gesicht. Doch im nächsten Moment hat sie bereits ihr für unsere Eltern reserviertes Lächeln aufgesetzt – das Lieblingstochterlächeln. Während Nik unsere Eltern begrüßt, decke ich weiter den Tisch.

Ich verteile Teller, gieße Wasser ein und lausche dabei Ammus und Abbus Freudenrufen bei Niks Anblick.

»Was machst du denn hier?« Ammus Stimme klang

schon lange nicht mehr so froh. »Du hast ja gar nicht angerufen!«

»Es sollte eine Überraschung sein …«, antwortet Nik erstaunlich unbekümmert. »Kommt in die Küche, Ishu und ich haben für euch gekocht.«

Abbu kommt in die Küche und sieht mich an.

»Ishu, du wusstest, dass Nikhita kommt und hast gar nichts gesagt?«

Ich zucke mit den Schultern. »Sie hat gestern erst angerufen … Sie meinte, sie will euch überraschen.« Einen Augenblick lang befürchte ich, sie könnten schimpfen, weil ich es geheim gehalten habe. Stattdessen strahlen Abbu und Ammu mich an – und als sie den gedeckten Tisch und die Schüssel mit Biryani bemerken, lächeln sie noch breiter.

»Das hast du gekocht?« Ammu schnuppert beim Hinsetzen in der Luft, die Augen erstaunt geweitet. Abbu nimmt ihr gegenüber Platz und häuft sich sofort Biryani auf den Teller.

»Ishu hat mitgeholfen.« Nik stupst mich mit der Schulter an, als müsste ich für die Erwähnung dankbar sein. Dabei habe ich ihr nicht »geholfen« – wir haben gemeinsam gekocht.

Und sowieso: Das Ganze war meine Idee. Wenn, dann hat sie *mir* geholfen. Ach, egal.

»Das ist wirklich lecker«, sagt Abbu zwischen zwei Bissen. Selbst Ammu scheint es zu schmecken. Sie würden das Essen wahrscheinlich aber auch in den Himmel loben, wenn es scheiße wäre. Immerhin hat ihre Lieblingstochter es zubereitet, Königin Nikhita.

Allerdings muss ich zugeben, dass es echt nicht

schlecht schmeckt. Nicht ganz so gut wie Ammus Biryani, aber sie hat ja auch jahrelange Übung und Nik und ich gar keine. Wir haben uns selbst übertroffen.

Ich quelle über vor Stolz und Biryani, als Nik schließlich die Bombe platzen lässt.

»Ammu, Abbu …«, beginnt sie. »Ich bin nicht nur hier, um euch zu besuchen. Ich hab Neuigkeiten.«

»Ach ja?« Ammu beugt sich vor. Natürlich erwartet sie etwas Gutes: Nik wurde mit einem Preis ausgezeichnet, sie hat einen Praktikumsplatz bekommen, sie macht den Abschluss früher. Wie man es von der Vorzeigetochter erwartet.

Nik atmet tief durch. »Ich nehme mir ein Jahr Auszeit vom Studium«, stößt sie hervor. »Ich … hab jemanden kennengelernt.«

Auf einen Schlag fühlt sich der Raum an, als sei alle Luft entwichen.

KAPITEL VIER

Ishu

»Was soll das heißen, du hast jemanden kennengelernt?«, fragt Abbu, und gleichzeitig ruft Ammu: »Ein Jahr Auszeit vom Studium?«

Niemand schenkt dem Biryani noch Beachtung. Es liegt unberührt auf den Tellern.

Na ja, *ich* beachte es schon noch, kann während einer Familienkrise ja aber wohl kaum beherzt weiteressen.

Nik blickt unseren Eltern nicht in die Augen. Sie fixiert ihren Teller, als könnte der sie retten. Von all den schlechten Nachrichten, die Nik hätte überbringen können, wäre ich darauf nie gekommen.

»Nur für eine Weile«, erklärt sie. »Wir … also, wir sind schon länger zusammen. Und, na ja … wir wollen heiraten, und ich kann nicht gleichzeitig studieren und die Hochzeit planen. Und –«

»Bist du schwanger?«, fährt Ammu dazwischen. »Ist das der Grund?«

»Nein!« Endlich blickt Nik auf. In ihren Augen glänzen ungeweinte Tränen. Dieses ganze Geständnis scheint sie wirklich mitzunehmen. Der Anblick versetzt meinem Herz einen Stich. Ich kann mich nicht erinnern, Nik schon mal weinen gesehen zu haben. Vielleicht vor Jahren, als wir noch klein waren. Nik ist hart wie Stein. Nik ist unverwundbar.

Dachte ich zumindest immer.

»Na ja …« Nik zögert. »Wünscht ihr euch das nicht? Dass ich heirate und Kinder kriege? Du hast es doch auch so gemacht, Ammu?«

Ammu schüttelt den Kopf, dabei hat sie es tatsächlich genauso gemacht. Sie hat ein Jahr vor dem Uniabschluss geheiratet und geradeso die Prüfungen bestanden. Seitdem hilft sie Abbu mit dem Laden. Sich mit ihrem Abschluss auf eine andere Stelle beworben hat sie nie. Von uns hat sie immer mehr erwartet. Genau wie Abbu.

»Doch nicht jetzt«, antwortet Ammu. »Du gehst aufs UCL, Nikhita. Du studierst Medizin. Das ist dein Traum. Den darfst du nicht für irgendeinen Mann aufgeben. Deine Träume sind ihm ja offenbar egal, wenn er will, dass du dein Studium unterbrichst.«

»Er will gar nichts.« Niks Stimme ist jetzt fest. »Ich will diese Pause. Ich … ich brauche die für mich selbst. Für uns. Wir heiraten. Das ist ein großer Schritt, keine Kleinigkeit. Ich hör ja nicht auf zu studieren. Nach einem Jahr mach ich weiter. Das wird überhaupt keinen Unterschied machen. Versprochen.« Sie klingt wie ein Kind, das seine Eltern um ein Geschenk anbettelt, nicht wie eine Erwachsene, die anscheinend bald heiratet.

Scheiße, Nik heiratet bald.

»Wer ist dieser Typ?«, fragt Abbu mit Nachdruck. »Irgendein weißer Londoner?«

Nik schüttelt den Kopf. »Er heißt Rakesh. Er ist auch indisch und hat letztes Jahr seinen Ingenieursabschluss gemacht.«

Ich schaue zu Ammu und Abbu rüber. Mit einem indischen Ingenieur werden sie doch wohl zufrieden sein – eigentlich sollten sie sich freuen. Da bleibt ja nichts zu wünschen übrig. Nik hat sich genau die Art Mann ausgesucht, die unsere Eltern auch für sie gewählt hätten. Und trotzdem sehen sie beide so empört aus, als hätte Nik soeben verkündet, einen shada Typen ohne Ambitionen heiraten zu wollen.

»Unglaublich, nach allem, was wir getan haben, damit du einen Platz auf einer guten Universität und die beste Ausbildung bekommst …« Abbu lässt den Satz in der Luft hängen und schüttelt den Kopf. Er steht auf, sein Stuhl kratzt über die Küchenfliesen. Einen Moment lang sieht er Nik an, als wollte er noch etwas hinzufügen, dann wendet er sich ab und stürmt die Treppe hoch. Ammu folgt ihm einen Moment später.

Nik sitzt einfach nur da, lautlose Tränen kullern ihr über die Wangen. Ich weiß nicht, was ich tun oder sagen soll.

Wie konnte Nik so … dämlich sein? Nach einer halben Ewigkeit hier aufkreuzen und verkünden, dass sie die Uni schmeißt und heiratet? Warum muss sie zum Heiraten überhaupt die Uni schmeißen?

»Die werden sich schon wieder einkriegen«, sage ich und tätschle Nik die Schulter, in der Hoffnung, sie zu beruhigen. Sie schüttelt meine Hand ab, als würde die Berührung brennen.

»Werden sie nicht«, seufzt sie. »O Gott, wie konnte ich mir nur einbilden, dass sie es vielleicht verstehen würden?«

»Das sind ziemlich große Neuigkeiten«, sage ich in rechtfertigendem Ton. »Ist doch klar, dass sie wütend sind. Du hast so hart gearbeitet, um ans UCL zu kommen, und jetzt schmeißt du alles hin …«

»Tu ich doch gar nicht!«, ruft Nik. »Ich hab doch gesagt, ich mach den Abschluss später noch. Aber … grad geht es einfach nicht. Ich brauch Zeit …« Sie scheint eher sich selbst überzeugen zu wollen als mich.

»Kannst du ihn nicht heiraten und das Semester trotzdem durchziehen?«, frage ich. »Ist doch nur eine Hochzeit.«

»Das geht nicht«, sagt Nik mit steinerner Stimme. »Das verstehst du nicht. Du hast nie …« Sie schüttelt den Kopf, als wäre es einfach zu schwer zu erklären. »Ich sollte gehen. Rakesh hat uns ein Hotelzimmer in der Stadt gebucht.«

»Er ist hier?«

»Ja. Ich wollte ihn euch vorstellen. Aber … vielleicht lieber nicht. Keine Ahnung. Muss ich mir überlegen. Könntest du …« Jetzt sieht sie mich mit großen, flehenden Augen an. Ein Gesichtsausdruck, den ich von meiner Schwester nicht kenne. »Versuchst du, sie zu überzeugen, dass ich das Richtige tue?«

Wie soll das gehen, wenn ich mir sicher bin, dass sie das Falsche tut? Aber nachdem sie gerade geweint hat, kann ich nicht Nein sagen.

»Klar, ich versuch's«, verspreche ich halbherzig.

Nik scheint das zu reichen, sie lächelt sogar. »Danke, Ishu.«

*

Abends lasse ich meine Tür einen Spalt breit offen, um Ammus und Abbus Diskussion über die Ereignisse des

Tages zu hören. Sie sind es gewohnt, dass ich still über meinen Schulbüchern sitze, und kämen wohl nie auf die Idee, ich könnte sie hören oder sogar absichtlich lauschen.

»Wir müssen sie irgendwie zurück an die Universität bekommen«, sagt Ammu, als wäre es ihre Entscheidung, nicht Niks. Ich kann mir sehr gut vorstellen, dass meine Eltern Nik überreden könnten zurückzugehen. Darin sind sie gut.

»Ich rede mit ihr. Allein. Sie ist jung und denkt, sie wäre verliebt«, verkündet Abbu selbstsicher. »Das wird schon wieder.«

»Was, wenn nicht?« Ammu klingt verzweifelt. »Was machst du, wenn du sie nicht überzeugen kannst? Wir haben uns solche Mühe gegeben, anständige Menschen aus den beiden zu machen, und jetzt –«

»Nik wird das Studium wieder aufnehmen, ihren Abschluss machen und Ärztin werden.« Der Nachdruck in Abbus Stimme lässt mich zweifeln, wen er eigentlich gerade überzeugen will. »Und bei Ishu … läuft es doch gut. Sie ist auf dem richtigen Weg, oder nicht?«

Ich fahre hoch und lasse fast das Mathebuch fallen, in dem ich zu lernen vorgebe.

»Das dachten wir bei Nik auch.« Ammu seufzt, als wäre Niks Entscheidung, eine Auszeit zu nehmen, ansteckend. »Nik war immer so … zielstrebig. Ich versteh nicht, was passiert ist.«

»Ich ruf sie an und kläre …« Lautlos schließe ich die Zimmertür, während Ammu und Abbu weiter versuchen, das Nik-Problem zu lösen.

Ich lege das Buch auf den Tisch und lasse mich zurück auf den Stuhl fallen, unsicher, was ich davon halten soll.

Wenn ich mich zusammenreiße, lerne, mir Mühe gebe, auf die beste Uni komme und auch Medizin studiere, werden Abbu und Ammu stolz auf mich sein – das dachte ich zumindest immer. Darauf arbeiten wir schon mein ganzes Leben hin. Nicht nur ich, sondern auch meine Eltern. Sie sind mit uns hierhergezogen, in dieses Land, damit wir ein besseres Leben haben. Damit wir Chancen haben, die sie nie hatten.

Bloß weil Nik es verbockt, heißt das plötzlich, dass ich es auch tun könnte? Unsere Eltern haben uns immer als Einheit betrachtet, obwohl Nik und ich kaum was gemeinsam haben. In diesem Augenblick wird mir klar, dass sie nur zwei Versuche haben, alles ganz genau richtig zu machen. Und weil Nik ihren Versuch in den Sand gesetzt hat, ist es jetzt an mir, zu beweisen, dass ich zu allem bereit bin.

Ich brauche nur die passende Gelegenheit.

KAPITEL FÜNF

Hani

Ich weiß nicht, warum, aber Ishita und ihr wütendes Gesicht lassen mich bis zum Kino nicht mehr los. Falls Aisling und Dee es seltsam finden, dass ich im Bus kaum ein Wort sage, lassen sie es sich nicht anmerken. Sie sind zu beschäftigt damit, verschwörerische Blicke zu tauschen und zu kichern. So läuft es eigentlich immer, wenn ich als fünftes Rad am Wagen mit auf ihre Doppeldates komme.

Vor dem Kino werden wir von Aislings Freund Barry und Dees Freund Colm begrüßt. Und dann ist da noch ein dritter Junge. Einer, den ich noch nie gesehen habe.

»Das ist Fionn«, stellt Barry ihn grinsend vor. So, wie Dee und Aisling mich mit leuchtenden Augen und selbstgefälligem Lächeln ansehen, ist mir sofort klar, dass sie uns verkuppeln wollen. Innerlich stöhne ich laut, setze aber nach außen hin ein Lächeln auf.

»Hey, Fionn.«

Fionn hat straßenköterblonde Haare, blasse weiße Haut und strahlend blaue Augen. Er ist einen halben Kopf größer als ich, hat allerdings eine dermaßen schlechte Haltung, dass er kleiner wirkt.

Er ist absolut nicht mein Typ.

Noch klarer wird es, als Aisling und Dee sich an ihre

Liebsten hängen und mir nichts anderes übrigbleibt, als neben Fionn herzutrotten, der irgendwas über Schule und Prüfungen nuschelt und seinen Lieblingsfilm *Midnight in Paris* und dessen ach so genialen Regisseur Woody Allen. Ich muss mich mit aller Kraft davon abhalten, die Augen bis in den Hinterkopf zu verdrehen und aus dem Kino zu sprinten. Stattdessen verschränke ich krampfhaft die Hände ineinander und sage »Wow, spannend«, als ob ich total gerne was über Filme von pädophilen Regisseuren erzählt bekomme.

Während der Vorführung sehe ich immer wieder zu Aisling und Dee rüber in der Hoffnung, dass eine von ihnen meinen Blick auffängt, der sagt: *Bitte holt mich hier raus!* Aber sie sind zu beschäftigt damit, ihren Freunden die Gesichter abzuschlecken. Irgendwann versucht Fionn tatsächlich, mit mir Händchen zu halten. Das ist mein Zeichen. Ich springe auf, verkünde atemlos »Toilette« und stürme aus dem Saal.

»Und? Wie fandest du Fionn?«, fragt Aisling, als der Film vorbei ist und ich ihnen gesagt – darauf bestanden – habe, dass ich nach Hause muss. Zum Glück haben sie mich nicht allein gehen lassen, auch wenn sie eindeutig lieber noch ein bisschen ihre Freunde abgeknutscht hätten. Es ist ein kühler, klarer Abend, darum ist der Weg zur Bushaltestelle eigentlich ganz schön – bis auf das ganze Gerede über Fionn.

»Ihr habt ja echt den kompletten Film über gequatscht«, bemerkt Dee.

Ich lächle angespannt, unsicher, wie ich es ihnen beibringen soll. Fionn hat definitiv den ganzen Film über gequatscht. So exzessiv, dass ich kaum was von der Handlung mitgekriegt habe.

»Er ist ganz okay«, murmle ich.

»Nur ganz okay?«, fragt Dee. »Ich fand ihn echt nett. Ist ja auch einer von Colms besten Freunden.« Komisch, ich habe noch nie was von Fionn gehört oder gesehen, dabei sind Colm und Dee schon ein Jahr zusammen.

»Ich glaub nicht, dass es passt«, sage ich. »Ich meine, wir hatten kaum was gemeinsam. Keine Ahnung.«

»Er steht garantiert auf dich.« Aisling lächelt. »Kannst doch ruhig sagen, wenn du auch auf ihn stehst.« Sie stupst mich mit der Schulter an, als wäre ich bloß zu schüchtern, um meine Gefühle für Fionn zuzugeben oder so.

»Wolltet ihr mich verkuppeln?«, frage ich. »Sowas mag ich nämlich gar nicht.«

Jetzt verdreht Aisling die Augen, und Dee wirft mir einen nervösen Blick zu.

»Ach, stell dich nicht so an, Maira«, schnaubt Aisling, so als wäre ich bescheuert, nur weil ich nicht mal eben mit einem x-beliebigen weißen Typen wahllos verkuppelt werden will. »Fionn ist doch heiß. Und du hattest schon ewig keinen Freund mehr.«

»Liegt das daran, dass du muslimisch bist?«, fragt Dee mit gesenkter Stimme. »Enteignen dich deine Eltern oder so, wenn sie mitkriegen, dass du dich mit einem Jungen getroffen hast?«

Ich verkneife mir eine scharfe Antwort, die garantiert für schlechte Stimmung sorgen würde, und seufze bloß. »Nein, meine Eltern hätten nichts dagegen … aber …« Ich kann mich nicht mal erinnern, wann ich das letzte Mal einen Jungen auf diese Art gut fand. Im Moment kommen mir alle Männer unheimlich unattraktiv vor – außer die in meinen Netflix-Serien.

Manchmal denke ich, dass ich Jungs in der Theorie vielleicht mehr mag als in der Praxis. Und Mädchen in der Praxis mehr als bloß in der Theorie.

Ich habe fast das ganze letzte Jahr gegrübelt, wie ich das Dee und Aisling sagen soll.

»Du solltest Fionn echt 'ne Chance geben«, meint Aisling. »Warum sträubst du dich so dagegen? Er steht auf dich, und du … hast es nicht mal richtig probiert. Knutsch doch erstmal mit ihm rum, dann kannst du dich immer noch entscheiden.«

Bei der Vorstellung, erstmal mit Fionn rumknutschen zu müssen, bevor ich mich entscheiden darf, wird mir übel. Aber wenn ich mich gegen Fionn entscheide, schleppen Aisling und Dee garantiert einfach den nächsten an. Die beiden haben bestimmt eine ganze Liste von Typen, mit denen sie mich verkuppeln wollen. Da reden sie schon eine ganze Weile drüber, und weil ich von der Idee alles andere als begeistert war, haben sie ihren Plan jetzt eben ohne meine Zustimmung durchgezogen. Ich bezweifle, dass sie von allein damit aufhören werden.

»Die Sache ist die …«, sage ich langsam. »Ich … interessiere mich gerade nicht wirklich für Jungs. Ich meine –«

»Du bist lesbisch!«, ruft Aisling mit einem entzückten Blick zu Dee. »Hab ich doch gesagt, oder?«

Ich muss mich kneifen, um nichts zu erwidern, was ich später bereue.

»Ich bin … bisexuell«, sage ich. »Und ich meine – keine Ahnung … ich glaube, ich finde Typen im Moment einfach nicht so anziehend. Versteht ihr?«

»Nein«, antwortet Aisling im selben Moment, in dem Dee nickt und meint: »Ich glaub schon.«

Sie wechseln einen Blick, und ich bin nicht sicher, was genau er bedeuten soll. Dann seufzt Dee und sagt: »Hey, sorry, dass wir diese ganze Fionn-Sache nicht mir dir abgesprochen haben. Wir wussten ja nicht, dass du … bisexuell bist. Es war nur … wir dachten …«

»Ich weiß. Ich bin auch nicht sauer oder so.« Obwohl, ein bisschen sauer bin ich schon. »Ich will gerade einfach niemanden daten, okay?«

Aisling seufzt. »Warum sagst du dann, dass du bisexuell bist, und nicht einfach das?«

»Weil … ich bisexuell *bin*«, antworte ich. »Und außerdem gerade keine Lust aufs Daten hab.«

»Hast du überhaupt schon mal ein Mädchen geküsst?«, fragt Aisling.

»Nein«, murmle ich. Dafür habe ich leider viel zu viele Jungs geküsst – meistens eine unangenehme Erfahrung.

»Wie kannst du dann sagen, dass du bisexuell bist?«, fragt Aisling.

Es ist nicht kalt, trotzdem schlinge ich die Arme um den Oberkörper, ehe ich antworte. »Das heißt nicht, dass ich es nicht wissen kann. Man kann jemanden mögen, ohne sich zu küssen. Du magst Barry doch auch nicht nur, weil er gut küsst, oder?«

Aisling zuckt mit den Schultern, als ob sie das vielleicht schon tut. Kurz habe ich ein bisschen Mitleid mit Barry, dabei mag ich ihn nicht mal wirklich.

Dee starrt zu Boden und sieht uns nicht an. Ich bin nicht sicher, auf wessen Seite sie bei dem Thema steht –

aber auf meiner ja offenbar nicht, wenn sie Aisling einfach immer weiterreden lässt.

»Ich kapier nicht, wie du Typen wie Fionn abweisen kannst, obwohl du nicht mal sicher weißt, was du für Mädchen fühlst. Und obwohl du schon jede Menge Typen geküsst hast, die nicht halb so heiß waren wie er.«

Sie sagt das so, als wäre Fionn ein richtig guter Fang. Als hätte er nicht gerade den halben Film damit verbracht, Woody Allen zu huldigen.

»Ich weiß aber, was ich für Mädchen fühle«, beharre ich, weil mir diese Tatsache wichtiger vorkommt als die ganze Fionn-Geschichte. Letzten Endes ist er nur irgendein Typ. Und wenn er nicht wäre, dann gäbe es eben irgendeinen anderen Typen – idealerweise allerdings einen mit weniger problematischem Filmgeschmack.

Aisling verdreht die Augen und glaubt mir offensichtlich nicht, sagt aber erstmal nichts mehr dazu.

Die harmoniebedürftige Dee sorgt dafür, dass sich unser Streit auf dem Weg zur Bushaltestelle im Sand verläuft. Es ist nicht weit, und kurze Zeit später sind wir da. Laut Anzeigetafel kommt der Bus in fünf Minuten.

»Hört mal …«, sage ich, als wir stehen bleiben. Normalerweise würde ich die Sache auf sich beruhen lassen, aber das hier fühlt sich zu wichtig an. Abgesehen von meinen Eltern habe ich noch niemandem erzählt, dass ich bisexuell bin … bis jetzt. Aisling kann nicht einfach so tun, als ob ich das nicht bin, nur weil ich noch kein Mädchen geküsst habe. »Ich wär euch wirklich dankbar, wenn ihr mir bei dieser Sache keinen Druck macht. Ich bin immer noch dabei, rauszufinden, wie ich es den Leuten erklären soll, und was genau ich fühle, und –«

»Wie kannst du es wissen und gleichzeitig noch dabei sein, es rauszufinden?« Aisling verschränkt die Arme und hebt eine Augenbraue. Als würde man entweder gleich alles verstehen oder überhaupt nichts.

»Weil –«

»Aisling, ich finde, du bist ein bisschen unsensibel.« Dee unterbricht mich, um auch mal was zu sagen. Aisling macht einen Schritt zurück und wendet ihre hochgezogene Augenbraue jetzt Dee zu. Wahrscheinlich hätte sie Dee, wenn schon auf einer Seite, dann auf ihrer geglaubt. »Aber … Maira, du musst zugeben, Aisling hat irgendwo recht, auch wenn sie es ein bisschen blöd ausgedrückt hat. Klingt, als ob du einfach durcheinander bist und selber nicht so genau weißt, wen oder was du willst. Aber deshalb kannst du uns ja nicht böse sein.«

»Ich bin nicht –«

»Weiß ich doch.« Dees Stimme klingt so sanft, als würde sie mit einem störrischen Kind sprechen. »Und ich versteh dich ja auch. Aber … du solltest wahrscheinlich nicht rumlaufen und den Leuten erzählen, dass du bisexuell bist, wenn du überhaupt keine Erfahrung hast. Gott, sogar ich hab schon mal ein Mädchen geküsst, und ich bin ganz sicher nicht lesbisch. Es ist einfach ein bisschen respektlos, wenn –«

»Ich hab auch schon Mädchen geküsst. Ein Mädchen, meine ich.« Einen Moment lang weiß ich nicht mal, wer das gesagt hat. Erst beim Anblick von Dees und Aislings schockierten Mienen wird mir klar, dass ich es war. Die Worte kamen aus meinem Mund, und Aisling und Dee haben sie definitiv gehört. Ich weiß nur nicht, was mich da geritten hat. »Es … es gibt da jemanden.« Diesmal spreche ich langsamer. Wähle die Worte mit Bedacht. Lasse nicht zu, dass mein Herz – oder besser gesagt meine Wut – das Reden für mich übernimmt. »Es ist einfach … neu, deshalb … haben wir noch keinem davon erzählt.«

Der Schock in Aislings Gesicht wird zu Ärger. »Und wer soll dieses Mädchen sein, das du datest?«

Ich durchforste meinen Kopf nach Namen. Bei einer, die sie nicht kennen, die sie nicht auf Instagram suchen können, würden sie wissen, dass ich lüge, und dann müsste ich wieder bei null anfangen.

Bevor ich zu lange darüber nachdenken kann, formt mein Mund die Worte: »Ich bin mit Ishita Dey zusammen.«

*

»Für einen Freitag bist du aber früh wieder da«, stellt Amma fest, als ich später am Abend ins Haus schlüpfe. »Ich dachte, du wolltest mit deinen Freundinnen ins Kino?«

»Wollte ich … war ich auch. Mir ging's nicht so gut, also bin ich hergekommen«, murmle ich, ziehe die Schuhe aus und hänge meine Jacke an die Garderobe.

Ich will gerade nach oben in mein Zimmer, da streckt Amma die Hand aus und hält mich zurück. Sie betrachtet mich mit einem besorgten Stirnrunzeln.

»Alles okay bei dir, Hani?«

Zu Hause die Stimme meiner Mutter Hani sagen zu hören, nachdem ich den ganzen Tag Maira genannt wurde, fühlt sich immer komisch an. Wie eine Haut abzulegen, die zwar mir gehört, aber nicht richtig passt. Hani nennen mich Amma und Abba, seit ich denken kann. Hani ist der Name, der sich nach *mir* anfühlt. Humaira ist nur der Name in meinem Pass, auf meiner Geburtsurkunde. Der Name für Leute, die nicht zur Familie gehören, die nicht bengalisch sind. Und Maira … an unserem ersten Tag in der Vorschule hat Aisling einfach entschieden, mich so zu nennen. Und der Name ist geblieben.

»Alles okay, Amma«, antworte ich.

»Hattest du Streit mit deinen Freundinnen?« Keine Ahnung, woher sie das weiß. Muss so eine Art mütterlicher sechster Sinn sein. »Soll ich uns einen Cha kochen und wir reden darüber?«

Das machen Amma und ich manchmal. Wenn sie schlecht drauf ist oder ich schlecht drauf bin, machen wir Cha, kuscheln uns ins Bett und reden darüber, was uns belastet. Oder manchmal auch einfach nur über irgendwas.

»Okay«, stimme ich zu. »Lass uns Cha trinken.«

Amma und ich ziehen unsere Pyjamas an, dann steigen wir in mein Bett, beide mit einer Tasse warmem Tee in den Händen. Abba schläft schon tief und fest, weil er morgen früh einen Termin hat und bei Sonnenaufgang aufstehen muss. In letzter Zeit arbeitet er so hart dafür, in den County Council gewählt zu werden, dass ich ihn kaum noch zu Gesicht kriege.

»Na dann … willst du drüber reden oder nicht?«, fragt Amma. Mit einer Hand hebt sie die Tasse an die Lippen, mit der anderen zieht sie mich an sich. »Wir können nämlich auch einfach hier sitzen und still unseren Cha trinken, wenn du möchtest.«

Ich seufze tief. Ich würde Amma mein Leben anvertrauen. Aisling und Dee sage ich immer, dass sie meine besten Freundinnen sind, dabei ist eigentlich Amma meine beste Freundin. Sie hat ihren Job aufgegeben, als sie mit mir schwanger war – und ihn danach nie wieder aufgenommen. Sie sagt, dass sie nichts bereut. Statt zu arbeiten, verbringt sie ihre Zeit mit der Leitung der Schulkonferenz – was sie vor allem macht, um einen größeren Anteil an meinem Leben zu haben, wie sie sagt.

Aber wenn ich Amma erzähle, dass ich meine Freundinnen angelogen habe, wird sie mir wahrscheinlich raten, ihnen die Wahrheit zu sagen. Die Sache mit Ehrlichkeit und Integrität zu klären. Müll, den ich definitiv nicht hören will – geschweige denn in die Tat umsetzen.

Ich nehme einen Schluck Tee, dann räuspere ich mich.

»Ich bin mit Aisling und Dee ins Kino gegangen, aber sie wollten mich mit so ’nem Kumpel von ihren Freunden verkuppeln.«

Amma nimmt eine meiner Haarsträhnen und schiebt sie mir sanft hinters Ohr. »Und … das hat dich aufgeregt?«

»Ja schon, ein bisschen. Ich hab versucht zu erklären, dass ich gerade keine Jungs daten will … und dann kam das Thema Bisexualität auf und … sie haben komisch reagiert.«

»Vielleicht brauchen sie einfach noch Zeit?«, schlägt Amma vor. »Manchmal brauchen Leute länger, um Neuigkeiten zu verarbeiten.«

»Du und Abba habt keine Zeit gebraucht«, sage ich. »Ihr habt mich umarmt und gesagt, dass ihr mich lieb habt und stolz auf mich seid und –«

»Wir haben schon Zeit gebraucht, um es zu verarbeiten, Hani«, sagt Amma langsam. »Wir haben es bloß für uns getan, nicht vor dir.«

»Dann … hat es euch schon was ausgemacht?« Sie haben damals so verständnisvoll reagiert – als hätten sie nie etwas anderes erwartet. Ich hatte nicht gedacht, dass es so laufen würde.

»Es hat uns nichts ausgemacht, aber … wir mussten unsere Wahrnehmung ein kleines bisschen verändern.«

»Was soll das heißen?«

»Das soll heißen, wir hatten diese Bilder im Kopf, darüber, wie dein, und unser, Leben irgendwann mal aussehen würde. Und diese Bilder mussten wir beiseiteschieben und Platz für neue machen.«

»Zum Beispiel, dass ich irgendwann vielleicht keinen Mann, sondern eine Frau heirate?«, frage ich.

»Ja, sowas zum Beispiel. Und … ob und wie wir es dem Rest der Familie sagen sollen. Wie die anderen reagieren würden. Aber … wir wollten das unter uns ausmachen. Das alles zu zweit verarbeiten, damit du dir keine Sorgen machen musst.«

Ich wäre nie darauf gekommen, dass Amma und Abba sich zusammensetzen und sowas besprechen müssten. Dass mein Coming-out auch Einfluss auf sie und ihre Rolle in unserer Community, unserer Familie haben würde.

»Wir konnten das unter uns ausmachen, weil wir erwachsen sind und drei Kinder haben. Wir wissen mittlerweile, wie es läuft. Deine Freundinnen brauchen vielleicht ein bisschen länger, um das alles zu verstehen. Gib ihnen einfach … ein bisschen Zeit. Die werden schon wieder zur Vernunft kommen.«

»Okay.« Ich nicke und fühle mich schon ein wenig besser. Wenn meine leicht konservativen, bengalischen, muslimischen Eltern meine Bisexualität ohne viele Fragen zu stellen akzeptiert haben, warum sollte es dann bei meinen weißen irischen Freundinnen anders sein?

KAPITEL SECHS

Ishu

Am Samstagmorgen weckt mein Handy mich mit einem lauten *PLING!*

In Zukunft sollte ich es wohl lieber stummschalten - jetzt wo Nik beschlossen hat, dass sie tatsächlich eine Schwester gebrauchen kann. Ich beuge mich zum Nachttisch rüber und greife nach dem Handy.

In der Benachrichtigungsleiste wird mir eine Instagram-DM angezeigt. Mit einem Ruck setze ich mich auf, reibe mir die Augen und sehe genauer hin.

Ich wusste nicht mal, dass ich Instagram noch installiert habe. Das letzte Foto habe ich vor über einem Jahr gepostet – vielleicht ist es sogar noch länger her. Weil mir die ganzen »ästhetischen« Fotos auf den Keks gehen, benutze ich die App eigentlich nicht.

Ich tippe auf die Benachrichtigung. Vermutlich hat es ein Troll durch die Sicherheitsfilter von Instagram geschafft. Aber nein, die Nachricht ist tatsächlich von niemand anderem als Humaira Khan.

Mairaisdreaming: Hey, wie geht's?

Unnötig lange starre ich die Nachricht an. Versuche zu

verarbeiten, dass Humaira mir geschrieben hat. Und dass sie *das* geschrieben hat. Wir reden fast nie miteinander. Wir sind definitiv nicht befreundet, nicht mal ansatzweise.

Mit einem unguten Gefühl nehme ich die Nachrichtenanfrage an.

Ich: Ähh, was ist denn …

Bevor ich zu Ende tippen kann, ploppt ein Videoanruf von Humaira auf. Hat sie nur darauf gewartet, dass ich ihre Nachricht lese? Warum will sie mit mir telefonieren?

Ich lasse den Finger über dem grünen Knopf schweben, bewege ihn rüber zum roten Knopf – und wieder zurück.

Auf dem Bildschirm erscheint Humairas Gesicht.

»Hey!« Ihre Stimme klingt übertrieben fröhlich, verstellt. Sie sitzt am Fenster und wird vom einfallenden Sonnenlicht geradezu zum Leuchten gebracht. Die Sonnenstrahlen formen eine Art Heiligenschein um ihr üppiges schwarzes Haar und lassen sie aussehen wie einen Engel.

»Fuck, was willst du?« Ich reibe mir die Augen und unterdrücke ein Gähnen. Hier sitze ich im Schlafanzug und mit zerzausten Haaren. Was Humaira über meinen Aufzug denkt, will ich gar nicht wissen.

»Dir auch einen schönen guten Morgen, Sonnenschein.« Sie runzelt die Stirn. »Hat dir schon mal jemand gesagt, dass du für eine Bengalin ganz schön viel fluchst?«

Ich funkle sie an. »Was soll das denn heißen? Bengalis können auch fluchen. Außerdem bin ich auch irisch. Vielleicht fluche ich genau richtig viel für eine Irin, darüber schon mal nachgedacht?«

Sie verdreht die Augen, aber ein Zucken in den Mundwinkeln verrät, dass sie sich amüsiert. »Ich rufe an, weil ich …« Sie streicht sich eine Strähne hinters Ohr und sieht knapp an mir vorbei. »… deine Hilfe brauche.«

»Ja, offensichtlich. Aber womit? Bist du durch den Biotest gefallen?«

»Nein!«, ruft sie und sieht mir endlich in die Augen. »Den haben wir doch noch gar nicht zurückbekommen. Aber ich hab ein ziemlich gutes Gefühl.«

»In welchem Fach brauchst du dann meine Hilfe?«

Diesmal lächelt sie richtig. »Glaubst du wirklich, dass sich alles immer nur um die Schule dreht? Hast du eigentlich noch andere Hobbys außer Lernen?«

»Lernen ist kein Hobby«, stelle ich klar. »Und wenn du meine Hilfe willst, leistest du grad keine besonders gute Überzeugungsarbeit. Ich hab immer noch keine Ahnung, worum's geht.«

Humaira seufzt. Einen Moment lang wirkt es, als würde sie mir auch nicht mehr verraten, worum es geht. Sie lässt den Blick durchs Zimmer wandern, als ob sie Zeit schinden möchte oder nach einer Ausrede sucht. Gerade will ich ihr sagen, dass sie sich verdammt noch mal beeilen oder halt auflegen soll, als sie doch noch den Mund aufmacht.

»Also, erst mal will ich klarstellen, dass das eine komische Situation ist und ich nur an dich gedacht hab, weil … wir bei den Schließfächern miteinander geredet haben und mir absolut niemand anderes eingefallen ist.«

»Okay …« Ich muss zugeben, dass sie mein Interesse geweckt hat, auch wenn ich die starke Betonung auf »absolut niemand anderes« ein bisschen beleidigend finde.

Sie atmet tief ein und fährt fort: »Gestern … hab ich mich vor meinen Freundinnen geoutet.«

»Oh.« Damit habe ich nun wirklich nicht gerechnet. Sehr wohl scheint sie sich auch nicht dabei zu fühlen, es mir zu erzählen. Sie reibt sich die Arme und blickt auf den Boden.

»Ja … ist nicht so gut gelaufen, wie ich gehofft hatte. Sie … wollten es irgendwie nicht glauben. Ich hab ihnen gesagt, dass ich bisexuell bin, und sie meinten, das kann nicht stimmen, wenn ich noch nie ein Mädchen geküsst hab.«

»Okay …«

»Also musste ich behaupten, ich hätte schon mal ein Mädchen geküsst, weil … na ja.«

»Verstehe …« Mein frisch gewecktes Interesse verwandelt sich langsam in eiskalte Panik. Ich fürchte, ich weiß genau, worauf Humaira hinauswill.

»Und da hab ich gesagt, dass wir zusammen sind«, stößt sie hastig hervor. »Sie fanden es eh schon komisch, dass wir in Bio geredet haben, und du warst wohl verpixelt irgendwo im Hintergrund auf einem Instagrambild von der Dawat letztes Wochenende, deshalb war es sozusagen … die naheliegende Schlussfolgerung, und jetzt …«

»Willst du, dass wir uns öffentlich trennen?«, frage ich, obwohl ich schon weiß, dass sie was anderes im Sinn hat.

»Eher so … dass wir öffentlich zusammen sind und uns dann irgendwann trennen?« Sie sieht mich so hoffnungsvoll an, dass ich schon fast – fast – ein schlechtes Gewissen bekomme, weil ich gleich alles zunichtemachen werde.

»Dir ist schon klar, dass das megakompliziert wäre?«, frage ich. »Hast du dir mal überlegt, was da alles dranhängt? Wir müssten uns in der Schule outen, zu Hause und in der Community! Das ist ganz schön viel verlangt, Humaira.«

»Nenn mich ruhig Maira«, murmelt sie.

»Ich will dich aber nicht Maira nennen.« Ich seufze. »Tut mir echt leid, dass deine Freundinnen Arschlöcher sind, aber ich kann dir nicht helfen. Ich bin zu Hause noch nicht geoutet.«

»Ich wusste gar nicht, dass du –«

»Ja. Weil du nicht darüber nachgedacht hast, was für Konsequenzen es für mich hätte, eine queere Beziehung zu faken.«

Jetzt sieht Humaira zumindest peinlich berührt aus. Sie schüttelt den Kopf und sagt: »Tut mir leid. Ich hätte … mir mehr Gedanken machen sollen. Ich war nur …« Ihre Stimme bebt leicht. »Meine Eltern akzeptieren meine Sexualität total, und dann waren meine Freundinnen so … fies. Ich hab mich einfach so schlecht gefühlt, dass ich nicht klar denken konnte.«

Ich unterbreche sie. »Schon okay.« Humaira ist die Art Mädchen, die glaubt, alles bekommen zu können, wenn sie sich ein paar Tränen abdrückt. Schließlich sind ihre Freundinnen weiße Feministinnen. »Wenn das alles ist, muss ich jetzt mal. Ich hab noch nicht mal ’nen Kaffee getrunken.«

»Okay, tschüss. Hab einen schönen …«

Bevor sie den Satz beenden kann, lege ich auf. Ich sinke zurück aufs Kissen und stoße einen tiefen Seufzer der Erleichterung aus, der das Bett erbeben lässt. Humaira Khan daten (oder auch nur so tun)? So weit kommt’s noch. Keine Ahnung, warum ihre Freundinnen ihr das überhaupt abnehmen sollten. Wir sind völlig verschieden.

Zu verschieden.

KAPITEL SIEBEN

Ishu

Ammu und Abbu sind das ganze Wochenende unterschwellig wütend. Ich weiß, ich sollte sie auf Nik und ihren Freund (Verlobten?) ansprechen, besonders, weil Nik mir den ganzen Tag schreibt und nach Updates fragt. Aber nach diesem Wutausbruch lasse ich die Sache lieber ein bisschen ruhen. Vielleicht haben sie sich in ein paar Tagen ja so weit eingekriegt, dass ich versuchen kann, ein gutes Wort einzulegen. Auch wenn ich gar nicht so richtig weiß, wie ich ihnen den Gedanken näherbringen soll, dass ausgerechnet ihre Vorzeigetochter die Uni abbricht, entgegen allem, worauf sie hingearbeitet haben.

Das einzig Gute an der ganzen Sache ist, dass Abbu und Ammu mir plötzlich mehr Aufmerksamkeit schenken. Den Sonntag nehmen sie sich beide frei, damit wir zusammen Mittag essen können.

»Niks Neuigkeiten beschäftigen dich bestimmt«, sagt Ammu über Reis, Hähnchencurry und Daal. Damit habe ich gerechnet, aber vor Nervosität rutscht mir trotzdem das Herz in die Hose. Ammu spricht langsam, wählt die Worte mit Bedacht. »Du musst verstehen, dass Menschen manchmal … solche Fehler machen.«

»Wenn sie jung sind und glauben, sie wären verliebt.«

Abbu seufzt, als wäre die bloße Idee des Verliebtseins lächerlich. »Es gibt wichtigere Dinge als die Liebe, Ishu. Oder was junge Menschen für Liebe halten.«

»Von Liebe allein kann man nicht leben«, fügt Ammu hinzu. »Dazu braucht man Sicherheit. Geld. Einen guten Beruf. Dann kommt alles andere von selbst: Glück, Liebe und eine Familie.«

»Das Wichtigste ist, die eigenen Ziele immer im Auge zu behalten«, betont Abbu. Härte liegt in seinem Blick. »Verstehst du?«

Ich nicke. »Ja ... ich meine, ich bin doch auf dem besten Weg dahin! Ich schreibe gute Noten, und ich bekomme bestimmt einen Studienplatz für Medizin ...«

»Ja«, Ammu nickt, auch wenn meine guten Schulleistungen sie anscheinend nicht zufriedenstellen. »Deine Schwester hatte auch gute Noten. Sie war Vertrauensschülerin. Das weißt du ja.«

Abbu nickt, und seine Züge werden weicher. Als ob er an eine lange zurückliegende Zeit denkt, dabei ist Nik nur drei Jahre älter als ich. »Sie hätte Schulsprecherin werden sollen. Vielleicht wäre sie dann auf eine bessere Universität gekommen. Cambridge, Oxford ... Vielleicht wäre sie dann ...«

Ich glaube nicht, dass Niks Leben sich groß anders entwickelt hätte, wäre sie Schulsprecherin gewesen. Aber man kann wohl nie wissen.

Ammu und Abbu sehen am Boden zerstört aus, wie sie dasitzen und so langsam auf dem Hähnchencurry herumkauen, als wären sie in Trauer.

Warum ich es sage, weiß ich nicht; es rutscht mir einfach so raus: »Ich werde Schulsprecherin.«

Mit einem Mal habe ich ihre volle Aufmerksamkeit. Ammus Augen strahlen, Abbu mustert mich mit einem Anflug von Misstrauen.

»Die Schulsprecherin wird doch noch gar nicht gewählt«, wendet er ein.

»Ja«, sage ich langsam. »Aber … ich bin mir ziemlich sicher, dass ich es schaffe. Schließlich … hab ich die besten Noten und alle mögen mich? Meine Chancen sind auf jeden Fall super.«

Ammus Lächeln ist breiter, als ich es seit Langem gesehen habe. »Warum hast du das nicht schon früher erzählt?« Sie beugt sich vor, um mir die Hand zu drücken, dann sieht sie Abbu an. »Um Ishu müssen wir uns keine Sorgen machen. Hab ich's nicht gesagt?«

Das Herz läuft mir über vor Stolz und Schuldgefühlen. Stolz, weil Ammu mich endlich als die Tochter sieht, die es schaffen kann – die ihre Hoffnungen und Träume erfüllen kann. Aber die Schuldgefühle? Wiegen mit jeder Sekunde schwerer. Weil ich mir ziemlich sicher bin, dass ich niemals Schulsprecherin werden kann.

*

Die Vertrauensschülerinnen- und Schulsprecherinnenbewerbungen liegen im Sekretariat aus. Dort kann man sie seit letzter Woche abholen, aber ich habe nicht mal darüber nachgedacht, mir eine mitzunehmen. Warum auch?

Bei der Wahl der Schulsprecherin geht es nicht um Noten oder Fleiß, sondern um Beliebtheit. Und damit kann ich nicht gerade punkten.

Aber wenn ich nicht Schulsprecherin werde – oder wenigstens Vertrauensschülerin –, ist das eine weitere Enttäuschung für Ammu und Abbu. Wieder was, das wir ihnen nicht geben konnten, obwohl sie alles für ihre Töchter getan haben – und immer noch tun.

In der Mittagspause hole ich mir jeweils eins der Bewerbungsformulare. Anna, die Sekretärin, reicht sie mir mit neugieriger Miene. Als wüsste sie ganz genau, dass ich bei meinen Mitschülerinnen nicht besonders beliebt bin.

Vielleicht lässt sich das ändern? So schwer kann es doch nicht sein. Wenn die Leute sogar Aisling Mahoney mögen, warum dann nicht mich? Ich muss bloß mehr lächeln und meinen Charme auspacken.

Das kann ich.

Glaub ich.

Mit den Formularen im Rucksack betrete ich unser Klassenzimmer und probiere es gleich aus. Ich setze mein strahlendstes Lächeln auf und spaziere durch die Reihen.

Niemand bemerkt mich. Weil wir keine Cafeteria in der Schule haben, treffen sich die meisten Mädchen aus dem Jahrgang in den Pausen in diesem Raum. Rund um die Tische verteilt sitzen verschiedene Grüppchen zusammen. Der Raum ist voller Lachen und Gerede. Die Kopfschmerzen bahnen sich schon an, aber ich bin entschlossen, mich unter die Leute zu mischen.

Ich gehe auf eine Gruppe Mädchen in der Nähe der Tafel zu: Hannah Flannigan, Sinéad McNamara und Yasmin Gilani. Mit Sinéad und Yasmin habe ich noch nie geredet, aber Hannah sitzt dieses Jahr in Wirtschaft neben mir.

»Hey!«, sage ich so fröhlich wie möglich. Meine Stimme klingt ein bisschen zu hoch, was ich zu ignorieren versuche. Alle drei drehen sich gleichzeitig zu mir um und stieren mich mit Fragezeichen in den Augen an.

»Äh, hi«, antwortet Yasmin in nicht besonders freundlichem Ton. Aber das soll mich nicht stören.

»Die Hausaufgaben für Wirtschaft waren ziemlich schwer, oder, Hannah?«, frage ich und versuche, mich cool am Tisch anzulehnen.

Hannah tauscht Blicke mit Yasmin und Sinéad. »Ja … schon«, antwortet sie lahm.

»Kann ich … mich zu euch setzen?«

Erneut tauschen sie Blicke.

»Wir haben leider keinen Platz«, sagt Sinéad, obwohl direkt neben ihr ein leerer Stuhl steht. Als ich ihn demonstrativ anstarre, fügt Hannah hinzu: »Es kommt noch jemand. Sorry, Ishita.«

»Okay, egal.« Ich verdrehe schon die Augen, als mir einfällt, dass ich mich ja beliebt machen will und das wahrscheinlich lassen sollte. »Dann vielleicht nächstes Mal?« Ich lächle und verabscheue gleichzeitig, wie verzweifelt das klingt.

»Ja, vielleicht«, sagt Yasmin in einem Ton, der klarmacht, dass dieser Tag nie kommen wird.

Ich wende mich ab und lasse den Blick über die Grüppchen im Klassenzimmer schweifen: Ich gehöre nirgends dazu, und das wird sich so schnell wohl auch nicht ändern.

Gerade will ich mich umdrehen und auf den Weg zu meinem üblichen Pausenplatz in einer dunklen Ecke bei den Schließfächern machen, da bemerke ich ganz hinten Humaira, Aisling und Deidre, die sich gedämpft unterhalten.

Das seltsame Gespräch mit Humaira am Samstagmorgen hatte ich schon fast vergessen, trotz ihrer merkwürdigen Bitte. Jetzt fällt es mir wieder ein. Und auch Humairas Verzweiflung.

Vielleicht kann ich mir genau diese Verzweiflung zunutze machen. Normalerweise würde ich so eine Entscheidung nicht ohne Pro-Kontra-Liste treffen, aber so wie die drei ins Gespräch vertieft sind, habe ich wohl keine Zeit für meinen üblichen ausgeklügelten Entscheidungsprozess.

Bevor ich es mir selbst ausreden kann, schlängle ich mich schon zu ihnen durch, in der Hoffnung, dass Humaira ihren Freundinnen noch nicht alles gebeichtet hat.

»Hi, Humaira.« Die drei sehen zu mir auf. »Äh … könnte ich kurz mit dir reden? Allein?«

»Oh …« Kurz wandert Humairas Blick zu ihren Freundinnen, dann dreht sie sich, über das ganze Gesicht lächelnd, zu mir. »Klar!« Schon steht sie, fast als hätte sie nur auf mich gewartet. »Bin gleich wieder da!«

KAPITEL ACHT

Hani

Ishita führt mich aus dem Klassenzimmer in eine ausgestorbene Ecke des Flurs, wo die Wände über und über mit Schließfächern bedeckt sind.

»Und?« Sie verschränkt die Arme vor der Brust, als wäre ich es gewesen, die sie hierhergeschleppt hat, und nicht andersrum.

»Und …«

»Hast du deinen Freundinnen die Wahrheit gesagt?«

»Noch nicht.« Ich seufze. »Tut mir leid … ich wollte gerade.« Das ist wahrscheinlich nicht so überzeugend, wenn man bedenkt, dass ich bei Ishitas Anblick sofort aufgesprungen bin.

»Tu's nicht«, sagt Ishita bestimmt. »Also, Folgendes: Ich hab nachgedacht, und vielleicht ist dein Plan einen Versuch wert.« Sie zuckt mit den Schultern und gibt sich betont lässig. Ich werde misstrauisch.

»Und wieso jetzt plötzlich doch?«

»Ich hab's mir einfach anders überlegt. Ich möchte dir helfen.« Sie sieht mich an, als täte sie mir einen riesigen Gefallen.

Jeder anderen Person würde ich zutrauen, meinem Plan aus reiner Herzensgüte zuzustimmen. Aber Ishita?

»Na klar«, sage ich spöttisch. »Und jetzt raus mit der Sprache. Was hast du davon?«

Da lässt sie die Arme hängen und antwortet: »Ich muss Schulsprecherin werden.«

Das ist so unerwartet, dass ich sie erstmal nur verwirrt anblinzeln kann. »Was?«

»Schulsprecherin. Ich will Schulsprecherin werden.«

»Seit wann das denn? Du hast dich doch nie für sowas interessiert.«

»Ja, na ja. Jetzt interessiere ich mich dafür. Und … du … bist beliebt.« Sie guckt mich stirnrunzelnd an, so als ob sie diese Tatsache zwar nicht ganz versteht, aber bereit ist, die Faktenlage zu akzeptieren. »Du bist quasi mit allen befreundet. Also, wenn wir so tun, als wären wir zusammen, und du bei den anderen ein gutes Wort für mich einlegst …?«

»Und du würdest vor meinen Freundinnen mitspielen?«

»Ja.« Ishita nickt. »Auf jeden Fall. Ich mach alles, was du – na ja.« Mitten im Satz hält sie inne. »Nicht alles, was du willst. In einem vernünftigen Rahmen, natürlich.«

»Dir ist schon klar, dass du dann so tun musst, als ob du mich magst, oder?«, frage ich. »Und … wenn du Schulsprecherin werden willst, musst du auch noch so tun, als ob du andere Leute magst.«

Ishita verzieht das Gesicht, als hätte sie Schmerzen. »Ja«, grunzt sie. »Ich weiß.«

Ich will sie gerne noch mehr fragen, bezweifle aber, ob das eine gute Idee ist. Ishita sieht aus, als wäre sie auf diese ganze Unterhaltung nicht gerade scharf.

»Soll ich … nach der Schule bei dir vorbeikommen? Wir können die Details besprechen, und –«

»Nein.« Ishita schneidet mir das Wort ab. »Vielleicht … äh … komm ich besser zu dir? Du hast dich doch schon vor deinen Eltern geoutet, oder?«

»Wir treffen uns nur zum Reden, das weißt du aber schon? Nicht zum –«

»Gib mir einfach deine Adresse.« Ishita hat bereits ihr Handy gezückt und sieht mich erwartungsvoll an.

Ich seufze. Kurz frage ich mich, ob es das wert ist. Ein Sonnenschein ist Ishita Dey nicht gerade. Wir sind so was von keine Freundinnen … keine Ahnung, wie wir das gemeinsam durchziehen sollen.

Trotzdem rattere ich meine Adresse runter.

Das hier ist vielleicht die einzige Möglichkeit, allen zu beweisen, dass ich weiß, wer ich bin. Und was ich will.

*

»Ishita Dey kommt heute her«, sage ich zu Amma, noch bevor die Haustür hinter mir ins Schloss fällt. »Ist das okay?«

Amma sitzt im Wohnzimmer an ihrem Handy. Mit zusammengezogenen Augenbrauen blinzelt sie mich langsam an. Als müsste sie diese Information erstmal verdauen.

»Ishita … du meinst die Tochter von Aparna und Dinesh?« Sie klingt ziemlich verwirrt, und ich kann es ihr nicht vorwerfen. Ishita war noch nie ohne ihre Eltern bei uns zu Hause, und wenn sie da war, hatten wir uns nicht gerade viel zu sagen.

»Ja, die Ishita«, bestätige ich.

»Hat das irgendwas damit zu tun, dass du deinen Freundinnen aus dem Weg gehst?«, fragt Amma.

Ich schüttle den Kopf – vielleicht ein bisschen zu schnell – und antworte: »Wir … chillen nur.« Dann zucke ich lässig mit den Schultern, auch wenn Amma mich natürlich durchschaut. Sie weiß, dass ich lüge.

Aber sie bedrängt mich nicht, sondern fragt nur: »Bleibt sie zum Essen?«

»Weiß nicht genau …«

»Sie bleibt zum Essen.« Ammas Stimme klingt entschieden. »Ich ruf Aparna an und sag ihr Bescheid.«

»Okay, okay.« Die Sache mit Bengalis ist die: Sie lassen dich nicht gehen, ohne dass du irgendwas gegessen hast. Jemanden zu besuchen und nichts zu essen ist für Bengalis im Grunde eine der schlimmsten Beleidigungen.

Oben fällt mir auf, wie chaotisch mein Zimmer ist. Ich habe seit einer Woche nicht aufgeräumt, und in dieser Zeit hat sich auf dem Boden genug Dreckwäsche für zwei Waschmaschinen angesammelt. Auf meinem Schreibtisch türmt sich ein Stapel fälliger und ungelesener Bibliotheksbücher, halb so groß wie ich. Und auf meinem Schminktisch stehen so viele Fläschchen und Gefäße und Bürsten, dass ich damit meine eigene Kosmetiklinie starten könnte.

Ich stopfe die Klamotten in den Kleiderschrank und verstaue Bücher und Schminksachen überall da, wo ich Platz in Schubladen finde. Das Zimmer riecht ein bisschen muffig – wahrscheinlich wegen der ganzen Dreckwäsche –, also stoße ich das Fenster auf. Dann ziehe ich die Schuluniform aus.

Es klingelt genau in dem Moment, als ich gerade in meine Hose schlüpfe. Ich beeile mich, nach unten zu kommen, weil ich hoffe, schneller als Amma bei Ishita zu sein. Keine Chance; als ich unten bin, steht Ishita schon im

Flur. Sie lächelt Amma an, und ihr Lächeln ist so angestrengt, dass es aussieht, als hätte sie Schmerzen.

»Hey, du hast hergefunden!« Ich versuche, nach dem Treppensprint nicht zu laut zu keuchen.

Ishita hebt eine Augenbraue. »Hab ich.« An ihrem gequälten Gesichtsausdruck sehe ich, dass sie versucht, nett zu sein – auch wenn sie dabei auf ganzer Linie versagt.

»Gut, ähm. Wir sollten dann mal nach oben?« Mein Blick flackert zwischen Ishita und Amma hin und her – Amma beobachtet mich nämlich mit amüsierter Miene.

»Habt ihr beiden irgendwelche Kurse zusammen?«, fragt sie.

»Nein!«, antworte ich genau in dem Augenblick, in dem Ishita »Ja« sagt.

»Also …« Wütend funkle ich Ishita an. »Wir haben die Grundkurse zusammen … ist ja klar. Also … ähm.«

Amma nickt, als würde mein Gestammel tatsächlich irgendeinen Sinn ergeben. Dann dreht sie sich zu Ishita und sagt: »Ich habe deine Ammu angerufen. Sie weiß Bescheid, dass du zum Essen bleibst.«

»Toll, danke, Aunty.« Ishita schenkt ihr ein letztes höfliches Lächeln, ehe sie mir zur Treppe folgt.

»Mann, was sollte das denn?«, flüstert sie, sobald wir außer Hörweite sind.

»Wollte ich dich auch gerade fragen«, raune ich genervt zurück. »Warum warst du nicht einfach still und hast mich das machen lassen?«

»Ähm, vielleicht, weil du aussahst, als hättest du gerade ’nen fucking Geist gesehen. Wir *haben* einen Kurs zusammen. Bio, weißt du noch?«

Ich bleibe oben auf der Treppe stehen und starre sie an. »In meinem Haus wird nicht geflucht, Ishita.«

Sie verdreht die Augen. »Nicht dein Ernst.«

»Wenn es nicht mein Ernst wäre, würde ich es nicht sagen, oder?«

Kurz denke ich, dass sie noch was entgegnen wird. Aber sie schließt nur die Augen, atmet tief durch und sagt: »Na schön. In deinem Haus wird nicht geflucht.«

Ich lächle. Dass sie so schnell nachgibt, habe ich wirklich nicht erwartet. Wir reden hier schließlich immer noch von Ishita Dey.

Ich zeige ihr mein Zimmer, und sie schaut sich mit zusammengekniffenen Augen um. Obwohl ich den ganzen Kram außer Sichtweite verstaut habe, kann ich sehen, wie sie sich einen Kommentar verkneift.

»Dein Zimmer ist … hübsch.« Es klingt, als müsste sie sich überwinden, das Wort *hübsch* auszusprechen.

»Danke … setz dich doch.«

Während sie sich so umständlich aufs Bett setzt, als ob sie eigentlich lieber nichts berühren will, nehme ich den gemütlichen Schreibtischstuhl ihr gegenüber.

»Na dann.«

»Na dann.« Sie hält meinem Blick für einen langen Augenblick stand, dann dreht sie sich weg und sagt: »Als Allererstes musst du deiner Mom erzählen, dass wir zusammen sind.«

»Was?« Amma anzulügen ist das Letzte, was ich will, und ich habe es in den vergangenen Tagen eh schon viel zu oft gemacht.

»Sonst verrätst du uns garantiert«, sagt Ishita. »Du warst da unten eine Katastrophe. Deine Mom hat auf jeden Fall gemerkt, dass irgendwas los ist. Ist doch einfacher, ihr zu sagen, dass wir zusammen sind, oder?«

Würde Amma das überhaupt glauben? Sie kennt mich besser als jeder andere Mensch auf der Welt und … Ishita ist nicht gerade mein Typ. Andererseits weiß Amma das wahrscheinlich gar nicht. Es hat bisher keine anderen Mädchen gegeben.

»Du warst auch nicht viel besser«, feuere ich zurück. »Du hättest gar nicht erst klingeln sollen. Warum hast du mir nicht einfach geschrieben? Dann hätte ich dir aufmachen können –«

»Du hast mir nicht mal deine Nummer gegeben«, stellt Ishita fest. Sie hat recht, das weiß ich, aber dass das Desaster im Flur auch nur ansatzweise meine Schuld sein könnte, macht meinen Ärger über sie nur noch größer.

»Tja, du hast nicht danach gefragt.« Meine Stimme klingt eher nach einem Knurren als nach sonst irgendwas. Das überrascht sogar mich selbst. So eine Wut habe ich nicht mehr in meiner Stimme gehört – und so ein verärgertes Zwicken im Bauch nicht mehr gespürt –, seit Polash nach London gezogen ist.

Beschwichtigend hebt Ishita die Hände, als würde sie sich ergeben. »So benehmen sich Pärchen jedenfalls nicht, nur damit du's weißt.«

»Weil du ja ach so viel über das Benehmen von Pärchen weißt.« Die Worte sind raus, ehe ich sie zurückhalten kann.

Ishita betrachtet mich einen Augenblick lang mit schmalen Augen, dann schüttelt sie den Kopf und steht auf. »Okay, das hier ist offensichtlich Zeitverschwendung.

Ich geh lieber nach Hause und suche mir wen anders zum Fake-Daten. Ich hab mich ja noch nicht festgelegt.«

Ich spüre eine Enge in der Brust, ein Gefühl, das sich mit jedem ihrer Schritte in Richtung Tür weiter in meinem Körper ausbreitet. Und sie macht mächtig langsame Schritte, so als ob sie eigentlich gar nicht gehen will.

Ich denke an Aislings selbstgefällige Miene heute beim Mittagessen, und Dees Worte von Freitag hallen in meinem Kopf wider. Das hilft, meinen Ärger runterzuschlucken.

»Tut mir leid.« Ishita hält inne. Ich beiße mir auf die Lippe und wünschte, ich müsste das nicht tun. »Ich … brauche dich. Mehr als du mich wahrscheinlich.«

Ishita dreht sich zu mir um. Kurz flackert in ihrem Blick etwas auf, das ich nicht ganz einordnen kann. »Mir tut's auch leid.« Ihre Worte überraschen mich. Ishita Dey entschuldigt sich, statt schadenfroh ihren Sieg zu feiern? »Wenn das hier funktionieren soll, brauchen wir beide einander. Also … sollten wir uns auch beide anstrengen, damit es funktioniert. Stimmt's?«

Ich erwidere ihren Blick für einen Moment, atme dann tief durch und nicke. »Stimmt. Sorry. Ich hätte dir meine Nummer geben sollen.«

»Ja, hättest du.« Als Ishita sich hinsetzt, höre ich einen winzigen Anflug von Selbstgefälligkeit in ihrer Stimme. Na bitte, wieder ganz die Alte.

»Also … ich glaub, ich kann Amma schon anlügen«, lenke ich ein. Das wird zwar schwierig, aber wenn ich nichts sage, wird sie garantiert misstrauisch. »Nur … dann bist du vor meinen Eltern geoutet. Und vor der ganzen Schule. Macht dir das nichts aus?«

Ishita zuckt mit den Schultern. »Ich werde ja nicht geoutet, wenn ich mich selbst oute. Solange meine Eltern nichts davon mitkriegen – und das werden sie nicht –, ist alles gut.«

»Okay … dann … solltest du mich wahrscheinlich ab jetzt Maira nennen. So nennen mich meine Freundinnen. Niemand nennt mich Humaira.«

»Ich werde dich nicht Maira nennen.« Verächtlich schüttelt Ishita den Kopf. »So eine Namensverhunzung. Wieso lässt du zu, dass sie dich so nennen?«

»Humaira ist schwierig auszusprechen.«

»Es ist genau eine Silbe mehr. Außerdem sprechen sie Maira auch falsch aus, wie Máire. Das ist ein anderer Name!«

Ich kann nichts gegen das Lächeln tun, das sich auf meinem Gesicht ausbreiten will. Ich glaube, ich habe noch nie gesehen, wie sich jemand wegen eines Namens dermaßen aufregt.

»Gut … du kannst aber nicht weiter Humaira sagen. Das wär … komisch«, stelle ich klar. »Niemand nennt mich so. Vielleicht solltest du mich Hani nennen.«

»Na gut.« Ishita nickt lahm, als ob es das Letzte ist, was sie tun will. »Dann … solltest du mich wohl Ishu nennen.«

»Süß.« Mein Lächeln wird breiter. Ishita ist definitiv keine Ishu.

»Ach, Scheiße, halt die Klappe.« Ishita verdreht die Augen, aber ich sehe, wie ihre Mundwinkel zucken. »So nennt mich meine Familie, okay?«

»Ich hab gesagt kein Fluchen.«

»Sorry.« Schon wieder eine Entschuldigung. Aus Ishitas – Ishus – Mund klingen die Worte wie Blasphemie.

Aber ich schlucke meine Verwunderung so schnell ich kann runter. Wenn ich was dazu sage, nimmt sie die Entschuldigung vermutlich gleich wieder zurück. Also wechsle ich einfach das Thema.

»Wenn du Schulsprecherin werden willst, musst du übrigens Sachen machen, auf die du wahrscheinlich keine Lust hast. Schulveranstaltungen, Partys, mit Leuten reden, ein … freundlicher Mensch sein.«

Sie runzelt die Stirn, nickt aber. »Ja. Das krieg ich schon hin. Ich war freundlich zu deiner Mutter.«

»Du sahst aus, als hättest du Verstopfung«, sage ich. »Ich glaub nicht, dass irgendwer eine Schulsprecherin mit Verstopfung will.«

»Meine Verstopfung würde mich nicht gleich zu 'ner schlechten Schulsprecherin machen, also ist das einfach Scheiße – Mist – Fuck.« Sie schlägt sich die Hand vor den Mund und schaut mich mit großen Augen an. Dabei wirkt sie auf so herzergreifende Weise erschrocken – die un-Ishita-mäßigste Weise, die ich je gesehen habe –, dass ich nicht anders kann, als laut loszuprusten.

Einen Moment später stimmt Ishita mit ein, und unser Gelächter verschmilzt zu einem einzigen heftigen Lachanfall.

Hätte mir morgens jemand gesagt, dass Ishita Dey und ich uns heute Nachmittag in meinem Schlafzimmer kaputtlachen würden, hätte ich das in einer Milliarde Jahren nicht geglaubt.

KAPITEL NEUN

Hani

Irgendwann verstummt unser ausgelassenes Gelächter, und Ishita – Ishu – und ich verfallen in ein komisches Schweigen. Es ist nicht unbedingt angespannt, aber angenehm ist es auch nicht.

Als die Stille zu laut wird, drehe ich mich zu meinem Schreibtisch, ziehe den Laptop zu mir heran und klappe ihn auf. Wenn wir das hier machen wollen, dann richtig.

Ich logge mich bei Google Docs ein und öffne ein neues Dokument. Mein *Unbenanntes Dokument* leuchtet mir hell vom Bildschirm aus entgegen.

Ich drehe mich zu Ishu, der ein großes Fragezeichen ins Gesicht geschrieben steht.

»Wenn wir unsere Lügen aufschreiben, werden wir nicht erwischt«, erkläre ich. Bisher habe ich Amma und Abba noch nie wirklich angelogen und will auch jetzt nicht unbedingt damit anfangen, aber anscheinend habe ich ja keine Wahl. Und wenn ich schon lüge, kann ich auch gleich sichergehen, dass ich es gut mache.

Ich tippe *Hani & Ishu: Fake-Dating leicht gemacht* in die Titelzeile und verkneife mir ein zufriedenes Grinsen, weil ich ganz allein darauf gekommen bin.

»Also … wie hat alles angefangen?«, frage ich.

»Was?«

»Na, du weißt schon …« Langsam drehe ich mich zu ihr. »Wie sind wir … zusammengekommen?«

Ishu zuckt mit den Schultern. »Geht das irgendwen was an?«

Ich seufze tief. Mir hätte klar sein müssen, dass Ishu so sein würde. »Das kannst *du* den Leuten antworten«, sage ich. »Aber ich nicht. Bei mir würde das viel zu abweisend rüberkommen.« *Nicht alle sind so grob wie du, Ishu*, will ich sagen, behalte den Gedanken aber für mich.

»Denk dir was aus. Ich spiele mit.«

Bei ihrer Gleichgültigkeit spüre ich einen Anflug von Ärger. »Du hast doch selbst gesagt, dass wir uns beide Mühe geben müssen, Ishi- Ishu.«

Jetzt unterdrückt Ishu ein Seufzen. Sie verlagert das Gewicht, was das Bett unter ihr zum Quietschen bringt. »Vielleicht – haben wir uns auf einer bengalischen Dawat besser kennengelernt? Das Wort Dawat wird alle so verwirren, dass sie wahrscheinlich gar nicht weiter nachfragen.«

Beim Gedanken an Aisling und Dees Verwirrung rund ums Thema bengalische Partys neulich muss ich lächeln. Keine Ahnung, wie sie auf das Wort Dawat reagiert hätten – bestimmt mit noch größerer Verwirrung.

Ich wende mich wieder dem Laptop und der leeren weißen Seite vor mir zu.

Zusammengekommen: nach gemeinsamem Rumhängen auf bengalischen Dawats.

Einen Moment lang betrachte ich das Geschriebene stirnrunzelnd, dann wende ich mich wieder Ishu zu. »Wie lange sind wir schon zusammen?«

Ishu verzieht ein bisschen das Gesicht, so als ob das die letzte Frage ist, die sie beantworten möchte. Ich muss mir ein Lächeln verkneifen. In der Schule wirkt Ishu immer so beherrscht. Als hätte sie alles unter Kontrolle. Ich glaube, ich habe sie noch nie … entspannt erlebt. Noch nie gesehen, wie sie sich wohlfühlt. Und ich habe sie definitiv noch nie mit dermaßen verzogenem Gesicht gesehen.

»Allzu lange kann's nicht sein«, sagt sie schließlich langsam. »Weil … ich meine, das wär doch verdächtig, oder?«

»Stimmt …«

Vor zwei Wochen zusammengekommen: nach gemeinsamem Rumhängen auf bengalischen Dawats.

»Wir brauchen ein paar Regeln«, schlage ich vor, und tippe in großen, fetten Buchstaben das Wort *REGELN.*

»Was für Regeln, wenn ich fragen darf?«

»Zum Beispiel … dürfen wir *niemandem* von unserem Plan erzählen«, sage ich und erwidere ihren Blick. »Nicht unseren Eltern, nicht unseren besten Freundinnen. Niemandem.«

Ishu zuckt mit den Schultern. »Ich hab ja eh niemanden zum Erzählen.«

REGELN:
1. Hani und Ishu dürfen niemandem von ihrem Plan erzählen.

Sobald ich aufhöre zu tippen, räuspert sich Ishu und verkündet: »Wir brauchen Grenzen.«

»Was für Grenzen?«

»Na ja … wie lange soll unsere Beziehung halten? Wann machen wir Schluss? Wer macht Schluss mit wem?«

Ich schüttle den Kopf. Das sollte doch offensichtlich sein, oder? »Wir machen Schluss, wenn wir unser Ziel erreicht haben. Wenn du Schulsprecherin bist und … Aisling und Dee verstehen, dass ich bin, wie ich bin.«

Ishu beobachtet mich fast ohne zu blinzeln. Ihr prüfender Blick hat etwas Unangenehmes. Beinahe spüre ich den Vorwurf darin. Unruhig rutsche ich auf dem Stuhl herum, weiche ihrem Starren aus. Bestimmt macht sie gleich irgendeinen herablassenden oder fiesen Kommentar zu dem, was ich gerade gesagt habe.

Aber schließlich meint sie nur: »Okay. Macht wahrscheinlich Sinn. Allerdings sollte ich mit dir Schluss machen.«

Ich lache spöttisch und schaue sie mit schmalen Augen an. »Was? Warum?«

»Wenn *ich* mit *dir* Schluss mache, denken alle, ich bin cool. Außerdem haben deine Freundinnen dann Mitleid mit dir.«

Für einen kurzen Moment kann ich Ishu nur anstarren. »Oh. Das … macht wahrscheinlich auch Sinn.«

REGELN:

1. Hani und Ishu dürfen niemandem von ihrem Plan erzählen.

2. Hani und Ishu machen Schluss, wenn Ishu Schulsprecherin ist und …

Ich halte inne, unsicher, wie ich den letzten Teil des Satzes formulieren soll.

2. Hani und Ishu machen Schluss, wenn Ishu Schulsprecherin ist und Hanis Freundinnen sie so akzeptieren, wie sie ist.

In meinem Hals bildet sich ein unerklärlicher Kloß, aber ich schlucke ihn runter und tippe weiter.

3. Wenn ihre Ziele erreicht sind, macht Ishu mit Hani Schluss.

»Okay.« Diesmal drehe ich mich mitsamt Stuhl einmal komplett, um Ishu anzuschauen. »Noch was?«

Ishu scheint kurz darüber nachzudenken. Sie sieht nach unten auf die babyblaue Tagesdecke und zupft ein paar Fusseln davon runter. »Ich war noch nie in einer Beziehung.«

Wenn ich es nicht besser wüsste, würde ich denken, dass Ishu tatsächlich ... verunsichert klingt? Sie wirkt auf einmal zerbrechlicher – als hätte dieses kleine Geständnis irgendwie ihre ... Härte aufgeweicht. Dabei hab ich mir schon gedacht, dass sie noch nie eine Beziehung hatte, und ich weiß, dass sie das weiß.

»Ist doch nicht schlimm«, sage ich. »Dating ist wie ...« Ich lehne mich auf dem Stuhl zurück und starre nach oben an die Decke, als würde ich mich schon seit Ewigkeiten der Erforschung des kniffligen Themas Dating widmen. Eigentlich hatte ich auch erst eine einzige Beziehung mit einem ziemlich schrecklichen Typen. Und danach war ich ein paarmal auf Dates, die zu absolut gar nichts geführt haben. »Es ist ... keine große Sache. Echtes Dating, meine ich. Die Hauptsache ist doch, dass man Spaß hat, oder? Hauptsache, die andere Person macht einen glücklich.«

»Was, wenn ich irgendwas falsch mache?« Die winzige Furche auf Ishus Stirn verrät mir, dass sie es vollkommen ernst meint. Sie macht sich tatsächlich Sorgen, *falsch* zu daten. Keine Ahnung, ob das überhaupt möglich ist.

»Du wirst schon nichts falsch machen«, versichere ich ihr. »Wegen so was haben wir doch das hier.« Ich deute auf das geöffnete Dokument auf dem Desktop. »Damit wir alles richtig machen.«

Nach ein paar Klicks auf meinem Laptop taucht das Feld für Ishus E-Mail-Adresse auf.

Das blecherne *Pling* ihres Handys teilt mir mit, dass meine Nachricht angekommen ist. Sie zieht es aus ihrer Tasche und schnaubt. »Netter Titel. Gar nicht auffällig oder so.«

Ich verdrehe die Augen und öffne den Mund zum Kontern, aber da schallt Ammas Stimme die Treppe herauf und unterbricht meinen Gedankengang völlig.

»Hani! Kommt runter, Abendessen ist fertig!«

»Okay, wir kommen!«, rufe ich und hoffe, dass sie mich durch die geschlossene Tür hören kann.

Ich drehe mich wieder zu Ishu. »Du sprichst kein Sylheti, oder?«

Ishu schüttelt den Kopf. »Aber ein bisschen was hab ich verstanden. Essen, oder?«

Lächelnd nicke ich. In meinem Magen breitet sich ein seltsam angenehmes Prickeln aus, das ich nicht ganz verstehe.

»Dann sagst du es deiner Mom aber, oder?«, fragt Ishu und steht vom Bett auf.

»Ich sage ihr …?«

»Dass wir zusammen sind«, sagt Ishu, als wäre das offensichtlich.

»*Jetzt?*« Meine Stimme klingt etwas schriller als erwartet.

»Wann denn sonst?«

»Ich sag's ihr … später. Wenn du weg bist.«

Skeptisch zieht Ishu eine Augenbraue hoch. »Du machst doch garantiert 'nen Rückzieher.«

»Nein, mach ich nicht. Ich schwöre, ich sag's ihr. Ich muss mich nur … darauf vorbereiten. Lass uns jetzt einfach essen, okay?«

Ishu sieht immer noch aus, als würde sie nicht glauben, dass ich es Amma wirklich sage. Trotzdem folgt sie mir schweigend nach unten.

KAPITEL ZEHN

Ishu

Auf der Busfahrt nach Hause bin ich seltsam entspannt, dabei sollte mich diese ganze Fake-Dating-Sache eigentlich in Panik versetzen. Schließlich ist es eine fette Lüge. Und es wird eine ziemliche Herausforderung werden, so viel Zeit mit Hum… Hani und ihren Freundinnen zu verbringen.

Aber irgendwie hatte es etwas sehr Friedliches, bei ihr zu Abend zu essen. Aunty Aditi hat Hähnchencurry gekocht, und es war das beste, das ich je gegessen habe. Sogar besser als Ammus – was ich ihr natürlich nie erzählen werde. An Aunty Aditis Kochkünste könnte ich mich fast gewöhnen … und daran, wie Hani mich von der anderen Seite des Esstischs angestrahlt hat, als ich das Essen ihrer Mutter gelobt habe …

Als ich aus dem Bus steige, bin ich in Gedanken immer noch beim Hähnchencurry. Am Horizont taucht gerade die Sonne ab. Die leuchtende Farbpalette des Himmels verdunkelt sich langsam, je näher ich unserem Haus komme.

Schon aus einiger Entfernung sehe ich Nik. Plötzlich fühle ich mich in der Zeit zurückversetzt zu Freitagnachmittag. Allerdings zeigt sie heute keinerlei Anzeichen von Ungeduld.

»Hast du mich angerufen?«, frage ich beim Näherkommen und schaue prüfend auf mein Handy. Zur Sicherheit. Aber Nik schüttelt den Kopf.

»Ich war bloß in der Gegend …«

»Wie lange wartest du schon?«

Sie seufzt. »Eine Weile. Ich wollte nur mal sehen, wie es Ammu und Abbu geht.«

Ich schiebe mich an ihr vorbei und öffne die Tür. Sie folgt mir ins Haus und verhält sich dabei so anders als am Freitag, dass es mir einen Stich versetzt. Am Freitag war Nik einfach Nik, meine große Schwester, wie ich sie schon mein ganzes Leben kenne. Heute wirkt Nik klein. Niedergeschlagen. Wie ein ganz anderer Mensch.

»Meinst du, sie wären bereit, meinen Verlobten kennenzulernen?«, fragt sie. »Wir fahren nächste Woche zurück nach London, deshalb …«

»Sie sind immer noch wütend«, werfe ich ein. »Das wird sich nicht so einfach erledigen. Nik, ich versteh's nicht. Warum bleibst du nicht an der Uni und verschiebst die Hochzeit mit diesem Typen bis nach dem Abschluss? Das ist doch gar nicht mehr so lange hin.«

»Zwei Jahre sind ziemlich lang, Ishu.« Niks Stimme ist schwer. Ihre Entscheidung steht fest, so viel ist klar. Ich werde ihre Meinung nicht ändern können. »Ich hab die Formalitäten schon erledigt. Jetzt kann ich mich eh nicht mehr umentscheiden. Das geht frühestens in einem Jahr.«

»Wenn er dich wirklich liebt, kann er dann nicht warten, bis –«

»Ishita.« Sie klingt ernst. Mahnend.

Beschwichtigend hebe ich die Hände. »Ich will doch nur verstehen, was in dir vorgeht. Das Ganze geht mir einfach nicht in den Kopf.«

»Hast du überhaupt versucht, mit Ammu und Abbu über Rakesh und mich zu reden?«

»Das ist nicht so einfach«, entgegne ich. Trotzdem steigen Schuldgefühle in mir auf. Ich war so auf mich selbst fokussiert, dass ich gar nicht wirklich an Nik gedacht habe. Aber muss ich deshalb ein schlechtes Gewissen haben? Wir sind zwar Schwestern, aber für Nik stand ich noch nie an erster Stelle. Wie kann sie dann erwarten, dass ich mir mehr Gedanken um sie als um mich selbst mache? »Ammu und Abbu lassen das Ganze an mir aus. Sie glauben anscheinend, wenn sie mir nicht genug Aufmerksamkeit schenken, stelle ich mich am Ende auch als Enttäuschung raus.« Ich bemerke Niks Blick und unterbreche mich. »Also, ich meine –«

»Aha, sie halten mich also für eine Enttäuschung? Oder denkst du das?«

»Das denke ich nicht«, antworte ich viel zu überstürzt.

Nik schüttelt den Kopf. »Ishu, irgendwann verstehst du auch noch, dass ... dass es gar nicht mal so toll ist, Abbus und Ammus überzogene Erwartungen an uns zu erfüllen.«

»Was zur Hölle soll das denn jetzt heißen?« Je mehr sie redet, desto weniger ähnelt Nik der Schwester, die ich kenne. Würde mir jemand erzählen, dass die echte Nik von Aliens entführt und durch diese Version ersetzt worden ist, könnte ich es echt glauben. Oder vielleicht so eine Klon-Geschichte. Ich kann mir alles vorstellen, außer dass das hier wirklich Nik sein soll. Dass sie das tatsächlich gerade gesagt hat. Wie das komplette Gegenteil der Schwester, die ich schon mein Leben lang kenne.

»Das soll heißen, dass …« Sie seufzt und schüttelt den Kopf, als wäre ich es nicht wert, ihre Gedanken mit mir zu teilen. »Ach egal. Ich sollte lieber gehen.«

»Willst du nicht auf Ammu und Abbu warten?« Ich werfe einen Blick auf meine Uhr. Sieben – zumindest einer von beiden sollte bald nach Hause kommen. Unser südasiatischer Lebensmittelladen schließt an Wochentagen um sechs.

»Nicht heute«, sagt Nik. Einen Moment lang bleibt sie an der Haustür stehen, und mir fällt auf, wie alt sie aussieht. Als hätten die letzten Tage und das Gespräch mit Ammu und Abbu sie vorzeitig altern lassen. Als wäre ihr etwas genommen worden.

Kurz frage ich mich, ob ich auch dazu beigetragen habe. Indem ich mich auf mich selbst konzentriert habe, statt ihr zu helfen. Ich überlege, ob ich sagen soll, dass ich Ammu und Abbu irgendwie überzeugen werde. Ob ich versprechen soll, diesmal wirklich Wort zu halten.

Stattdessen sage ich: »Okay. Na, dann … bis dann.«

Sie sieht mir lange in die Augen. Dann murmelt sie »Bis dann, Ishu« und verschwindet durch die Tür.

KAPITEL ELF

Hani

> **Ishu:** Wir sollten auf ein date gehen. Also ... so tun als ob ...

Am nächsten Morgen werde ich von Ishus Nachricht geweckt, die mir vom Handydisplay aus entgegenleuchtet.

Es ist erst sechs Uhr, eine ganze Stunde früher, als ich normalerweise aufstehe. Ein bisschen mürrisch setze ich mich auf, öffne Instagram und drücke auf das Videochat-Symbol.

»Hey!« Ishu wirkt bereit für den Tag: Sie hat schon ihre Schuluniform an, und ihre Haare sind perfekt gekämmt. »Guten Morgen.« Sie lächelt dieses halb schmerzverzerrte Lächeln, aber es sieht schon besser aus als gestern. Das ist doch … schon mal etwas.

»Es ist sechs Uhr früh, das weißt du schon, oder?« Ich versuche, meine Haare zu entwirren. »Quasi … Dämmerung.«

Ishus Lächeln wird breiter. »Sorry. Ich wollte dich nicht wecken. Deine Haare sehen lustig aus.«

Ich schalte die Kamera aus und quäle mich aus dem Bett. »Was meinst du mit auf ein Date gehen? Wann?«

»Zum Beispiel … heute? Nach der Schule? Die anderen sollen doch wissen, dass wir zusammen sind.«

»Und woher sollen sie wissen, dass wir auf ein Date gehen?« Zum Zähneputzen lege ich das Handy auf den Rand vom Waschbecken.

»Na ja, wir müssten halt dafür sorgen. Fotos und so.« Sie zuckt mit den Schultern. »Macht man das nicht so?« Das klingt nach einer ernstgemeinten Frage, so als ob Ishu wirklich nicht genau weiß, was man so macht.

»Jaa, schaaa«, sage ich, den Mund voller Zahnpasta. Irgendwie scheint Ishu mich zu verstehen, auch wenn sie die Augen verdreht.

»Also …? Wir könnten ja in irgendein schickes Restaurant gehen oder so.«

»Und du zahlst?«, frage ich.

»So tun als ob, hab ich gesagt, Hum- Hani.« Sie ertappt sich in letzter Sekunde. »Wenn ich zahle, gehen wir zu McDonald's.«

Ich seufze. »Klar, wir können irgendwo ›schick‹ essen gehen, aber … dann nicht zu teuer und mit ein paar vegetarischen Optionen, bitte.«

»Bist du Vegetarierin?« Ishu verengt die Augen, als hätte sie noch nie was von Vegetarismus gehört.

»Nicht wirklich … nein.« Ich kann mich nicht erinnern, wann mich das zum letzten Mal jemand gefragt hat. Meistens sage ich einfach, dass ich vegetarisch esse, weil das viel einfacher ist als eine Diskussion über halal und haram. Als ich Aisling davon erzählt habe, hat sie nur von Tierquälerei angefangen und gemeint, Religion sei kein Grund, Tiere auf so brutale Art zu töten. Sie wollte mir einfach nicht zuhören, egal, wie oft ich versucht habe, zu erklären, dass die muslimische Art, Tiere umzubringen, auch nicht grausamer ist als die nicht-muslimische.

»Ich esse halal«, antworte ich schließlich schnell. »Das heißt –«

»Ich weiß, was halal heißt«, sagt Ishu. »Ich bin bengalisch, schon vergessen?«

»Ja, aber nicht muslimisch.«

»Aber auch nicht komplett ignorant«, kontert Ishu. »Du hättest einfach sagen können, dass du in ein halales Restaurant gehen willst.«

»Da gibt's in Dublin nicht so viele.«

Ishu zuckt mit den Schultern. »Mir egal … ich will nicht irgendwohin gehen, wo's dir nicht gefällt …«

»Okay …«

»Ich meine«, fügt Ishu hinzu, »ich versuche hier, als netter Mensch durchzugehen. Zu wollen, dass die eigene Freundin im Restaurant auch was essen kann, ist doch nett … oder?«

Ich muss ein Lächeln unterdrücken. »Ich würde sagen, das fällt definitiv unter die Kategorie nett.«

»Gut!« Ishu lächelt, strafft die Schultern und wirkt stolz, diese minimale Form der Nettigkeit ganz allein gemeistert zu haben. »Also … ich kann ein paar Restaurants raussuchen und … wir treffen uns nach der letzten Stunde bei dir am Schließfach?«

»Okay.«

»Hast du's Aunty Aditi schon erzählt?«

Auf diese Frage habe ich schon gewartet. Eigentlich wollte ich es Amma gestern Abend erzählen, als ihr nach Ishus Abschied die Neugier ins Gesicht geschrieben stand. Weil sie nicht nachgefragt hat, habe ich die Sache dann aber fürs Erste auf sich beruhen lassen. Wenn Ishu und ich jetzt allerdings ernst machen und unsere Beziehung über

Social Media verkünden wollen, muss ich es Amma definitiv davor erzählen.

»Ich sag's ihr heute.«

»Mach keinen Rückzieher.« Ishus Tonfall ist streng, als wäre sie meine Lehrerin und würde mir gerade eine Standpauke halten.

»Ich mach keinen Rückzieher!«, rufe ich. »Warum bist du überhaupt so früh auf? Albträume von der Schulsprecherinnenwahl?«

»Ich steh immer so früh auf«, sagt Ishu. »Ich stell mir den Wecker früher, um zu lernen. Morgens kann ich … mich am besten konzentrieren.«

»Oh.« Kurz frage ich mich, ob Ishu überhaupt noch was anderes macht außer Lernen, es ist nämlich das Einzige, worüber sie redet. Sie muss doch irgendwelche Hobbys haben, oder? Irgendwelche Interessen, abgesehen vom ständigen Lernen? Auch wenn sie, was Freundschaften angeht, nicht gerade ganz vorne mit dabei ist …

Ehe ich nachfragen kann – ehe ich überhaupt eine Frage formulieren kann –, schaut Ishu auf ihre Armbanduhr und verkündet: »Ich sollte mal loslegen. Sag's Aunty. Und wir sehen uns später. Bis dann!« Und schon ist der Bildschirm schwarz.

*

»Du bist heute aber früh wach«, begrüßt mich Amma, als ich die Treppe runterkomme. In ihrer Stimme schwingt eine Frage mit, die sie allerdings nicht stellt.

»Ja.« Ich überlege mir sehr genau, was ich sage. Amma

anzulügen fällt mir alles andere als leicht. »Ishita hat angerufen und mich aufgeweckt.«

»Oh … ich wusste gar nicht, dass ihr so gute Freundinnen seid«, sagt Amma mit hochgezogener Augenbraue.

Ich hole tief Luft und gebe zu: »Sind wir auch nicht. Eigentlich sind wir überhaupt keine Freundinnen. Ich meine … schon irgendwie, aber … nicht wirklich so … so …« Amma starrt mich an, als ob sie genau weiß, was gleich kommt. Also sage ich es einfach. »Ishita und ich sind sozusagen zusammen.« Die Worte ergießen sich in einem Schwall aus meinem Mund. Amma hat mich wohl trotzdem irgendwie verstanden, sie sieht nämlich ein bisschen überrumpelt aus. Vielleicht wusste sie doch nicht, was gleich kommt.

»Oh«, sagt sie nach einem kurzen Zögern. »Das … hab ich zwar nicht erwartet, aber … ich freu mich. Ich freu mich für dich!« So klingt sie auch – aber auf eine knappe, falsche Weise. Ich schaue zu Boden, nicht in ihr falsch lächelndes Gesicht.

»Es ist einfach noch … neu«, erkläre ich. »Tut mir leid, dass ich es dir nicht früher erzählt hab. Ich musste … mich erstmal daran gewöhnen?«

»Hani.« Auf einmal finde ich mich fest umschlungen in Ammas Armen wieder. Ich kann ihr Kokosshampoo und ihr süßes, nach Rosen duftendes Parfüm riechen. »Ich freu mich für dich. Ich freu mich wirklich sehr.« Diesmal klingt es ernst gemeint. Als wir uns voneinander lösen, seufzt sie. »Es ist nur … Ishita ist … na ja, wirklich interessant. Sehr speziell.«

»Sie ist … nett.« Ich zucke zusammen, sobald ich das Wort ausgesprochen habe, denn es gibt viele Wörter, mit denen man Ishu beschreiben könnte, aber *nett* gehört eher nicht dazu. »Also, sie *ist* speziell. Aber … ich mag das. Und sie versteht mich, weißt du. Und sie ist … ähm … ein guter Einfluss? Weil sie ständig lernen will und so.«

»Meinetwegen musst du dich nicht Dey-mäßig in deine akademische Laufbahn stürzen«, meint Amma. »Sie soll dir nicht weismachen, dass diese ungesunde Einstellung der Schule gegenüber irgendwie erstrebenswert ist.«

»Das wird sie nicht«, versichere ich. »Aber … ich … mag sie.« Keine Ahnung, ob ich überzeugend klinge. Muss ich wohl, Amma nickt nämlich bekräftigend.

»Gut, na dann. Ich freu mich für dich. Sag Ishita, sie ist bei uns jederzeit willkommen.«

»Ach so, sie hat sich aber noch nicht vor Aunty und Uncle geoutet«, füge ich schnell hinzu, während ich Müsli in eine Schale kippe. »Also sollten wir es nicht an die große Glocke hängen.«

»Okay, verstanden«, sagt Amma. Sonst nichts.

Manchmal bin ich erstaunt, wie einfach Amma und Abba mir alles gemacht haben. Wie einfach es ist, bei ihnen ganz ich selbst zu sein. Wie sie mich vollkommen akzeptieren, wie sie immer bereit sind, über alles zu reden.

Heute ist auf jeden Fall einer dieser Tage.

Und darum zieht sich mein Magen vor Schuldgefühlen nur noch stärker zusammen.

*

Aisling und Dee erwähnen das Thema Ishu den ganzen Schultag über nicht, aber die Stimmung zwischen uns ist irgendwie angespannt. Das ist sie, seitdem Ishu mich gestern in der Mittagspause beiseitegezogen hat. Als hätte sich die Ishu-förmige Leerstelle in unseren Gesprächen zwischen mich und die beiden anderen geschoben.

Trotzdem redet Aisling die ganze Zeit über ihren verhauenen Biotest, als ob nichts wäre. Und Dee schwärmt davon, dass Colm ihr zum Geburtstag Karten für ein Konzert ihrer Lieblingsband besorgt hat. Sie kriegt sich gar nicht mehr ein, als wäre Colm der alleinige Erfinder der romantischen Geste oder so.

Als wir drei nach Schulschluss die Bücher aus unseren Schließfächern holen, kommt Ishu zögernd auf uns zu. Aisling und Dee versteifen sich sofort, und eine Welle der Stille rollt über uns hinweg. Sieht aus, als wäre Ishus Anwesenheit Grund genug, dass die beiden sich unwohl fühlen.

»Hey.« Trotz ihres knappen Tonfalls sehe ich, dass Ishu versucht, nett zu sein. »Aisling, Deirdre …« Sie nimmt die beiden mit einem Nicken zur Kenntnis, das zu ernst ist, um als freundlich durchzugehen. Dann schaut sie mich an und fragt: »Bist du so weit, Humaira?«

»Ich brauch noch zwei Minuten«, antworte ich. In meinem Turnbeutel steckt ein einfaches Wechseloutfit – Kleid und Leggins. Sogar meine Schminktasche habe ich mitgenommen, obwohl ich nicht ganz sicher bin, was in der Hinsicht von mir erwartet wird. Ich weiß nur, dass ich in meiner kotzgrünen Schuluniform nicht in ein schickes Restaurant gehen will.

»Alles klar …«, murmelt Ishu und lungert weiter bei unseren Schließfächern rum. Sie trägt eine ausgewaschene Jeans und einen blassrosa Kapuzenpulli mit Katzenaufdruck. Anscheinend ist der Dresscode heute eher leger. »Treffen wir uns in zehn Minuten draußen?«

»Klingt gut.«

Mit einem knappen Nicken wendet Ishu sich ab und verschwindet um die Ecke.

»Ihr beide seid nicht wirklich zusammen«, sagt Aisling. Es ist eine Feststellung, keine Frage. »Ich meine … das kann nicht sein.«

»Warum sollte ich es sagen, wenn es nicht stimmt?« Ich ziehe meinen Turnbeutel aus dem Schließfach und vermeide jeglichen Blickkontakt.

»Ihr seid nicht mal – also …«

»Ich mag Ishita.« Dees Kommentar lässt Aisling und mich so schnell herumwirbeln, dass wir bestimmt ein Schleudertrauma kriegen.

»Ach ja?« Aisling klingt, als wäre Ishita zu mögen so unvorstellbar wie ewiges Leben oder eine Klassenfahrt zur Sonne.

»Sie ist interessant!«, ruft Dee, als wäre Ishu irgendwie erstaunenswert. »Ich kenne niemanden, der so ist wie sie. Ich meine … ich kenn sie nicht besonders gut, aber …« Sie zuckt mit den Schultern. »In Chemie sind wir Laborpartnerinnen, und sie ist immer dermaßen konzentriert. Es ist unglaublich.«

»Ich wusste gar nicht, dass du sie kennst«, sage ich. Außer Bio haben Ishu und ich keine Kurse zusammen. Sie hat ein paar der schwersten gewählt, wahrscheinlich, weil sie vorhat, sich an den besten Unis zu bewerben. Und ich weiß, dass sie noch einen Extrakurs außerhalb der Schule belegt. Um noch beeindruckender zu wirken, als sie es eh schon tut, wahrscheinlich.

Dee zuckt wieder mit den Schultern. »Weißt du was, bring sie doch Samstag mit zu meiner Geburtstagsparty.«

»Mach ich!« Die Worte purzeln eilig aus meinem Mund. Ich habe schon überlegt, wie ich das am besten vorschlage, ohne Aisling wütend zu machen. Bei der Vorstellung, das Ishu vielleicht kommt, sieht Aisling zwar auch so wütend aus, aber da es Dees Geburtstag ist und sie Ishu spontan selbst eingeladen hat, kann Aisling ja nicht wirklich was dagegen sagen, oder?

*

Ishita wartet am Schultor auf mich. Ich trage das waldgrüne Kleid, das Aisling mir zu meinem letzten Geburtstag geschenkt hat. Es ist über und über mit weißen Blümchen bedeckt. Ich habe es sogar geschafft, etwas Eyeliner aufzutragen. Davon kriegt Ishu allerdings nichts mit, sie würdigt mein Outfit nämlich kaum eines Blickes.

»Komm schnell, wir nehmen die Luas.« Sie dreht sich um und geht los in Richtung Straßenbahn. Ihre Turnschuhe quietschen auf dem feuchten Pflaster, und ich muss joggen, um mit ihr Schritt zu halten.

Wir steigen in die Luas Richtung Innenstadt. Die gesamte Fahrt über lastet eine unangenehme Stille auf uns. Es fühlt sich an, als wäre das hier ein echtes erstes Date, nicht, als würden wir nur so tun.

»Wohin gehen wir?«, frage ich, als Ishu mich an den mir vertrauten Straßen vorbei und durch Gassen führt, in denen ich noch nie war.

»Vertrau mir, ich kenn da ein richtig cooles Restaurant, das halal ist«, sagt sie. »Wird dir gefallen.«

Ich frage mich, woher sie das weiß, obwohl wir uns doch kaum kennen. Dass das Restaurant halal ist, ist wahrscheinlich schon mal ein guter Anfang.

Wir schlängeln uns durch ein paar weitere Gassen, und ich bin froh, dass der Sommer vor der Tür steht und es bis acht hell ist. Im Dunkeln würde ich definitiv nicht durch diese zwielichtigen Gassen gehen wollen.

Endlich bleibt Ishu vor einem winzigen, zwischen einem Pub und einem Zeitungskiosk eingezwängten Restaurant stehen. Über der Tür steht in verschlungener Schrift der Name *Seven Wonders.*

»Das ist ja winzig«, sage ich.

»Aber gut«, gibt Ishu zurück. »Komm, ich hab einen Tisch reserviert. Natürlich.«

»Natürlich.«

Ich mache schnell ein Foto für meine Instagram-Story, auch wenn es sich falsch anfühlt. Aber wir sind ja vor allem hier, um unser »Date« zu dokumentieren.

Das Restaurant muss eine Art Geheimtipp sein. Vielleicht heißt es *Seven Wonders*, weil es selbst wie ein kleines Wunder wirkt. Gerade mal ein Dutzend Stühle sind in den winzigen Innenraum gequetscht, der überquillt vor üppiger Dekoration. An den Wänden hängen überall Bilder von Weltwundern: sprudelnde Wasserfälle, tropische Regenwälder und Dschungel, uralte Gebäude, die vor Geschichte nur so strotzen. Die einzelnen Tische sind durch Perlenvorhänge voneinander getrennt, die bei jeder Berührung fast schon harmonisch klirren. Die Musik – arabisch, wie es klingt – ist irgendwie gleichzeitig melodisch und beruhigend.

»Woher kennst du dieses Restaurant?«, flüstere ich, zu

Ishu rübergelehnt. Keine Ahnung wieso, aber alles außer Flüstern kommt mir an diesem Ort verkehrt vor.

Sie zuckt mit den Schultern. »Ich hab da so meine Quellen.«

»Ein Tisch für zwei Personen?« Die Kellnerin begrüßt uns lächelnd. Sie trägt eine schwarze Weste und eine Hose, die hier fast fehl am Platz wirken.

»Ja, wir haben reserviert. Dey.«

»Oh … hier entlang.« Zu meiner Überraschung führt die Kellnerin uns durch den mit Tischen vollgestopften Raum zu einer Treppe ganz an seinem Ende. Unten ist das Restaurant sogar noch ruhiger. Die Kellnerin bringt uns an einen Tisch ganz hinten. Wir lassen uns auf die Stühle fallen, und sie reicht uns zwei Speisekarten.

»Wow«, murmle ich, als ich die Karte aufschlage und die Auswahl an Gerichten sehe. Alles nahöstliche Küche.

»Also, als ich nach halalen Restaurants gesucht habe, gab es viele indische, aber … ich dachte, davon kriegen wir beide zu Hause genug«, erklärt Ishu. »Nicht, dass man von … richtig gutem Biryani oder so je wirklich genug kriegen könnte, aber du weißt schon.«

Ishu fummelt an ihrer Speisekarte rum, klappt sie auf und wieder zu, und ihr Fuß auf dem Boden macht pausenlos *tap tap tap*. Offenbar ist sie tatsächlich ein bisschen nervös, und ich weiß nicht genau warum. Vielleicht, weil es ihre Aufgabe war, ein Restaurant rauszusuchen? Vielleicht ist sie nicht sicher, ob es mir gefällt?

Sicher weiß ich nur, dass ich Ishu in all den Jahren kein einziges Mal so nervös erlebt habe. Sie so zu sehen ist komisch. Normalerweise strahlt sie immer so ein unerschütterliches Selbstbewusstsein aus.

»Es ist wirklich toll hier«, sage ich. Ishu blickt auf und erwidert meinen Blick. Auf ihrem Gesicht zeigt sich der Anflug eines Lächelns.

»Warte lieber, bis du was gegessen hast«, sagt sie.

Nachdem wir bestellt haben, fordere ich Ishu auf, sich mit an meine Tischseite zu setzen. Ich hole das Handy raus und überprüfe meine Frisur mithilfe der Frontkamera.

»Was?«, frage ich, als ich bemerke, wie Ishu mich mit geschürzten Lippen beobachtet.

»Nichts.« Sie schüttelt den Kopf. »Es ist einfach komisch … so zu tun, als ob.«

»Und dabei haben wir noch nicht mal richtig angefangen.«

Sie atmet tief durch und sagt: »Das ist es wert«, und es klingt, als ob sie vor allem sich selbst überzeugen will.

Ich versuche, mich an sie zu lehnen und hebe das Handy über den Kopf, doch je näher ich ihr komme, desto weiter rückt Ishu von mir weg.

Stirnrunzelnd schaue ich sie an.

»Was ist?«

»Wir sehen aus, als ob wir uns nicht mal mögen«, sage ich. »Niemand wird uns die Pärchensache abnehmen, wenn du so dasitzt.«

»Wie soll ich denn deiner Meinung nach dasitzen?«, fragt sie, so als hätten Paare in ihrer Vorstellung auf Fotos immer eine Meeresweite zwischen sich.

»Na ja, erstmal könntest du dich richtig neben mich setzen und nicht drei Meter weit weg.«

»Da ist doch fast kein Platz zwischen uns!« Ishus Stimme rutscht eine Oktave höher.

»Hier würde noch eine Person hinpassen. Vielleicht sogar zwei.«

Sie verdreht die Augen und rutscht ein bisschen näher ran.

»Außerdem könntest du bei der Aussicht auf körperliche Nähe zu mir nicht ganz so angeekelt gucken«, schlage ich vor.

»Ich hab ein Resting Bitch Face, da kann ich nichts für.« Sie zuckt gleichgültig mit den Schultern. Ich gebe ihr einen leichten Klaps auf den Arm. Das macht ihren Gesichtsausdruck, vorher leer und gelangweilt, irgendwie lebendiger – wenn auch nicht gerade glücklich.

»Ich hab dich schon lächeln sehen«, sage ich. »Vor ein paar Minuten zum Beispiel.«

Sie lächelt, als würde sie jemand mit vorgehaltener Pistole dazu zwingen.

»Vielleicht erzähle ich einfach allen, dass meine Freundin ein Roboter ist und die menschliche Mimik noch nicht beherrscht?«

Sie stöhnt und atmet tief durch. »Okay, okay. Ich tu so, als wär ich verliebt oder was weiß ich.« Wieder verdreht sie die Augen. Anscheinend ist verliebt zu sein für sie die absurdeste Vorstellung aller Zeiten.

Ihr Lächeln wird wirklich ein bisschen entspannter, und sie legt mir sogar den Arm um die Schulter.

Zwischen zusammengepressten Zähnen hindurch sagt sie: »Mach schnell ein Foto, bevor meine Gesichtsmuskeln den Geist aufgeben.«

»Das wird definitiv nicht passieren.« Ich verdrehe die Augen, rücke aber noch ein Stück näher an sie. So nahe, dass ich ihr Parfüm riechen kann – den erdigen Duft von

Jasmin, vermischt mit süßer Vanille. Ich atme die Mischung ein, nur kurz, dann schieße ich nacheinander drei Bilder und rutsche wieder weg. Bringe so viel Abstand zwischen uns wie möglich.

Ishu riecht honigsüß, und ich muss mich daran erinnern, dass sie alles andere ist als das.

Sie schaut mich fragend an, immer noch mit der Andeutung eines Lächelns um die Lippen.

»Was?«, frage ich.

»Kann ich die Fotos sehen oder sind die nur für dich?«

»Ja –«

Ich will sie ihr gerade zeigen, da kommt die Kellnerin nach unten, vorsichtig drei Teller auf den Händen balancierend. Als sie die Gerichte vor uns abgestellt hat, setzt Ishu sich wieder auf ihre Seite. Ich mache noch ein paar Fotos – vom Essen, unserer Sitzecke, von Ishu, die aussieht, als wäre sie überall lieber als hier –, dann hauen wir rein.

KAPITEL ZWÖLF

Ishu

Ich kann nicht anders, als Hani das gesamte Essen über anzustarren. Zuerst aus Angst, dass ihr nichts vom bestellten Essen schmeckt. Sie ist zwar muslimisch, aber Bengalis sind anderen Küchen gegenüber nicht unbedingt die Aufgeschlossensten. Und nahöstliches Essen ist was ganz anderes als bengalisches. Aber nachdem ich zu dem Schluss gekommen bin, dass Hani es großartig findet, beobachte ich sie weiter, weil ich noch nie jemanden so ausdrucksstark habe essen sehen. Bei jedem Bissen macht sie einen anderen Gesichtsausdruck, als wäre jeder einzelne ein Erlebnis für sich.

»Hast du noch nie was gegessen?«, frage ich, als sie den Teller schon halb geleert hat und immer noch jeden Bissen genießt, als könnte es ihr letzter sein. Sie legt die Gabel ab und sieht mich mit geschürzten Lippen an. Sie wirkt verlegen.

»Ich weiß mein Essen eben zu schätzen«, sagt sie. »Und nahöstlich habe ich wirklich noch nie gegessen.«

»Echt jetzt?« Meine Stimme schießt dabei unwillkürlich in die Höhe. »Also … echt jetzt?«

Sie seufzt. »Meine Eltern gehen nicht so oft essen. Manchmal bestellen wir Pizza oder Chicken Wings. Sie essen nicht besonders viel Verschiedenes. Und Dee und Aisling mögen nicht so gern …« Sie hält inne und betrachtet ihren Teller, als müsste sie die nächsten Worte genau wählen. »… exotisches Essen.«

Darüber denke ich einen Moment lang nach, während ich langsam mein Kabsah kaue. »Deine Freundinnen nennen es also ›exotisch‹?«

Hani funkelt mich an. »Ist das so wichtig?«

Ich schüttle den Kopf. »Ich versteh wirklich nicht, warum du mit Aisling und Deirdre befreundet bist.«

»Sie sind echt cool«, sagt Hani in defensivem Tonfall. »Sie sind halt meine Freundinnen.«

»Freundinnen, die sich über dich lustig machen, weil du bi bist?«

»Sie haben sich nicht lustig gemacht.« Ihre Stimme bebt leicht. »Es ist eben … kompliziert. Aber jetzt wird alles gut. Sie haben nur ein bisschen … Zeit gebraucht. Um es für sich einzuordnen.«

»Okay.« Ich nicke, hauptsächlich weil ich merke, dass wir auf einen weiteren Streit zusteuern, und ich hier keine Szene machen will. »Willst du dich als Vertrauensschülerin bewerben?«, frage ich stattdessen.

»Oh, äh. Nein, denke nicht«, sagt Hani und nimmt einen weiteren Happen Köfte. »Das ist nichts für mich.«

»Du solltest es versuchen«, beharre ich.

Sie sieht mich mit schmalen Lippen an. »Ach ja?«

»Ja … das wirkt doch sonst komisch.«

Irritiert blinzelt sie mich an. »Wieso wirkt das komisch?«

»Zu geplant. Besser wär's, wenn du Vertrauensschülerin werden möchtest und ich Schulsprecherin. Dann unterstützen wir uns gegenseitig. Außerdem mögen dich alle, und wenn du dich bewirbst, unterstützen sie dich und dann kannst du sie bitten, mich auch zu unterstützen.«

»Stimmt.« Sie nickt. »Da hast du recht. So hatte ich das noch nicht gesehen. Aisling und Dee meinten, ich soll internationale Vertrauensschülerin werden.«

»Ach ja?« Ich muss mich zusammenreißen, um nicht die Augen zu verdrehen. Natürlich können Aisling und Dee sich eine Person of Colour *nur* als Vertrauensschülerin für andere Leute of Colour vorstellen. Dass Hani hier geboren wurde und vermutlich nicht viel über die Sachen weiß, zu denen eingewanderte Schülerinnen Fragen haben könnten, ist ihnen wohl egal. »Ich finde, du kannst Vertrauensschülerin für was auch immer du willst werden.« Ich ziehe das Bewerbungsformular aus dem Sekretariat aus der Tasche und schiebe es zu ihr rüber. »Ich hab dir eins mitgebracht. Und für mich das für die Schulsprecherin.«

Hani betrachtet das Blatt Papier einen Moment lang, bevor sie es einsteckt.

»Ich überleg's mir«, sagt sie.

Nach dem Essen bestellen wir Kaffee und Baklava, dann rutsche ich wieder zu Hani rüber, damit wir die Bilder für Instagram aussuchen und uns Bildunterschriften ausdenken können. Damit verkünden wir der gesamten Schule: Hani und Ishu sind zusammen. Es muss also gut werden.

Auf den Bildern wirken wir tatsächlich irgendwie wie ein Pärchen. Wir sehen glücklich aus und sitzen auch nah genug beieinander, aber …

»Wir müssen es noch offensichtlicher machen«, meint

Hani, während sie durch die Fotos scrollt. »Wir sehen einfach nur wie gute Freundinnen aus.«

»Das ist ja schon mal besser als Feindinnen«, murmle ich.

Hani grinst mich an. »Wir sind deiner Meinung nach also Feindinnen?«

»Nein …« Ich zögere und weiche ihrem Blick aus. »Ich meine ja nur … befreundet sind wir ja eigentlich nicht, also …«

»Also müssen wir verfeindet sein?« Sie sieht eher belustigt als verärgert aus. Als ob sie mich verarscht.

Ich stoße sie mit der Schulter an, und sie weicht aus, indem sie sich so weit weg lehnt, dass sie fast von der Bank fällt. »Klappe. Können wir einfach das Foto machen?«

»Keine Ahnung, schaffst du es, nicht wie meine Erzfeindin zu gucken?«, fragt sie und bringt ihr Handy in Position.

»Ach, halt die Klappe, Hani.« Ich verdrehe die Augen, kann mir ein Lächeln aber nicht verkneifen. Hani drückt sich so nah an mich, dass ich sie atmen hören kann. Ihre langen schwarzen Haare streichen mir übers Gesicht.

»Hani.« Ich schiebe mir einige ihrer Strähnen aus dem Gesicht und versuche, sie nicht einzuatmen.

»Sorry.« Sie wirft sich die Haare über die andere Schulter und schickt damit eine Shampoo-Duftwolke in meine Richtung. Ich versuche den starken Kokosgeruch zu ignorieren. Sehr bengalisch.

Sie sieht mich an und beißt sich auf die Lippe.

»Was?«

»Könnte ich, äh, deine Hand halten?«, fragt sie. »Fürs

Foto«, fügt sie hastig hinzu. Als könnte ich auf die Idee kommen, es würde um irgendwas anderes gehen.

Ich reiche ihr die Hand und verhake meine Finger mit ihren. »So.«

Sie lächelt mich an und macht das Foto, mit unseren Händen im Vordergrund.

»Viel besser!« Sie legt ein paar Filter über das Bild. »Okay … jetzt der Text.« Erwartungsvoll sieht sie mich an, als wäre ich Expertin für Bildunterschriften.

»Ähh … unterwegs mit meiner Bae?«

Hani legt den Kopf auf die Seite und betrachtet mich, als würde sie mich gerade zum ersten Mal sehen. »Sicher, dass du siebzehn bist?«

»Bin ich noch gar nicht«, sage ich. »Ich werde erst im August siebzehn.«

»Du bist jünger als ich und glaubst trotzdem, ›Bae‹ würde noch irgendwer sagen?« Sie schüttelt den Kopf und tippt noch ein paarmal auf den Bildschirm. Dann rutscht sie näher zu mir – schon fast unangenehm nah – und präsentiert das Foto. »Guck mal.«

Wir sehen tatsächlich aus wie ein Paar. Hani hat sogar noch ein paar Herzchen am Rand verteilt, nur um sicherzugehen. Kitschig, aber erfüllt den Zweck. In der Bildbeschreibung stehen ein paar Zeilen aus einem Song, den ich nicht kenne, der aber angemessen schmalzig klingt, und mehrere Kuss-Emojis.

»Verstehen die Leute das auch echt?«, frage ich. »Weil …«

»Glaub mir, das werden sie«, versichert Hani mir.

Ich hab Hani zwar gesagt, dass wir getrennt bezahlen, aber jetzt kommt mir das ein bisschen unfair vor, wo sie doch die ganze Instagram-Sache übernimmt. Nicht, dass ich da viel bewerkstelligen könnte mit meinen drei Followern, von denen eine Hani ist.

Deshalb zücke ich sofort meine Karte, als die Rechnung kommt. Hani funkelt mich an, aber ich kann sehen, dass sie es nicht ernst meint. Sie wirkt eher amüsiert.

Als wir das Restaurant verlassen, regnet es. Das miese Wetter lässt den Himmel richtig düster wirken, obwohl es eigentlich noch hell sein sollte.

»Vielleicht … können wir noch einen Kaffee trinken?«, schlage ich mit einem Blick auf den strömenden Regen vor, während wir unterm Vordach des Restaurants stehen.

»Sieht nicht aus, als würde es demnächst aufhören.« Hani seufzt und zieht einen Schirm aus der Tasche. Er macht keinen besonders stabilen Eindruck, und ich habe meine Zweifel, ob sie ihn überhaupt aufgespannt bekommt.

Gerade will ich etwas dazu sagen, da taucht über unseren Köpfen plötzlich ein sehr viel stabilerer Schirm auf – wie von Gott gesandt.

Ich drehe mich um und stehe plötzlich meiner Schwester gegenüber.

KAPITEL DREIZEHN

Hani

»Nik?« Ishu klingt so überrascht, dass ich mich umdrehe. Sie starrt ein Pärchen an – eine junge Frau, die Ishu auffallend ähnlich sieht, und einen jungen Mann, der einen etwas dunkleren Hautton hat als wir drei und ein bisschen fehl am Platz wirkt. Sein Blick flackert zwischen Ishu und der Frau neben ihm hin und her, als wäre er nicht ganz sicher, was hier vor sich geht.

»Hey, Ishu, was für ein Zufall. Wer ist denn deine Freundin?« Der Tonfall der Frau klingt fröhlich, auf eine gekünstelte Weise.

»Ähm. Das ist Humaira. Wir gehen zusammen zur Schule. Was machst du hier?« Ishus Stimme ist fest, aber sie tritt von einem Fuß auf den anderen und weicht dem Blick der jungen Frau – Nik – aus.

»Hi!« Ich gebe den Versuch, meinen Regenschirm zu öffnen, auf – der Schirm bringt eh nichts – und halte ihr die Hand hin. »Ihr könnt mich Hani nennen. Das ist mein Dak Nam.«

»Ich bin Nikhita – oder Nik. Ishus Schwester.« Sie nimmt meine Hand und schüttelt sie energisch.

»Klar.« Bei genauerem Hinsehen kommt sie mir irgendwie bekannt vor. Nicht nur wegen ihrer Ähnlichkeit zu Ishu – die gleichen großen Augen, der gleiche kräftige Kiefer –, sondern weil ich ihr schon öfter in der Schule und auf bengalischen Dawats begegnet bin. Sie war ein paar Klassen über uns und muss ihren Abschluss vor mindestens zwei Jahren gemacht haben.

»Das ist Rakesh.« Nik deutet auf den Mann, der grüßend die Hand hebt. »Mein Verlobter.«

»Wow! Glückwunsch!«, rufe ich. Jetzt fällt mir der funkelnde Verlobungsring an ihrem Finger auf. Keine Ahnung, wie ich ihn davor übersehen konnte. Ich gebe Ishu einen Stoß in die Rippen. »Warum hast du mir nicht erzählt, dass deine Schwester heiratet?«

Ishu gibt nur einen kehligen Laut von sich, der nicht ganz nach Mensch klingt, und verschränkt die Arme.

»Wisst ihr was, ich glaube, wir saßen an dem Tisch direkt neben euch. Das Essen war echt gut, oder?« Nik lächelt und klingt freundlich, aber da ist irgendein Unterton in ihrer Stimme, den ich nicht ganz verstehe.

»Ja, ich fand's echt lecker«, stimme ich zu, auch wenn Ishu gerade dabei ist, ihre Schwester mit Blicken zu töten.

»Wir müssen dann mal«, sagt Ishu, und bevor ich noch etwas erwidern kann, nimmt sie meine Hand und zieht mich raus in den strömenden Regen.

*

Innerhalb von wenigen Minuten sind wir beide klatschnass. Und damit meine ich nicht nur unsere Klamotten. Wir sind so klatschnass, dass das Wasser in meinen Schuhen schwappt und meine Hände vom eiskalten Regenwasser schon langsam taub werden.

»Verdammt, was sollte das denn, Ishu?« Ich muss schreien, um den Regen auf dem Asphalt zu übertönen. Zum Zeichen, dass sie mich gehört hat, winkt Ishu mir nur kurz über den Kopf hinweg zu und läuft weiter.

»Da vorne ist ein Café, da können wir uns unterstellen. Dann erklär ich's dir.«

»Ich hoffe, du hast eine gute Erklärung«, grummle ich, mehr zu mir selbst als zu Ishu, da sie mich wahrscheinlich eh nicht hören kann.

Das Café ist völlig überfüllt. Mit Leuten, die sich bestimmt auch vor der plötzlichen Regenattacke hier reingeflüchtet haben. Trotzdem ergattern Ishu und ich noch einen freien Tisch mit Blick auf die Straße.

Zumindest hat Ishu den Anstand, uns beiden einen Kakao zu bestellen. Als sie mit zwei dampfenden Getränken zurück an den Tisch kommt, umfasse ich die tröstend warme Tasse mit beiden Händen und schließe genüsslich die Augen.

»Okay, du musst ja nicht gleich 'nen scheiß Orgasmus kriegen.«

Ich starre sie so böse an, wie ich kann, und sie senkt tatsächlich den Blick und murmelt: »Tut mir leid.«

»Kannst du mir jetzt erklären, warum wir vor deiner Schwester und ihrem Verlobten flüchten mussten?«

Ishu nimmt einen großen Schluck von ihrem Kakao, stellt die Tasse ab und räuspert sich. »Nik hat gesagt, dass sie am Nebentisch gesessen haben.«

»Und?«

»Und …« Ishus Stimme läuft fast über vor Frust. »Das heißt, sie hat … was gehört. Sie weiß irgendwas. Und sie wird es gegen mich verwenden.«

Ich versuche, mich an unser Gespräch im Restaurant zu erinnern. Es ist nicht so, als hätten wir die ganze Zeit über unseren trügerischen Plan geredet. Oder über unsere Beziehung generell. Und warum sollte ihre Schwester überhaupt irgendwas davon gegen sie verwenden wollen?

Ich schüttle den Kopf. »Versteh ich nicht. Denkst du, sie weiß von unserem Plan? Und dass du lesbisch bist? Und warum sollte sie das gegen dich verwenden?«

»Du hast keine Geschwister, oder?« Ishu sieht mich an, als könnte ich die Mühen eines Lebens mit Geschwistern unmöglich nachvollziehen.

»Ich hab zwei Brüder. Ein Geschwisterteil mehr als du.« Mein Tonfall ist abweisender als beabsichtigt. »Würd ich mal sagen …«, schiebe ich noch hinterher.

Sie legt den Kopf schräg und betrachtet mich. »Und deine Brüder haben dich nie … runtergemacht? Versucht, dich in allem zu schlagen? Dich gemobbt?«

Ich zucke mit den Schultern. »Die sind viel älter als ich. Sie sind verheiratet und leben im Ausland und –«

»Das erklärt einiges.« Mit einem Augenrollen schneidet Ishu mir das Wort ab. »Nik ist nur ein paar Jahre älter als ich. Blöderweise haben wir unser ganzes Leben im selben Haus verbracht, und das hat uns nicht gerade füreinander erwärmt.«

»Das heißt … du denkst, dass sie dich mit dem, was sie im Restaurant gehört hat, erpressen will?«, frage ich.

»Ich befürchte es.« Ishu seufzt. »Meine Schwester und ich … sind keine Freundinnen. Irgendwie ist sie der eigentliche Grund, warum ich das alles mache.«

»Du tust wegen deiner Schwester so, als wärst du mit mir zusammen?« Ich stelle die Frage betont langsam, weil ich nicht sicher bin, ob ich Ishu richtig verstanden habe. Was habe ich mit Nik zu tun?

»Nein … ich tu so, als wäre ich mit dir zusammen, weil ich Schulsprecherin werden will. Wegen meiner Schwester«, erklärt sie. »Meine Schwester ist einfach … perfekt. Für meine Eltern ist sie perfekt, seit ich denken kann. Ich hab immer in ihrem Schatten gestanden.« Es ist schwierig, sich Ishita im Schatten von irgendwem vorzustellen. Sie ist der energischste Mensch, den ich je kennengelernt habe. Sie verströmt Selbstbewusstsein wie sonst wahrscheinlich keine andere auf der Welt. Vielleicht noch Beyoncé, aber das war's. Wobei Ishus Schwester auch nicht gerade unsicher wirkt.

»Tja, jetzt hat meine Schwester verkackt, und ich bin dran. Ich kann aus ihrem Schatten treten und genau die Tochter sein, die meine Eltern sich wünschen«, sagt Ishu.

»Findest du nicht, dass das … auch ziemlich daneben ist?«, frage ich. »Ich meine … sie ist deine Schwester. Wenn sie in Schwierigkeiten steckt, solltest du dann nicht versuchen, ihr zu helfen?«

»Sie steckt nicht in Schwierigkeiten.« Ishu zuckt mit den Schultern. »Sie hat einfach … endlich mal was falsch gemacht.« Dann lächelt Ishu ein teuflisches Lächeln, das mir Angst macht und – wenn ich ganz ehrlich bin – für ein komisches Ziehen in meiner Magengegend sorgt. Ich schüttle bloß den Kopf und nehme einen großen Schluck Kakao. Es sieht aus, als würde der Regen draußen langsam aufhören, und ich will zu Hause sein, bevor es ganz dunkel ist. Ich muss mich definitiv nicht noch tiefer in Ishus Drama mit reinziehen lassen.

KAPITEL VIERZEHN

Ishu

Dass Nik vor der Haustür wartet, als ich nach meinem »Date« mit Hani zu Hause ankomme, überrascht mich nicht.

»Hast du hier echt im Regen rumgestanden und gewartet?«, frage ich und versuche mich an ihr vorbeizuzwängen, um die Tür zu öffnen. Aber sie lässt mich nicht durch, sondern bleibt unbeweglich stehen.

»Ammu und Abbu sind drinnen«, sagt sie. »Ich will lieber noch nicht reingehen.«

»Okay. Ich wohne hier allerdings, also …« Mein nächster Versuch, an Nik vorbeizukommen, scheitert, weil sie offenbar stärker ist und mich einfach zur Seite schiebt, weg von der Tür.

»Ich will nur kurz mit dir reden«, bittet sie.

»Ich habe noch nicht mit Ammu und Abbu gesprochen, falls du darauf hinauswillst«, sage ich. »Ich weiß auch nicht, ob ich es tun werde, oder ob das überhaupt einen Unterschied machen würde. Und –«

»Ich habe selbst mit ihnen geredet«, entgegnet Nik. »Gestern. Wir waren alle vier zusammen essen.«

»Alle vier?«

»Ja, sie haben Rakesh kennengelernt.« So wie sie es sagt, ist es offenbar nicht gut gelaufen.

Trotzdem muss ich fragen: »Und …?«

»Nichts, was ich sage, wird sie von meiner Entscheidung überzeugen«, sagt sie. »Rakesh und ich fliegen morgen früh zurück nach London. Ich wollte dich vorher einfach noch mal sehen.«

»Du hast mich doch schon gesehen«, stelle ich fest, obwohl ich eigentlich nicht noch mehr Aufmerksamkeit auf unser kurzes Treffen vor dem Restaurant lenken will.

»Datest du echt dieses Mädchen?«, fragt sie. »So richtig? Heißt das, du bist … lesbisch?«

»Was redest du denn da?« Ein leichtes Zittern schleicht sich in meine Stimme. Und mein Herz fängt unwillkürlich an, wie wild zu hämmern. So laut, dass Nik es eigentlich auch hören muss. Das ist das Schlimmste, was sie über mich hätte herausfinden können. Damit kann sie Ammu und Abbu dazu bringen, mich zu hassen.

»Okay.« Nik macht einen Schritt zur Seite, als hätte sie sich entschieden, mich durchzulassen. Das macht mich nicht weniger nervös. »Ich meine nur … sie wirkt wirklich nett und … wenn Ammu und Abbu es rausfinden und dir Stress machen, ruf mich einfach an, ja?«

»Was?« Ich sehe Nik in die Augen, und sie scheint es tatsächlich ernst zu meinen. Bietet sie mir wirklich ihre Hilfe an, statt die Information zu ihrem Vorteil zu nutzen?

Nik zuckt mit den Schultern. »Wir sind doch keine Kinder mehr, die sich gegenseitig eins reindrücken müssen, Ishu«, sagt sie, als wäre sie in den paar Tagen, die sie hier war, plötzlich erwachsen geworden. Als wäre sie ein ganz anderer Mensch als die Schwester, mit der ich groß geworden bin. »Ich weiß, du willst sie beeindrucken, aber wenn – falls – es danebengeht, bin ich für dich da. Ich möchte, dass du das weißt, ja?«

»Nichts wird danebengehen. Weil … ich gar keine Ahnung hab, wovon du redest.«

Nik nickt langsam, auch wenn ihr Gesichtsausdruck verrät, dass sie es mir nicht abnimmt. »Okay, wenn du meinst. Denk einfach dran, was ich gesagt habe.« Sie sieht mir tief in die Augen, dann dreht sie sich um und geht durch den Regen davon.

*

Hanis Instagram-Post ist ein voller Erfolg. Als ich morgens aufwache, hat er bereits dreihundert Likes – keine Ahnung, wer diese Leute alle sind. Viele gehen auf unsere oder die umliegenden Schulen, manche kenne ich überhaupt nicht.

Sie hat unser »Date« sogar in ihrer Story gepostet. Bilder vom Restaurant, an die ich mich gar nicht erinnere. Bilder vom Essen. Es gibt sogar eins von mir, wie ich gedankenverloren in die Ferne blicke und mir dabei eine Gabel voll Reis in den Mund schiebe.

Außerdem hat Hani alle Fotos in unseren »Guide« hochgeladen, unter der Überschrift *Hani und Ishus erstes richtiges Date.* Die Ironie des Wörtchens *richtig* springt mir sofort ins Auge. Jedes Bild ist beschriftet, zum Beispiel mit: *Restaurant Seven Wonders! Unser Essen – war echt lecker!*

Unser Plan scheint aufzugehen. Mit Hanis Hilfe wird er vermutlich funktionieren.

Aus irgendeinem Grund freue ich mich darüber aber gar nicht so richtig. Stattdessen liege ich im Bett, sehe mir die Bilder an und fühle mich dabei irgendwie leer. Man könnte uns für ein echtes Paar halten. Wir sehen glücklich aus. Als wären wir wirklich verliebt. Aber die ganze Sache ist fake. Keine Ahnung, warum mir das plötzlich einen Stich versetzt.

Einen Moment lang frage ich mich, ob Nik und ihr Verlobter schon wieder zu Hause in London sind. Oder vielleicht gerade ins Flugzeug steigen.

Ich weiß nicht mal, wo sie wohnt. Ich weiß nicht, wie ihr Verlobter mit Nachnamen heißt, oder wie er so ist. Ich weiß nicht, wann sie heiraten, oder wo, oder ob sie mich überhaupt zur Hochzeit einladen werden.

Das sollte eigentlich alles egal sein, weil ich auf dem besten Weg bin, diesen Beliebtheitswettbewerb zu gewinnen. Schulsprecherin zu werden. Die Vorzeigetochter meiner Eltern zu werden und alle meine Träume zu verwirklichen.

Eine Nachricht ploppt auf meinem Handy auf. Von Hani.

Hani: Bewerbung zur vertrauensschülerin ist ausgefüllt. Los gehts!

KAPITEL FÜNFZEHN

Hani

Die anderen in der Schule reagieren komisch auf Ishu und mich. Streng genommen sind wir wahrscheinlich das einzige »geoutete« Paar hier, obwohl es ganz sicher noch mehr queere Paare gibt.

Auf dem Weg ins Schulgebäude kann ich die anderen flüstern hören, und auf dem Weg zu meinem Schließfach werfen sie mir verstohlene Blicke zu. Vielleicht ist unser Plan ja auch zum Scheitern verurteilt, weil wir in einer queeren Beziehung sind. Das hier ist schließlich immer noch eine katholische Mädchenschule. Auch wenn vor ein paar Jahren die Ehe für alle eingeführt wurde, ist es hier irgendwie unangenehm, queer zu sein. Genauso unangenehm, wie muslimisch zu sein.

Aber als ich ein bisschen später Instagram checke, sehe ich unter unserem Bild lauter Kommentare von Mädchen aus der Schule mit Herzaugen-Emojis und Beteuerungen, was wir für ein süßes Pärchen sind. Als ich durch die Kommentare scrolle, kann ich mir ein Lächeln nicht verkneifen.

Ishu und ich sehen auf den Bildern wirklich wie ein süßes Pärchen aus. Sie hat es irgendwie geschafft, ihr Resting Bitch Face ein Lächeln lang abzulegen, und sieht wirklich glücklich aus. Und ich auch. Wenn ich es nicht besser wüsste, würde ich uns auf dem Foto sofort für ein echtes Paar halten.

In der Mittagspause kommt Amanda Byrne zu uns an den Tisch.

»Ich wusste gar nicht, dass du mit Ishita zusammen bist!« Sie schenkt mir ein breites Lächeln, so als wäre mein Liebesleben ihr Lieblingsthema. »Ihr beide seid so ein süßes Paar!«

»Danke.« Ich wurde noch nie als Teil eines süßen Paars bezeichnet und weiß deshalb nicht genau, ob »Danke« die angemessene Antwort ist. Aber eine andere habe ich nicht. Als sie sich wieder zu ihren Freundinnen am Tisch gegenüber gesellt, sieht Amanda jedenfalls zufrieden aus.

*

»Bethany Walsh hat mich heute echt gefragt, wie wir beide zusammengekommen sind«, informiert mich Ishu nach Schulschluss an meinem Schließfach. »Ich meine … sie wollte sich echt mit mir darüber unterhalten.«

»Und fandest du das gut oder hat es dich genervt?«, frage ich. Ishus Tonfall und Miene geben darüber nämlich keine Auskunft.

Sie seufzt tief und lehnt sich ans Schließfach neben meinem. »Ach, weißt du, es wird zwar nicht leicht, meinen hart erarbeiteten Ruf aufzugeben, aber …«

»Wenn du erstmal Schulsprecherin bist, hast du den ganz schnell wieder«, versichere ich ihr.

»Klar, das ist der Plan.« Sie grinst.

»Übrigens, am Samstag hat Dee Geburtstag. Sie feiert und hat dich eingeladen.«

»Im Ernst?« Ishu richtet sich auf, ihr Grinsen wird noch breiter.

»Ich hätte nicht gedacht, dass du dich über eine Party freust.« Ich schaue sie mit hochgezogener Augenbraue an.

»Tu ich eigentlich auch nicht«, erwidert sie in einem Tonfall, den ich ihr nicht ganz abnehme. »Aber das heißt … das hier funktioniert.«

»Wir haben noch genug Zeit, alles zu verbocken, also bleib auf dem Teppich. Die Party ist *die* Gelegenheit für dich. Quatsch mit ein paar Leuten und … tu nett.«

»Krieg ich hin«, versichert sie im unüberzeugendsten Tonfall aller Zeiten. Aber wenn sie eine komplette Unterhaltung mit Bethany Walsh zustande gebracht hat, einem der aufgedrehtesten Mädchen der Schule, kann sie die anderen auf der Party vielleicht wirklich irgendwie umgarnen.

*

Als ich Freitagnachmittag nach Hause komme, sitzt Abba in seinem besten Panjabi im Wohnzimmer.

Ich spähe zu ihm rein. »Gehst du wieder in die Moschee?«

Abba stellt den Fernseher mit den bangladeschischen Nachrichten leiser und dreht sich lächelnd zu mir um. »Nur zum Maghrib-Gebet später.«

Ich brauche einen Moment, um diese Info zu verdauen. Keine Ahnung, wann Abba das letzte Mal in die Moschee gegangen ist, nur um am frühen Abendgebet teilzunehmen.

»Warum?« Die Frage platzt raus, bevor ich mich bremsen kann. Abba scheint sie allerdings nichts auszumachen.

»Ich denke, es ist zurzeit einfach wichtig, in die Moschee zu gehen. Um zu zeigen, dass ich fester Bestandteil der Gemeinschaft bin.« Es reicht wohl kaum aus, einmal zum Maghrib in die Moschee zu gehen; vor allem da er und Amma sich sonst nur zweimal pro Jahr zu den Eid-Gebeten dort blicken lassen – wenn überhaupt.

»Kann ich mitkommen?« Normalerweise schaffe ich es höchstens mal in den Ferien freitags zum Juma-Gebet in die Moschee.

Bei diesen Worten hellt sich Abbas Miene auf. »Klar!«

Ein paar Stunden später steigen wir auf dem Parkplatz vor der Moschee aus dem Auto.

Die Sonne steht tief am Himmel, und die Moschee sieht in der Abenddämmerung irgendwie ergreifend aus. Das Minarett mit der Mondsichel verschwindet schon fast im dunkler werdenden Himmel, aber die kuppelförmigen Umrisse des Gebäudes sind auch so verschwommen wunderschön. Die Außenwände sind von zahlreichen islamischen Motiven bedeckt. Bei dem Anblick überkommt mich ein Gefühl der Ruhe.

»Wir treffen uns nach dem Gebet am Eingang, okay?«, sagt Abba und schließt das Auto ab.

»Alles klar«, antworte ich. »Nach dem Gebet« heißt wahrscheinlich so viel wie: wenn er genug Hände geschüttelt und genetzwerkt hat.

Wir trennen uns am Eingangstor. Abba geht die Vordertreppe hoch, und ich verdrücke mich zum Seiteneingang; von dort aus steige ich nach oben zum Frauenbereich. Vor der Flügeltür zum Balkon streife ich die Schuhe ab und schlüpfe dann hindurch.

Der weiche Gebetsteppich unter meinen nackten Füßen fühlt sich erleichternd an, vertraut. So vertraut wie die Holzdielen zu Hause. Dieser Ort ist für mich der friedlichste auf der ganzen Welt; in die Moschee zu kommen ist auf unerklärliche Weise wundervoll. Alle hier Anwesenden sind durch eine Sache verbunden: unseren Glauben. Wir hören den Adhan und beten als Einheit. Vereint im Gebet – und doch jede für sich.

Ich finde einen Sitzplatz in der Nähe des Geländers. Wenn ich nach unten spähen würde, könnte ich dort die Männer ausmachen. Auch so schwebt ihr leises Gemurmel zu mir hoch. Der Männerbereich ist zum Maghrib-Gebet meistens ziemlich voll. Der Frauenbereich …

Ich schaue mich um. Ungefähr ein Dutzend Frauen sitzen verstreut auf dem Teppich. Eine Frau in Burka und Niqab hält die Hände auf Höhe des Gesichts, murmelt ein Gebet und wiegt sich dabei vor und zurück.

Auf der anderen Seite des Balkons versuchen zwei Mädchen in Jeans und T-Shirt – wahrscheinlich nicht viel älter als ich –, ihre feuchten Haare mit Kopftüchern zu bedecken. Offenbar haben sie sich gerade fürs Gebet gewaschen.

Mein Handy vibriert in der Hosentasche. Ich zögere einen Augenblick, bevor ich es herausziehe. Könnte ja was Wichtiges sein.

Im Gruppenchat mit Dee und Aisling sehe ich einen Haufen neuer Nachrichten. Ich habe den Chat vorhin stummgeschaltet, aber jetzt wollen sie einen Videoanruf starten. Ich lehne ab und überfliege ein paar der Nachrichten.

Aisling: Welches kleid für die party morgen??

Aisling: [Bild 1]

Aisling: [Bild 2]

Dee: Hmm auf jeden fall das zweite!

Aisling: Maira??

Dee: Hab mich auch noch nicht entschieden ...

Die Diskussion über verschiedene Kleider und Accessoires erstreckt sich über beinahe hundert weitere Nachrichten.

Der Adhan ertönt und ruft zum Gebet, also stelle ich mein Handy auf lautlos und lasse es zurück in die Tasche gleiten.

*

Ganze zwanzig Minuten warte ich draußen in der Kälte, bevor Abba endlich rausgeschlendert kommt. Er ist mit einem Mann in cremefarbenem Panjabi und einer weißen Tupi auf dem Kopf ins Gespräch vertieft. Es dauert nicht lange, dann schüttelt Abba ihm die Hand und kommt zu mir rüber.

»Tut mir leid, ich bin ein bisschen spät dran«, sagt er, sieht allerdings überhaupt nicht so aus, als ob es ihm leidtut. Im Gegenteil, er grinst von einem Ohr zum anderen.

»Wer war das?«, frage ich. Falls der Mann ein bengalischer Uncle ist, habe ich ihn jedenfalls noch nie gesehen.

Abba geht vor zum Auto, immer noch lächelnd. »Möglicherweise meine Eintrittskarte für den County Council.«

»Also ... jemand Wichtiges?«, frage ich. »Ist er Bengale?«

»Er ist ein Uncle. Er lebt schon lange in Irland ... länger als viele andere.«

»Also hat er Beziehungen«, stelle ich fest.

Wir steigen ins Auto. Abba dreht den Zündschlüssel im Schloss, und wir verlassen den mittlerweile ausgestorbenen Parkplatz. Bis zum Isha-Gebet, dem letzten Gebet des Tages, dauert es noch ein bisschen.

»Wenn er ein gutes Wort für mich einlegt, dann habe ich mit Sicherheit viele Leute auf meiner Seite«, erklärt mir Abba. »Er hat großen Einfluss. Deshalb ist es wichtig, die richtigen Beziehungen zu knüpfen, Hani. Merk dir das.« Er sagt es so, als ob ich Politikerin werden will. Bis vor Kurzem hat Abba sich nicht mal selbst wirklich für Politik interessiert – bis er seinen langjährigen Job aufgegeben hat und in den vorzeitigen Ruhestand gegangen ist.

»Und meinst du, er hilft dir?«, muss ich einfach fragen.

Abba macht ein nachdenkliches »Hmm«. Dann fährt er fort: »Ich glaube, bei ihm braucht es noch etwas mehr Überzeugungsarbeit. Wir müssen uns noch mal ausgiebig unterhalten. Er ist sehr gläubig und hat viele Ideen für die

Muslime in unserer Gemeinschaft, darum muss ich ihn davon überzeugen, dass ich in deren bestem Sinne handeln werde.«

Wie genau Abba das anstellen will, weiß ich nicht, aber diesen Uncle werde ich in nächster Zeit garantiert noch öfter zu Gesicht bekommen.

*

Ich schaue erst wieder auf mein Handy, als ich mich am Abend ins Bett kuschle. Außer den dutzenden neuen Nachrichten in unserem Gruppenchat habe ich auch noch eine Nachricht von Aisling.

Aisling: Wo hast du den ganzen tag gesteckt?

Ich seufze, unsicher, was ich darauf antworten soll. Klar, das Einfachste sollte sein, ihr die Wahrheit zu sagen: dass ich mit Abba in die Moschee gefahren bin, weil ich gerne so oft wie möglich dorthin gehe. Aber ich weiß nicht, wie Aisling auf die Wahrheit reagieren würde.

Ich: Ich habe meinem dad mit wahlkampfsachen geholfen.

Prompt erscheinen die drei Punkte – das Zeichen, dass Aisling tippt. Als hätte sie die ganze Zeit am Handy auf meine Antwort gewartet.

Aisling: Den ganzen tag????

Ich: Jap

Aisling: Du kommst aber morgen zur party, oder?

Ich: Auf jeden fall

Anscheinend ist Aisling mit dieser Antwort zufrieden, das war's nämlich mit ihren Nachrichten. Sie fragt nicht nach Abbas Wahlkampf. Sie fragt nicht, was genau ich den ganzen Tag gemacht habe.

Natürlich ist das besser so. Ich habe keine Antworten auf diese Fragen. Aber als ich mir die Decke über den Kopf ziehe, kann ich das fiese Unbehagen nicht abschütteln, das sich langsam in mir ausbreitet.

*

Am Samstagmorgen kommt Amma mit einem Glas Kokosöl in mein Zimmer. Das ist unser wöchentliches Ritual.

Zuerst bürstet sie mir die Haare und reibt sie mit Öl ein. Dann mache ich dasselbe mit ihren. Dabei geben wir uns Updates über die Ereignisse der vergangenen Woche.

Jetzt sitzt Amma hinter mir auf dem Bett und bürstet mir langsam und sanft die Haare. Ich schließe genüsslich die Augen. Das ist für mich immer der schönste Moment der Woche.

»Wie war deine Woche?«, fragt Amma, wie immer.

»Sie war … kompliziert?« Ich beiße mir auf die Lippe, unsicher, wie viel ich ihr erzählen will.

»Ach ja?«, fragt Amma. »Was war denn kompliziert?«

»Ishu ist kompliziert. Ich … hab ihre Schwester kennengelernt. Und Ishu war richtig komisch.«

»Wieso komisch?«

Ich kaue auf der Unterlippe und bereue fast, das Thema angeschnitten zu haben, ohne zu wissen, wie ich es Amma erzählen soll. Wahrscheinlich spürt sie meinen Widerwillen, sie legt nämlich die Haarbürste weg und wechselt den Platz, sodass sie mir gegenübersitzt. Dann betrachtet sie mich mit zusammengezogenen Augenbrauen.

»Na schön … was ist los? Was ist passiert?«

Ich seufze. »Na ja … Ishu und ich sind neulich essen gegangen …«

»Und?«

»Es war schön, bis wir zufällig ihre Schwester getroffen haben.«

»Nikhita.« Keine Ahnung, wie Amma ihr Gedächtnis so schnell nach dem Namen durchforstet hat. »Weil Ishita eure Beziehung vor ihrer Familie geheim hält?«

»Nein … Ishu hat gesagt, dass ihre Schwester sie damit erpressen würde. Das war ihr allererster Gedanke. Findest du das nicht komisch? Das ist doch ihre Familie!«

Amma lächelt. »Weißt du, als Polash und Akash jünger waren, haben sie ständig solche Sachen gemacht.« Sie klingt, als würde sie gerade in schönen Erinnerungen schwelgen. »Akash hat Polash ständig irgendwas weggenommen und es nur zurückgegeben, wenn Polash alles gemacht hat, was er wollte.«

»Das war doch nur ein Spiel«, sage ich. »Da waren sie noch Kinder.«

»Das stimmt.« Amma nickt. »Aber sie haben auch heute noch große Meinungsverschiedenheiten. Hattest du nicht einen Riesenstreit mit Akash, als er das letzte Mal hier war? Wenn ich mich recht erinnere, hast du ihn ein sexistisches Arschloch genannt.«

»Weil er einen sexistischen Witz gemacht hat. ›Geh zurück an den Herd‹? Das ist noch nicht mal besonders kreativ, Amma.« Obwohl Akash viel älter ist als ich, versucht er immer noch, mich mit so was auf die Palme zu bringen. Und ich hasse es. »Wie auch immer … das ist was anderes. Akash *ist* ein sexistisches Arschloch«, stelle ich nüchtern fest, und Ammas Lächeln wird breiter. »Aber er würde mich nie mit so was erpressen.«

»Familien sind kompliziert, Hani. Und jeder hat eine andere Beziehung zur eigenen Familie.« Sie beugt sich vor und legt die Hand an meine Wange. Ihre Haut ist weich und warm, und ich fühle mich sofort besser. Irgendwie schafft Amma es immer, mich zu beruhigen. Ich verstehe zwar nicht, wie sie das macht, aber ich bin dankbar dafür.

»Wenn du mit Ishu zusammen sein willst, kannst du ihr nur zuhören und sie so gut wie möglich unterstützen«, rät sie mir.

Kurz frage ich mich, was Amma wohl sagen würde, wenn sie die Wahrheit wüsste. Wie sie reagieren würde. Was sie von mir denken würde.

Ich nicke. »Ja. Wahrscheinlich war ich einfach nur überrascht. Ihre Schwester war so nett.«

»Manchmal sind Menschen anders, als es scheint.«

Leider weiß ich das nur zu gut.

KAPITEL SECHZEHN

Ishu

Ich bin noch nie von weißen Iren zu einer Party eingeladen worden. Auf bengalischen Dawats, Eid-Feiern und Desi-Hochzeiten war ich schon oft, da weiß ich, was man anzieht: einen guten Salwar Kamiz. Auf Dawats trägt man einen schlichteren, auf Hochzeiten den aufwendigsten und teuersten.

Aber auf einer irischen Geburtstagsparty würde man damit ziemlich herausstechen.

Und schon starte ich einen Videoanruf mit Hani. Keine Ahnung, wann das so selbstverständlich für mich geworden ist. Beim zweiten Klingeln geht sie ran. Sie sieht anders aus. Irgendwie natürlich. Nicht, als wäre sie gerade aus dem Bett gefallen wie neulich, auch nicht engelsgleich wie bei ihrem ersten Anruf. Sie sieht einfach aus wie sie selbst. Um die Haare hat sie ein Handtuch gewickelt.

»Hey.« Hani lächelt in die Kamera. »Ich mach mich gerade fertig.«

»Ich mich auch.« Ich seufze. »Ich weiß nicht, was man zu einer Geburtstagsparty anzieht.«

»Klamotten«, antwortet Hani trocken.

»Ach.« Ich verdrehe die Augen. »Ein Kleid? Jeans? Sollte es eher leger sein? Halbformell? Oder …«

»Definitiv nicht ›halbformell‹«, sagt Hani. »Was sind denn die Optionen? Zeig mal.«

»Jetzt gleich?«

»Ja.« Sie deutet auf den Kleiderschrank hinter mir. »Mach mal auf, damit ich sehen kann, was du so hast.«

»Ist ein bisschen unordentlich«, gestehe ich und gehe langsam rüber. Ich hab meine Sachen schon länger nicht mehr richtig sortiert. Als ich den Schrank öffne, reißt Hani die Augenbrauen so weit hoch, dass sie fast im Haaransatz verschwinden.

»Das soll unordentlich sein?«, fragt sie.

»Na ja, schon.« Ich betrachte den Kleiderschrank. Alles ist ziemlich durcheinander – ich habe beim Einräumen überhaupt nicht auf die Farbsortierung geachtet.

»Okay. Meinen Schrank kriegst du nie zu sehen«, murmelt Hani. »Woran hattest du denn gedacht?«

Ich ziehe mein liebstes Holzfällerhemd hervor. Hani schüttelt sofort den Kopf: »Nur, wenn du das totale Lesbenklischee sein willst.«

»Ich bin nicht mal lesbisch«, sage ich.

Hani zuckt mit den Schultern. »Deshalb sage ich ja Klischee. Und wenn man bedenkt, wie meine Freundinnen darauf reagiert haben, dass ich bisexuell bin, werden da bestimmt einige Leute sein, die Identitäten gerne in Schubladen stecken.« *Wie sie es schon unser ganzes Leben lang tun,* denke ich, ohne es auszusprechen. Vielleicht hat Hani verdrängt, wie ihre Freundinnen uns einander geradezu aufzwingen wollten, als ich neu an der Schule war. Bestimmt bereitet es ihnen Genugtuung, dass wir jetzt als Pärchen rumlaufen. Sie haben es ja immer kommen sehen. Wir haben einen ähnlichen kulturellen Hintergrund, also müssen wir füreinander bestimmt sein. Die gewaltigen Unterschiede in Sprache und Religion spielen da keine Rolle. Die meisten Weißen sehen unsere Hautfarbe und denken, wir wären in jeder Hinsicht gleich.

Wir gehen noch ein paar weitere Sachen durch, die von Hani allesamt abgelehnt werden. Schließlich einigen wir uns auf ein schlichtes schwarzes Kleid und, weil ich darauf bestehe, Leggings.

»Es ist doch fast Sommer«, meint Hani. »Du kannst ruhig ein bisschen Haut zeigen.«

»Will ich aber nicht.«

Hani zuckt bloß mit den Schultern und lässt es gut sein. Das ist eine der Sachen, die ich an ihr mag. Sie drängt mich zu nichts – außer im Streit vielleicht.

»Dann sehen wir uns dort? Wann kommst du?«, fragt sie.

»Keine Ahnung. Wenn ich so weit bin.«

»Bist du nervös? Du wirkst nämlich nervös.«

»Merkt man das so doll?« Hanis mitfühlendem Blick nach zu urteilen wohl schon.

»Das ist bloß eine Geburtstagsparty. Die werden eh alle so mit sich selbst beschäftigt sein, dass sie dich gar nicht beachten.« Das soll wohl beruhigend klingen, aber beim Gedanken, dass ich so einen Aufwand für eine Party betreibe, auf der mir niemand Aufmerksamkeit schenkt, fühle ich mich noch schlechter.

»Wenn ich schon hingehe, möchte ich auch bemerkt werden. Deshalb machen wir das doch. Deine Freundinnen sollen wissen, dass du nicht nur so tust, als wärst du bi. Und mich sollen die Leute als mögliche Schulsprecherin sehen.«

»Genau.« Hani nickt entschieden. »Dann solltest du die Leggings lieber zu Hause lassen …«, sagt sie mit neckisch hochgezogener Augenbraue. Einen Moment lang scheint Hani tatsächlich mit mir zu flirten. Bei dem Gedanken breitet sich ein flatteriges Gefühl in mir aus, das mir ganz und gar nicht gefällt. Dann schüttelt sie den Kopf und sagt: »Obwohl, das würde wahrscheinlich nur funktionieren, wenn du dich als Schulsprecherin an einer Jungenschule bewirbst. Also bis nachher dann?«

»Warte«, sage ich, bevor sie auflegen kann.

»Ja?«

»Könnte ich … rüberkommen und wir machen uns zusammen fertig? Und dann fahren wir gemeinsam hin?«, frage ich. »Ich … möchte da nicht vor dir auftauchen. Aisling und Deirdre sind ja eigentlich nicht meine Freundinnen.«

»Sie werden schon nett zu dir sein«, sagt Hani, ohne besonders überzeugt zu klingen. Dann nickt sie und sagt: »Ja … komm rüber.«

Eine halbe Stunde später sitzen Hani und ich wieder in ihrem Schlafzimmer. Ich in dem schwarzen Kleid mit Leggings, Hani in einem lila Kleid mit langen Spitzenärmeln.

Sie drückt mich auf den Schreibtischstuhl und macht sich mit einer Bürste an meinen Haaren zu schaffen.

»Na ja, meine Haare sind so dick und schwer, damit lässt sich nicht viel anstellen«, sage ich, während sie entschlossen scheint, irgendeine Frisur zustande zu bringen.

»Trägst du sie deshalb immer einfach offen?«, fragt sie, den Mund etwas zu nah an meinem Ohr. Ich rutsche ein

Stück zur Seite, aber das ist schwierig, weil ich mit der Haarbürste an sie gekettet bin.

»Ja, schon«, gebe ich zu. »Unsere Haare nehmen ja ziemlich viel Zeit in Anspruch.«

»Wie meinst du das?«, fragt sie. Am liebsten würde ich die Augen verdrehen. Das ist genau die Art von naivem Gespräch, die sie wahrscheinlich mit ihren weißen Freundinnen führen würde, um weiter so tun zu können, als wäre sie genau wie sie. Aber Hanis Haare reichen ihr fast bis zur Hüfte, und sie muss sie zu einem breiten Zopf flechten, um sie zu bändigen.

»Du weißt schon, was ich meine«, sage ich und versuche mir meinen gewohnten Sarkasmus zu verkneifen. »Deine Haare sind so lang und dick. Da steckst du sicher viel Arbeit rein.«

»Na ja, ich bürste sie bloß und benutze Öl und spezielle Shampoos und Conditioner … und manchmal mache ich auch Henna rein. Aber … das machen doch alle?«

Diesmal wirbele ich mit dem Stuhl herum, um zu sehen, ob sie wirklich so naiv ist.

»Hani, dir ist schon klar, dass Aisling und Deidre das nicht machen, oder?« Aislings Haare waren früher mal kastanienbraun und selbst damals schon dünn. Jetzt sind sie wasserstoffblond, und sie sieht noch bescheuerter aus als vorher. Ihre Haare waren nie auch nur annähernd so voll wie Hanis. Obwohl Deidre sich die Haare nicht bleicht oder färbt, sind sie trotzdem nur schulterlang und sehr fein. Irisches Haar ist einfach anders als bengalisches.

»Vielleicht gibt es ein paar kleine Unterschiede«, lenkt Hani ein. Doch wirklich nachgeben will sie anscheinend nicht. Sie dreht den Stuhl wieder zurück und bearbeitet mich weiter mit der Bürste. »Aber glaub mir, sie haben damit auch Arbeit. Wir sind nicht die Einzigen, deren Haare gepflegt werden müssen.«

»Ich kann das alles nicht ausstehen«, murmle ich. »So viel Zeit mit Bürsten verbringen zu müssen, jeden Morgen, nach der Schule, vorm Schlafengehen. Sie hochbinden, verschiedene Frisuren machen. Das Öl und die ganzen Shampoos und Conditioner.«

»Ich mag dein Haar, so wie es ist«, sagt Hani.

»Du kannst ja schlecht sagen, dass meine Frisur hässlich aussieht«, entgegne ich. Sie lächelt und greift sich ein paar Spangen vom Tisch, mit denen sie meine sonst so chaotischen Haare bändigt. Am Ende sieht es richtig raffiniert aus.

»Ich würde es dir schon sagen, wenn du mit deiner Frisur hässlich aussiehst«, sagt Hani, als sie fertig ist. »Ich hab nichts dabei zu verlieren, wenn ich dir die Wahrheit sage. Du kannst mir also ruhig glauben, dass du sehr hübsch aussiehst.«

Bei diesem unerwarteten Kompliment bekomme ich ganz heiße Wangen. Keine Ahnung, wann mich das letzte Mal jemand hübsch genannt hat. Vielleicht hat das noch niemand getan. Vielleicht hat mich gerade zum ersten Mal jemand hübsch genannt.

Ich muss Hanis Blick ausweichen und bringe geradeso ein Danke heraus.

KAPITEL SIEBZEHN

Hani

Auf der Fahrt zu Dee wippen Ishus Beine die ganze Zeit auf und ab und auf und ab. Dee wohnt nur fünfundzwanzig Minuten entfernt, also ist es halbwegs auszuhalten. Eigentlich finde ich es immer noch süß, wenn Ishu wegen irgendwas nervös wird. Mit Make-up und frisierten Haaren sieht sie in ihrem schwarzen Kleid fast wie ein ganz gewöhnliches hübsches Mädchen aus, das aufgeregt auf seine erste Party fährt.

»Ruft ihr mich an, wenn die Party vorbei ist?«, fragt Amma. »Außer, ihr wollt bei Dee übernachten?«

»Wir wollen nicht bei Dee übernachten, Aunty«, antwortet Ishu, ehe ich überhaupt den Mund aufmachen kann. »Wir rufen dich an. Danke fürs Fahren.«

»Viel Spaß – sagt Deirdre herzlichen Glückwunsch!« Mit diesen Worten lenkt Amma den Wagen aus Dees Einfahrt. Wir schauen ihr hinterher, bis sie verschwunden ist, und drehen uns dann zum Haus. Ishu sieht leicht grünlich aus, so als könnte sie sich jeden Moment in die Büsche übergeben.

»Bleib einfach bei mir, okay?« Ich drücke ihr leicht die Hand und klopfe an die Haustür.

Es dauert nur ein paar Sekunden, dann reißt Dee die

Tür auf. Sofort wirft sie mir die Arme um den Hals und quietscht: »Hey, ihr seid da!«

»Happy Birthday«, murmle ich und versuche dabei, ein paar ihrer rotbraunen Haarsträhnen auszuspucken. Dee macht einen Schritt zurück und strahlt mich an, bevor sie sich mit einem etwas knapperen Lächeln Ishu zuwendet. Sie hat Ishu eingeladen. Ich erinnere mich ganz genau. Ich habe sie nicht mal darum gebeten.

»Hey, Ishita«, begrüßt Dee Ishu ausdruckslos.

»Hey, herzlichen Glückwunsch.« Ishu versucht sich ebenfalls an einem Lächeln, setzt dabei aber zu sehr auf Zähne und nicht genug auf Augen.

»Sind die andern schon da?«, wechsle ich das Thema, schlüpfe durch die Tür und bedeute Ishu, mir zu folgen. »Es ist gar nicht so laut.«

»Die meisten, ja«, sagt Dee. »Die Party ist ein bisschen ruhiger als ursprünglich geplant.«

»Und damit war Aisling einverstanden?« Aisling hat noch nie irgendwas in ihrem Leben ruhig angehen lassen. An ihrem letzten Geburtstag wollte sie eine Limo mieten und hat es letztendlich nur deshalb nicht durchgezogen, weil ein anderes Mädchen aus unserer Klasse ihr zuvorgekommen ist und Aisling nicht als Nachmacherin dastehen wollte.

»Es ist *mein* Geburtstag.« Dee lächelt.

»Du siehst echt toll aus«, sage ich. Das tut sie. Ihre Haare sind hochgesteckt, und ihr rosa Kleid glitzert wie das einer Prinzessin. Irgendwie passt es zu Dees Stil. Mit dem runden Gesicht und den leuchtenden Augen könnte sie sofort als Disneyprinzessin durchgehen – besonders als Arielle mit ihren rotbraunen Haaren.

»Danke!« Dees Grinsen wird breiter. »Du siehst selber toll aus. Und du auch, Ishita.«

Diesmal ist Ishus Lächeln echt. »Danke … Hani hat mir beim Fertigmachen geholfen.«

»Hani?«

»Nur mein Spitzname«, sage ich schnell.

»Ah, Ishus Kosename für dich?«, fragt Dee.

»Nicht wirklich …«, antworte ich zögernd. Ich weiß nie genau, wie ich bengalische Dak Nams und Bhalo Nams erklären soll. »Das ist einfach der Spitzname, den Bengalis benutzen.«

»Aber dein Spitzname ist doch Maira.« Dee runzelt die Stirn, als ob es außerhalb ihrer Vorstellungskraft liegt, dass jemand zwei Spitznamen haben kann.

»Sollen wir reingehen?«, frage ich, um das Thema zu wechseln. Zum Glück hellt sich Dees Gesicht bei diesen Worten auf.

»Ja, ins Wohnzimmer, kommt mit!« Schon vom Flur aus hört man das Stimmengewirr.

»Ich hab's mir lauter vorgestellt«, flüstert Ishu. »Soll ich die Schuhe ausziehen?«

»Weiße Leute machen das eigentlich nicht«, erkläre ich. »Und ich schätze mal, Dee spart sich die große Party für ihren Achtzehnten auf.«

»Ja, wahrscheinlich«, stimmt Ishu zu.

Dee geht ins Wohnzimmer, ohne sich noch mal nach uns umzudrehen. An der Tür bleibt Ishu stehen. So blass habe ich sie noch nie gesehen.

»Es ist nur eine Party, Ishu.«

»Ich weiß.« Sie atmet einmal tief durch und lächelt mich gequält an. »Sollen wir …?«

Also gehen wir rein.

Das Wohnzimmer ist brechend voll. Auf sämtlichen Sesseln und Sofas fläzen sich Leute. Ein paar sitzen sogar auf dem Boden, was meines Wissens für Weiße an ein Sakrileg grenzt. Im Hintergrund wummert Musik, aber sie ist zu leise, um die Stimmen zu übertönen – deutlich hörbar ist nur der Bass.

»Hey, ihr zwei!« Aisling winkt uns von ihrem Platz auf der Couch aus zu, wo sie quasi das Zentrum der allgemeinen Aufmerksamkeit bildet. »Schön, dass ihr da seid. Dann kann die Party ja endlich losgehen.«

»Sie hätte auch ohne uns losgehen können. Fehlen nicht noch mehr Leute?«, frage ich.

»Ein paar, aber wir wollten unbedingt auf dich warten, Maira«, sagt Aisling mit zuckersüßer Stimme. Sofort weiß ich, dass sie irgendwas im Schilde führt. Wahrscheinlich hat es was mit Ishu zu tun. Die beiden konnten sich ja noch nie leiden.

Mit einem Kopfnicken gibt Aisling ihren Sitznachbarinnen zu verstehen, dass sie Platz machen sollen, und klopft auf das freie Polster neben sich. Eigentlich ist die winzige Couch nur für zwei gedacht, aber irgendwie quetschen Ishu und ich uns mit drauf. Ich setze mich in die Mitte. Es wäre vermutlich keine gute Idee, Aisling und Ishu nebeneinandersitzen zu lassen.

»Wir wollten gerade Kings spielen«, sagt Dee und zaubert ein paar Flaschen hervor, die, als ich sie das letzte Mal gesehen habe, mit ziemlicher Sicherheit noch im Schrank über der Spüle eingeschlossen waren. Ich bezweifle, dass Dees Eltern vom Entschluss ihrer Tochter wissen, für diese Party ihren Alkoholvorrat zu plündern. Ich bezweifle auch, dass sie sonderlich begeistert sein werden, wenn sie es herausfinden – was zwangsläufig passieren wird. Dieser Plan ist ganz eindeutig auf Aislings Mist gewachsen.

»Was ist Kings?«, frage ich.

»Ein Trinkspiel.« Aisling grinst. »Die Regeln sind ein bisschen kompliziert, aber ihr kriegt das schon hin.«

»Warum können wir nicht irgendwas Cooles spielen? Ich-hab-noch-nie zum Beispiel?«, fragt eins der anderen Mädchen, das beim Vorschlag, Kings zu spielen, die Augen verdreht.

»Weil Ich-hab-noch-nie langweilig und ausgelutscht ist.« Aislings Tonfall ist schärfer als nötig, aber niemand zuckt auch nur mit der Wimper.

Während Aisling uns in zwei Gruppen aufteilt, verteilt Dee Shots an alle. Wir vier sind im selben Team.

Als Aisling die Regeln erklärt, stößt Ishu mich an.

»Ähm, soll ich ihnen sagen, dass du nicht trinkst?«, flüstert sie. Dabei lehnt sie sich zu mir rüber, was mir einen Schauer über den Rücken jagt.

Ich schüttle den Kopf. Auf keinen Fall soll Ishu das machen. Ich will es ja selbst nicht mal machen. Nur sind meine Möglichkeiten eher begrenzt. Ich werde ganz sicher nicht dem blöden Spiel zuliebe Alkohol trinken, will aber auch nicht vor versammelter Mannschaft als Spielverderberin dastehen.

Ich beiße mir auf die Lippe und wäge meine Möglichkeiten ab. Falls Dee oder Aisling mein Unbehagen auffällt, sagen sie jedenfalls nichts. Keine Ahnung, wie es ihnen entgehen kann, oder warum ihnen nicht klar ist, dass das hier kein passendes Spiel für mich ist. Sie wissen – und zwar schon lange –, dass ich nicht trinke. Wenn sie sich abends im Schutz der Dunkelheit in die Abgeschiedenheit der Felder flüchten, um heimlich zu trinken, komme ich nicht mit. Und wenn ich es hin und wieder doch tue, dann nur, um mich mit ihnen zu unterhalten. Was denken sie denn, was das sollte?

»Okay, alle bereit?«, fragt Aisling, als sie die Regeln fertig erklärt hat. Die meisten Leute sehen aus, als hätten sie absolut keine Ahnung, was sie gleich machen sollen. Aisling sieht aus, als wäre ihr das egal. »Kapiert ihr dann schon, wenn wir spielen.«

»Aisling«, sage ich. »Ich glaub, ihr müsst euch jemand anders für euer Team suchen.« Ich hoffe, dass sie und Dee die Teams einfach neu aufteilen und nicht die ganze Aufmerksamkeit auf mich lenken, aber Aisling wirbelt herum und sieht mich mit schmalen Augen an.

»Warum?« Ich kann nicht sagen, ob sie sich dumm stellt oder ob sie es wirklich nicht weiß. Vielleicht hat sie auch schon getrunken, obwohl ihre Stimme dafür zu fest ist und ihr Blick zu klar.

»Ich … kann doch nicht mitspielen«, versuche ich es erneut.

»Du musst aber«, flötet Dee. »Es ist mein Geburtstag. Da kannst du nicht nicht mitspielen!«

Jetzt haben sich alle der Couch zugewandt, auf der wir drei sitzen. Genau das, was ich vermeiden wollte.

Ich spüre, wie sich Ishu neben mir versteift, und kann nur hoffen, dass sie jetzt nichts sagt. Ishu würde alles nur tausendmal schlimmer machen.

»Du weißt doch, dass ich nicht kann.« Meine Stimme ist leise, und ich hasse, wie sie klingt. Geschlagen. Traurig. Fast entschuldigend.

»Warum nicht?«, drängt Aisling. Entweder ist sie eine exzellente Schauspielerin, oder sie hat wirklich keine Ahnung.

»Ich bin Muslima … ich trinke nicht«, sage ich schließlich. Für einen Moment herrscht Stille, als ob allen im Raum diese Tatsache gerade zum ersten Mal klargeworden ist.

»Ja, aber du bist doch nicht so eine Muslima«, entgegnet Dee dann. »Du trägst nicht mal dieses …« Sie macht eine kreisende Bewegung um den Kopf. Um einen Hijab anzudeuten, nehme ich an.

»Hm. Ich weiß nicht, was für eine Art Muslima ich bin, jedenfalls trinke ich nicht«, sage ich und versuche, den Kloß in meinem Hals runterzuschlucken. »Sorry …«

Aisling lächelt. Ihr Lächeln ist zwar freundlich, aber es liegt auch ein Anflug von Grausamkeit darin. »Ist schon okay. Dann finden wir eben jemand anders für unser Team … Hannah? Kannst du mit Maira Plätze tauschen?«

Mit Hannah den Platz zu tauschen fühlt sich demütigend an. Wie die Strafe dafür, dass ich nicht mitspiele. Alle gucken zu, wie wir uns umsetzen, die Stille im Raum ist beinahe greifbar. Die ganze Zeit über kämpfe ich mit den Tränen.

Hannahs Platz ist in der äußersten Ecke des Zimmers, und als alle anderen für das Spiel zusammenrücken, fühle ich mich noch mehr wie eine Außenseiterin. Es ist, als ob sie alle zusammengehören – und ich bleibe als Einzige übrig.

Auf meinem neuen Platz würdigt mich niemand mehr eines Blickes. Niemand … außer Ishu.

Sie lächelt mich an. Nicht mit diesem gezwungenen,

unbeholfenen Lächeln, das sie aufsetzt, wenn sie verzweifelt versucht, nett zu sein.

Es ist ein echtes, aufrichtiges Lächeln.

Das ist das Einzige, was mich die nächste Stunde überstehen lässt.

KAPITEL ACHTZEHN

Ishu

Am Ende sind alle außer mir angetrunken. Während Aislings dämlichem Spiel sind noch einige Leute dazugekommen. Die Musik wird immer lauter. Die Party größer und wilder. Und Hani sitzt die ganze Zeit am Rand, sieht traurig aus und versucht angestrengt, es zu überspielen.

Sobald wir fertig sind, verteilen sich alle über die Zimmer. Deirdre bestellt Pizza von Domino's, und Aisling dreht die Musik im Wohnzimmer auf, bis man sich selbst kaum mehr denken hören kann, was die Hälfte der Leute aus dem Zimmer vertreibt.

Ich schlängle mich zu Hani durch, greife nach ihrer Hand, und wir lassen uns von der Menge treiben, bis wir im Flur eine geschützte Ecke finden. Selbst hier ist die Musik noch so laut, dass wir ein bisschen zu nah beieinanderstehen müssen, um uns gegenseitig zu verstehen.

»Alles okay?«

Hani zuckt mit den Schultern. »Klar, was soll denn sein?« Ihr Lächeln ist offensichtlich nicht echt.

»Dir ist klar, dass Aisling und Deirdre das so geplant haben, oder?« Hani zuckt zusammen und macht einen Schritt zurück, als würde die Wahrheit ihr körperliche Schmerzen bereiten.

Sie schüttelt den Kopf. »Warum sollten sie das tun? Das sind meine Freundinnen.«

»Weil sie Arschlöcher sind, vielleicht?«, schlage ich vor.

Hani schüttelt nur wieder den Kopf. Keine Ahnung, wem sie was vormachen will. Wir wissen ja wohl beide, dass Freunde sich nicht so verhalten.

»Wir sollten wieder reingehen«, sagt sie. »Du wirst nicht Schulsprecherin, indem du hier rumstehst und mit mir redest.«

Wieder reingehen, mit Leuten reden und mich in Aislings Nähe aufhalten ist das Letzte, was ich will. Aber Hani hat recht. Ich bin nicht hergekommen, um sie zu überzeugen, dass sie bessere Freundinnen als diese Arschlöcher verdient hat. Ich bin hergekommen, um die Leute zu überzeugen, dass ich Schulsprecherin sein sollte. Um zu netzwerken. Um mich mit Leuten anzufreunden.

Das hier ist Hanis Problem, nicht meins.

Trotzdem zieht sich mir der Magen vor Schuldbewusstsein zusammen, als ich nicke. »Ja, du hast recht. Wir sollten … mit ein paar Leuten reden.«

»Dann mal los.« Wir machen einen Bogen ums Wohnzimmer, wo Aisling mittlerweile für eine Tanzfläche die Tische und Sofas an die Wand geschoben hat. In der Küche stehen die Leute mit Getränken und Snacks herum. Sie warten wohl auf die Pizza. Bei dem Gedanken beginnt mein Magen zu rumoren. Ich habe seit dem Frühstück nichts gegessen und bin langsam am Verhungern.

»Hey, Leute!« Hani winkt einer Gruppe Mädchen in einer Ecke der Küche zu. Sie sind in unserem Jahrgang: Gemma Young, Aoife Fallon und Meg Hogan. Mit steifem Lächeln wenden sie sich uns zu.

»Hey, Hani«, murmeln sie im Chor und fühlen sich sichtlich unwohl. Entweder fällt Hani die unangenehme Stimmung nicht auf, oder sie ignoriert sie.

»Gefällt euch die Party?«, fragt Hani mit einem Lächeln.

»Klar. Kings hat echt Spaß gemacht«, sagt Gemma spitz. Hani streicht sich eine Strähne aus dem Gesicht, lässt sich von Gemma aber nicht beirren.

»Ja, sah aus, als hättet ihr echt Spaß gehabt«, sagt sie. »Aber ist ja noch früh.« Sie schüttelt den Kopf und wendet sich mir zu. »Ishita kennt ihr ja, oder?«

»Ja.« Aoife schenkt mir ein Lächeln, das die Augen nicht ganz erreicht. »Hey, Ishita.«

»Hi!« Meine Stimme klingt unnatürlich hoch. Hani muss sogar schmunzeln, weil ich mich so seltsam anhöre. »Ähh … ich freu mich schon auf die Pizza.«

Kühl lächelnd taxieren die drei uns weiter. Sie stehen sehr nah beieinander und machen bisher keine Anstalten, uns in den Kreis zu lassen. Werden sie vermutlich auch nicht mehr.

»Brauchst du eine besondere Art Pizza, Maira?«, fragt Gemma. Ihre Stimme trieft vor Mitleid, vermischt mit einer Spur Grausamkeit. Am liebsten würde ich Hani von ihnen wegziehen. Weg von dieser Party. Deshalb gehe ich nie zu so was.

Hani bewegt sich keinen Zentimeter von der Stelle. Sie hebt eine Augenbraue und fragt: »Brauchst du nicht eine besondere Pizza, Gemma? Du bist doch Vegetarierin. Und du kannst doch nicht mal Pizza essen, oder, Meg? Hast du Dee Bescheid gesagt?«

Meg, die bisher geschwiegen hat, sieht etwas verängstigt aus, weil sie jetzt mit reingezogen wird. Mit runden Augen schüttelt sie den Kopf.

»Hab vorher schon gegessen«, antwortet sie schüchtern.

»Ich kann trotzdem gerne was Glutenfreies für dich auftreiben. Ich frag Dee. Mach ich gerne. Für sie ist das bestimmt auch kein Problem.« Hani lächelt und verkündet: »Bin gleich wieder da.« Dann nimmt sie meine Hand und zieht mich von ihnen weg.

»Nicht schlecht«, raune ich ihr zu, während wir uns zwischen den Leuten hindurchschlängeln. »Aber du weißt schon, dass du nicht …«

Ich unterbreche mich selbst, als mir plötzlich frische Luft entgegenschlägt. Es ist schon fast Sommer, aber das Wetter scheint das Memo nicht bekommen zu haben. Draußen ist es immer noch so kalt, dass man eine Jacke braucht. Ich habe keine dabei, aber Hani läuft zielstrebig bis ans hintere Ende des Gartens zu einer Bank am Zaun.

Sie nimmt Platz, und ich setze mich neben sie. Das einzige bisschen Helligkeit kommt von einem schmalen, silbernen Streifen Licht aus der Küche.

Hani seufzt tief, und ich verstehe sofort, dass dieser Abend für sie nicht leicht war. Vielleicht sogar schwieriger als für mich.

»Tut mir leid«, sagt sie. »Es funktioniert einfach nicht.«

»Machst du mit mir Schluss?«, frage ich im Scherz. Als ich Hanis Blick bemerke, denke ich plötzlich, dass sie vielleicht wirklich gleich mit mir Schluss macht.

»Du wolltest so tun, als ob wir zusammen sind, damit dich alle mögen, aber … dabei kann ich dir wohl nicht helfen. Aisling mag dich nicht und lässt das alle wissen.«

»Du meinst, deshalb benehmen sich alle so komisch?

Meinetwegen?« Warum bin ich da nicht früher drauf gekommen? Die Party ist so, weil ich dabei bin. Ohne mich würde Hani sich jetzt mit ihren Freundinnen amüsieren. Mit ihnen tanzen. Mit ihnen essen. Einfach eine richtig gute Zeit haben. Nur meinetwegen sitzt sie hier draußen und sieht traurig aus.

»Wegen Aisling. Ich glaube, das funktioniert nicht«, sagt Hani. »Tut mir leid, dass ich dir nicht helfen kann.«

»Kannst du doch«, widerspreche ich. »Deinetwegen kennen mich schon viel mehr Leute. Ein paar werden sicher für mich stimmen.«

Schmunzelnd sieht Hani mich an. Ich spüre ein Flattern in der Brust. Es ist schön, sie wieder lächeln zu sehen, nachdem sie den ganzen Abend so traurig gewirkt hat. Ich hatte schon fast vergessen, wie ihr Lächeln ihr ganzes Gesicht zum Strahlen bringt.

»Wusste gar nicht, dass du so eine Optimistin bist«, sagt sie.

»Ich bin keine Optimistin«, schnaube ich. »Ich bin … Opportunistin. Und ohne dich schaffe ich es garantiert nicht, Schulsprecherin zu werden. Mit dir hab ich zumindest eine Chance. Und du brauchst mich doch auch noch, oder nicht? Oder willst du eine andere Fake-Freundin casten, die deine Freundinnen nicht hassen?«

Hani schüttelt wieder den Kopf, und kurz befürchte ich, sie könnte die ganze Sache wirklich beenden. Dann sagt sie: »Ja. Vielleicht … vielleicht kann's doch noch was werden. Keine Ahnung.«

Das klingt nicht gerade zuversichtlich, aber mehr kann ich mir von dieser furchtbaren Party wohl nicht erhoffen.

KAPITEL NEUNZEHN

Hani

Sonderlich lange halten wir es nicht auf der Party aus. Es ist gar nicht so leicht, abfällige Bemerkungen und Seitenblicke zu ignorieren, wenn das alles ist, was man abkriegt. Und Dee und Aisling beachten mich den restlichen Abend überhaupt nicht mehr – als wären wir nicht seit Jahren beste Freundinnen.

Als Ishu und ich uns leise durch die Vordertür davonstehlen und das laute Wummern hinter uns lassen, haben sie noch nicht mal den Kuchen angeschnitten.

Niemand scheint mitzubekommen, dass wir gehen. Niemandem scheint es was auszumachen.

Am allerwenigsten Aisling und Dee.

»Ich ruf mal Amma an.« Ich hole mein Handy aus der Handtasche. Ehe ich den Finger an den Sensor halten kann, legt Ishu die Hand auf den Bildschirm und hält mich zurück.

»Es ist so ein schöner Abend«, sagt sie. »Sollen wir nicht laufen? Zu mir ist es nicht so weit.«

»Aber –«

»Du kannst bei mir übernachten, wenn du willst.« Ishu zuckt mit den Schultern, als wäre es ihr egal, wo ich schlafe – was nicht gerade die netteste Einladung zum Übernachten ist. Aber … so wie sie die Schultern hängen lässt und betont lässig wegguckt, weiß ich, dass sie sich eigentlich freuen würde.

»Klar«, sage ich. »Kann ich machen.« Nach diesem Reinfall von einem Abend ist es schön, irgendwohin eingeladen zu werden.

Ishu lächelt, und mir stockt der Atem. Sie lächelt so selten, dass sich jedes Lächeln – wenn es eins von den echten ist, die sie komplett zum Strahlen bringen – wie ein Geschenk anfühlt. Wie etwas Vertrautes, das nur für mich bestimmt ist.

»Dann komm mit, mir nach.« Sie macht kehrt und läuft los. Wir haben beide hochhackige Schuhe und dünne Kleider an. Obwohl der Abend jetzt überraschend angenehm ist – kühl und klar –, sind wir nicht unbedingt für einen langen Spaziergang ausgestattet.

Als wir so weit gelaufen sind, dass die Party nicht mehr zu hören ist und uns stattdessen die Geräusche der Nacht umgeben – Stille, unterbrochen vom sanften Rauschen des Windes und dem Klang raschelnder Blätter –, bricht Ishu schließlich das Schweigen.

»Kann ich dich was fragen?«

»Ähm … ja.« Ich habe ein bisschen Angst vor ihrer Frage, besonders, weil sie geradeaus starrt, statt meinen Blick zu erwidern.

»Warum … fluchst du nie?« Ich weiß nicht, was ich erwartet habe, aber das definitiv nicht. Ich kann das Kichern nicht zurückhalten. Ishu schaut mich mit hochgezogener Augenbraue und amüsiert funkelnden Augen an.

»Das war ernst gemeint«, beharrt sie. »Ich hab mich das schon lange gefragt.«

»Na ja … weil … ich muslimisch bin«, erkläre ich, sobald ich mich ein bisschen beruhigt habe.

»Was?« Ishu sieht tatsächlich ein bisschen verblüfft aus. Nach allem, was gerade auf der Party passiert ist, sollte sie das eigentlich nicht sein, finde ich.

»Ja …«, sage ich langsam. »Das ist mir einfach wichtig. So wie in den Ferien zum Juma-Gebet in die Moschee zu gehen und jedes Wochenende im Koran zu lesen.«

»Ich nehme mal an, deine Freundinnen wissen davon nichts.« Es klingt nicht wie eine Frage, eher wie eine Feststellung.

Irgendwo tief in meiner Brust blüht ein Gefühl der Scham auf. Ich versuche, es zu unterdrücken. »Nein … das brauchen sie nicht wissen.« Ich zucke mit den Schultern.

»Warum nicht?« Ishu klingt aufrichtig interessiert und kommt mir sogar ein kleines Stück näher, sodass unsere Hände sich beim Gehen beinahe streifen. Als ob sie kein Wort von mir verpassen will.

»Na ja … ich will nicht … anstrengend sein, verstehst du?«

Ishu blinzelt verständnislos. »Ich kann mir nicht vorstellen, dass du je … anstrengend sein könntest.«

Ich lache leise. »Ich meine, also … ich will nicht zu … muslimisch sein. Ich weiß nicht, an welchem Punkt man zu anstrengend wird. Aber wenn der Punkt erreicht ist, behandeln einen alle, als wär man anders und komisch, und dann ist man plötzlich die Außenseiterin.«

»So wie heute Abend?«, fragt Ishu. Wegen dem Anflug von Mitleid in ihrer Stimme fühle ich mich unwohl. Ich reibe mir die Ellbogen, obwohl es nicht mehr wirklich kalt ist.

»Ja, so ungefähr.«

»Du solltest bei deinen Freundinnen du selbst sein können. Wenn dein Glaube dir wichtig ist … solltest du diesen Teil von dir mit ihnen teilen können«, sagt Ishu.

»So einfach ist das nicht.« Ich schüttle den Kopf. Ishu kapiert das nicht. Ishu gehört zu der Sorte Mensch, der es egal ist, was andere von ihr denken. Deshalb sind wir hier, deshalb täuschen wir eine Beziehung vor. Weil Ishu so tun muss, als ob es ihr nicht egal wäre, was andere von ihr denken. Aber sie musste sich nie anstrengen, sich nie verändern, sich nie verbiegen, um irgendwo reinzupassen, wo sie nicht hingehört.

»Glaubst du an Gott?«, wechsle ich das Thema. Kommt mir irgendwie leichter vor.

»O Gott, auf gar keinen Fall«, sagt Ishu spöttisch.

Ich muss lachen. »Die Ironie fällt dir schon auf, oder?«

Wieder sieht Ishu mich mit diesem Lächeln an. »Dir?«

»Sieht ganz so aus.«

»Ich kapier's einfach nicht«, sagt sie. »Diese ganze Gott-Geschichte … meine Eltern waren nie besonders gläubig. Ich glaube, meine Nana, Nani, Dada, Dadi … die waren ziemlich gläubig. Als ich klein war, waren die Pujas für meine Familie immer wichtige Rituale. Aber seit wir hergekommen sind …« Ishu zuckt mit den Schultern.

»Ist nicht jedermanns Sache«, sage ich.

»Du kannst mit mir drüber reden, wenn du magst …« Ishu verstummt, als ob sie sich nicht ganz sicher ist, was dieses Angebot betrifft. »Ich meine …« Sie wirft mir einen schnellen Blick zu. »Weil du ja nicht mit deinen Freundinnen darüber reden kannst. Noch nicht.«

Die Vorstellung, mit einer nicht muslimischen Person

über meine Religion zu sprechen, ist komisch, aber trotzdem durchströmt mich bei Ishus Worten ein warmes Gefühl.

»Okay … danke.«

*

Ich war noch nie bei Ishu zu Hause. Sie wohnt in einem schmalen, trist wirkenden Reihenhaus. Die Wände sind in einem dumpfen Beige gestrichen, und abgesehen vom unbedingt nötigen Mobiliar gibt es drinnen nicht viel zu sehen.

»Es ist … nett hier.« Ich streife umher, spähe um die Ecken und rechne jeden Moment damit, dass Aunty und Uncle auftauchen. Aber sie sind nirgendwo zu sehen. Im Haus ist es sogar noch stiller als draußen.

»Ammu und Abbu sind nicht da«, sagt Ishu. Sie beobachtet mich amüsiert, und als ich sehe, wie sie mich anschaut, steigt Hitze in mir auf. »Die sind auf ihrer eigenen Party.«

»Oh … ist heute eine Dawat?«

»Ja … eigentlich eine indische Party. Keine bengalische. Zu denen gehen sie nicht ganz so oft, aber …« Ishu zuckt mit den Schultern. »Komm, mein Zimmer ist da lang.«

Ishu führt mich nach oben in ihr Schlafzimmer, und ich bin nicht überrascht, dass es absolut perfekt aussieht. Hier hat jedes einzelne Ding seinen Platz. Keine Klamotten auf Bett oder Boden. Keine Bücher außerhalb der Regale. Das Bett makellos gemacht.

»Wow«, ist alles, was ich bei dem Anblick rauskriege. »Ich wusste ja, dass du eine Perfektionistin bist, aber das hier ist …«

»Ich bin keine Perfektionistin«, erwidert Ishu abwehrend. Sie schaut sich im Zimmer um, als ob sie es zum ersten Mal sieht. »Ich mag es einfach … wenn alles … ordentlich ist.«

»Schon klar.« Lächelnd lasse mich mit meinem ganzen Gewicht aufs Bett plumpsen. Ishu zuckt tatsächlich zusammen, was mich nur noch breiter lächeln lässt. Es ist irgendwie niedlich, wie sehr sie alles perfekt haben will. Wie peinlich genau sie auf Ordnung bedacht ist. Ich meine, niedlich wahrscheinlich nur, solange ich nicht in echt mit ihr zusammen oder befreundet bin. Dann könnte es vermutlich schnell anstrengend werden.

Anmutig lässt Ishu sich neben mich aufs Bett sinken. So anmutig, dass die Matratze sich kaum bewegt oder Geräusche von sich gibt.

»Ähm … kann ich dich was fragen?«, sage ich und schaue ihr direkt in die Augen.

Sie starrt zurück – wobei sie leicht den Hals verdrehen muss. Es ist komisch: Wie sie da so auf einer Ecke der Matratze sitzt, wirkt sie fehl am Platz. In ihrem eigenen Zimmer, ihrem eigenen Bett. Dem einen Ort, wo sie hingehören sollte.

»Du hast mich schon was zu Gott und so gefragt«, erinnert mich Ishu.

»Okay … kann ich dich noch was fragen?«

»Wenn du willst.« Sie zuckt mit den Schultern.

»Warum möchtest du unbedingt Schulsprecherin werden?« Das ist die Frage, die mir seit Beginn der ganzen Sache nicht aus dem Kopf gegangen ist. Schulsprecherin ist nicht gerade ein heißbegehrter Posten. Klar, es ist eine beeindruckende Leistung, an die Spitze des Jahrgangs gewählt zu werden. Aber die Position bringt auch viel Verantwortung mit sich – man muss sich um den Abschlussball kümmern, die Klassenfotos, die Zeremonie für die Schulabgängerinnen, die Jahrgangspullis. Das macht alles nicht sonderlich viel Spaß, vor allem nicht Ishu.

Ishu seufzt. Diesmal bewegt sich das Bett, so tief ist anscheinend ihr Seufzer. Sie legt sich neben mich, und die schwarzen Haare umrahmen ihr Gesicht wie ein Fächer.

»Meine Schwester war nicht Schulsprecherin«, sagt sie nach einer kurzen Stille. »Und … ich will meinen Eltern zeigen, dass ich nicht meine Schwester bin. Dass ich … das Ziel vor Augen habe.«

»Welches Ziel?«

Ishu dreht den Kopf, sodass wir uns direkt anschauen. »Auf die bestmögliche Universität gehen. Ärztin werden. Damit sich das alles … gelohnt hat.«

»Was alles?«

Ishu schließt die Augen und holt tief Luft. »Meine Eltern hatten nichts, als sie hergekommen sind … jetzt haben sie diesen kleinen Laden. Am Anfang ist mein Dad Taxi gefahren, und wir haben in einer winzigen Ein-Zimmer-Wohnung gelebt. Sie konnten nicht zur Beerdigung von Nana, Nani, Dada und Dadi. Ich will nicht, dass sie denken, das wäre alles umsonst gewesen.«

»Ich glaub nicht, dass sie so was denken«, erwidere ich sanft. Ich kann mir nicht vorstellen, dass Amma und Abba ihre Opfer für umsonst halten würden, nur weil mein Leben nicht genau so verläuft, wie sie es sich ausgemalt haben. Vor allem jetzt, wo Amma mir erzählt hat, wie sie und Abba nach meinem Coming-out ihren Blick auf die Zukunft ändern mussten.

»Ich … will sie einfach nicht enttäuschen«, erklärt Ishu. Sie nickt einmal entschieden mit dem Kopf, als wäre damit alles gesagt. Dann gähnt sie so laut, dass ihre perfekte Fassade in sich zusammenbricht. »Ups.« Sie hält sich die Hand vor den Mund und wirft mir einen Blick zu. Ich muss grinsen. Ich frage mich, bei wem Ishu einfach sie selbst ist. Bei ihrer Schwester? Ihren Eltern? Hat sie irgendwelche Freundinnen oder Freunde außerhalb der Schule? Aber ich habe nicht das Gefühl, als könnte ich ihr diese Fragen stellen.

»Wir sollten mal schlafen, oder?«

»Ich kann dir ’nen Pyjama geben.« Ishu springt vom Bett auf, wühlt im Kleiderschrank und fördert schließlich zwei Pyjamas zutage. Beide sehen so unberührt und makellos aus, dass ich fast ein bisschen Angst habe, meinen beim Tragen zu zerknittern.

Wir ziehen uns trotzdem beide um, und ich krieche – nach einer kurzen Nachricht an Amma – in Ishus Bett. Ishu starrt mich allerdings nur an und reibt sich die Arme.

»Was ist?«

»Ich kann auf dem Boden schlafen?«, schlägt sie wie eine völlig Irre vor.

»Dir ist schon klar, dass wir bengalisch sind, oder?«, frage ich. »Ich hab schon mit drei Fremden im selben Bett geschlafen.«

Ishu lächelt vorsichtig. Kurz sieht es aus, als ob sie noch was sagen will. Doch dann kriecht sie ins Bett und rutscht so weit von mir weg, dass wir genau so gut zwei einsame Inseln im Ozean sein könnten.

»Gute Nacht, Hani«, seufzt sie ins Kissen.

»Gute Nacht, Ishu.«

KAPITEL ZWANZIG

Ishu

Ich wache auf, weil ich an Hanis Haaren zu ersticken drohe. Egal, wie gut ihr Shampoo riecht, niemand braucht gleich morgens so viele Haare im Mund. Ich huste leise – um Hani nicht zu wecken – und drehe mich von ihr weg.

Die Uhr auf meinem Handy zeigt 5:56 Uhr. In vier Minuten klingelt mein Wecker. Ich schalte ihn aus und rutsche bis an die Matratzenkante. Das Bettgestell quietscht bei jeder Bewegung, und ich sehe mehrmals nach, ob Hani wach wird. Aber sie schläft weiter wie ein Stein. Offenbar hat sie einen ziemlich festen Schlaf.

Sie liegt fast in der Mitte vom Bett, als wäre es ihr eigenes. Merkwürdige Position, aber egal.

Ich presse die Augen zusammen und versuche mit aller Kraft, wieder einzuschlafen. Es ist gestern schließlich ziemlich spät geworden. Meine Routine wurde gestört. Ich sollte länger schlafen können. Aber egal, wie lange ich mit geschlossenen Augen daliege, ich werde nicht wieder müde. Ich bin hellwach.

Also beschließe ich aufzustehen, schleiche ins Bad und mache mich fertig.

Als ich zwanzig Minuten später zurück ins Zimmer

komme, ist Hani schon angezogen und legt gerade den Schlafanzug zusammen, den ich ihr geliehen habe.

»Guten Morgen!«, sagt sie fröhlicher, als irgendjemand morgens klingen sollte. Oder überhaupt jemals.

»Morgen …«, brumme ich. »Eben, als ich aufgestanden bin, hast du noch geschlafen wie ein Murmeltier.«

Hani sieht mich an und zuckt mit den Schultern. »Tja, jetzt bin ich wohl wach wie ein Murmeltier? Ich muss dann mal … weißt du, ob von hier ein Bus zu mir nach Hause fährt?«

»Meine Eltern können dich fahren«, biete ich ihr an. »Du solltest wenigstens noch zum Frühstück bleiben.« Zu gehen, ohne etwas zu essen, wäre extrem unhöflich. Das sollte Hani eigentlich wissen.

»Ich muss wirklich los«, beharrt sie, ohne mir in die Augen zu sehen. »Gestern Abend bin ich nicht nach Hause gekommen, deshalb will ich jetzt nicht erst so spät los.«

»Ähm, es ist sechs Uhr dreißig?«

Hani seufzt. »Ja, aber …« Sie zuckt bloß mit den Schultern, als ginge es eben nicht anders.

»Die meisten Buslinien fahren noch gar nicht. Es ist Sonntag … was ist denn los?« Hani ist merkwürdig unruhig heute Morgen, so kenne ich sie gar nicht.

Sie streicht sich eine Haarsträhne hinters Ohr und sieht mich endlich direkt an.

»Ich … hab gestern das Abendgebet verpasst. Aber wenn ich jetzt nach Hause fahre, schaffe ich es noch rechtzeitig zum Morgengebet.«

»Oh.« Ich habe Hani noch nie übers Beten reden hören – nicht, dass wir befreundet wären. Trotzdem, ich wusste nicht mal, dass sie regelmäßig betet. Wenn sie es schon mir gegenüber nur so zögernd erzählt, wissen ihre Freundinnen bestimmt nichts davon. »Und hier kannst du nicht beten? Also, wir haben jetzt keinen Gebetsteppich, aber …«

»Könnte ich schon.« Hani nickt. Ein zartes Rosa breitet sich auf ihren Wangen aus, als wäre es ihr peinlich zu fragen. Raum einzunehmen, um etwas zu tun, was sie von mir unterscheidet.

»Weißt du was?«, sage ich und bewege mich langsam in Richtung Tür. »Ich geh mal Frühstück machen. Komm einfach runter, wenn du so weit bist. Du kannst dir alles aus meinem Schrank nehmen und natürlich das Bad benutzen. Oder … auch nicht. Wie du willst.« Ich zucke mit den Schultern. »Bis gleich dann, ja?« Ich schließe die Tür hinter mir, ohne eine Antwort abzuwarten.

*

Fünfzehn Minuten später kommt Hani mit leicht beschämtem Gesichtsausdruck die Treppe herunter. Ich werfe ihr ein Lächeln zu und biete ihr einen Platz an.

»Sind deine Eltern immer noch nicht zurück?«, fragt sie und sieht sich um, als könnten Ammu und Abbu jeden Moment unter dem Esstisch hervorspringen.

»Die schlafen wahrscheinlich noch.« Ich zucke mit den Schultern. »Am Wochenende stehe ich meistens früher auf, um zu … lernen.«

»Oh.« Hani mustert mich interessiert, bevor sie sich auf ihr Paratha mit Omelette stürzt. Mehr war auf die Schnelle nicht drin.

»Du hättest mir ruhig auch einfach Cornflakes geben

können«, bemerkt Hani, während sie zufrieden weiterisst. »Das wär kein Problem gewesen. Du hättest dir nicht so eine Mühe machen müssen.«

Ich zucke mit den Schultern. »Kein Ding. Ammu und Abbu wären sauer, wenn ich dir Müsli vorsetze. Du bist schließlich ein Gast.«

»Klar.« Sie nickt. Einen Moment lang kauen wir still vor uns hin. Dann sieht Hani mich an.

»Es ist schon ein bisschen komisch.«

»Tut mir leid? Ich bin nicht die beste Köchin.«

»Nein.« Sie lacht auf. »Hier bei dir zu Hause zu sein, meine ich … Paratha zu essen und … in deinem Zimmer zu beten. Das fühlt sich komisch an. Aber … schön.«

Sie hat also tatsächlich in meinem Zimmer gebetet. Bei dem Gedanken wird mir aus irgendeinem Grund ganz warm, was ich zu ignorieren versuche.

»Ja, schon irgendwie«, gebe ich zu. Schön hätte ich jetzt vielleicht nicht direkt gesagt, aber komisch ist es schon. Besonders, weil ich in einer Million Jahre nicht gedacht hätte, dass es dazu mal kommt.

»Danke.« Sie starrt auf den Teller. »Mit meinen Freundinnen kann ich so nicht sein.«

Wieder will ich fragen, *warum.* Warum ist sie mit Leuten befreundet, vor denen sie nicht sie selbst sein kann? Bei denen sie sich unwohl fühlt und für sich selbst schämt? Aber fürs Erste haben wir einander vermutlich genug anvertraut. Wir haben tiefgründige Gespräche geführt. Im gleichen Bett geschlafen. Zusammen gefrühstückt. Das ist mehr als genug für die nächsten hundert Jahre.

»Kein Problem«, sage ich nur und wende mich wieder meinem Teller zu.

Nach dem Essen sind Ammu und Abbu immer noch nicht aufgestanden, und Hani öffnet auf dem Handy den Busfahrplan.

»Wenn du noch ein bisschen wartest, können sie dich fahren«, biete ich erneut an.

Hani schüttelt den Kopf. »Ich will ihnen keine Umstände machen, so am Wochenende.«

Ich bringe Hani zur Tür, wo sie einen Moment stehen bleibt. Anscheinend weiß keine von uns beiden so richtig, wie wir uns verabschieden sollen.

»Gut, dann … danke«, murmelt Hani schließlich, ohne mir direkt in die Augen zu sehen. »Wir sehen uns Montag in der Schule.«

Nachdem Hani gegangen ist, gehe ich hoch und finde mein Zimmer genau so vor, wie es sein soll. Den geliehenen Schlafanzug hat sie weggelegt, und das Bett ist ordentlich gemacht. Aber obwohl alles exakt so aussieht wie sonst, fühlt das Zimmer sich eindeutig anders an. Als wäre noch was von Hani übrig, das ich einfach nicht aus dem Kopf bekomme. Fast meine ich, ihr Shampoo und ihr Parfüm noch riechen zu können. Ich bin mir nicht sicher, ob es daran liegt, dass sie in meinem Zimmer war, oder dass sie in meinen Gedanken rumgeistert.

Ich schüttle den Kopf und krame meine Schulbücher hervor.

Zeit, zur Routine zurückzukehren.

KAPITEL EINUNDZWANZIG

Hani

Wahrscheinlich sollte ich von meinen Freundinnen keine Entschuldigung annehmen – oder sonst irgendwas. Trotzdem checke ich immer wieder mein Handy. Vielleicht wollen sie ja doch noch erklären, was gestern Abend passiert ist. Warum sie sich plötzlich gegen mich gewandt haben.

Es fühlt sich wie die Strafe dafür an, dass ich Zeit mit Ishu verbringe, obwohl ich weiß, dass Aisling sie nicht mag. Aber … das würde Aisling nicht wirklich bringen, oder?

Ihr bei der Wahl zur Schulsprecherin zu helfen ist das Mindeste, was ich für Ishu tun kann. Gestern hat sie sich als Einzige wie eine Freundin verhalten. Und heute früh …

Ich schüttle den Kopf, versuche, sie daraus zu vertreiben.

Die Sache ist die: Ich finde es immer schwieriger, nicht an Ishu zu denken. Schon lange habe ich mich mit niemandem mehr so gefühlt wie mit ihr. Sicher. Geborgen. Wertvoll. Wie ich selbst.

Aber so sollte ich mich bei ihr nicht fühlen. Wir tun

nur so, als ob, und vielleicht ist sie einfach zu gut darin, und ich habe es bisher bloß noch nicht kapiert.

Statt mich weiter auf Ishu, den Verrat meiner Freundinnen und sonstige Gedankenspiralen zu konzentrieren, setze ich mich an meinen Koran. Das Einzige, was mir wirklich hilft, meine Mitte zu finden.

»Bismillahir Rahmanir Rahim«, fange ich an.

*

Nach über einer Stunde lenkt mich mein vibrierendes Handy vom Koran ab. Als ich danach greife, löst sich die ganze friedliche Ruhe, die ich gerade gespürt habe, in Luft auf.

Aisling: Können wir uns treffen? Dundrum?

Die Nachricht ist von Aisling an unseren Dreierchat. Sie verheißt nichts Gutes.

Dee: Klar, wann?

Die drei Punkte erscheinen fast sofort. Einen Moment später kommt Aislings Antwort:

Aisling: 30 min?

Und gleich darauf Dees:

Dee: Perfekt, bis gleich

Ich kann sie schlecht hängenlassen. Also schreibe ich auch:

Ich: Bis gleich

Ich werfe dem Koran einen letzten sehnsüchtigen Blick zu. Ich war gerade dabei, die Sure al-Kahf zu lesen. Widerwillig markiere ich die Seite mit dem Lesezeichen, dann schließe ich das Buch mit einem dumpfen Schlag.

Während ich mein Kopftuch löse, murmle ich ein leises Amin, dann ziehe ich Jeans und ein weißes T-Shirt an. Meine Haare sind ein ziemliches Chaos – Hijab-Haare –, und ich habe mich nicht geschminkt. Aber wenn ich pünktlich sein will, muss das reichen.

Als ich an unserem üblichen Treffpunkt in Dundrum ankomme – beim Springbrunnen vor dem Shoppingcenter –, sind Aisling und Dee schon da.

Sie haben die Köpfe zusammengesteckt und sind ins Gespräch vertieft. Bei ihrem Anblick wird mir flau im Magen, und aus irgendeinem Grund wünsche ich mir nichts sehnlicher als Ishu an meiner Seite.

»Hey!« Ich gehe auf sie zu und setze dabei mein strahlendstes Lächeln auf. »Wie geht's?«

»Hey, Maira!« Dees Stimme klingt zu fröhlich. Irgendwie hat sie es geschafft, sich richtig zu schminken. Und Aisling auch. Und sie haben sich beide schick angezogen. Kurz frage ich mich, ob sie zusammen hergekommen sind – ob sie das gemeinsam geplant haben. »Du bist gestern Abend ziemlich früh gegangen.«

»Ja …«, fange ich an, unsicher, wie ich weitermachen soll. Es ist nämlich so, Konfrontationen waren noch nie so wirklich mein Ding. Und mit Aisling und Dee will ich definitiv keine Konfrontation. Besonders nicht hier: zwei gegen eine und ganz Dundrum guckt zu. Das wäre zu öffentlich. Zu peinlich. Soll ich einfach ignorieren, was auf der Party passiert ist? So tun, als wären sie überhaupt nicht daran beteiligt gewesen? Als hätte ich mich nicht ihretwegen schrecklich gefühlt?

»Komm, setz dich.« Aisling tätschelt den freien Platz neben sich, und ich setze mich zögerlich hin.

»Also … warum bist du so früh gegangen?«, drängt Dee und beugt sich vor, als ob sie so besser hören könnte. Ich zucke mit den Schultern. »Es war einfach … es war voll und laut?«

Das ist offensichtlich nicht die Antwort, die sie hören wollten, denn Aisling schürzt die Lippen.

»Hör mal … ich weiß, du hast jetzt 'ne neue Freundin und so weiter«, sagt Aisling. »Aber das heißt nicht, dass du deine besten Freundinnen vernachlässigen kannst. Wir sind beide in einer Beziehung und haben trotzdem Zeit für dich. Wir würden dich an deinem Geburtstag nie so hängenlassen.«

Ich beiße mir auf die Lippe, um nicht das zu sagen, was ich eigentlich will: die Wahrheit darüber, wie sie mich behandelt haben. Ich sage nichts in der Richtung, sondern nicke und antworte: »Ja, es tut mir leid. Ishu – Ishita … ist nicht so der Party-Fan.« Bei den Worten zieht sich mein Magen zusammen.

Aisling verdreht die Augen. »Warum überrascht mich das nicht?«

Dee seufzt. »Was magst du überhaupt an Ishita? Ich meine … ihr beide seid ziemlich verschieden. Du musst ja nicht mit ihr zusammen sein, nur weil ihr beide aus Bangladesch seid.«

Ich schüttle den Kopf. »Ishita ist nicht mal aus Bangladesch. Sie kommt aus Indien. Und … sie ist … nett und schlau und … mit ihr … fühle ich mich gut.«

»Iih, meinst du jetzt beim Sex oder was?« Aisling rümpft die Nase.

»Dürft ihr das überhaupt?«, fragt Dee. »Weil du doch muslimisch bist und so, meine ich?«

Vor Scham und Wut werde ich rot.

»Nein, nicht beim Sex«, fahre ich sie an. »Sie ist einfach …« Ich seufze. »Wenn ihr beiden ihr eine echte Chance geben würdet, würdet ihr sie mögen. Ganz sicher.« Dabei bin ich mir definitiv nicht ganz sicher. Eigentlich bin ich mir eher sicher, dass es genau andersrum sein wird. Wobei ich Ishu mit ein bisschen Training vielleicht zu der Art Person machen kann, die Aisling und Dee mögen würden.

»Ich weiß nicht …« Aisling schüttelt den Kopf, als würde sie es lieber gleich sein lassen, ohne Ishu überhaupt eine Chance zu geben.

»Jetzt kommt schon«, flehe ich. »Ich hab Barry und Colm auch eine Chance gegeben … ich hab sogar einen kompletten Abend mit Fionn verbracht, obwohl ich ihn nicht ausstehen konnte. Jetzt könnt ihr meiner Freundin eine Chance geben. Ich mag sie wirklich.« Und als ich es ausspreche, wird mir klar, dass es zumindest ein kleines bisschen wahr ist.

Dee und Aisling tauschen einen zögerlichen Blick. Nach allem, was gestern passiert ist, geben sie bestimmt nicht nach. Aber dann zuckt Aisling mit den Schultern und sagt: »Wie wär's mit einem Tripledate nächsten Samstag?«

Ich kann nichts gegen das breite Grinsen tun, das sich auf meinen Lippen ausbreitet. »Perfekt! Ich muss noch Ishita fragen, aber das sollte klappen. Danke!« Als ich Dee und Aisling die Arme um den Hals werfe, habe ich schon fast vergessen, was auf der Party passiert ist – fast.

KAPITEL ZWEIUNDZWANZIG

Ishu

»Ein Tripledate mit Aisling und Dee?«

»… und ihren Freunden«, fügt Hani hinzu.

»Ach, na dann! Das klingt schon viel besser. Ich häng voll gerne mit den Freunden von Leuten rum, die ich nicht leiden kann.«

Hani lächelt. Die Art, wie sie sich dabei die Haare aus dem Gesicht schüttelt, löst bei mir ein Kribbeln im Bauch aus. Es ist schon fast eine Woche her, seit wir so richtig Zeit miteinander verbracht haben. Aber seit Neuestem lächelt sie mich in der Schule bei jeder Gelegenheit an und schreibt mir ständig Nachrichten. Jedes Mal, wenn mein Handy vibriert, bekomme ich jetzt eine scheiß Gänsehaut. Ich hasse es.

Verknallt zu sein – und das ist leider die Diagnose, die ich mir selbst gestellt habe – ist das Schlimmste, was mir je passiert ist.

»Wenn du nicht ein bisschen Energie reinsteckst, wird das mit der Schulsprecherinnenwahl aber nichts. Aisling und Dee haben Einfluss«, sagt sie. »Hast du auf der Party doch gesehen. Wenn andere für dich stimmen sollen, müssen sie dich erst mal mögen.«

»Dann kann ich ja gleich hinschmeißen«, murmle ich

leise, aber offenbar ist mein Handymikro außergewöhnlich gut, sodass Hani mich trotzdem hört.

»Ich kann vorbeikommen und dir helfen«, schlägt sie vor. »Ich kenn Aisling und Dee wie meine Westentasche.«

»Und wie gut kennst du diese ›Westentasche‹?«

»Komm schon.« Hani bleibt hartnäckig. »Das ist doch dein Ziel, oder nicht? Schulsprecherin zu werden? Ich will dir nur helfen.«

»Gut.« Widerwillig stimme ich zu. »Du kannst mir gerne helfen. Den Weg hierher kennst du ja?«

»Also … jetzt gleich?« Hanis überraschter Gesichtsausdruck ist ziemlich süß. Ich wende den Blick vom Bildschirm ab und verdrehe die Augen. Übereifrig will ich jetzt auch nicht rüberkommen. Kann gut sein, dass Hani zu diesen Leuten gehört, mit denen man sich wunderbar versteht, bis sie rausfinden, dass man verknallt ist. Wenn der Crush dann nicht auf Gegenseitigkeit beruht – und das tut er garantiert nicht –, sieht sie einen nur noch übertrieben mitleidig an. So will ich von niemandem angesehen werden und erst recht nicht von Hani. Ich muss diese dämliche Verknalltheit also loswerden, bevor es noch schlimmer wird.

»Es ist doch schon bald Samstag«, wende ich ein. »Wann sonst?«

»Okay …« Hani steht auf und wird von den Sonnenstrahlen schon wieder in einen Engel verwandelt. Ich stöhne innerlich auf. Als hätte sich das Universum gegen mich verschworen. »Dann, äh … zieh ich mich mal um und dann …«

»Was du anhast ist doch völlig okay«, sage ich – eher aus Eigennutz als ihr zuliebe. »Bis gleich.«

»Ammu!«, rufe ich nach unten. Sie ist gerade erst vom Laden nach Hause gekommen, Abbu ist noch dageblieben. »Hani kommt gleich zu Besuch, okay?«

»Schon wieder?«, fragt Ammu. »Warum ist sie jetzt jeden Tag hier?«

Ich verdrehe die Augen. »Ammu, sie kommt doch gar nicht jeden Tag. Das letzte Mal war sie vor einer Woche oder so hier … Kann sie zum Essen bleiben?«

»Ja, okay«, stimmt Ammu zu, auch wenn sie nicht besonders froh darüber klingt.

Als Hani klingelt, lässt Ammu mir trotzdem keine Zeit runterzukommen, bevor sie die Tür öffnet. Bis ich dort bin, sind Ammu und Hani längst in ein gemischtsprachiges Gespräch verstrickt.

»Sag deiner Ammu und deinem Abbu Bescheid, dass es nächste Woche eine Dawat bei uns gibt«, sagt Ammu. Dabei hat sie gestern erst mit Aunty telefoniert, Hanis Eltern wissen also längst davon. Hani hat die Augenbrauen zusammengezogen, als müsste sie sich sehr konzentrieren, um Ammu zu verstehen.

»Okay, mach ich«, antwortet sie nach einer kurzen Pause. »Hey.«

Der konzentrierte Gesichtsausdruck verschwindet, als sie mich sieht, und sie lächelt breit. Ich ignoriere das elektrische Kribbeln, das sich in mir ausbreitet.

»Können wir dann hochgehen, Ammu? Oder willst du sie noch zu irgendwelchen anderen Dawats einladen?«

Ammu verdreht die Augen. »Du hast dir so viel Zeit gelassen, soll ich unseren Gast da einfach ignorieren?«

»Nein, Ammu.« Ich seufze. »Entschuldige … Wir gehen dann mal hoch, ja?« Am liebsten würde ich noch hinzufügen, dass Hani eigentlich gar kein Gast ist. So fühlt es sich zumindest nicht an. Sie passt in unser Haus wie ein Teil der Familie. Sie versteht die unausgesprochenen Signale und wie alles läuft. Manchmal vielleicht sogar besser als ich.

Auf meinen Wink lässt sie Ammu stehen und folgt mir nach oben in mein Zimmer.

»Hat deine Mutter vergessen, dass sie meine Mutter schon zur Dawat nächste Woche eingeladen hat? Sie haben doch letztens erst telefoniert?«

»Ammu kann nicht so gut mit jüngeren Leuten. Sei froh, dass sie dich nicht über deine Noten und Zukunftspläne ausgefragt hat.«

»Danke, dass du mich davor bewahrt hast.« Hani lässt sich aufs Bett fallen. Als hätte sie das schon tausende Male so gemacht. Als wären wir Freundinnen und das alles nichts Neues für sie.

Ich setze mich im Schneidersitz neben sie.

»Na dann. Erzähl mir, was ich über deine besten Freundinnen wissen muss.«

»Du brauchst das nicht so komisch zu sagen.« Hani sieht leicht verstimmt aus.

»Wie denn?«

»Als ob es beste Freundinnen eigentlich nicht gibt.«

Ich zucke mit den Schultern. »Ich hab es nicht deshalb so gesagt, sondern weil sie einfach richtig schlechte Freundinnen sind.«

»Sie waren bereit, dir eine Chance zu geben«, wirft Hani ein. Wie kann sie das Arschlochverhalten ihrer Freundinnen bloß so ignorieren? Ich muss meine Wut runterschlucken. »Weil sie wissen, dass ich dich mag und wir zusammen sind.«

»Weil sie wissen, dass du mich magst?« Keine Ahnung, warum es mir bei diesem Satz schon wieder im Bauch kribbelt.

»Also, weil wir so tun, meine ich.« Hani wird rot, und ich muss wegsehen.

»Klar. Darin bist du wohl mittlerweile ziemlich gut …« Ich schüttle den Kopf. In diese Richtung darf ich nicht weiterdenken, oder -fühlen. Ich muss mich auf das Ziel konzentrieren. Das sollten wir beide. »Dann mal los. Was muss ich machen, wer muss ich sein, damit sie mich als Schulsprecherin unterstützen?«

»Na ja …« Hani starrt an die Decke und reibt sich das Kinn, als müsste sie gründlich darüber nachdenken. »Dee interessiert sich sehr für … Mode.«

Keine Ahnung, was ich erwartet habe, aber das war es nicht. Ich hebe eine Augenbraue.

»Also muss ich stylischer sein?«

Sie lächelt und stößt mich mit dem Ellenbogen an. Das sollte keine Schmetterlinge bei mir im Bauch aufscheuchen, tut es aber. Am liebsten würde ich meinem Hirn gerade sagen, dass es die Klappe halten und sich abschalten soll. Wobei, ist das Gehirn überhaupt fürs Verknalltsein zuständig?

»Nein, du musst nicht stylischer sein. Ich mag's, wie du dich anziehst.«

»T-Shirt und Jeans.« Ungläubig sehe ich an mir hinunter. Vielleicht hat sie meine Klamotten noch nicht so richtig wahrgenommen.

»Ja.« Hani zuckt mit den Schultern. »Mit so einer lockeren ›Mir doch wurscht‹-Art. Das finden Leute anziehend.« Sie nickt, als wäre diese Tatsache allgemein bekannt.

»Klar. Deshalb kann ich mich auch kaum retten vor Leuten, die sich von mir angezogen fühlen.«

Sie grinst breit, als hätte ich was sehr Witziges gesagt.

»Ich erzähl dir bloß, was sie so mögen, damit ihr euch besser kennenlernen könnt.«

Mit einem Stöhnen lasse ich mich rückwärts aufs Bett fallen. Ausgerechnet Aisling und Deirdre besser kennenzulernen klingt wirklich abscheulich. Aber das kann ich nicht zu Hani sagen, auch wenn sie es eh schon mehr oder weniger weiß. Eigentlich weiß sie es auf jeden Fall. Aber ich kann es natürlich trotzdem nicht sagen.

»Okay, red weiter«, brummle ich, den Blick an die Decke geheftet. Das Bett quietscht, und ich spüre, wie Hani sich bewegt. Dann liegt sie direkt neben mir, die Knie an die Brust gedrückt.

»Also … Dee mag Mode und will Friseurin werden. Sie steht voll auf Schminken und Frisieren und so. Sie ist richtig besessen von den Kardashians …«

Ich hätte wirklich nicht gedacht, dass im wahren Leben irgendwer von den Kardashians besessen ist, aber wenn, dann Deirdre.

»Und Aisling –«

»Lass mich raten«, werfe ich ein. »Sie will Make-up-Artist werden und verpasst nie eine Folge *Love Island.*«

Ich sehe zu Hani rüber. Sie verdreht die Augen. »Na ja, wer verpasst schon gerne eine Folge *Love Island*«, murmelt sie. Dann fügt sie schnell hinzu: »Du bist gerade ganz schön voreingenommen und abschätzig. Ich versuche ja nur, mich an den Deal zu halten.«

»Natürlich. Der Deal.« Ich setze mich auf und atme tief durch. »Okay … Aisling …«

»Sie mag … die Royals.«

»Was?«

»Sie findet eben Monarchien gut, Königshäuser. Über die Hochzeit von Kate und William hat sie monatelang geredet, manchmal macht sie das immer noch. Und sie hatte schon Theorien über Prinz Harrys Baby aufgestellt, bevor irgendwer davon berichtet hat. Sie ist verrückt nach dem Kram. Wenn sie einmal anfängt, lässt sie sich gar nicht mehr bremsen.«

»Hat ihr schon mal jemand mitgeteilt, dass sie irisch ist?« Aislings Interessen sind tatsächlich noch schlimmer, als ich mir hätte vorstellen können. Viel, viel schlimmer.

Hani stupst mich wieder mit dem Ellbogen an. »Auch als Irin kann sie ja wohl Monarchien toll finden.«

»Ja, aber ausgerechnet die britische? Die Leute, die Irland und die halbe Welt kolonisiert haben? Siebenhundert Jahre Unterdrückung? Die Große Hungersnot?«

»Davon solltest du definitiv nichts zu Aisling sagen«, meint Hani.

»Kann ich wenigstens über die rassistischen Angriffe der britischen Medien auf Meghan Markle reden?«, frage ich.

»Ich würde eher bei den leichteren Themen bleiben«, antwortet Hani. »Ihr sollt euch ja nicht streiten.«

»Da hast du wahrscheinlich recht«, sage ich. Mit Aisling Streit anzufangen würde mir vermutlich leichtfallen.

Es dürfte sogar eher schwierig werden, es nicht zu tun. »Noch was?«

»Äh … Aisling und Dee sind beide *Riverdale*-Fans. Ich glaub, sie stehen beide voll auf KJ Apa und … Cole Sprouse.« Hani zuckt mit den Schultern, als könnte sie das nicht nachvollziehen.

»Und auf wen stehst du?«, frage ich. Sie dreht den Kopf etwas zu schnell in meine Richtung und wird rot.

»Äh, a-auf niemanden«, antwortet sie überstürzt.

Ich kneife die Augen zusammen. »Ist das nicht diese Serie, in der alle Leute übertrieben gut aussehen? Und da gibt es niemanden, auf den oder die du stehst?«

Nervös lacht Hani auf. »Oh, na ja. Also ich guck das gar nicht. Ich hab nur eine Folge gesehen.« Sie zuckt mit den Schultern. »Hast du's gesehen? Das wäre vielleicht das einfachste Thema. Da kannst du nicht plötzlich von deinem Hass auf die britische Monarchie anfangen.«

»Das ließe sich sicher trotzdem unterbringen.«

Hani schenkt mir ein warmes Lächeln und sieht mir etwas länger als nötig in die Augen. »Ja, du würdest das hinkriegen …«

»Ich hab's aber nicht geguckt.« Ich sehe zur Seite und schüttle den Kopf. »Weiß nicht, ob ich das ertragen würde. Viel zu viele weiße Leute.«

Hani lacht. »Wir könnten es zusammen gucken, wenn du magst. Und dann … sehen wir, auf welche von den ganzen anscheinend sehr attraktiven Menschen wir so stehen?«

Leider kenne ich meine eigene Antwort darauf nur allzu gut. Aber ich zucke bloß mit den Schultern und sage: »Klar, warum nicht?«

KAPITEL DREIUNDZWANZIG

Hani

Der Samstag schleicht sich schneller heran als gedacht. Auch wenn ich Ishu alles über Aisling und Dee erzählt habe – was sie mögen, welche Themen man hundertprozentig vermeiden sollte, bin ich nicht sicher, ob sie bereit für unser »Tripledate« ist. Um ihr bei der Vorbereitung zu helfen, habe ich meine ganzen Vorschläge sogar in unser Google Doc getippt, damit Ishu es als Spickzettel benutzen kann. Aber es ist schon schwierig genug mit Aisling, Dee und uns beiden. Wie es werden soll, wenn Barry und Colm auch noch mit von der Partie sind, mag ich mir gar nicht vorstellen.

Am Samstagmorgen schreibe ich Ishu in aller Herrgottsfrühe eine Nachricht.

Ich: Aisling hasst reis

Ishu: ... was soll ich mit der info??

Ich: Wir müssen vielleicht ein restaurant aussuchen??

Ishu: Und ich mag nur reis-restaurants, klar

Ich: Du bist bengalisch!!!

Ishu: Du darfst nicht alle klischees glauben

Ishu: Mag sie kartoffeln oder ist das ihrer majestät zu simpel

Ich: Am besten stimmst du ihr einfach bei allem zu

Ishu: Jap, hab ich vor ca hundert nachrichten schon kapiert

Gerade als ich antworten will, leuchtet mir vom Display ein eingehender Anruf entgegen. Ich liege noch im Bett, also setze ich mich auf und streiche meine Haare glatt, damit sie nicht zu durcheinander aussehen.

»Wir reden seit Tagen über nichts anderes, das ist dir klar, oder?«, fragt Ishu ohne irgendeine Einleitung. Natürlich ist sie schon angezogen und bereit für den Tag. Sie sitzt an ihrem Schreibtisch, und am Rand des Displays kann ich die Ecken ihrer Bio- und Chemiebücher erkennen. Wer lernt bitte am Samstagmorgen als allererstes Bio und Chemie? »Ich komm schon klar – du musst aufhören, dich da so reinzusteigern.«

Für eine Person, die den Tag damit verbringen muss, sich bei Leuten einzuschleimen, die sie nicht ausstehen kann, sieht Ishu wirklich ziemlich entspannt aus.

»Ich will nur nicht, dass wir das verbocken«, sage ich. »Du wirst nur Schulsprecherin, wenn die beiden auf deiner Seite sind. Auf Aisling hören alle … wenn ihre Noten nicht so schlecht wären, wär sie die Schulsprecherin.«

»Ja, ja«, stöhnt Ishu. »Jedenfalls hab ich mein Wissen über die Royals aufgefrischt. Wusstest du, dass Prinzessin Charlotte die reichste in der Familie ist? Fünf Milliarden Dollar.«

»Hast du vor, sie zu kidnappen?«, frage ich.

Ishu seufzt tief. »Fünf Milliarden Dollar würden nicht mal annähernd die Reparationszahlungen für Kolonisierung und Krieg und Genozide decken. Oder wiedergutmachen, dass die meisten von uns immer noch unter den Folgen des Kolonialismus leiden und –« Ishu verstummt, als sie meinen warnenden Blick bemerkt. »Ich … hab auch geübt, die Klappe zu halten.« Sie wirkt nicht glücklich darüber. Und offenbar hat sie sich beim Üben auch nicht gerade überanstrengt.

»Treffen wir uns in der Stadt oder soll ich dich abholen?«, wechsle ich das Thema.

»›Mich abholen‹ heißt, du nimmst den Bus zu mir, damit wir dann zusammen mit der Luas in die Stadt fahren können?« Sie lächelt kaum merklich. »Wär das nicht ein ziemlicher Umweg für dich?«

Ich zucke mit den Schultern. »Macht mir nichts aus. Das hier ist wichtig.« Außerdem ängstigt mich der Gedanke zu Tode, dass Ishu es sonst vielleicht kurz ohne mich mit Aisling, Dee, Barry und Colm aushalten muss.

Ich habe ja sogar Angst, wie es zwischen ihnen wird, wenn ich dabei bin. Was passieren würde, wenn ich Ishu mit den anderen alleinlasse, mag ich mir gar nicht vorstellen.

»Na dann ... gerne. Um fünf?«

Ich nicke. »Bis dann. Lern nicht zu viel.«

Nicht, dass das für Ishu möglich wäre.

*

Kurz nachdem ich geklingelt habe, öffnet Ishus Dad die Tür. Bei meinem Anblick breitet sich ein Lächeln auf seinem Gesicht aus.

»Kemon acho, Babu?«, fragt er. »Porer shapta amader bashai tomra ashcho, na?«

»Gut, Uncle. Ja ... wir kommen nächste Woche.« Ich winde mich innerlich und frage mich, warum bengalische Eltern so schlecht darin sind, normale Gespräche zu führen.

»Tomar school kemon cholche?«, fragt er. Ich wünsche mir, dass Ishu runterkommt und mich rettet.

»Ziemlich gut«, antworte ich.

»Exam to er porer bochor taina?«, fragt er weiter. »Ishu to shara din raat khali pore. Tar iccha shey Cambridge theke graduate korbe. Daktari porbe.«

Ishu hat mir gegenüber noch nie explizit von diesem Ziel gesprochen, aber es passt. So viel, wie Ishu lernt, dazu ihre eiserne Entschlossenheit, Schulsprecherin zu werden – wahrscheinlich läuft das alles auf Cambridge hinaus. Keine Ahnung, warum sich mein Magen bei dem Gedanken zusammenzieht. Vielleicht, weil ich mir nicht vorstellen kann, irgendwo anders zu studieren als an einer der Unis in Dublin: der DCU, dem UCD oder Trinity. Und ich weiß noch nicht mal, was ich später machen will.

Ishu und ich sind gerade dabei, Freundinnen zu werden … oder so was Ähnliches. Darüber, dass sie in ein anderes Land ziehen könnte, um sich dort kaputt zu lernen, will ich nicht nachdenken. Und der Gedanke daran sollte sich auch nicht so anfühlen, als würde mir der Boden unter den Füßen weggerissen. Tut er aber.

Ich versuche, ihn abzuschütteln, und lächle Uncle an. »Das schafft sie bestimmt … Ishu ist so ziemlich das schlaueste Mädchen der Schule.«

Daraufhin lächelt Uncle stolz. Bevor er mich nach meinem eigenen Rang in der Liga der schlauen Mädchen fragen kann, hören wir zu meiner Erleichterung Ishus eilige Schritte auf der Treppe.

»Okay … pore dekha hobe.« Uncle winkt mir zu und verschwindet genau in dem Moment in der Küche, als Ishu in meinem Sichtfeld auftaucht.

Sie trägt ein Kleid. Keine Leggings. Ich weiß nicht, ob sie sich extra für Aisling und Dee schick gemacht hat oder einfach so. Ich weiß nur, dass sie unglaublich aussieht. Sie hat sich sogar einen ordentlichen Scheitel gezogen und die Haare mit Klemmen festgesteckt.

»Hey …« Sie zupft am Saum ihres Kleides – es geht ihr fast bis zu den Knien, aber nur fast. Offensichtlich fühlt sie sich in diesem Aufzug nicht besonders wohl.

»Du siehst hübsch aus«, sage ich, auch wenn das eine Untertreibung ist. Sie sieht unglaublich aus. Und außerdem nicht ganz wie sie selbst. Das natürliche Selbstbewusstsein, das Ishu normalerweise ausstrahlt, scheint verschwunden zu sein. Und ich weiß nicht, ob es am Kleid liegt, an der Situation oder an unserer momentanen Beziehung … was auch immer das für eine ist.

»Das Kleid ist von meiner Schwester«, erklärt Ishu. Sie setzt sich auf die unterste Treppenstufe und zieht ihre Schuhe an: ein Paar High Heels, auf denen sie ausnahmsweise mal ein bisschen größer sein wird als ich. »Es ist … kratzig.«

Ich lache. »Also, es steht dir. Aber … du siehst aus, als ob du dich nicht so wohlfühlst. Willst du nicht irgendwas Gemütlicheres anziehen?«

Ishu zieht bloß eine Augenbraue hoch. »Wenn es je einen Anlass gab, was Ungemütliches zu tragen, dann ja wohl diese sehr ungemütliche Situation, in die ich mich gleich begebe.« Sie schließt die Riemchen an ihren Schuhen, dann schaut sie mich stirnrunzelnd an. »Findest du, ich seh albern aus?«

»Was? Nein!« Keine Ahnung, wie sie darauf kommt.

»Nur weil … du weißt doch, wie Aisling und Deirdre sein können. Ich will nicht, dass sie … sich über mich lustig machen, weil … ich mich zu doll anstrenge«, sagt sie. »Das Kleid ist von House of Fraser.«

»Wow …«

»Also, meine Schwester hat es ziemlich sicher im Sale ergattert … sie ist sehr sparsam«, erzählt Ishu weiter. Ich kann mir House of Fraser definitiv nicht als typische Anlaufstelle für Ishu und ihre Schwester vorstellen. Nicht nur, weil es ein sehr schicker Laden ist, sondern weil es einfach nicht so richtig zu ihnen passt. Ishu ist so bodenständig. House of Fraser nicht.

»Im Vergleich zu dir fühle ich mich ein bisschen underdressed«, gebe ich zu. Ich trage schwarze Jeans und eine rote Bluse mit Pünktchen. Wahrscheinlich hätte ich mir mehr Mühe geben sollen. Immerhin soll das hier ein Date sein.

Ishu betrachtet mich einen Augenblick lang prüfend. Ich verlagere mein Gewicht, trete von einem Fuß auf den anderen.

»Du siehst immer gut aus«, sagt sie schließlich. »Du musst dir keine Gedanken machen.« Mir ist klar, dass ich ihren Kommentar nicht überbewerten sollte, und trotzdem spüre ich, wie mir die Hitze in die Wangen steigt. Ich würde ihr gerne sagen, dass sie auch immer gut aussieht, aber ich will ihr Kompliment nicht einfach nachplappern.

»Sollen wir los?«, frage ich stattdessen und halte ihr die Hand hin. Sie ergreift sie und zieht sich hoch.

Dann atmet sie einmal tief durch und antwortet: »Na gut.«

*

Es ist Mai, und das Wetter wird langsam besser. Die Sonne hat beschlossen, ein paar Tage hintereinander rauszukommen, und es ist tatsächlich warm. Wir treffen Aisling, Dee, Colm und Barry im komplett überfüllten St. Stephen's Green. Überall sind Leute. Leute, die auf dem Rücken liegend sonnenbaden, Leute auf ausgebreiteten Picknickdecken. Und Leute, die Bierdosen in den Park geschmuggelt haben und jetzt versuchen, unauffällig daraus zu trinken, ohne dass die Gardaí was mitkriegen.

»Hat ja 'ne Weile gedauert bei euch«, begrüßt Aisling uns, als Ishu und ich zu ihnen stoßen. Sie hat eine Sonnenbrille auf und die Beine übereinandergeschlagen. Barry hat seinen Kopf in ihren Schoß gelegt, die Augen geschlossen. Colm und Dee sind nirgends zu sehen.

»Dee und Colm sind doch noch nicht mal da.« Ich setze mich im Schneidersitz ins Gras. Einen unangenehmen Moment lang steht Ishu als Einzige, dann hockt sie sich neben mich.

»Doch, sind sie, die wollten nur kurz zum Supermarkt«, sagt Aisling. »Wir sind schon 'ne Ewigkeit hier. Der Park macht bald zu.«

»Na ja, ich dachte, wir wollen was essen gehen, nicht nur im Park chillen.«

»Tja, wenn sich das Wetter ändert, ändern sich die Pläne«, gibt Aisling zurück. »Hey, Ishita. Du siehst sehr sommerlich aus, im Gegensatz zu Maira.«

Ishu zuckt mit den Schultern und rutscht ein Stück näher zu mir. Als wäre ich eine Art Schutzdecke gegen ihr Unbehagen. »Du siehst auch hübsch aus«, sagt sie nach einer kurzen Pause. »Ich mag deine Sonnenbrille.«

»Danke.« Aisling grinst. »Das ist übrigens Barry.«

Barry hebt nur kurz die Hand. Er macht noch nicht mal die Augen auf, um uns anzusehen. Ganz schön unhöflich eigentlich. Aber das ist ja nichts Neues.

»Also, wir haben überlegt, ins Captain America's zu gehen«, verkündet Aisling. »Das ist gleich um die Ecke und wir kriegen Schülerra-«

»Das ist aber nicht halal«, unterbricht Ishu sie.

»Maira macht das nichts aus. Sie isst einfach was ohne Fleisch, wie immer.« Aisling zuckt mit den Schultern. »Stimmt's, Maira?«

»Ja.« Ich nicke. »Kein Problem.«

»Bei Captain America's gibt es so ungefähr ein vegetarisches Gericht«, sagt Ishu. Sie holt ihr Handy aus der Handtasche, tippt zweimal aufs Display und hält es dann Aisling hin. »Hier ist eine Liste mit halalen Restaurants … ein paar davon sind ganz in der Nähe. Eigentlich die meisten. Und –«

»Warum hast du diese Liste?« Über ihre Schulter werfe ich einen Blick darauf. Es ist eine lange Liste.

»Weil … ich wissen wollte, in welche Restaurants wir zusammen gehen können.« Ishu zuckt mit den Schultern, als wäre es keine große Sache. Aber es fühlt sich wie eine riesengroße Sache an. Ich wusste ja, dass sie für unser »erstes Date« nach einem halalen Restaurant gesucht hat, aber mir war nicht klar, dass sie eine ganze Liste gemacht und sie auf ihrem Handy gespeichert hat. Vielleicht dachte sie, wir würden uns bald noch mal treffen. Rein freundschaftlich?

Ich versuche, nicht darüber nachzudenken, weil ich bei dem Gedanken etwas fühle, was ich nicht fühlen will.

»Von denen hab ich noch nie was gehört. Sind die gut?« Aisling guckt ungefähr eine Millisekunde auf Ishus Handy. »Gibt es da auch was für uns? Es geht hier nämlich nicht nur um Maira.«

»Du kannst dich doch bestimmt mal ein bisschen aus deiner Billigpizza-Komfortzone wagen«, kontert Ishu. Sie lächelt – darin ist sie viel besser geworden –, aber ihr Tonfall ist so giftig, dass der Kommentar eher passiv aggressiv rüberkommt. Oder vielleicht auch nur aggressiv. Ich weiß nicht genau, ob ich von Ishus Beistand gerührt bin oder ob es mich nervt, dass sie einfach nicht lockerlässt.

Zum Glück tauchen Dee und Colm auf, bevor irgendwer noch was sagen kann.

»Hey, da seid ihr ja«, sagt Dee grinsend. »Können wir dann jetzt was essen gehen? Ich verhungere.«

»Wir haben Captain America's überlegt.« Aisling tut so, als hätte unser Gespräch gerade nicht stattgefunden.

Ishus Augen blitzen gefährlich. Schnell lege ich die Hand auf ihre geballte Faust. Ich habe Angst, dass sie irgendwas sagt – oder noch schlimmer, macht –, was alles ruinieren würde. Bei meiner Berührung wird Ishus Gesicht weicher – vielleicht, weil es sie völlig aus dem Konzept bringt oder so, keine Ahnung. Ich kriege nämlich eine Gänsehaut davon, und das mag ich gar nicht. Oder will es nicht mögen.

»Geht ruhig schon mal vor. Ishita und ich kommen gleich nach«, sage ich.

Aisling und Barry stehen schon. Barry guckt uns über den Rand seiner Sonnenbrille hinweg an, als ob ihm unsere Anwesenheit gerade erst auffällt.

Aisling klopft sich ein bisschen Erde vom Kleid und sagt: »Okay, aber beeilt euch. Wir haben Hunger.«

Sobald sie außer Sichtweite sind, ziehe ich die Hand zurück und starre Ishu so wütend an, wie es unter diesen Umständen geht. »Was sollte das?«

»Ähm, ich wollte dafür sorgen, dass du da, wo wir hingehen, auch wirklich was essen kannst?«

»Tja. Auch wenn ich deine Mühe sehr schätze, wird dir das garantiert keine Stimmen für die Wahl einbringen.«

»Stimmt.« Ishu blinzelt, als hätte sie die Schulsprecherinnensache vergessen – den Grund, weshalb sie hier ist und wir das alles machen. »Ich dachte nur …« Sie schüttelt den Kopf.

»Denk einfach an das, was ich gesagt habe. Denk an

Riverdale.« Ich schaue ihr so tief in die Augen, als könnte ich über Blickkontakt all mein Wissen über und all meine Liebe zu Aisling und Dee in ihr Gehirn pflanzen. Wenn es doch nur so einfach wäre.

»*Riverdale*«, flüstert Ishu. »KJ Apa und Cole Sprout.«

»Sprouse. Cole Sprouse.«

»Cole Sprouse.« Ishu lächelt. »Alles klar. Du wirst schon sehen, am Ende des Abends bin ich Aislings und Deirdres neue beste Freundin.«

KAPITEL VIERUNDZWANZIG

Ishu

Am Ende des Abends bin ich definitiv weder Deirdres noch Aislings neue beste Freundin. Aber immerhin auch nicht ihre Erzfeindin.

Ich verbringe das Date damit, über all ihre schlechten Witze zu lachen und so zu tun, als ob die ganzen basic white Boys, die ihrer Meinung nach gut aussehen, tatsächlich gut aussehen. Ich tue sogar so, als würde es irgendwie Sinn ergeben, Barry und Colm zu daten – also sich bewusst dafür zu entscheiden, sie zu daten.

Wir verabschieden uns an der Luas-Haltestelle. Hani verkündet, dass sie mich noch nach Hause bringt, als wären wir ein altmodisches Hetero-Pärchen und nicht zwei queere Teens ohne Auto. Aisling und Dee nehmen den Bus nach Hause, Barry und Colm steigen jeweils in einen anderen.

Aisling lächelt mich beim Tschüss-Sagen sogar an – und zwar nicht mal so, als würde sie mich am liebsten pulverisieren.

»Setz dich in der Mittagspause doch mal zu uns«, sagt sie.

Hani stößt mich mit der Schulter an, als hätte ich soeben von der Queen höchstpersönlich eine Einladung in den Buckingham Palace erhalten, und Dee nickt so schnell, dass sie aussieht wie ein Wackeldackel.

»Klar, klingt gut«, stimme ich zu und lächle zurück.

»Cool, bis dann!« Damit drehen Aisling, Dee, Colm und Barry sich um und machen sich auf den Heimweg.

»Sie mag dich!«, ruft Hani. Die Freude steht ihr ins Gesicht geschrieben.

»Vielleicht hätte ich versuchen sollen, sie zu daten, nicht dich.« Ich grinse.

Hani gibt mir einen Klaps auf den Arm. »Hör auf. Als hättest du das jemals ohne mich geschafft.«

Wir quetschen uns in die Luas und finden überraschenderweise zwei Plätze nebeneinander. Hani grinst immer noch so breit, dass ich mich frage, wie ihre Wangen das so lange durchhalten.

»Eine Einladung für die Mittagspause heißt längst noch nicht, dass wir befreundet sind«, sage ich. »Oder, dass sie mich als Schulsprecherin unterstützen würde.«

»Es ist ein Schritt in die richtige Richtung!« Wieder stößt Hani mich mit der Schulter an. »Nicht so pessimistisch, Ishu.«

Ich seufze und sehe aus dem Fenster. Der warme, sonnige Tag hat sich in einen kühlen Abend verwandelt. Wolken ziehen auf, das könnte noch ungemütlich werden. Beim Gedanken, unser Plan könnte aufgehen, steigt eine unerklärliche Angst in mir auf.

»Ishu.« Hanis Stimme holt mich aus meinen Gedanken in die Gegenwart zurück.

»Ja?«

»Der Plan funktioniert. Du solltest dich freuen.«

Als ich mich wieder zu Hani drehe, beobachtet sie

mich etwas zu eingehend. Unsere Gesichter sind nur Zentimeter voneinander entfernt, und ich kann den genauen Braunton ihrer Augen bestimmen – deutlich heller als bei mir. Ich sehe jeden kleinen Makel ihrer Haut – es gibt so gut wie gar keinen – und den winzigen Leberfleck gleich neben dem rechten Ohr.

»Ishu?« Ich zucke zusammen und stoße mir fast den Kopf an der Scheibe hinter mir.

»Fuck, Tschuldigung.« Ich reibe mir den Hinterkopf und versuche runterzuschlucken, was auch immer gerade in mir aufsteigt. Aber es geht nicht. Ich würde Hani so gerne sagen, dass der schönste Teil des Abends der Moment war, als sie im Park meine Hand genommen hat. Und dieser, jetzt gerade, weil sie mir so nah ist, dass ich ihren Duft bestimmt schon durch Osmose aufgenommen habe.

»Hey …« Hani legt mir eine Hand auf die Schulter. »Tut mir leid. Ich weiß, wie wichtig dir das Ganze ist, und das ist immer noch keine Garantie oder so. Aber wenn du mit Aisling und Dee Mittag isst, sehen dich alle als Teil der Gruppe. Damit steigt dein Coolness-Faktor schon mal um so viel.« Sie hebt eine Hand über den Kopf, um anzudeuten, wie cool ich anscheinend bald sein werde.

Ihre Besorgtheit bringt mich zum Lächeln. Genauso wie ihr Enthusiasmus. Hani kann ja nicht ahnen, dass meine größte Sorge momentan gar nicht mein Status in der Schule oder die Wahl ist, sondern meine zunehmende Verliebtheit. In sie. Und sie sorgt nicht gerade dafür, dass es besser wird.

»Ich weiß«, sage ich schließlich. »Danke … für alles, was du schon getan hast. Wenn sie mich in der Pause bei euch sehen, werden mich bestimmt wenigstens ein paar Leute nicht mehr hassen.«

Hani sieht mich mit gerunzelter Stirn an. »Du weißt schon, dass die Leute in der Schule dich nicht hassen, oder?«

»Tun sie nicht?«

»Nein … sie … finden dich einschüchternd. Du hast so eine Wirkung. Ich fand dich jedenfalls einschüchternd.«

»Du fandest mich einschüchternd?« Das kann ich nicht so richtig glauben.

Hani verdreht die Augen. »Hör auf, alles zu wiederholen, was ich sage. Ja, fand ich. Ein bisschen. Immerhin …« Sie sieht mich nicht mehr direkt an, sondern starrt nur geradeaus, dann holt sie tief Luft. »Immerhin bist du echt klug. Die Klügste im ganzen Jahrgang. Nicht nur wegen den Noten. Du weißt einfach so viel … über alles Mögliche. Und du sagst immer, was du denkst, und nimmst es mit jedem auf. Du bist irgendwie … unschlagbar.«

»Also … halten mich alle in der Schule für Superman?«

Mit einem Lächeln, das ihr ganzes Gesicht zum Strahlen bringt, wendet Hani sich mir wieder zu.

»Nein.« Sie kichert. »Du bist einfach vieles, was andere sich nicht zu sein trauen … Also geben sie sich lieber nicht mit dir ab.«

»Aha, deshalb bist du mir die ganzen letzten Jahre aus dem Weg gegangen.«

»Du wolltest doch selber nicht mit mir befreundet sein, als du auf die Schule gekommen bist!« Ihr amüsierter Ton verrät, dass sie mir keine wirklichen Vorwürfe macht. Aber unrecht hat sie nicht.

»Du weißt doch, warum. Die wollten uns bloß in eine

Schublade stecken. Die zwei bengalischen Mädchen müssen sich anfreunden. Dann hätten sie uns einfach als die zwei Bengalis und sonst nichts abstempeln können.«

»Und jetzt, wo wir befreundet sind, stecken wir in einer Schublade?«

»Sind wir denn befreundet?«, hake ich nach, statt die Frage zu beantworten.

»Das will ich doch hoffen.« Sie lacht nervös auf. »Oder … willst du das nicht?«

»Ich dachte«, sage ich langsam. »Wir wären zusammen?«

Eine Sekunde lang sieht Hani überrascht aus. Bloß überrascht, nicht angewidert oder belustigt.

Wir sehen uns ein bisschen zu lange in die Augen. Ich will, dass sie irgendwas sagt: *Ja, wir sind zusammen.* Oder lacht: *Wie kommst du denn darauf?* Ich will, dass sie irgendwas tut. Näherrücken? Wegrücken? Was auch immer.

In dem Moment ertönt die automatische Haltestellenansage und reißt uns aus unserer Trance. Einen kurzen Moment lang waren wir fast … etwas. Ich bin mir nicht sicher, was dieses Etwas war.

»Milltown«, verkündet die elektronische Stimme. »*Báile an Mhuilinn.*«

»Scheiße, wir müssen raus.« Ich springe auf und bin schon fast draußen, als mir auffällt, dass Hani nicht hinter mir ist. »Hani?«

Sie bleibt sitzen. Sieht mich nicht mal direkt an. »Ich fahr bis zur nächsten und nehm da den Bus.«

»Oh … okay.« Ich würde gerne noch viel mehr sagen, aber die Tür piept schon und ich steige schnell aus, bevor sie sich schließt. Erst als die Luas losfährt, treffen sich unsere Blicke durch die Scheibe.

Ich habe keine Ahnung, was Hani gerade denkt.

KAPITEL FÜNFUNDZWANZIG

Hani

Als ich fünf Minuten später aus der Luas steige, regnet es. Und es ist nicht der typisch irische Nieselregen, bei dem man kaum nasse Haare kriegt – es ist der reinste Wasserfall.

Wahrscheinlich ist das die Strafe dafür, dass ich Ishu nicht wie versprochen nach Hause gebracht habe. Dieser Gedanke schwirrt mir im Kopf herum, während ich den Weg zur Bushaltestelle im Sprint zurücklege. Nicht, dass es irgendeinen Unterschied machen würde, denn erstens schieben sich die anderen Gedanken, die, die ich nicht sonderlich erfolgreich zu unterdrücken versuche, auch beim Rennen weiter an die Oberfläche, und zweitens regnet es so heftig, dass ich schon nach dem kurzen Weg zur Haltestelle klatschnass bin.

Warum beende ich meine Treffen mit Ishu eigentlich immer komplett durchnässt?

Ich schüttle den Kopf, steige in den Bus und setze mich auf einen freien Platz. Ein Blick auf mein Handy zeigt drei verpasste Anrufe von Ishu. Und sechs neue Nachrichten im Gruppenchat mit Dee und Aisling. Ich wische mit dem Finger übers Display und lasse die Benachrichtigungen verschwinden. Dann öffne ich Spotify, setze meine Kopfhörer auf, drücke auf Shuffle und stelle das Handy so laut es geht.

Ich bringe die Welt – und, am wichtigsten, meine Gedanken – zum Verstummen und starre einfach nur aus dem Fenster, konzentriere mich auf den Regen, der gegen die Glasscheibe prasselt, die verschwommenen Autos, die den Bus überholen, und die Musik.

*

Aisling: Hat echt spaß gemacht heute

Dee: Ishita ist ja total anders als in der schule!

Aisling: Sie ist irgendwie cool?

Dee: Ja oder??

Aisling: Vielleicht können wir morgen was zusammen machen??

Dee: Ja ich wär dabei

Aisling: Film gucken bei mir??

Dee: Maira????

Aisling: Hallooooo?

Als ich aufwache, sehe ich die ganzen Nachrichten und seufze tief. Mit Dee, Aisling und Ishu einen Film zu gucken ist so ziemlich das Letzte, worauf ich heute Lust habe. Ishu hat da garantiert auch keine Lust drauf. Also schicke ich ihnen eine kurze Antwort:

Ich: Hey, tut mir leid ... hab noch geschlafen. Bin heute leider raus, sorry. Vielleicht nächstes wochenende?

Außerdem habe ich noch eine Nachricht von Ishu. Da steht nur:

Ishu: Alles ok zwischen uns?

Ich weiß nicht genau, was ich darauf antworten soll. Weil ich nicht weiß, ob zwischen uns alles okay ist, aber nicht will, dass sie das weiß. Also schicke ich ihr einen Daumen-hoch-Emoji und hoffe, sie lässt mich in Ruhe.

Mehr als alles andere will ich mit jemandem über das reden, was gestern passiert ist. Ich kapier es nämlich immer noch nicht.

Wie Ishu mich angesehen hat ... diese Frage ...

Ich lasse mich in die Kissen sinken und starre an die beige Decke. Ich wünschte, Gefühle und Beziehungen würden irgendeinen Sinn ergeben. Tun sie natürlich nicht. Das wäre ja zu einfach.

Normalerweise ist das die Art von Problem, bei der

Amma mir helfen könnte. Sie hat immer bei allem die besten Ratschläge. Als ob sie meine ganzen Erfahrungen selbst schon gemacht hat und jetzt mit ihren erstklassigen Tipps dafür sorgt, dass ich nicht dieselben Fehler mache wie sie. Aber Amma hat garantiert noch nie so getan, als würde sie ein Mädchen daten, nur um dann zu merken, dass sie möglicherweise echte Gefühle für dieses Mädchen entwickelt. Und außerdem kann ich – weil das Ganze eine dicke, fette Lüge ist – Amma sowieso nicht davon erzählen. Sie würde mir raten, allen die Wahrheit zu sagen. Und das geht nicht. Nicht jetzt, wo meine Freundinnen Ishu tatsächlich mögen und mich vielleicht bald so akzeptieren, wie ich bin. Und Ishu gute Chancen hat, Schulsprecherin zu werden.

Trotzdem ist es schön zu wissen, dass Amma da ist, falls ich sie brauche. Ja, sie würde mich dazu bringen auszupacken, aber wenigstens könnte ich mich davor an ihrer Schulter ausheulen.

Nachdem ich gefrühstückt habe, spähe ich in Ammas Zimmer. Sie sitzt mit ihrem Laptop am Schreibtisch.

»Amma? Hast du gerade Zeit?«

Sie blickt auf und lächelt mich an. »Klar. Was ist los? Hast du schon gefrühstückt?«

»Ja, gerade eben«, antworte ich. »Wo ist Abba?«

»Der hat heute ein paar Meetings«, sagt sie. »Ist den ganzen Tag unterwegs.«

»Er hat echt viel zu tun in letzter Zeit, oder?«

Sie zuckt nur mit den Schultern, als wäre sie daran gewöhnt. Seit er sich zur Wahl für den County Council gestellt hat, erwischt man Abba eher selten zu Hause. Ich kriege ihn nur zu Gesicht, wenn ich ihm bei irgendwas helfe, weil er ständig in Meetings sitzt. Und wenn er dann mal zu Hause ist, kann man kaum mit ihm reden, weil er E-Mails beantwortet oder telefoniert. Ich weiß nicht, wie Amma damit klarkommt, wenn es sogar mich schon manchmal nervt.

»Hast du Lust, einen Film zu gucken?«, frage ich. »Du kannst dir aussuchen, welchen … ich wär sogar bei Bollywood dabei.«

Amma betrachtet mich einen Moment lang. »Ist alles in Ordnung? Wie war dein Date gestern?«

»Es war okay. Es war … nett«, sage ich. »Am Ende hat es geregnet, und ich bin komplett nass geworden und fühle mich ein bisschen krank, deshalb … möchte ich jetzt einfach nur einen Film mit meiner Amma schauen.«

Sie sieht nicht überzeugt aus, nickt aber. »Okay … aber es wird definitiv ein Bollywood-Film. Was gibt's Neues auf Netflix?«

»Ich kann nachgucken!« Schon greife ich nach meinem Handy.

»Ich kann uns was zum Mittag kochen … dein Lieblingsessen, Akhni.« Sie klappt den Laptop zu, steht auf und macht Anstalten, in die Küche zu gehen.

»Amma, wenn du jetzt anfängst, Akhni zu machen, wie sollen wir dann einen Film gucken?«

»Nach dem Akhni«, sagt sie, als wäre das offensichtlich. »Es dauert nicht lange.«

»Akhni machen dauert lange«, erwidere ich. »Wollen wir nicht einfach Biryani bei Uncle Suraj's Restaurant bestellen?«

»Das ist nicht dasselbe«, meint Amma. Akhni ist Biryani nach Sylhet-Art, darum ist es in den Augen meiner gesamten Familie das bessere Biryani.

»Ich weiß, aber es ist immerhin Biryani, und du musst nicht den ganzen Tag in der Küche stehen«, sage ich. »Wir können ein andermal Akhni essen. An meinem Geburtstag oder so.«

Amma hasst es, Essen zu bestellen, wenn sie zu Hause besser und billiger kochen könnte, aber sie gibt sich geschlagen.

Eine Stunde später sitze ich mit Amma, zwei Tellern voll mit richtig gutem Biryani – das nicht so gut ist wie Akhni – und Sonam Kapoor und Fawad Khna in *Khoobsurat* im Wohnzimmer. Zumindest für eine Weile schaffe ich es, so zu tun, als würden meine Probleme nicht existieren.

KAPITEL SECHSUNDZWANZIG

Ishu

Den ganzen Samstagabend antwortet Hani nicht auf Anrufe oder Nachrichten, und am Sonntag schickt sie mir bloß ein Daumen-hoch-Emoji. Ich bin mir ziemlich sicher, dass ich es richtig verkackt habe mit meinen dummen Gefühlen. Jetzt will Hani nicht mal mehr mit mir reden. Ich wusste, dass genau so was passieren würde, wenn ich ihr meine Gefühle gestehe. Nur ist es jetzt sogar noch schlimmer, weil ich ja eigentlich gar nichts gestanden habe. Und trotzdem habe ich sie vergrault.

Ich versuche, das nagende Gefühl von Verletztheit und Verrat in meiner Magengrube zu ignorieren, kann aber Samstagnacht kaum schlafen. Hani hat mir nicht mal geschrieben, ob sie gut nach Hause gekommen ist. Immer wieder öffne ich unseren Guide, weil er sich wie unser persönliches Geschichtsbuch anfühlt. Hani lädt immer alle ihre Fotos hoch, und bis gestern hat sie noch regelmäßig Infos über Aisling und Deirdre eingetragen, die ich wissen sollte. Aber seit dem Tripledate hat sie nichts hinzugefügt. Ich fühle mich gleich noch schlechter.

Am Sonntag vergrabe ich mich in meine Schulbüchern, nachdem ich den Samstag quasi verschwendet habe. Aisling und Deirdre werden sich nämlich sicher nicht mit mir anfreunden, wenn Hani nicht mal mit mir redet.

Ich muss die Kontrolle über die Bereiche behalten, die ich kontrollieren kann: meine Noten und Zukunftsaussichten. Ob ich nun Schulsprecherin werde oder nicht. Am Montag schreiben wir wieder einen Test in Bio, und ich bin fest entschlossen, ein möglichst perfektes Ergebnis abzuliefern.

*

»Hey.« Aisling setzt sich in Bio direkt neben mich. »Hattest du ein schönes Wochenende?« Sie lächelt mich an, als wären wir Freundinnen. Hani hat offenbar nicht erzählt, was auch immer zwischen uns passiert ist. Ein paar Leute versuchen, uns über die Schulter unauffällige Blicke zuzuwerfen, und versagen dabei gründlich.

»Ja, war schön. Ziemlich ruhiger Sonntag.« Ich schenke ihr ein hoffentlich freundliches Lächeln.

Hani kommt rein und winkt uns beiden zu, dann setzt sie sich vor uns. Zumindest ignoriert sie mich also nicht komplett.

»Hast du gelernt?«, fragt Aisling und zieht das Biobuch und ein paar Kopien aus dem Rucksack.

»Ja, schon«, sage ich.

»Du kriegst bestimmt wieder ein A.« Sie grinst.

Ich zucke mit den Schultern. »Hoffentlich.«

Unser Gespräch wird von Ms. Taylor unterbrochen, die zur Tür hereinkommt. Sie klackert nach vorne, und plötzlich sind alle leise.

»Okay, Zeit für den großen Test. Der Sommer und die

Klausuren rücken näher, das ist also eine gute Übung«, verkündet sie munter. Als würde sie uns nicht jede Woche einen Test schreiben lassen. »Ich hoffe, ihr habt alle gelernt.« Bevor ihre Ansage überhaupt bei allen angekommen ist, lässt sie schon die Blätter durch die Reihen gehen.

Hani flüstert uns »Viel Glück« zu, als sie den Stapel Tests nach hinten reicht. Ich schreibe meinen Namen auf die erste Seite und blättere um. Es ist ein ziemlich langer Test, wir haben die ganze Stunde Zeit. Er deckt fast den gesamten Stoff ab, den wir dieses Jahr hatten. Schwierig ist er aber nicht. Das Letzte, was ich mir gestern angesehen habe, Ökologie, kommt als Erstes dran. Lauter Definitionen, also total einfach. Man muss sich bloß ein paar Sachen gemerkt haben.

Gerade schreibe ich auf, was eine Biosphäre ist, als ich einen leichten Stups in die Rippen bekomme. Ich blicke auf, aber alle sind in ihre Tests vertieft. Selbst Aisling, die mich als Einzige angestoßen haben könnte, stiert mit zusammengezogenen Augenbrauen vor sich aufs Blatt. Vielleicht war es ein Versehen?

Gerade will ich mich wieder meinem Test zuwenden, da schiebt Aisling einen Zettel zu mir rüber.

Darf ich mal gucken?

Einen Augenblick lang starre ich die einzelnen Wörter nur an. Deshalb wollte Aisling heute also neben mir sitzen, ich hätte es wissen müssen. Nur deshalb war sie so nett. Vielleicht hat sie sich auch nur deshalb am Samstag mit mir getroffen, und ziemlich wahrscheinlich hat sie mich nur deshalb zum Mittagessen eingeladen.

Wenn ich sie abschreiben lasse, habe ich dann bei ihr einen Stein im Brett? Sind wir dann tatsächlich befreundet? Oder befreundet genug, dass sie Leute für mich als Schulsprecherin stimmen lässt? Und auch wenn nicht, stehen meine Chancen nicht tausendmal besser, wenn ich einfach nur mit ihr in Verbindung gebracht werde? Schon jetzt werde ich anders behandelt, weil ich mit Hani »zusammen« bin. Wer weiß, was sich alles ändert, wenn ich mit Hani zusammen und mit Aisling und Deirdre befreundet bin?

Sie auf meinen Test gucken zu lassen hat ja eigentlich auch keine Konsequenzen für mich. Schließlich ist sie diejenige, die abschreibt und es bei den Abschlussprüfungen dann umso schwerer haben wird. Sie schadet nur sich selbst. Und ich tue, was getan werden muss, damit die Schule die beste Schulsprecherin bekommt.

Ohne allzu lange darüber nachzudenken, lehne ich mich zurück und schiebe meinen Test etwas weiter zu Aisling rüber. So kann sie problemlos meine Antworten lesen, wenn sie rüberschielt. Ich vervollständige die restlichen Definitionen in dieser Haltung und ignoriere Aislings zufriedenen Gesichtsausdruck.

»Wie ist es gelaufen?«, fragt Hani, als sie am Ende der Stunde die Tests einsammelt. Sie sieht mich kaum an.

»Ganz gut, denk ich.« Aisling stützt sich bei diesen Worten lässig auf meine Schulter. Als wären wir schon immer beste Freundinnen gewesen. »Ich hab diese Woche mal gelernt, also … ja, ganz gut.«

Hani sieht leicht verwirrt aus, nickt aber einfach nur. »Ishita?«

Ich zucke mit den Schultern. »Okay, denk ich. Und bei dir?«

»Ja, auch okay.« Sie nimmt unsere Tests und reicht sie weiter an Ms. Taylor.

*

Als ich mich in der Mittagspause im Klassenzimmer zu den dreien an den Tisch setze, sitzt Hani an der Wand, neben Deirdre und gegenüber von Aisling. Praktischerweise kann ich so auf keinen Fall neben ihr sitzen. Falls die anderen das seltsam finden, sagen sie nichts dazu. Sie freuen sich anscheinend, mich zu sehen. Meine Mitschülerinnen haben sich noch nie sichtbar gefreut, mich zu sehen. Beim Anblick ihrer Gesichter breitet sich ein seltsames Gefühl in meiner Brust aus. Ich bin mir nicht sicher, ob ich es mag.

»Lasst mal am Wochenende wieder was zusammen machen«, schlägt Aisling beim Essen vor. »Nen Film gucken oder so. Was läuft denn im Kino?«

»Äh …« Deirdre zieht ihr Handy aus der Tasche und scrollt kurz herum. »Also … lauter Superheldenzeug natürlich. Ein neuer Pixar-Film, aber der sieht irgendwie kacke aus. Ein Disney-Remake … irgendwie nichts Interessantes.«

»Kino fällt schon mal raus«, bestimmt Aisling. »Irgendwelche Vorschläge, Ishita? Was machst du so in der Freizeit?«

»Ähm … lernen?«, sage ich.

Aisling und Deirdre fangen an, unkontrolliert zu kichern, als hätte ich gerade einen Witz gemacht. Selbst Hanis Mundwinkel zucken, als müsste sie sich sehr zusammenreißen, nicht zu lächeln.

»Okay, also das fällt auch raus«, sagt Aisling.

»Vielleicht hat Humaira eine Idee?« Ich werfe ihr einen Blick zu, den sie endlich mal erwidert. Aus ihrem Gesichtsausdruck werde ich immer noch nicht schlau. Normalerweise ist Hani für mich ein offenes Buch. Wut, Ärger, Freude stehen ihr sonst immer ins Gesicht geschrieben. Aber jetzt ist es, als hätte sie das Buch zugeschlagen, und ich weiß nicht, wie ich sie dazu kriegen kann, sich mir wieder zu öffnen.

»Keine Ahnung.« Hani zuckt mit den Schultern. »Vielleicht gucken wir einfach, was sich ergibt.«

»Colm und Barry haben am Samstag, glaub ich, ein Fußballspiel. Wir können ja alle hingehen und sie zusammen anfeuern?«, schlägt Dee vor.

»Ja, perfekt«, stimmt Aisling zu. »Dann holen wir uns Milchshakes bei Eddie Rocket's.« Wieder mal ein Restaurant mit so gut wie gar keinen vegetarischen Optionen. Diesmal sage ich nichts dazu. Ich habe aus meinen Fehlern gelernt und will es jetzt nicht verbocken. Ich versuche, zumindest Blickkontakt mit Hani herzustellen, aber sie sieht mich nicht an. Sie sieht überallhin, außer zu mir.

»Du, Hani, können wir mal kurz draußen reden?« Schlagartig richtet Hani den Blick auf mich und verzieht leicht den Mund. Bevor sie etwas sagen kann, fährt Aisling dazwischen.

»Sorry, das ist leider nicht erlaubt.« Schon wieder legt sie den Arm um mich, und ich muss mich zusammenreißen, sie nicht sofort abzuschütteln. Ihre Berührung ist viel zu selbstverständlich, zu vertraut. Deutlich vertrauter, als ich mit ihr sein will.

»Ach ja?« Ich versuche, mich möglichst unauffällig aus ihrer Umklammerung zu winden.

»Ja, wär nämlich voll unfair, wenn ihr abhaut, um irgendwo rumzuknutschen, wenn wir das nicht machen können.«

Bei diesen Worten blickt Hani doch zu mir rüber. Glücklicherweise sieht sie genauso verwirrt aus, wie ich mich fühle.

»Du kannst gerne jederzeit mit Deirdre rumknutschen«, sage ich. »Ich halte dich nicht auf.«

»Nee …« Aisling verdreht die Augen und lässt mich endlich los. »Ich meine, weil wir in einer Mädchenschule sind und Barry und Colm sind voll weit weg. Echt unfair. Das ist doch irgendwie … Heterophobie.«

»Na ja, wir wollen ja gar nicht …«

»Heterophobie gibt es nicht, Aisling«, faucht Hani, ehe ich den Satz beenden kann. »So ein albernes Wort.«

»Wenn es Homophobie gibt …«

»Ja, weil …« Hani lässt den Satz in der Luft hängen, dann schüttelt sie den Kopf und steht plötzlich auf. Der Stuhl kratzt dabei schrill über den Boden. Sie sieht keine von uns direkt an. »Ich muss los. Weil … ich hab die Hausaufgaben für Irisch vergessen. Ich muss los.« Und sie greift sich ihren Rucksack und rauscht aus dem Zimmer.

»Was ist denn mit der los?«, fragt Deirdre. »Sie ist schon den ganzen Tag so schlecht drauf.«

»Die kriegt sich schon wieder ein«, meint Aisling.

»Ich red lieber mal mit ihr«, sage ich und stehe ebenfalls

auf. »Nur um sicherzugehen, dass alles okay ist … und ihr mit den Hausaufgaben zu helfen.«

»Ist das eure Methode, um –«

»Nein.« Ich schneide Aisling das Wort ab, bevor sie noch irgendwas Homophobes sagen kann. Ich lächle sie an. »Bis später dann.« Mit einem Winken verabschiede ich mich von ihnen und schlüpfe aus dem Klassenzimmer.

KAPITEL SIEBENUNDZWANZIG

Hani

»Conas atá do chuid obair bhaile agdul?« Ishu nähert sich eher zögerlich, was sonst so gar nicht ihre Art ist.

Ich seufze. »Was willst du?«

»Dir mit deiner obair bhaila helfen, was sonst?«, sagt sie und setzt sich neben mich auf den Boden. Sie wird sich den Rock dreckig machen, aber das scheint ihr egal zu sein. »Ist dir nicht kalt?«

»Ein bisschen«, gebe ich zu.

»Ich würde dir meine Jacke anbieten, aber ich hab sie im Schließfach gelassen«, sagt Ishu. »So … macht man das doch, oder?«

Genau deshalb wollte ich nicht mit Ishu reden. Weil sie dann solche Sachen sagt und mein Herz aufgeregt flattern lässt. Mich glauben lässt, dass da irgendwas zwischen uns sein könnte, mich daran erinnert, dass wir vielleicht etwas hätten sein können, was wir offensichtlich nicht sind. Und letztendlich ist es meine Schuld. Ich habe mir die ganze Fake-Dating-Sache ja schließlich ausgedacht.

Mit einem Seufzen rücke ich von ihr weg und suche in meiner Tasche nach dem Irischbuch. Natürlich habe ich es im Schließfach gelassen. Eigentlich habe ich nach der Mittagspause glaub ich nicht mal Irisch, aber da ich die

Hausaufgaben als Ausrede benutzt habe, muss ich das jetzt wohl durchziehen. Also hole ich nur ein Arbeitsblatt und mein *fóclóir* raus. Ich schlage das *fóclóir* auf und blättere darin herum, wie auf der Suche nach einem bestimmten Wort.

»Deine Hausaufgabe ist …?«

»Schreiben«, sage ich. »Über … irgendwas. Einen *timpiste.* Darum muss ich ein paar Vokabeln raussuchen. Für den Aufsatz. Ich muss mich konzentrieren.« Ich sehe sie nicht an, spüre ihren Blick aber viel zu lange auf mir.

»Sollen wir kurz über Samstag reden?«, fragt Ishu schließlich. »Ich meine … müssen wir auch nicht, aber ich mag's nicht, dass du sauer auf mich bist.«

Ich klappe mein *fóclóir* zu und starre Ishu an. »Ich bin nicht sauer.«

»Sehr überzeugend«, gibt sie trocken zurück.

»Mach dich nicht über mich lustig!«

»Ich mach mich nicht lustig!«, ruft Ishu. »Ich wollte nur … es tut mir leid.« Aus ihrem Mund klingen diese Worte immer noch komisch. »Es tut mir leid, wenn ich was gesagt habe, weshalb du dich unwohl gefühlt hast. Ich … das am Samstag war nur ein Witz und …« Sie holt tief Luft. »Es tut mir leid.«

»Ich mag es einfach nicht, wenn Leute über so was Witze machen«, sage ich. »Weil … die ganze Sache mit Aisling und Dee und … keine Ahnung.« Ich schüttle den Kopf. »Ich will gerne mit dir befreundet sein. Und ich weiß, wir gehen auf Dates und so, aber … wir können nicht … ich will nicht, dass wir das Ganze zu einem Witz machen. Auch wenn es nicht echt ist.«

»Das werde ich nicht«, sagt Ishu schnell. »Ich hab

nicht … ich wollte nicht …« Es wirkt, als wäre sie um Worte verlegen. Beschämt. Ihre Wangen werden sogar ein bisschen rot. Wenn Ishu das mit uns doch nur nicht als Scherz gemeint hätte. Wenn das hier doch nur keine Fake-Beziehung wäre. Dann wäre alles so viel leichter.

»Sind wir Freundinnen?«, unterbreche ich ihr Gestotter.

»Ja.« Ihre Stimme klingt fester als im ganzen bisherigen Gespräch. »Auch wenn sie uns dann in irgendeine Schublade stecken oder so: Wir sind Freundinnen.«

Ich nicke. »Gut. Und wir … tun so, als wären wir zusammen.«

»Ja …«, sagt Ishu. »Und Heterophobie finden wir toll.«

Ich muss lachen. »Aisling ist manchmal so bescheuert.«

»Ja, ist sie«, lächelt Ishu. »Sie ist …« Ishu zögert, als müsste sie aufpassen, was sie sagt. Als ob sie nicht weiß, wie sie das, was sie sagen will, ausdrücken soll. »Was magst du eigentlich an Aisling?«

Das ist definitiv nicht die Frage, die ich erwartet habe.

»Ich weiß nicht. Sie ist … ’ne gute Freundin«, sage ich.

»Inwiefern?«

»Ähm … sie ist cool. Es macht immer Spaß mit ihr«, antworte ich. »Ich meine … du verstehst doch bestimmt, warum ich mit ihr befreundet bin. Du warst mit ihr unterwegs. Mit beiden. Du magst sie, oder?«

Sie nickt langsam. »Ja. Sie sind … interessant.«

»Aisling mag dich auf jeden Fall«, versichere ich ihr. »Sie … findet dich cool.«

»Hat sie das gesagt?«

»Nein, aber ich weiß es«, sage ich. »Sie hat sich in Bio

neben dich gesetzt. Mit Absicht. Sie hätte neben mir sitzen können oder am anderen Tischende, so wie sonst.«

Ishu nickt noch mal. »Ja, stimmt. Sieht aus, als ob unser Plan wirklich funktioniert, hm?«

Ich lächle. Bis zur Schulsprecherinnenwahl ist es nicht mehr lange. Ich muss nur einen Weg finden, meine Gefühle in Schach zu halten und die nächsten paar Wochen zu überstehen.

»Anscheinend ist es ein ziemlich guter Plan.«

*

Ich beschließe, es in nächster Zeit etwas ruhiger angehen zu lassen. Bis zu den Abschlussklausuren sind es nur noch wenige Wochen, und bisher habe ich mich eindeutig nicht aufs Lernen konzentriert. Wenn ich es vermeiden kann, mich allein mit Ishu zu treffen, sollte alles glattgehen. Mit Aisling und Dee kann ich ruhig weiter rumhängen, weil die beiden sowieso immer das Reden übernehmen.

Ich schaffe das.

Zumindest rede ich mir das ein. Ich habe mich selbst davon überzeugt.

Am nächsten Morgen wartet Ishu an meinem Schließfach auf mich, als wäre es das Normalste der Welt.

»Morgen«, begrüßt sie mich.

»Morgen …« Ich bin definitiv kein Morgenmensch, und dass mich das Mädchen, von dem ich bis vor ein paar Stunden noch geträumt habe, so überfällt, macht es nicht besser. »Was machst du hier?«

»Na ja … heute ist der letzte Tag, um sich für die

Wahlen aufstellen zu lassen«, sagt sie. »Du hast dich als Vertrauensschülerin beworben, oder?«

»Ja … natürlich. Hab ich dir doch erzählt.«

»Tja … das heißt, es geht bald los. Erst kommen die Vorgespräche, und dann wird gewählt.« Ishus Augen werden bei jedem Wort größer und größer. »Und dann –«

»Ishu … komm mal runter.«

»Ich glaub, wir müssen uns einfach noch mehr anstrengen«, sagt sie.

»Uns mehr anstrengen, um …?«

Ishu antwortet nicht, sondern beugt sich vor und nimmt meine Hand.

»Um wie das Pärchen auszusehen, das wir angeblich sind?«, erklärt sie. »Ich meine, abgesehen von ein paar Fotos auf Instagram haben wir noch nicht besonders viel getan, um als süßestes Pärchen ins Jahrbuch zu kommen oder so.«

»Über so einen Mist stimmen wir nicht ab«, sage ich und ziehe die Hand weg. Dann tue ich so, als müsste ich unbedingt ein Buch in meinem Schließfach suchen. Also, eigentlich müsste ich wirklich Bücher in meinem Schließfach suchen, aber plötzlich weiß ich nicht mal mehr, welche Fächer ich vormittags habe.

»Hast du etwa gerade geflucht?« Ishu klingt belustigt.

»Mist zählt nicht als Fluchen«, brumme ich. »Ein paar Synonyme von Mist vielleicht. Aber Mist … nicht.«

»Okay, okay«, sagt Ishu. »Hör mal … es ist vielleicht nicht so angenehm, aber wir haben uns ja irgendwie beide drauf geeinigt. Mit mir Händchen halten ist doch nicht so schlimm, oder?« Sie lächelt die Art von Lächeln, die in ihrem normalerweise grimmigen Gesicht komisch aussieht.

Ich seufze. »Nein … mit dir Händchen halten ist nicht … so schlimm«, räume ich ein. Ehrlicherweise müsste ich sagen, dass ihre Hand zu halten wahrscheinlich das Schönste ist, was ich seit Langem gemacht habe. Aber ich schätze mal, mein letztes Mal Ehrlichsein ist auch schon eine Weile her. »Wir müssen aber nicht irgendwelche komischen Pärchensachen machen, oder? So … rumschmusen oder so was?«

»›Rumschmusen‹?!«

»Ach, keine Ahnung, du weißt schon … was Pärchen halt so machen.« Ich spüre, wie mir die Hitze in die Wangen schießt, weil ich plötzlich nur noch an uns als Paar denken kann.

»Nur Händchen halten. Und Zeit zusammen verbringen?«, sagt sie. »Ist das okay?«

»Ja«, antworte ich. Ishu fragt nur wegen der Sache Samstag, das weiß ich. Wahrscheinlich ist es gut, dass sie meine Grenzen respektiert.

»Na dann … hast du deine Bücher?«, fragt sie und hält mir die Hand hin, so als ob sie nur auf mich gewartet hat. »Soll ich dich zu deinem Raum bringen?«

Ich muss lächeln, weil so was gar nicht zu Ishu passt. Sie ist wohl ziemlich scharf darauf, Schulsprecherin zu werden. Und das hier ist die perfekte Art, allen zu zeigen, was für eine liebenswerte, charmante Person sie ist. Und dass sie die richtigen Leute kennt.

Ich mache das Schließfach zu und nehme ihre Hand. Irgendwie haben unsere Hände genau denselben Braunton. Ihre ist warm und weich und passt wie angegossen in meine.

»Und, hast du gestern nach der Schule noch was Schönes gemacht?«, fragt sie. Sie versucht, Smalltalk zu machen, aber es fühlt sich einfach nur gezwungen an. Das alles hier fühlt sich gezwungen und komisch und unnatürlich an.

»Nur gelernt«, sage ich. »Wir schreiben bald Klausuren, also … muss ich alles noch mal auffrischen. Ich bin echt schlecht in Mathe.«

»Oh.« Stirnrunzelnd schaut Ishu mich an. »Ich bin richtig gut in Mathe. Wir könnten zusammen lernen?«

»Das … passt schon«, antworte ich so freundlich, wie es geht. »Ich kann nicht so gut mit anderen lernen.«

»Ach so«, sagt sie. »Verstehe.«

»Na dann …« Ich deute auf die Doppeltür zum Kunstraum. »Da muss ich rein.«

»Okay … dann sehen wir uns in der Mittagspause?«, fragt sie.

»Klar.«

Ishu lächelt mir zu und macht auf dem Absatz kehrt. Um zu ihrer ersten Stunde zu gehen, nehme ich an, was auch immer sie jetzt hat. Das Seltsame ist, egal, wie komisch und gezwungen und unnatürlich es sich angefühlt hat, mit ihr zum Raum zu gehen – jetzt, wo sie weg ist, spüre ich eine ungewohnte Leere.

*

Obwohl ich wirklich keine Gefühle für Ishu haben will, öffne ich immer wieder unseren Guide. Es passiert schon fast automatisch.

Ich habe das Dokument seit dem Samstag in der Luas nicht bearbeitet – Ishu auch nicht. Trotzdem kann ich nicht anders, als ab und zu durch die Datei zu scrollen und mich zu fragen, wie es sein würde, wenn das alles echt wäre und nicht nur gespielt.

Es ist Donnerstagabend, und ich lese gerade wehmütig zum x-ten Mal den Guide, als plötzlich ein neuer Benutzername am oberen Bildschirmrand auftaucht. In dem kleinen Kreis ist nicht Ishus blaues *I*, sondern ein orangefarbenes *N*.

Ich blinzle, frage mich, ob ich mir den Buchstaben nur eingebildet habe, einen Augenblick später ist er nämlich wieder verschwunden. Aber mein Herz hämmert wie wild. Das kann ich mir nicht eingebildet haben.

Langsam bewege ich den Mauszeiger zum blauen »Freigeben«-Button oben auf dem Bildschirm. Ich fürchte mich fast davor, die Wahrheit rauszufinden. Und was ich dann lese, lässt mir den Atem stocken: *Für Nikhita Dey und 2 weitere Personen freigegeben.*

KAPITEL ACHTUNDZWANZIG

Ishu

Wir nähern uns dem Wochenende, und die Stimmung zwischen Hani und mir ist nach wie vor seltsam. Überhaupt nicht mehr so unkompliziert und entspannt wie noch vor Kurzem. Die ganze Woche hat Hani so wenig Zeit mit mir verbracht wie nur möglich. Klar, ich durfte sie zwischen den Unterrichtsstunden von einem Raum zum nächsten begleiten, als wären wir ein echtes Pärchen, aber miteinander geschrieben oder geredet haben wir kaum. Als wären wir nicht mal befreundet.

»Also, sehen wir uns dann morgen beim Spiel?«, fragt Aisling am Freitagnachmittag. »Um zehn bei St. Andrews und danach Mittagessen?«

Hani wirft mir einen Blick zu, und ich bin mir nicht sicher, was sie denkt. Die ganze Woche schon ist sie ein geschlossenes Buch für mich.

»Ich schaff's glaub ich nicht«, sage ich schließlich. »Es ist ja nicht mehr viel Zeit bis zu den Klausuren und … ich habe … schon was mit der Familie vor.«

»Oh.« Aisling klingt nicht gerade enttäuscht, glücklich sieht sie aber auch nicht aus. Wer hätte gedacht, dass ausgerechnet Aisling ihr Wochenende mit mir verbringen möchte?

»Okay, echt schade«, sagt Dee. »Aber dann ist es ja wie früher, nur wir drei.« Dee lächelt und blickt zwischen Aisling und Hani hin und her.

»Ich kann leider auch nicht.« Hani sieht bei diesen Worten keine von uns direkt an. Sie starrt in ihr Schließfach und macht sich an den Büchern zu schaffen. »Ich hab schon Pläne fürs Wochenende.«

»Lasst ihr uns im Stich, um euch allein zu treffen?« Aisling sieht jetzt leicht verärgert aus, auch wenn sie es mit einem Lachen sagt, als wäre es als Witz gemeint.

»Natürlich nicht.« Hani dreht sich jetzt doch mit einem besänftigenden Lächeln zu ihr um. »Das würden wir euch nicht antun.«

»Hast du wirklich Pläne fürs Wochenende?«, frage ich Hani auf dem Weg nach draußen. Hani läuft wie immer zur Bushaltestelle und ich zur Luas.

»Schon vergessen?«, fragt Hani.

»Äh … haben wir was zusammen vor?« Ich weiß, dass Aisling und Dee etwas ausmachen wollten, kann mich aber an keine anderen Pläne als das Fußballspiel erinnern.

»Na, deine Eltern haben uns doch zu einer Dawat eingeladen?« Hani sieht mich mit hochgezogener Augenbraue an. Jetzt weiß ich wieder – die Dawat, an die Ammu und Abbu Hani bei jeder Gelegenheit erinnert haben. Sie hätten wohl mal lieber mich dran erinnern sollen.

»Ach, Scheiße!«

Hani kichert, aber es wirkt halbherzig. Wir kommen an der Straßenecke an, wo Hani links abbiegt und ich rechts. Sie zögert einen Augenblick lang. Dieser eine Augenblick reicht aus, um mein Herz laut pochen zu lassen.

»Sag mal … die Regeln vom Guide weißt du ja noch, oder?«

Keine Ahnung, was ich erwartet habe, aber das war es nicht.

»Ja?«

Sie kaut sich auf der Unterlippe rum und schüttelt dann den Kopf. »Bis morgen dann.« Dabei sieht sie mich nicht an. Dann hat sie sich auch schon umgedreht und läuft Richtung Bushaltestelle.

Ich seufze, schaue einen Moment ihrer kleiner werdenden Silhouette nach und frage mich, wieso sie plötzlich von den Regeln anfängt. Morgen werden wir beide das erste Mal seit Langem ohne Aisling und Deirdre Zeit miteinander verbringen. Vielleicht lässt sich, was auch immer zwischen uns kaputt ist, ja reparieren. Vielleicht ist es noch nicht zu spät.

*

Am Samstag beginnt Ammu um fünf Uhr morgens, in der Küche zu rumoren. Selbst bei geschlossener Tür höre ich in meinem Zimmer das Klirren von Töpfen und Pfannen und das Dröhnen des Staubsaugers. Irgendwann gehe ich runter und luge in die Küche, wo sie gerade über den Herd gebeugt steht.

»Brauchst du Hilfe, Ammu?«, frage ich. Abbu kommt erst eine Stunde vor den Gästen vom Laden nach Hause, Ammu muss also alles ganz allein vorbereiten.

»Musst du nicht für die Klausuren lernen?« Ammu sieht nicht mal von dem Topf mit Biryani auf, den sie gerade umrührt.

»Ja, aber du bist hier ja ganz –«

»Geh lernen«, sagt Ammu. »Ich komm schon zurecht.«

Mit einem Seufzer gehe ich wieder nach oben und versuche mein Magengrummeln beim Geruch von so viel leckerem Essen zu ignorieren. Bei Dawats macht Ammu keine halben Sachen. Sie kocht so viele Gerichte, dass sie kaum alle auf den Esstisch passen. Sie lädt so viele Leute ein, dass sie sich in unserem schmalen Haus mit den drei Schlafzimmern fast schon stapeln müssen.

Ich versuche, weiter zu lernen, kann mich aber kaum konzentrieren, weil ich die ganze Zeit nur daran denke, dass Hani in ein paar Stunden hier sein wird.

Und dann kommen auch schon fast die Gäste. Ich ziehe einen schlichten rosa-weißen Salwar Kamiz an, der nur an den Säumen ein Blumenmuster hat. Der eigentliche Blickfang ist die dazugehörige Urna. Sie ist aus durchscheinendem Stoff und über und über mit rosa und weißen Blumen verziert. Ich drapiere mir die Urna zuerst offen um die Schultern. Im Spiegel sieht es komisch aus, also wickle ich sie mir um den Hals. Dabei verschwindet das Muster, also lege ich sie mir am Ende einfach über eine Schulter.

Ganz zufrieden bin ich noch nicht. Ich bürste mir die Haare nach hinten und stecke sie an den Seiten mit Spangen fest, damit sie mir nicht in die Augen fallen. Sogar etwas Eyeliner trage ich auf, der meine sonst so riesigen Augen ein bisschen kleiner wirken lässt, und rosa Lippenstift, der zum Salwar Kamiz passt. Als ich mich gerade schminke, schaut Ammu zur Tür herein.

»Ich wusste gar nicht, dass du Make-up benutzt.« Sie betrachtet mich von oben bis unten und runzelt dabei leicht die Stirn. »Ich wusste nicht mal, dass du überhaupt welches hast.«

»Ja, ich habe Make-up«, sage ich. »Das hab ich doch zu der Hochzeit getragen.«

»Das war vor über einem Jahr«, meint Ammu.

»Ja, und?« Ich zucke mit den Schultern. »Das wird unsere größte Dawat dieses Jahr. Ich will halt gut aussehen.« Ich bereue die Haarspangen; jetzt kann Ammu bestimmt sehen, wie ich rot werde. Aber da wird sie von der Türklingel abgelenkt.

»Komm runter und sag den Gästen Hallo«, ruft sie mir zu, während sie die Treppe hinuntereilt.

»Okay, Ammu.« Ich werfe einen letzten Blick in den Spiegel, beschließe, dass es besser nicht mehr wird, und folge ihr nach unten.

KAPITEL NEUNUNDZWANZIG

Hani

Ich würde so ziemlich alles lieber tun, als zur Dawat von Ishus Familie zu gehen. Aber ich kann mich einfach nicht davor drücken. Erstens wäre das ziemlich unhöflich. Und wenn ich sage, dass ich nicht hinwill, würde Amma außerdem gleich wissen, dass irgendwas nicht stimmt und mich ausfragen. Logischerweise kann ich ihr nicht erzählen, dass ich echte Gefühle für das Mädchen entwickelt habe, das ich eigentlich fake-date, oder dass dieses Mädchen anscheinend mein Vertrauen gebrochen hat.

In den letzten Tagen habe ich unseren Guide überhaupt nicht mehr angeschaut. Es gab Momente, in denen ich überlegt habe, ihn komplett zu löschen. Aber was würde das bringen, wenn Ishus Schwester eh schon alles gesehen hat? Was ich nicht verstehe, ist, warum. Neulich im Café wirkte Ishu so sicher, dass ihre Schwester diese Art Wissen gegen sie verwenden würde. Warum sollte Ishu also unser Dokument für sie freigeben?

Als Abba, Amma und ich draußen vor Ishus Haus warten, fällt mir auf, dass Abba die ganze Zeit von einem Fuß auf den anderen tritt. Sein Blick flackert nervös umher, kommt nicht zur Ruhe. Heute trägt er wieder einen Panjabi – diesmal einen weißen mit goldenen Details an Kragen und Ärmelaufschlägen. Er hat sogar die Tupi von neulich auf.

Ich runzle die Stirn. Gerade will ich Abba fragen, was genau los ist, da geht die Tür auf. Im Türrahmen steht Uncle Dinesh, der mit seinem glänzenden blauen Hemd um die Wette strahlt.

»Willkommen, willkommen! Hereinspaziert!« Er bedeutet uns reinzukommen, und sofort habe ich das Summen von bengalischem Geschnatter in den Ohren und den Duft von bengalischem Essen in der Nase. Ersteres ein Fluch, Letzteres ein Segen.

»Sajib!« Ein Mann kommt aus dem Wohnzimmer auf uns zu. Ich erkenne ihn nicht sofort – schließlich habe ich ihn vor der Moschee nur kurz und von weit weg gesehen. Aber der weiß melierte Bart und die weiße Tupi lassen keinen Zweifel.

»Salam Aleikum.« Abba schüttelt ihm die Hand. Dann wendet er sich mit einem seltsam aufgesetzten Lächeln zu uns. »Das ist meine Frau, Aditi.« Amma begrüßt ihn. »Und meine Tochter Humaira. Wir nennen sie Hani.« Abba lächelt in die Richtung des Mannes. »Das ist Salim.«

Uncle Salim betrachtet mich einen Moment lang. Ganz ehrlich, es ist ein bisschen unheimlich. Er sieht aus, als würde er mit seinen dunkelbraunen Augen bis auf den Grund meiner Seele starren.

Endlich sagt er: »Humaira ist ein schöner Name.«

»Vielen D –«

»So hat der Prophet Mohammed seine Frau Aisha genannt, wusstest du das?«

Ich tausche einen Blick mit Amma, die – zum Glück – genauso verstört aussieht, wie ich mich fühle.

»Nein«, antworte ich. Ehe er noch was sagen kann, schenkt Amma ihm ein höfliches Lächeln und entschuldigt uns. Sie zerrt mich in die Küche, wo die meisten Frauen sitzen.

»Was war denn mit dem los?«, flüstert Amma mir zu. Ich zucke nur vage mit den Schultern, weil ich gerade Ishu entdeckt habe, die allein in einer Ecke steht. Und es fällt mir ein bisschen schwer, wieder wegzuschauen. Sie trägt einen weißen Salwar Kamiz, bei dem der Stoff an den Ärmeln und am Saum in ein zartes Rosa übergeht. Die Farben lassen sie weicher wirken. Alles Harte an ihr scheint plötzlich verschwunden, und wie sie so in der hintersten Ecke des Zimmers steht und an ihrer Urna rumzupft, hat sie etwas Verletzliches.

»Hey.« Fast instinktiv mache ich einen Schritt auf sie zu – dabei hatte ich vor, sie heute Abend möglichst zu meiden. Ishu wirbelt so schnell herum, dass ihr die Urna runterrutscht. In der letzten Sekunde kriegt sie den Stoff zu fassen und drapiert ihn ein bisschen willkürlich auf einer Schulter.

»Ich … mag deinen Salwar Kamiz.«

Ishu guckt an sich runter, so als hätte sie vergessen, was sie anhat. Sie zupft an einem der rosa-goldenen Ärmel. »Danke … deiner ist auch schön.«

Sie blickt auf und erwidert endlich meinen Blick. Ohne es zu wollen, muss ich lächeln. Sie lächelt zurück. Dann versinken wir in ein Schweigen, das nur für uns beide bestimmt scheint, eine stille Insel inmitten des geschäftigen Lärms einer bengalischen Dawat.

»Es ist ein bisschen –«, fange ich an, genau im selben Moment, in dem Ishu leise ansetzt: »Wie war –«. Wir verstummen beide, blicken uns wieder in die Augen. Ich spüre den altbekannten Knoten im Magen, aber es fühlt sich nicht unangenehm an. Und mir wird klar, dass ich Ishu nach dem Guide fragen muss. Nach ihrer Schwester. Ob ich will oder nicht.

Aunty Aparna bittet Ishu, den Tisch zu decken, und kurze Zeit später wird das Stimmgewirr von ihrem Ruf zum Essen unterbrochen. Der Tisch ist mit so vielen verschiedenen Gerichten beladen, dass kein Zentimeter mehr frei ist. Am einen Tischende thront ein Topf Biryani – der Duft, der von ihm ausgeht, ist absolut göttlich. Um das Biryani herum stehen Chicken Korma und Lammcurry und am anderen Tischende Reis, umrahmt von Schüsseln mit Gemüsecurry und Fischfrikadellen. In der Mitte des Tisches befindet sich ein Topf Shorisha Ilish – das war schon immer Aunty Aparnas Spezialität. Ammas Shorisha Ilish kann sich auf jeden Fall sehen lassen, aber mit dem von Aunty Aparna kann es nicht mithalten. Schon der Anblick des Fisches in der goldgelben Senfsoße ist einfach himmlisch.

Das Essen schmeckt sogar noch besser, als es aussieht. Als ich aufgegessen habe, schnappt Ishu sofort meine Hand und zerrt mich die Treppe hoch.

»Ich hasse Dawats«, brummelt sie kaum hörbar.

»Immerhin gibt's immer gutes Essen«, sage ich. Ishu hebt skeptisch eine Augenbraue, was angesichts der Kochkünste ihrer Mutter meiner Meinung nach völlig unangebracht ist.

Sie öffnet die Tür zu ihrem Zimmer, und als wir beide hineingeschlüpft sind, höre ich das Schloss hinter mir klicken. Nicht, dass wir noch nie allein in meinem oder ihrem Schlafzimmer gewesen wären. Aber aus irgendeinem Grund lässt der Gedanke an uns beide in einem *abgeschlossenen* Raum mein Herz jetzt eine Million Mal schneller schlagen.

»Damit die Kinder nicht reinkommen«, erklärt Ishu.

»Ja … hab ich mir schon gedacht«, sage ich. »Du bist ziemlich fanatisch, wenn's um Ordnung geht.« Ich lasse den Blick durchs Zimmer schweifen. Ihr makelloses Zimmer. »Hier ist es ja noch sauberer als letztes Mal! Du hast nicht mal Bücher auf deinem Schreibtisch liegen.« Wenn ich nicht wüsste, dass das hier Ishus Zimmer ist, würde ich denken, es sei unbewohnt.

»Ich wollte nicht, dass die Gäste ein unordentliches Zimmer sehen müssen.« Ishu klingt leicht verunsichert. Als ob sie zu so was wie Unordnung überhaupt fähig wäre.

»Weil die Uncles und Auntys so gerne dein Zimmer inspizieren?«

Sie zuckt mit den Schultern und setzt sich aufs Bett. Neben ihr ist ziemlich viel Platz, aber ich zögere, bevor ich mich hinsetze – so weit weg von Ishu, wie es geht, ohne, dass es komisch wird. Ihrem Blick nach zu urteilen ist es allerdings auch so schon komisch genug zwischen uns.

Wir sitzen da, und die Zeit scheint sich auszudehnen. Es ist totenstill, trotz des Stimmengewirrs von unten.

Endlich, nach einer gefühlten Ewigkeit, sieht Ishu mich an. Ihre Stirn ist in tiefe Falten gelegt.

»Na dann. Magst du mir sagen, was los ist?«, fragt sie.

Mein Herz setzt aus, und ich schaue auf. Ich kann ihren Blick nur kurz erwidern, dann schaue ich wieder weg, runter auf das Hellblau ihrer Tagesdecke. Sie hat mir die perfekte Vorlage geliefert, um sie nach ihrer Schwester und dem Guide zu fragen, aber es ist, als ob mir die Worte im Hals stecken bleiben. »Nichts … nichts ist los.«

Ishu seufzt so schwer, dass das Bett unter ihr quietscht. »Das hätte auch in den Guide gehört, oder? Was tut man, wenn Fake-Dating zu … unangenehmer Stille führt?«

Ich blicke wieder auf und sehe Ishu an die Decke starren, als stünde irgendwo da oben die Antwort auf ihre Frage. Hat sie echt keine Ahnung?

»Es ist … was passiert.« Mit einem Mal hängen die Worte in der Luft. Kurz bin ich nicht sicher, wer sie gesagt hat, aber dann sieht Ishu mich neugierig an, und mir wird klar, dass ich es war. »Deine Schwester –«

Die Neugier in Ishus Gesicht weicht Verwirrung, und sie beugt sich ruckartig vor. »Meine *Schwester?* Hat sie … irgendwas *getan?*«

»Ich dachte, du weißt Bescheid.« Jetzt bin ich auch verwirrt, aber je länger wir hier sitzen, desto überzeugter bin ich, dass Ishu die Regeln nicht gebrochen hat. Sie hat ihrer Schwester nichts erzählt. Sie hat unseren Guide nicht für sie freigegeben. »Vor ein paar Tagen hab ich in unser Google Doc geschaut und … deine Schwester war drin. Sie … hat Zugang zum Dokument.«

Ishu blinzelt langsam, so als ob sie Schwierigkeiten hat, diese Information zu verdauen. »Du hast es aber nicht für sie freigegeben?«

»Könnte ich nicht, nicht mal wenn ich wollte.«

»Du denkst, *ich* hätte ihr den Link geschickt? Mit Absicht?«

»Das ist die einzige Erklärung«, sage ich, auch wenn es sich jetzt lächerlich anhört. Natürlich würde Ishu ihrer Schwester das Dokument nicht absichtlich schicken.

Nicht, nachdem sie bei unserem ersten Date im wahrsten Sinne des Wortes vor Nik *weggerannt* ist. Nach allem, was sie von ihrer Beziehung zu Nik erzählt hat.

»Warum sollte *ich* es ihr schicken?«, fragt Ishu.

»Das … macht wahrscheinlich keinen Sinn«, sage ich. »Ich dachte einfach … aber … nach allem, was bei Seven Wonders passiert ist, hätte ich wissen sollen …«

Ishu beißt sich auf die Lippe. »Was, wenn ich es ihr aus Versehen geschickt hab?« Sie hält inne und schaut mir in die Augen. »Sie hat mir gegenüber nichts davon erwähnt, also … hat sie wahrscheinlich noch niemandem davon erzählt.«

Es ist das »noch«, das mir Angst macht. Ich mag mir nicht vorstellen, was passieren würde, wenn rauskommt, dass alles nur gespielt war. Aisling und Dee würden mich das nie vergessen lassen – sie würden mir nie glauben, dass ich wirklich bisexuell bin, sondern denken, das Ganze wäre nur ein Schrei nach Aufmerksamkeit gewesen.

»Glaubst du, dass sie es irgendwem erzählt?«, frage ich. »Weil, wenn das rauskommt …«

»Ich weiß.« Ishus Stimme ist kaum mehr als ein Flüstern. »Es könnte sein, dass sie … meinen Eltern davon erzählt.«

Wieder nistet sich die Stille zwischen uns ein. Aber dieses Mal ist sie nicht unangenehm; sie ist geladen, geladen von der Erkenntnis, dass jemand über unser Geheimnis Bescheid weiß. Mit einem Klick könnte dieser Jemand alles, worauf wir hingearbeitet haben, kaputtmachen.

Ishus Gesicht ist auf eine Art verzerrt, die ich bei ihr noch nie gesehen habe. Ich rücke zu ihr rüber, bis wir fast aneinanderstoßen. »Das wird schon. Deine Schwester …

wird's schon niemandem erzählen.« Ich versuche, überzeugt zu klingen, obwohl ich alles andere als überzeugt bin.

Ishus Blick trifft meinen, und ihre Miene wird weicher. Mir fällt auf, dass sie geschminkt ist. Eine Spur von Eyeliner um die Augen und ein Hauch Rosa auf den Lippen. Ich glaube nicht, dass ich Ishu je geschminkt gesehen habe. Mal wieder zieht es in meinem Magen und, ich spüre, wie mir die Hitze den Nacken hochkriecht.

»Du kennst Nik nicht«, sagt Ishu. »Und … du weißt nichts über unsere Beziehung.«

»Vielleicht können wir ja mit ihr reden und … ihr die Situation erklären …«

Jetzt grinst Ishu, als hätte ich gerade etwas sehr Lustiges gesagt.

»Was?«

»Es ist nur … schön, dass du denkst, man würde bei Nik mit Vernunft irgendwas erreichen«, sagt sie. »Und … wahrscheinlich ist es auch schön, mit der ganzen Sache nicht allein zu sein.«

»Zusammen wird uns schon was einfallen«, versichere ich und versuche, die Tatsache zu ignorieren, dass mir bei Ishus Worten schon wieder ganz warm wird. Und dass mir sehr bewusst ist, wie gefährlich nah wir mittlerweile beieinandersitzen. Aber ich weiß nicht, wie ich den Abstand zwischen uns vergrößern soll, ohne dass es wieder komisch wird. Ohne dass Ishu mitbekommt, was ihre Nähe in mir auslöst – Gefühle, die ich weder brauche noch haben will.

»Vielleicht«, sagt Ishu unerwarteterweise. Es sieht aus, als wäre sie selbst überrascht, denn sie blinzelt langsam, so als wäre sie nicht sicher, ob sie das gerade wirklich gesagt hat. »Ich meine, jetzt, wo ich damit nicht allein fertigwerden muss … vielleicht fällt uns zusammen ja wirklich was ein.«

Ishus Blick bohrt sich in meinen. Irgendwie ist mir noch nie aufgefallen, was für warme Augen sie hat. Das Sonnenlicht, das ins Zimmer strömt, bringt die einzelnen goldbraunen Sprenkel in ihnen zum Leuchten. Auf einmal kann ich an nichts anderes mehr denken als an den fehlenden Abstand zwischen uns. Die Tatsache, dass ich die Hand nur einen Zentimeter bewegen müsste, um ihre Finger zu berühren. Den Kopf nur ein kleines Stück nach vorne beugen, um ihre Lippen zu finden. Ishu muss dasselbe gedacht haben, denn jetzt bewegt sich *ihre* Hand. Doch statt nach meiner greift sie nach einer Haarsträhne von mir und wickelt sie sich um den Finger. Bei ihrer Bewegung läuft mir ein Schauer den Rücken hinunter. Ehe ich mich versehe, hat mein Körper sich selbstständig gemacht und beugt sich wie automatisch vor. Das Bettgestell unter mir knarzt. Ich schließe die Augen und –

»Ishu!«, quietscht Aunty Aparna von unten. Ishu macht einen Satz zurück. Ich falle fast vom Bett, so eilig habe ich es, von ihr wegzukommen. Dabei ist die Zimmertür abgeschlossen und Auntys Stimme lächerlich weit entfernt. »Niche eshe mishti khao.«

Ishu guckt mich an und verdreht die Augen. »Okay, Ammu! Wir kommen.«

Was auch immer da gerade zwischen uns passiert ist, was auch immer uns dazu ermutigt hat, etwas zwischen uns passieren zu lassen, ist bei Aunty Aparnas Unterbrechung kaputtgegangen. Mein Herzschlag hat sich immer noch nicht wieder beruhigt. Und ich kann Ishu nicht in die Augen sehen.

Ishu lächelt mich an, dann steht sie auf. Ich weiß nicht, was ihr Lächeln bedeutet. »Wir sollten besser runtergehen. Du magst doch Mishti, oder?« Sie stößt die Tür auf und wirft mir über die Schulter einen Blick zu.

»Ich mag nur bestimmtes Mishti.« Damit stehe auch ich auf und folge Ishu nach unten. Keine Ahnung, ob unsere Beziehung jetzt besser ist als vorher – oder unendlich viel schlechter.

KAPITEL DREIßIG

Ishu

Als nach der Dawat alle nach Hause gegangen sind, fühlt sich das Haus auf einmal viel zu leer an. Nach einem Tag voll von bengalischem Geplaudere ist die Stille erdrückend.

Ich ziehe den Salwar Kamiz aus und schminke mich ab. Dabei kann ich einfach nicht aufhören, an Hani zu denken. Und ich kann nicht aufhören, an Nik zu denken. Die zwei Personen, an die ich absolut nicht denken will.

Ich schlüpfe ins Bett und öffne auf meinem Handy den Chat mit Nik. Die letzten Nachrichten sind vom Tag ihres Überraschungsbesuchs. Es fühlt sich an, als wäre das schon eine Ewigkeit her, dabei war es erst vor ein paar Wochen.

Ich: Hey Nik ...

Weiter komme ich nicht. Wie soll ich meine Schwester fragen, ob sie aus Versehen die Wahrheit über meine Fake-Beziehung herausgefunden hat? Und wie frage ich sie, was sie mit diesem Wissen vorhat? Wenn ich mir vorstelle, wie sie es ausnutzen könnte, um sich bei Abbu und Ammu wieder beliebt zu machen, wird mir übel.

Ich lösche die Nachricht und öffne stattdessen meine

Instagram-DMs mit Hani. Ich versuche immer noch zu verstehen, was vorhin in meinem Zimmer passiert ist. Einen unerklärlichen Augenblick lang war ich mir sicher, dass Hani und ich genau dasselbe denken. Dasselbe wollen. Aber der Augenblick war kurz – genauso schnell wieder vorbei, wie er gekommen war. Vielleicht war es nur ein Moment der Schwäche, weil jemand unser Geheimnis kennt. Weil unser gesamter Plan in sich zusammenfällt, falls Nik sich entscheidet, den Guide zu benutzen.

Ich: Wollen wir über vorhin reden?

Die ungesendete Frage leuchtet mich an, und ich lösche sie sofort wieder. Bei so einer Nachricht würde Hani vermutlich direkt die Flucht ergreifen. Wenn ich eins über sie gelernt habe, dann dass sie Probleme nicht gerne geradeheraus angeht. Selbst mich auf Nik anzusprechen hat ihr offensichtlich einiges abverlangt.

Ich wechsle von den DMs zum Instagram-Feed. Gleich als Erstes wird mir ein Foto von der Dawat heute angezeigt. Hani hat es gepostet. Auf dem Bild sitzen wir nebeneinander, weiße Plastikschalen mit Mishti in den Händen. Wir lächeln beide verhalten, Hani sieht nach unten und ich direkt in die Kamera. Die merkwürdige Stimmung zwischen uns ist selbst auf dem Foto greifbar.

Ich lasse mich auf den Rücken rollen und schließe die Augen. Vielleicht will Hani mir mit diesem Post indirekt etwas sagen. Oder vielleicht auch nicht – auf jeden Fall freue ich mich darüber.

*

Ich hatte gehofft, dass sich meine Gedanken zu der ganzen Situation mit Nik und Hani im Schlaf ordnen würden, aber als ich am Sonntagmorgen aufwache, sind sie immer noch genauso durcheinander. Ich bin den Tag über damit beschäftigt, Ammu beim Aufräumen zu helfen. Meine Gedanken drehen sich dabei weiter wild im Kreis.

Beim Putzen überlege ich, wie ich mit Hani über *uns* reden kann. Und ob ich es überhaupt ansprechen sollte. Als ich es das letzte Mal versucht habe, hat Hani schließlich komplett zugemacht. Was, wenn ich mich da in irgendwas reinsteigere? Was, wenn Hani gar nichts für mich empfindet? Was, wenn ich unsere sich gerade entwickelnde Freundschaft grundlos zerstöre?

Ich wünschte, ich könnte mit jemandem darüber reden. Hani hat immerhin ihre Freundinnen, auch wenn ich bezweifle, dass sie die beiden jemals um Rat fragen würde, was mich angeht. Der einzige Mensch, dem ich je so nahestand, ist … Nik.

Ich bin für dich da. Ich möchte, dass du das weißt, ja?

Das hat Nik gesagt, als wir uns das letzte Mal gesehen haben. Sie schien es ernst zu meinen. Ich sehe ihr Gesicht fast vor mir, voller Mitgefühl. Ich wollte ihr wirklich glauben – ich *will* ihr wirklich glauben. Aber Nik und ich waren *nie* solche Schwestern. Nicht einmal, bevor wir zu Konkurrentinnen wurden.

Und jetzt … hat Nik alle Karten in der Hand. Mit einem Seufzen mache ich mich wieder ans Putzen und schiebe den Gedanken an Nik beiseite. Meiner Schwester kann ich nicht vertrauen. An sie kann ich mich nicht wenden. Auch nicht, wenn sie so tut.

KAPITEL EINUNDDREIßIG

Hani

Es ist nicht so leicht, am Wochenende an etwas anderes als an Ishu zu denken. Was genau bedeutet es, dass sie sich vorgebeugt hat – dass ich mich vorgebeugt habe? Ich will gerne glauben, dass es *irgendwas* bedeutet hat – aber was, wenn wir einfach beide unter Schock standen, weil vielleicht außer uns noch jemand Zugriff auf den Guide hat? Weil unser Geheimnis womöglich bald kein Geheimnis mehr ist?

Am liebsten würde ich mit Amma über alles sprechen. Sie wüsste genau, was wegen Nik zu tun ist. Und was ich Ishu sagen soll. Wenn unser Geheimnis sowieso bald auffliegt, warum soll ich Amma dann *nicht* einfach alles erzählen?

Aber es geht nicht, das weiß ich. Es wäre ein Verrat an Ishu. Und ich bin einfach noch nicht bereit dafür, es irgendwem zu erzählen. Trotzdem wünschte ich, jemand würde mir sagen, was ich tun soll.

Als Abba erwähnt, dass er Sonntagmittag für seinen Wahlkampf von Tür zu Tür gehen und Leuten von seinem Programm erzählen will, springe ich vor Aufregung fast vom Stuhl.

»Kann ich helfen?«

Abba und Amma tauschen einen Blick. Ich bin nicht sicher, was er bedeutet. Nichts Gutes wahrscheinlich.

»Alles okay bei dir, Hani?«, fragt Amma. »Du warst die letzten Tage ein bisschen … komisch drauf.«

»Mir geht's gut.« Meine piepsige Stimme deutet eher aufs Gegenteil hin. Ich räuspere mich und lächle Amma und Abba so breit an, wie ich kann. »Es ist nur … bald sind Klausuren und … das ist … stressig.«

»Und … du bist in einer neuen Beziehung.«

Bei diesen Worten vergeht mir fast das Lächeln, aber ich gebe mir Mühe, mir nichts anmerken zu lassen. »Ja … das auch.« Der Gedanke an Ishu versetzt mir einen Stich, und ich versuche, das ungute Gefühl abzuschütteln. »Aber … ich will beim Wahlkampf helfen!« Ich schaue Abba an. Rausgehen und ihm bei der Wahl zu helfen ist jetzt genau das Richtige. »Ich kenn schon dein gesamtes Programm. Ist doch perfekt!«

Abba sieht nicht besonders überzeugt aus. »Ich weiß nicht, Hani. Ich weiß nicht, ob ich es so gut finde, wenn du bei den Leuten klingelst –«

»Es wär doch nicht das erste Mal«, erinnere ich ihn. »Ich hab das beim MS Read-a-Thon und dem Walk-a-Thon schon tausendmal gemacht.«

Abba schmunzelt, und ich weiß, ich habe ihn überzeugt. »Das war hier, in unserer Nachbarschaft.«

»Dann … mach ich es hier, ich bleib ganz in der Nähe!« Ich schlinge den letzten Bissen von meinem Sandwich runter und stehe auf. »Ich werde die beste Wahlhelferin sein, die du je hattest. Versprochen.«

Abba seufzt. »Okay … aber das ist eine große Verantwortung. Du kannst das nur machen, wenn deine Freundinnen dir helfen.«

Mein Enthusiasmus von eben verpufft auf einen Schlag. »Warum das denn?«

»Du machst das nicht allein, Hani. Deine Freundinnen können dir doch helfen. Sie waren auch bei meiner Rede in der Moschee, oder? Es dauert ja nicht lange.«

»Und danach könnt ihr Pizza essen gehen oder euch einen Film ansehen oder so«, schaltet Amma sich ein. »Ich könnte ihnen auch was zum Abendessen kochen.« Sie strahlt, als wäre meinen Freundinnen Abendessen zu kochen ihre Lieblingsbeschäftigung. Immer, wenn Aisling und Dee vorbeikommen, muss Amma »Weiße-Leute-Essen« machen. Nicht mal »weiße-Leute-scharfes« Essen wie für andere Nicht-Bengalis, sondern einfach nur Weiße-Leute-Essen. Aisling und Dee essen nämlich kein bengalisches Essen – obwohl sie es nie auch nur *probiert* haben.

»Ja, ich schreib ihnen«, sage ich. Dabei ist es wirklich das Letzte, worauf ich Lust habe. In der Moschee wollten sie nicht mal bis zum Ende von Abbas Rede bleiben – sie hatten schon nach zwei Minuten die Nase voll. Keine Ahnung, ob sie heute eine große Hilfe sein werden, aber wenigstens können sie mir dann nicht vorwerfen, ich hätte sie wegen Ishu versetzt.

*

Ich schlüpfe in meine Jeans und ziehe dazu eins von den Wahlkampf-Shirts an, die Abba vor Ewigkeiten hat drucken lassen. Es ist hellblau, und auf der Brust steht *IHRE*

STIMME FÜR KHAN!. Gerade als ich fertig angezogen bin, läutet es an der Haustür. Es klingelt einmal, dann zweimal, dann ertönt ein lautes, durchgehendes Bimmeln, das nicht aufhört, bis ich die Tür aufreiße. Beim Anblick von Aisling und Dee muss ich mich zusammenreißen, um nicht genervt das Gesicht zu verziehen. Wie sie so vor mir stehen, die Arme verschränkt, sehen sie aus, als wären sie überall lieber als hier.

Genauer gesagt sehen sie aus, als würden sie gleich feiern gehen und nicht Abbas Wahlkampagne unterstützen. Sie sind beide sorgfältig geschminkt. Dee trägt ein Crop-Top und einen Rock, der kaum die Oberschenkel bedeckt. Aisling trägt ein schwarzes Kleid, das kurz oberhalb der Knie endet.

»Hi …« Meine Begrüßung soll eigentlich nicht wie eine Frage klingen, tut sie aber. Während ich die beiden so anschaue, kommen mir nämlich so einige Fragen. Ich halte ihnen zwei der T-Shirts hin, die Abba in der Abstellkammer aufbewahrt. »Das sind die Wahlkampf-Shirts von meinem Dad.«

Dee und Aisling tauschen einen Blick. Ich spüre ein unangenehmes Ziehen im Magen und versuche, es zu ignorieren.

»Cool, danke.« Umständlich greift Aisling nach den T-Shirts. Keine von beiden macht irgendwelche Anstalten, zum Umziehen reinzukommen. Sie … stehen einfach irgendwie rum und wirken vor meiner Haustür seltsam fehl am Platz.

Ich werfe einen Blick in die Küche zu Amma. Sie macht gerade den Abwasch, ich kann das Wasser ins Spülbecken laufen hören. »Amma, wir gehen«, rufe ich ihr auf Sylheti zu. »Allahafez.«

Sie schaut sich kurz um und winkt uns über die Schulter zu. Ich trete zu Dee und Aisling ins Freie.

»Also …« Ich wühle in meiner Tasche nach dem Stapel Flyer, den Abba mir gegeben hat. »Hier steht alles drauf, was wir über das Wahlprogramm von meinem Dad wissen müssen.« Ich halte den beiden zwei Flyer hin. Sie sehen sie an, als hätte ich irgendwas Ekliges in der Hand, nicht bloß ein bisschen Papier.

»Hör mal …«, sagt Aisling langsam. Mir rutscht das Herz in die Hose. Ich habe das Gefühl, genau zu wissen, was gleich kommt. Aber sie kann unmöglich – *unmöglich* – versuchen, mir das mit dem Wahlkampf heute auszureden, oder? Nicht, wo ich die beiden extra deswegen gebeten habe vorbeizukommen. »Wir wollen ja echt gerne mit dir von Tür zu Tür gehen und so.«

»Echt!« Dees Augen weiten sich, als ob sie ihr ganzes Leben davon geträumt hat, beim Wahlkampf für die Lokalwahlen zu helfen – leider kommt es nicht so überzeugend rüber, wie sie wahrscheinlich hofft.

»Aber … Colm und Barry haben uns total kurzfristig gefragt, ob wir mit in die Stadt wollen. Wir konnten nicht *nein* sagen. Wir müssen ihren Sieg von gestern feiern«, erklärt Aisling.

»Den du übrigens verpasst hast«, fügt Dee nüchtern hinzu.

Ich versuche, meinen wachsenden Ärger zu unterdrücken. »Okay. Dann geht halt und feiert mit Barry und Colm. Ich hab meinem Dad versprochen, dass ich –«

»Wir wissen, dass du uns angelogen hast«, unterbricht mich Aisling.

Mir stockt der Atem. Ist das jetzt der Moment der Wahrheit? Wissen Aisling und Dee, dass Ishu und ich die ganze Zeit nur so getan haben, als ob?

»Ich hab deinen Instagram-Post gesehen«, fährt Aisling fort, als ich nicht antworte. »Das Bild von dir und Ishita.«

Es dauert einen Moment, bis ich verstehe, wovon Aisling redet. Als ich gestern Abend erfolglos versucht habe, Ishu aus dem Kopf zu kriegen, habe ich am Ende das einzige Foto von der Dawat gepostet, auf dem wir beide drauf sind. Um Ishu zu zeigen, dass mit uns alles okay ist, egal, was zwischen uns passiert ist – oder nicht passiert. Damit sie weiß, dass sie bei der Schulsprecherinnenwahl weiter auf mich zählen kann.

»Du meintest, du hast ein ›Familiending‹.« Während sie das »Familiending« mit den Fingern in Anführungszeichen setzt, klingt Dee tatsächlich beleidigt.

»Es *war* ein Familiending«, erwidere ich. »Oder … auf jeden Fall ein bengalisches Ding.« Es ist schwierig, die beiden zu trennen – keine Ahnung, ob die Trennung überhaupt möglich ist. »Ich musste dahin.«

»Schon klar.« Aisling verdreht die Augen und verschränkt die Arme vor der Brust. »Du musstest ganz sicher mit deiner Freundin bei einem ›bengalischen‹ Ding chillen.«

»Sag das nicht so.« Meine Stimme rutscht eine Oktave höher, und ich muss mich selbst daran erinnern, dass ich nicht so jemand bin. Dass ich nicht wütend werde.

»Es ist einfach … ich find's nicht gut, wie du dich entwickelst.« Aislings Stimme wird bei diesen Worten ein bisschen weicher. »Du versetzt deine besten Freundinnen, nur damit du mit deiner neuen Freundin rumhängen kannst.« Dee nickt ernst. Ich frage mich, wie oft sie dieses Gespräch vor dem Herkommen geübt haben – und ob das hier von Anfang an der Plan war, egal, ob ich ihnen geschrieben hätte oder nicht.

»So war's nicht«, sage ich. »Ihr versteht das nicht. Ishu und ich … wir *müssen* zu diesen bengalischen Partys. Wir waren einfach … beide da. Das war nicht geplant.«

Aisling lässt die Arme hängen und macht einen Schritt auf mich zu. »Dee und ich laden dich immer zu allem ein.« Es liegt was Flehendes in ihrem Tonfall. »Warum werden wir von solchen Sachen ausgeschlossen?«

»Weil …« Ich ziehe die Augenbrauen zusammen, überlege, wie ich es erklären soll. »Das ist … was anderes. Bengalische Partys sind die einzige Gelegenheit, bei der unsere Community zusammenkommt. Andere Leute können da nicht dabei sein. Die sind … nur für uns.«

Ich blicke auf, um Aisling und Dees bohrende Blicke zu erwidern. Sie sehen nicht überzeugt aus, und ich fühle mich wirklich ein bisschen schlecht. Von ihrem Standpunkt aus betrachtet wirkt es wahrscheinlich echt, als hätte ich sie angelogen und versetzt, um mit meiner Freundin zu chillen.

Ich werfe einen letzten Blick auf die Flyer in meiner Hand. »Feiern« mit Barry und Colm wird schon nicht so schlimm sein. Und Abba wird es schon verstehen, wenn wir es nicht schaffen, gerade heute Wahlkampf zu machen, oder? Wenn wir es um ein paar Tage verschieben? Immerhin hatte er von Anfang an Bedenken, mich losziehen zu lassen.

Ich seufze und starre an mir herunter. Ich kann definitiv nicht in Abbas Wahlkampf-Shirt in die Stadt gehen.

»Hier.« Dee wühlt in ihrer Tasche und wirft mir einen schwarzen Pullover zu. Er ist ein bisschen zu eng, und ich sehe eindeutig nicht nach einem Abend in der Stadt aus. Aber es muss reichen.

Als wir uns auf den Weg zur Bushaltestelle machen, werde ich das unangenehm nagende Gefühl im Magen einfach nicht los.

KAPITEL ZWEIUNDDREIßIG

Ishu

Das Thema Hani und Nik und wie ich das alles lösen soll beschäftigt mich noch, als ich am Montagmorgen in der Schule ankomme. Neben dem Sekretariat hängt eine Liste mit Namen. Ich weiß sofort, worum es geht. In ein paar Wochen schreiben wir Klausuren, und dann ist das Schuljahr vorbei. Früher oder später mussten die Kandidatinnen für die Position der Schulsprecherin ja angekündigt werden. Ich hatte wohl eher mit später gerechnet.

Bei allem, was gerade los ist – dem Fake-Dating-Guide in Niks Händen und dieser lächerlichen Verknalltheit in Hani –, hatte ich die Wahl fast vergessen. Aber als ich mich jetzt der Liste nähere, nagt auf einmal eine seltsame Angst an mir. Vielleicht habe ich mich von diesem ganzen Zeug zu sehr ablenken lassen? Ich habe mir so viele Sorgen gemacht, nicht genug Stimmen zu bekommen, aber um Schulsprecherin zu werden, muss ich es ja überhaupt erst mal als geeignete Kandidatin in die Vorauswahl schaffen.

Ich atme tief durch und überfliege die Liste. Oben stehen die Kandidatinnen, die für die verschiedenen Positionen als Vertrauensschülerinnen zu Gesprächen eingeladen sind. In der Mitte steht Hani: *Humaira Khan, Internatio-*

nale Vertrauensschülerin: Mittwoch, 15 Uhr, in der Bibliothek.

Dass Hani dort steht, ist keine Überraschung. Schließlich wird sie von allen gemocht. Und die Konkurrenzsituation ist auch nicht allzu angespannt, bei über einem Dutzend Vertrauensschülerinnenstellen.

Die potenziellen Schulsprecherinnen stehen ganz unten, und ich muss noch einmal tief durchatmen, ehe ich mich traue hinzusehen:

Die Vorstellungsgespräche für die neue Schulsprecherin finden am Dienstag im Büro der Schulleiterin statt:
Alexandra Tuttle: 9 Uhr
Siobhán Hennessey: 9:30 Uhr
Maya Kelley: 10 Uhr
Ishita Dey: 10:30 Uhr

Ich habe kaum Zeit, vor Erleichterung aufzuseufzen, da biegt Hani um die Ecke. Sie sieht besorgt aus.

»Hey …«, sagt sie zögerlich, und ich bin mir nicht sicher, ob wegen letztem Wochenende oder der Liste vor uns.

»Ich steh auf der Liste. Morgen ist das Gespräch.« Die Worte kommen mir mit einem Gefühl der Erleichterung über die Lippen, aber ein bisschen Angst ist auch dabei. Das ist schließlich erst der Anfang. Nik stand in ihrem fünften Jahr auch auf dieser Liste und konnte selbst mit ihrem einnehmenden Lächeln und ihrer Ausstrahlung die Leute nicht dazu bringen, sie zur Schulsprecherin zu wählen. Niks Ausstrahlung habe ich nicht – wie kann ich da hoffen zu schaffen, was sie nicht geschafft hat?

Hanis Gesicht hellt sich auf, und das mir mittlerweile so vertraute Lächeln breitet sich auf ihren Lippen aus. »Wie toll, Glückwunsch!« Dann senkt sie die Stimme und fragt: »Aber … warum siehst du dann enttäuscht aus? Das wolltest du doch?«

»Na ja …« Ich hole tief Luft und gehe auf die ramponierte Bank gegenüber vom Sekretariat zu. Wir nehmen Platz. Der Kokosduft ihrer Haare und die Tatsache, dass wir gerade sehr nah beieinandersitzen, sind mir ein bisschen zu bewusst. »Jetzt kommt eben der Teil, den ich nicht kontrollieren kann.« Meine Stimme ist gerade mal ein Flüstern, aber Hani hat mich offenbar gehört. Ihr Lächeln verschwindet.

»Sie werden für dich stimmen.«

»Und das weißt du, weil …?«

»Weil … der Plan aufgegangen ist«, sagt Hani nüchtern. »Sogar besser, als wir uns hätten vorstellen können, oder nicht? Aisling und Dee sind jetzt auf deiner Seite. Du kannst gar nicht mehr verlieren.«

Hani scheint daran wirklich keine Zweifel zu haben. Ich muss unwillkürlich lächeln, so ungewohnt selbstsicher sieht sie mich an.

»Sag das nicht zu laut.«

Hani verdreht die Augen, lächelt aber. »Ich hab es auch auf die Vertrauensschülerinnenliste geschafft.«

»Ja, war doch klar. Glückwunsch!«

»Aisling und Dee meinten, wir sollten das nach der Schule feiern. Du kommst doch mit, oder?« Sie klingt fast ein bisschen flehend. Ich seufze.

»Wir sollten vielleicht mal reden … über …« Ich zögere. Hani blickt nach unten und zupft an ihrem Rocksaum herum. »… den Guide?«

Jetzt sieht sie mir wieder in die Augen. Wir sollten noch ganz andere Sachen besprechen, aber das Thema kommt mir am dringendsten vor. »Wenn da was passiert, war schließlich die ganze Mühe umsonst, oder nicht?«

»Stimmt.« Hani nickt. »Du musst mit deiner Schwester reden.«

Genau das hatte ich befürchtet. Ich bin mir einfach nicht sicher, wie so ein Gespräch mit Nik laufen würde.

»Und wenn ich es nur schlimmer mache?«, frage ich. »Also … bisher hat sie ja nichts gemacht oder so. Aber wenn ich es anspreche … vielleicht ist das dann der Auslöser.«

»Wir können nicht einfach nur abwarten und hoffen, dass nichts passiert«, sagt Hani. »Und uns den Guide zurückholen können wir auch nicht.«

»Wir könnten ihn einfach komplett löschen!«, schlage ich vor, obwohl sich bei dem Gedanken ein Gefühl der Leere in mir ausbreitet. Der Fake-Dating-Guide ist vielleicht der Beleg für unsere Lüge, aber gleichzeitig ist er auch Teil unserer Geschichte.

Langsam schüttelt Hani den Kopf. »Wir können ihn löschen, aber Nik weiß schon Bescheid. Wenn sie ihn wirklich gegen uns verwenden will, hat sie ihn vielleicht sogar irgendwo gespeichert.«

Ich sacke auf der unbequemen Bank nach hinten und fühle, wie sich mir die Holzstreben in den Rücken bohren. Vor ein paar Jahren wurde sie von einer Abschlussklasse gespendet. Das steht sogar auf einer Goldplakette auf der

Lehne. Keine Ahnung, warum sie nicht gleich noch ein paar Kissen gespendet haben.

»Ishu …« Hani seufzt. »Ich weiß, du willst nicht mit ihr reden …«

»Das ist echt das Letzte, was ich will.« Es ist jetzt mehrere Wochen her, dass Nik und ich das letzte Mal Kontakt hatten. Seit dem einen Mal vor unserem Haus habe ich kaum an sie gedacht. Vielleicht sollte ich mich deshalb schlecht fühlen, aber ich bin nicht diejenige, die für irgendeinen Typen einfach alles hinwirft. Wobei … wenn Hani mich so ansieht, kann ich Niks Verhalten vielleicht zumindest ansatzweise nachvollziehen.

»… aber ich kann dir helfen. Wir überlegen uns ein Skript oder so. Ich kann auch gerne dabei sein, wenn ihr telefoniert. Ich kann –«

»Ich rede mit ihr«, unterbreche ich sie. »Heute … oder vielleicht morgen. Keine Ahnung. Ist schließlich meine Schuld, dass sie überhaupt davon weiß. Ich kümmer mich drum.«

Hani lächelt mich an, und mir fällt wieder einmal auf, wie nah wir beieinandersitzen. Mitten im Gewusel der Schule fühlt es sich an, als wären Hani und ich ganz allein. Nur wir zwei, getrennt vom Rest der Welt.

Die Schulglocke schrillt. Hani springt auf und streicht sich die langen schwarzen Locken aus den Augen.

»Wir sollten zum Unterricht gehen«, sagt sie.

»Ja«, seufze ich.

*

Ich: Können wir reden?

Ich schicke die Nachricht ab, bevor ich weiter darüber nachdenken kann. Sobald sie gesendet ist, werfe ich das Handy aufs Bett und schlage das Mathebuch auf, um mich selbst zu ein paar Lehrsätzen abzufragen und nicht an morgen Vormittag zu denken.

Bevor ich eine einzige Zeile lesen kann, klingelt mein Handy. Das Herz klopft mir bis zum Hals. »Nik« leuchtet auf dem Bildschirm auf. Ich wische nach rechts, um den Anruf anzunehmen.

»Hey.«

»Du wolltest reden?« Nik klingt zögerlich. Im Hintergrund sind Musik und fröhliches Geplapper zu hören.

»Bist du unterwegs?«

»Nicht wirklich«, sagt Nik.

»Wie kann man ›nicht wirklich‹ unterwegs sein? Entweder bist du's oder eben nicht.«

»Na ja …« Nik seufzt. »Ich bin auf einer Party … aber bei mir zu Hause, also nicht unterwegs, sondern –«

»Dann hättest du doch nicht anrufen brauchen. Ich kann –«

»Nein!«, ruft Nik, bevor ich auflegen kann. »Ich möchte gerne mit dir reden. Die Party ist nicht wichtig. Alles gut bei dir? Ist irgendwas … passiert?«

»Tja, ich weiß nicht …«, antworte ich langsam. »*Ist* was passiert?«

Einen Moment lang ist es still in der Leitung. Oder so still, wie es mit der Musik am anderen Ende eben sein kann.

»Okay … rätselhafter geht's wohl nicht«, sagt Nik schließlich.

»Na ja, vielleicht müsste ich nicht in Rätseln sprechen, wenn du einfach mal direkt sein könntest. Fuck, ey.«

Nik atmet tief durch. »Ich hab echt keine Ahnung, wovon du redest, Ishu. Geht es um Ammu und Abbu? Deine Freundin? Die Schule? Ich bin für dich da. Ich hab doch gesagt –«

Ich unterbreche sie. »Du hast was, das mir gehört.« Plötzlich strömt alles aus mir heraus, als müsste ich platzen, wenn ich es jetzt nicht loswerde. »Ich hab's dir aus Versehen geschickt, und ich weiß nicht, was du vorhast, aber nur damit du's weißt: Wenn du es weitersagst, schadest du damit nicht nur mir. Hani, wir … sind gute Freundinnen, und sie –«

»Ishu.« Niks Stimme klingt seltsam zittrig. Wüsste ich es nicht besser, würde ich glauben, dass sie gleich in Tränen ausbricht. Aber sie hat hier ja wohl gar keinen Grund, verletzt zu sein. *Ich* habe schließlich keine geheimen Informationen über sie in der Hand.

»Ja, ich hab das Dokument gesehen. ›Fake Dating leicht gemacht‹, oder wie ihr's nennt«, sagt sie. »Ich hab es nicht mal komplett gelesen. Mir war klar, dass du mir das aus Versehen geschickt haben musst. Und ich hab echt keine Ahnung, was das alles bedeutet und warum du so tust, als wärst du mit Hani zusammen, aber … Was ich letztes Mal gesagt habe, meine ich ernst. Wir sind keine kleinen Kinder mehr. Ich will mir keinen Vorteil verschaffen oder bei Ammu und Abbu punkten, indem ich dich in die Scheiße reite. Ishu … du kannst mir sagen, wenn du Probleme hast. Egal worum es geht, okay?«

Aus irgendeinem Grund habe ich plötzlich einen Kloß im Hals, aber ich schlucke ihn runter. »Okay.«

»Okay ...« Wieder breitet sich Schweigen zwischen uns aus, aber dieses Mal fühlt es sich weniger unangenehm an. »Na dann ... gibt's da irgendwas, über das du reden willst?«, fragt sie.

»Ja, schon. Ich hab mich gefragt ... Warum bist du im Abschlussjahr eigentlich nicht Schulsprecherin geworden?«

Nik lacht auf. Mit dieser Frage hat sie wohl nicht gerechnet. »Ishu ... immer noch ganz die Alte, was?«

»Das ist doch eine berechtigte Frage. Ich hab morgen das Vorgespräch und ...«

»Mach dir keinen Kopf«, beruhigt Nik mich. »Du packst das schon. Denk einfach daran, dass man als Schulsprecherin in einer Führungsrolle ist. Zeig, dass du gut mit Leuten kannst. Es geht nicht nur um deine Noten – du bist ein Mensch mit eigenen Interessen, Abneigungen und positiven Eigenschaften.«

»Was für Fragen werden die denn stellen?«, frage ich.

»Wie du bestimmte Probleme lösen würdest, den Abschlussball organisieren, Konflikte zwischen Schülerinnen schlichten ... so was halt. Zeig Selbstbewusstsein und Durchsetzungsvermögen. Aber das sind ja so ziemlich deine zwei besten Eigenschaften, also ... muss es ja gut laufen.«

»Okay, danke«, sage ich. Selbstbewusstsein und Durchsetzungsvermögen zeigen. Das kriege ich hin.

»Sonst nichts?« Niks Ton verrät, dass sie das nicht glaubt. »Oder wolltest du noch über irgendwas anderes reden? Vielleicht–«

»Nö, das war alles.« Ich falle ihr ins Wort, bevor sie

Hanis Namen aussprechen kann. Mit Nik über den Fake-Dating-Guide und meine Gefühle zu reden, da habe ich absolut gar keinen Bock drauf. »Danke für deine Hilfe. Viel Spaß noch auf der Party. Tschüss!«

»Warte kurz, Ish–« Bevor sie noch irgendwas sagen kann, habe ich schon aufgelegt. Ich seufze erleichtert und rutsche wieder an den Schreibtisch.

Ich: Ich glaub nicht, dass Nik was sagen wird.

Das schreibe ich Hani. Sie antwortet direkt. Offensichtlich hat sie am Handy gewartet und sich Sorgen gemacht.

Hani: Sicher?

Bin ich mir sicher? Nik klang, als würde sie es ernst meinen, als würde sie wirklich glauben, was sie sagt. Klar, ich habe nicht gerade die beste Vorgeschichte mit meiner Schwester, aber vielleicht hat sich in den letzten Jahren wirklich was geändert. Nik ist auf jeden Fall nicht mehr die überambitionierte Person, die sie in der Schule noch war.

Also schreibe ich Hani, was ich weiß:

Ich: Ich möchte ihr glauben.

KAPITEL DREIUNDDREIßIG

Ishu

Am nächsten Morgen, als ich mir gerade die Schuluniform anziehe, klopft es an meiner Zimmertür. Das können nur zwei Menschen sein, entweder Ammu oder Abbu. Für beide ist es ungewöhnlich, so früh am Morgen bei mir zu klopfen.

Ich ziehe meinen Pullover über und öffne die Tür. Dahinter kommt Abbus finstere Miene zum Vorschein. Er hat leicht blutunterlaufene Augen, als hätte er schon länger nicht mehr richtig geschlafen, und sein normalerweise glattrasiertes Gesicht ist ganz stoppelig. Ich frage mich, ob das an der Situation mit Nik liegt – oder an etwas ganz anderem.

»Morgen, Abbu.« Ich versuche, nicht zu verwirrt zu klingen, auch wenn ich mich so fühle.

Er verzieht den Mund zu etwas, das vage wie ein Lächeln aussieht – eigentlich eher wie eine Grimasse. »Bald werden die Vertrauensschülerinnen und die Schulsprecherin gewählt.« Eine Frage ist das nicht. Woher weiß er das denn, obwohl ich doch gar nichts erzählt habe?

»Jup …« Ich lasse meine Antwort in der Luft hängen und überlege hin und her, ob ich ihm erzählen soll, dass heute mein Vorgespräch ist. Aber ich habe mich deshalb schon genug fertig gemacht und bin mit den Nerven am Ende. Ich bin mir nicht sicher, ob ich auch noch zusätzlichen Druck von Ammu und Abbu aushalte.

»Um diese Zeit hat Nikhita sich damals auch vorbereitet.« Als er Niks Namen ausspricht, werden seine Gesichtszüge weicher. Ich versuche, mich davon nicht aus dem Konzept bringen zu lassen.

»Sie wollte, dass ich das Vorgespräch mit ihr probe.« Zuneigung und Reue liegen in seiner Stimme. »Sie war so enttäuscht, als nichts daraus wurde. Wollte nicht mal mit uns darüber reden.«

»Sie ist sehr ehrgeizig«, sage ich.

»War.« Abbus Miene verdunkelt sich. »Ich weiß, du bist auf dem richtigen Weg, Ishu.« Er legt mir die Hand auf die Schulter und lächelt mich an. Als wäre das das größtmögliche Kompliment. Aus seinem Mund ist es das auch irgendwie.

»Danke, Abbu«, sage ich. »Ich versuche, Ruhe zu bewahren und mich aufs Ziel zu konzentrieren.«

»Und du sagst uns Bescheid, wie es mit der Schulsprecherinnensache weitergeht?« Er klingt hoffnungsvoll. Ich will ihm nicht noch mehr Hoffnungen machen, nur um sie dann zu zerstören. Also nicke ich bloß.

Wenn ich Schulsprecherin werde, verspreche ich mir, *dann erzähl ich es ihnen.*

Im Bus auf dem Weg zur Schule stecke ich mir Kopfhörer in die Ohren und tippe bei Spotify auf Shuffle. Ich versuche, nicht an das bevorstehende Gespräch zu denken, und lande irgendwie auf meiner Instagram-Seite. Sie ist ziemlich leer, ich benutze sie kaum. Aber seit ich Zeit mit Hani verbringe, wurde ich auf einer Menge Fotos markiert. Ich scrolle durch die Bilder von unserem ersten Date, auf denen wir glücklich, aber auch noch ein bisschen unbehaglich aussehen. Dann die Bilder von unserem Tripledate bei Captain America's. Mein Lächeln sieht so aufgesetzt aus, dass ich mir beim Durchscrollen ein Kichern verkneifen muss.

Ich schüttle den Kopf und schließe meine Fotomarkierungen. Heute Morgen darf ich mich nicht ablenken lassen, auch wenn ich genauso oft an Hani denken muss wie an das Vorgespräch.

Gerade will ich Instagram schließen, da taucht ein Bild von meiner Schwester auf. Schnell scrolle ich zurück. Es ist ein Foto von ihr und Rakesh, sehr schick angezogen. Sie trägt ein hellrotes Kleid, das ihre braune Haut zum Leuchten bringt. Er trägt Anzug und Krawatte. Die Arme umeinander geschlungen strahlen sie beide, als wäre es der beste Tag ihres Lebens.

Darunter steht:

Danke für die verlobungsfeier @gemmabakesscones, einen besseren abend und bessere freunde zum feiern hätten wir uns nicht wünschen können. Überglücklich, bald meinen traummann zu heiraten!

Das Bild von gestern Abend wurde heute Morgen gepostet. Je länger ich es ansehe, desto deutlicher spüre ich einen Kloß im Hals und ein Brennen in meinen Augen. Wussten Ammu und Abbu davon? Waren sie eingeladen? Oder sind wir schon so weit, dass wir uns nicht mal mehr zu solchen wichtigen Anlässen einladen?

Wird Nik wirklich ohne Ammu und Abbu heiraten? Ohne mich?

Das muss der Grund sein, warum Abbu mir extra gesagt hat, dass ich auf dem richtigen Weg bin. Ammu und Abbu haben Nik aufgegeben. Der Gedanke beunruhigt mich. Füllt mich mit einer mir bisher unbekannten Angst. Klar wusste ich, dass sie sauer auf sie sind. Und dass Nik sich über sie ärgert. Ich kenne ja Abbu und Ammu.

Aber ich hätte nie gedacht, dass sie es so weit kommen lassen würden. Wollen sie wirklich die Hochzeit ihrer ältesten Tochter verpassen?

*

Als Principal Gallagher mich in ihr Büro ruft, herrscht in mir völliges Gefühlschaos. Zu meiner Nervosität wegen des Gesprächs und der Schulsprecherinnenposition ist jetzt noch die plötzliche Angst dazugekommen, Nik könnte ohne uns heiraten. Ich versuche, tief durchzuatmen und zumindest diese Sorge zu vergessen, als ich das Büro der Schulleiterin betrete und den dicken, kastanienbraunen Teppich und die cremeweißen Wände voller Urkunden betrachte. Meine Gefühle dürfen mir nicht die Chance ruinieren, Schulsprecherin zu werden – auch wenn sich das auf einmal gar nicht mehr so wichtig anfühlt.

»Ishita.« Principal Gallagher schenkt mir ein angespanntes Lächeln, als ich mich setze. Ms. Proudman, die Vertrauenslehrerin, sollte eigentlich auch dabei sein, aber es steht kein Stuhl für sie bereit. Stattdessen gibt es links und rechts von meinem noch zwei weitere Stühle, als sollten noch andere Kandidatinnen dabei sein.

»Guten Morgen, Ms. Gallagher«, sage ich zögernd, aber betont freundlich. »Äh, kommt noch jemand?«

Principal Gallagher lächelt weiter verkrampft und betrachtet mich. »Wir … müssen das Vorgespräch leider verschieben.«

»Oh, und warum –«

Bevor ich die Frage stellen kann, die mir auf der Zunge brennt, fliegt die Tür auf und Ammu und Abbu stürzen herein.

»Ist alles in Ordnung?«, will Ammu wissen, und gleichzeitig fragt Abbu schroff: »Was ist passiert?«

»Mr. und Mrs. Dey, bitte setzen Sie sich.« Principal Gallagher lächelt sie genauso verkrampft an und deutet auf die Stühle neben mir. Ein ungutes Gefühl steigt in mir auf. Irgendetwas stimmt nicht. Irgendetwas stimmt absolut gar nicht, wenn extra meine Eltern herbestellt worden sind. Principal Gallaghers Lächeln hat etwas Unheilvolles.

Meine Eltern nehmen Platz, Ammu links und Abbu rechts von mir. Aber ihre Gegenwart fühlt sich nicht beruhigend an, sondern beklemmend. Aus irgendeinem Grund kann ich nur noch daran denken, wie schnell sie Nik verstoßen haben, als sie nicht genau das war, was sie von ihr erwartet haben.

»Eine Schülerin hat mir von einer ernsten Angelegenheit berichtet, die Ishita betrifft«, beginnt Ms. Gallagher und blickt zwischen Ammu und Abbu hin und her, ohne mich zu beachten. Aus einem Fach unter dem Schreibtisch zieht sie zwei Tests hervor und legt sie nebeneinander vor meine Eltern. Ganz oben steht auf beiden: *Biologie, fünftes Jahr, Ms. Taylor.*

Die Namen auf den Tests sind mit Klebezetteln verdeckt, aber ich erkenne meine eigene unordentliche Handschrift auf dem einen und Aislings Schnörkel auf dem anderen.

»Die Schülerin hat Ms. Taylor, der Biologielehrerin, berichtet, dass Ishita womöglich von ihr abgeschrieben hat. In dem Moment wollte sie es nicht ansprechen, aus Angst vor Ishitas Reaktion, aber … nun ja, der Beweis liegt vor Ihnen.«

Ich kann nur die Blätter auf dem Tisch anblinzeln, während mir langsam dämmert, was passiert ist. Wie konnte ich nur so dumm sein? Wie konnte ich mich von Aisling dermaßen manipulieren lassen?

»Ich hab nicht abgeschrieben«, rufe ich und sehe endlich zu Ms. Gallagher auf. »Das würde ich nie tun. Aisling ist diejenige, die geschummelt hat. Sie hat von mir abgeschrieben. Sehen Sie sich einfach alle meine bisherigen Noten an. Sie sind immer ähnlich. Weil ich lerne, nicht abschreibe.«

»Nun.« Ms. Gallagher seufzt, als wäre ich nicht in allen Fächern die beste Schülerin, seit ich auf dieser Schule bin. »Du hast bisher überall sehr gute Noten bekommen, aber wir müssen das trotzdem untersuchen. Wir werden mit einigen deiner Mitschülerinnen sprechen –«

»So ein Bullshit!« Ich stehe so ruckartig auf, dass mein Stuhl fast umkippt. »Ich hab noch nie abgeschrieben. Weil ich es nicht nötig habe. Weil ich *lerne* –«

»Ishita Dey, das reicht jetzt.« Ms. Gallaghers Stimme ist unverändert ruhig. Sie betrachtet mich mit fast schon gelangweiltem Gesichtsausdruck. »Wir müssen diese Angelegenheit untersuchen, weil sie nun einmal gemeldet wurde. Das ist die übliche Verfahrensweise bei –«

»Gibt es für Aisling auch eine Untersuchung?«

»Die Schülerin, die den Vorfall gemeldet hat, wurde von niemandem –«

»Sehen Sie sich einfach ihre Noten an, dann ist klar, dass so ein gutes Ergebnis nicht normal für sie ist. Sie ist diejenige –«

»– fürs Abschreiben gemeldet«, beendet Ms. Gallagher ihren Satz und fährt dann fort: »Fürs Erste, fürchte ich, können wir dich nicht als Schulsprecherin in Betracht ziehen. Das verstehen Sie sicherlich, Mr. und Mrs. Dey.« Wieder sieht Ms. Gallagher nur Ammu und Abbu an, als wäre ich gar nicht da. Als wären meine Eltern diejenigen, die sich seit fünf Jahren für die Schule den Arsch aufreißen.

»Fuck, so ein Bullshit.« Ich balle die Hände zu Fäusten, um mir nicht irgendetwas von Ms. Gallaghers Tisch zu greifen und es zu zertrümmern.

»Solche Wutanfälle können wir hier nicht tolerieren, Ish–«

»Aber falsche Anschuldigungen und Lügen tolerieren Sie und –«

»Ishu.« Ich spüre Ammus Hand auf meiner. »Raga ragi kore kono lab nai, Ishu. Ekhon amra bashai choli.«

»Pore amra disuss korbo«, fügt Abbu mit einem grimmigen Lächeln hinzu. »Vielen Dank, Principal Gallagher.«

Ms. Gallagher schenkt Ammu und Abbu noch ein verkrampftes Lächeln und sieht mich mitleidig an.

Der Kloß in meinem Hals ist wieder da und wandert weiter nach oben. Es gibt nichts, was ich tun oder sagen könnte. Meine Aussage ist jetzt egal. Alles, worauf ich bisher hingearbeitet habe, ist jetzt egal.

Obwohl noch der komplette Schultag vor mir liegt, lassen Ammu und Abbu mich meine Sachen holen, um nach Hause zu fahren. Es ist gerade Pause, und alle wuseln herum. Ich falle also nicht weiter auf – solange ich meine Wut und Tränen zurückhalten kann. Als ich meinen Rucksack und die Bücher aus dem Schließfach nehme, entdecke ich Hani. Sie steht mit Aisling und Dee vor ihrem eigenen Fach. Sie haben die Köpfe zusammengesteckt und flüstern. Hani bemerkt nicht mal, dass ich sie beobachte.

Einen Moment lang frage ich mich, ob das alles nur Show war. Unsere Fake-Beziehung, die ganzen Momente mit ihr, in denen ich mir sicher war, dass wir beide genau das Gleiche füreinander empfinden. Die Gefühle, die sie in mir auslöst, sind echt, so viel weiß ich. Echter als mir lieb ist.

Kann Hani so eine gute Schauspielerin sein?

Ich verscheuche den Gedanken, schnappe mir den Rucksack und verlasse das Schulgebäude.

Bei allem, was gerade los ist, kann ich jetzt nicht über Hani und unsere Beziehung grübeln. Mein Leben ist aus dem Gleichgewicht geraten, und ich muss es irgendwie wieder in die richtige Bahn lenken. Ich muss beweisen, dass Aisling lügt und ich nicht abgeschrieben habe.

»Was ist passiert?«, fragt Abbu, sobald wir im Auto auf dem Weg nach Hause sind. Unsere Blicke treffen sich kurz im Rückspiegel, Ammu knetet die Hände im Schoß.

»Ich weiß es nicht.« Ich schüttle den Kopf. »Aisling … das Mädchen, das mich beschuldigt. Sie ist diejenige, die von mir abgeschrieben hat, und jetzt lügt sie, weil sie offensichtlich ein Problem mit mir hat.«

Ammu und Abbu tauschen Blicke.

»Ich weiß, dass wegen deiner Schwester gerade alles etwas seltsam ist«, sagt Ammu langsam. Sie ist wohl der Good Cop. »Aber keine Universität wird dich annehmen, wenn sie glauben, dass du betrügst. Von der Sache mit der Schulsprecherin mal ganz abgesehen.«

»Aber ich betrüge ja nicht, Ammu«, betone ich. »Das würde ich nie machen. Hab ich euch je einen Grund gegeben, das zu denken? Ich gehe seit Jahren auf diese Schule! Ich schreibe immer nur As, weil ich mir den Arsch aufreiße. Ihr seht doch, wie ich jeden Tag und jeden Abend lerne. Warum würdet ihr eher jemandem glauben, den ihr gar nicht kennt, als mir?«

Ammu schüttelt den Kopf. »Okay … du sagst also, du hast nicht abgeschrieben …«

Ich muss ein Stöhnen unterdrücken.

»Dann … müssen wir das irgendwie beweisen.«

»Wenn wir schnell genug sind, könntest du immer noch Schulsprecherin werden«, wirft Abbu ein. »Und nichts davon darf rauskommen. Kein Wort zu irgendwem, bevor wir das geklärt haben.«

Ich seufze und starre durch das Fenster auf die vorbeiziehenden Gebäude. »Ammu, Abbu … hat Nik euch zu ihrer Verlobungsfeier eingeladen?«

Erneut tauschen sie Blicke. »Ja, hat sie. Sie hat neulich angerufen«, sagt Ammu. »Auch wegen der Hochzeit. Sie findet im Sommer statt. Im Juli.«

»So bald schon?« Ich drehe mich zu ihnen nach vorne. »Und wo? London?«

»Ja, ich glaube schon«, sagt Ammu.

»Wir gehen doch hin, oder?« Ammu und Abbu antworten nicht. Abbu fährt weiter, den Blick starr auf die

Straße gerichtet. Ammu sitzt mit im Schoß ineinander verkrallten Händen auf dem Beifahrersitz und sieht aus dem Fenster.

»Ich möchte hingehen«, versuche ich es noch einmal. Lauter. »Nik ist meine einzige Schwester. Eure älteste Tochter.«

»Wir werden nicht hingehen.« Abbus Tonfall macht deutlich, dass die Entscheidung längst feststeht. Dass es keine weitere Diskussion geben wird.

»Wollt ihr sie wirklich verstoßen, nur weil sie die Uni schmeißt?«, frage ich. »Weil sie nicht genau das tut, was ihr von ihr verlangt?«

»Wir verstoßen sie doch nicht«, erwidert Ammu. »Wir unterstützen bloß ihre Entscheidung nicht und müssen ihr das zeigen, damit sie auf den richtigen Weg zurückfindet.«

»Und … wenn ich euch erzählen würde, dass ich doch die ganze Zeit abgeschrieben habe, verstoßt ihr mich auch?«, frage ich. »Weil ich nicht auf dem richtigen Weg bin?«

»Nein, natürlich nicht«, sagt Ammu sofort. Sie dreht sich zu mir um und sieht mich flehend an. »Können wir … später darüber reden? Wir müssen erst mal dein Problem lösen.«

Ich verschränke die Arme und lehne mich im Sitz zurück, weil ich die Antwort kenne. Wenn wir mein Problem nicht lösen können, gehöre ich bald vielleicht auch nicht mehr zur Familie.

KAPITEL VIERUNDDREIẞIG

Hani

Ishu: Kann ich vorbeikommen?

Ishus Nachricht wartet schon seit zwei Stunden auf mich, aber ich sehe sie erst, als ich am Ende des Schultages mein Handy aus dem Schließfach nehme.

Ich: Jetzt gleich?

Sofort erscheinen die drei Punkte, die zeigen, dass sie tippt. Als hätte sie schon auf meine Antwort gewartet.

Ishu: Ja

Eigentlich wollte ich was mit Dee und Aisling machen, aber Ishu ist nach ihrem Vorgespräch einfach ohne irgendeine Erklärung nach Hause gegangen, also ist es wahrscheinlich wichtig. Und ich werde sie nicht hängenlassen. Schnell tippe ich eine Antwort:

Ich: Bin in 20 minuten zu hause

Dann stopfe ich die nötigen Bücher in meinen Rucksack und drehe mich wieder zu Aisling und Dee.

»Hey … es ist was dazwischengekommen. Ich muss nach Hause.«

»Alles okay?«, fragt Dee. Aisling verschränkt die Arme.

»Geht's um deine Freundin?«, will sie wissen.

»Was?«, gebe ich überrascht zurück.

»Hör mal …« Aisling holt tief Luft und schiebt sich nervös eine Haarsträhne hinters Ohr. »Ich wollte keine … große Sache daraus machen oder so, aber … ich hab sie sozusagen bei Principal Gallagher gemeldet. Ishita.«

»Du hast sie gemeldet? Warum?« Plötzlich fühle ich mich wie in einem Paralleluniversum. Diese ganze Unterhaltung fühlt sich surreal an. Aislings Verhalten – reserviert und nervös – lässt sie wie einen komplett anderen Menschen wirken.

»Na ja. Sie hat in Bio bei mir abgeschrieben, also … keine Ahnung.« Aisling zuckt mit den Schultern. »Ich musste doch irgendwas sagen, oder? Ist einfach nicht fair so was. Wer weiß, bei wem sie sonst noch abgeschrieben hat? Deswegen ist sie wahrscheinlich Klassenbeste. Ich meine, es ist ja nicht gerade schwierig für sie. Die meisten Lösungen hat sie wahrscheinlich von ihrer Schwester –«

»Ishu schummelt nicht«, sage ich.

Endlich erwidert Aisling meinen Blick, den Mund grimmig verzogen. »Tja, dann erklär mir doch mal, warum sie beim Test von mir abgeschrieben hat.«

»Wenn es so war, warum hast du es dann nicht direkt Ms. Taylor gesagt?«, frage ich.

»Weil Ishita deine Freundin ist?«, sagt Aisling. »Weil … ich dachte, sie wäre meine?« Sie macht einen Schritt zurück und schüttelt den Kopf. Dann sieht sie hilfesuchend zu Dee. »Ich … hab mit ihr drüber geredet, ist ja klar. Bevor ich zur Schulleiterin gegangen bin. Aber … sie wollte sich nicht selbst stellen. Tut mir leid, Maira. Sie ist nicht gut für uns.« Nur klingt sie überhaupt nicht, als ob es ihr leidtut.

»Warum erzählst du mir das erst jetzt?«, frage ich. »Warum hast du die ganze Zeit so getan, als wärt ihr Freundinnen? Warum –«

»Ich wollte dich nur schützen«, sagt Aisling mit einem mitleidigen Blick. »Ich wusste, dass es dich verletzen würde, und dachte, vielleicht gibt sie es von selbst zu. Ganz ehrlich, ist das denn eine Überraschung?« Noch einmal schaut sie zu Dee rüber, die den Kopf schüttelt, so als hätte sie das alles von Anfang an kommen sehen. »Ishita war schon immer komisch und aggressiv und … so.«

»Sie wäre niemals Schulsprecherin geworden«, fügt Dee hinzu. »Sie hat dich die ganze Zeit nur benutzt, Maira. Weil du so beliebt bist. Und du bist noch dabei, deine Sexualität zu entdecken, also war es der perfekte Zeitpunkt.«

»Ich bin nicht …«, setze ich an, bremse mich dann aber. Es hat keinen Sinn. Mein Kopf ist so voll, dass ich keine Ahnung habe, wo ich anfangen soll. Ich spüre das Pochen sich anbahnender Kopfschmerzen. »Ich muss los, okay?«

»Du glaubst mir doch, oder?« In Aislings Stimme schwingt ein verzweifelter Unterton mit, den ich bei ihr noch nie gehört habe.

»Bis morgen.«

*

Als ich nach Hause komme, sitzt Ishu vor unserer Tür auf dem Boden. Sie hat den Kopf zwischen den Knien vergraben und blickt nicht auf, bis ich direkt neben ihr stehe.

»Hey …«

»Hey.« Sie sieht zu mir auf. Ihre Augen sind geschwollen und rot. Offenbar hat sie geweint.

»Ähm … du weißt, dass du reingekonnt hättest?«, frage ich. »Meine Mom ist da.«

»Ich wollte auf dich warten.« Sie schenkt mir ein schwaches Lächeln.

»Okay …« Ich schließe die Tür auf und sage Amma, dass Ishu da ist. Sie lächelt uns an, dann wirft sie mir einen fragenden Blick zu. Ishus traurige Miene ist ihr garantiert aufgefallen, aber sie stellt keine Fragen. Wir gehen nach oben in mein Zimmer.

Ishu ist schon umgezogen, also flitze ich ins Bad und tausche den kratzigen Rock, das durchscheinende T-Shirt und den dicken Pullover der Schuluniform gegen etwas Bequemeres. In der Zwischenzeit macht Ishu es sich auf meinem Bett gemütlich.

»Meine Schwester heiratet«, sagt sie, als ich zurückkomme. Das ist das Letzte, was ich erwartet habe. »Und wir gehen nicht mal zur Hochzeit. Weil meine Eltern scheiße sind.«

»Das hab ich jetzt nicht erwartet.« Ich setze mich zu ihr aufs Bett. Sie sieht mich mit ihren feuchten Augen an und versucht zu lächeln.

»Aisling hat's dir erzählt«, stellt sie fest. »Bestimmt glaubst du ihr. Ihr beide seid schon viel länger befreundet als wir.«

»Ich bin einfach …« Ich seufze tief und reibe mir die

Schläfen. Es ist erst Dienstag. Niemand sollte an einem Dienstag solche Kopfschmerzen haben. »Ich bin verwirrt. Ich weiß nicht, was oder wem ich glauben soll.«

Ishu schaut mich direkt an. »Aisling hat bei mir abgeschrieben. Das hat sie schon öfter versucht. Ich hab sie nie gelassen. Diesmal schon, weil …«

»Weil du Schulsprecherin werden willst«, beende ich den Satz, als sie verstummt. »Warst du echt so verzweifelt?«

»Nein.« Ishu schüttelt den Kopf. »Ja … keine Ahnung. Es macht ja sowieso keinen Unterschied. Principal Gallagher glaubt Aisling. Und meine Eltern ziemlich sicher auch. Wer wird mir schon glauben? Mich mag ja nicht mal irgendwer.«

»Du bist seit Ewigkeiten Klassenbeste«, wende ich ein. »Wie kann denn irgendjemand glauben, dass du abgeschrieben hast?«

Wieder schaut Ishu mich mit diesem müden Lächeln an. Ich habe sie noch nie weinen sehen. Jetzt glitzern in ihren Augen Tränen, und es sieht aus, als könnten sie jeden Moment fließen. »Kapierst du's nicht? Ich bin direkt in ihre scheiß Falle getappt.«

»Wie meinst du das?«

»Ich hab nie in deren verdammte Schubladen gepasst. Natürlich durfte ich niemals Schulsprecherin werden, und jetzt behaupten sie fröhlich, ich hätte geschummelt, um mir zu zeigen, wo ich hingehöre. Und wer glaubt schon dem braunen Migrantenmädchen, wenn auf der anderen Seite Aislings Aussage steht?«

»Das kann ich mir nicht vorstellen, Ishu. Das ist so … hinterhältig. So ist Aisling nicht«, sage ich.

Ishu schüttelt den Kopf und wischt sich die Tränen mit den Ärmeln weg. »Hat sie etwa nicht die ganze Zeit dafür gesorgt, dass du dich beschissen fühlst, weil du bisexuell bist?«

»Nein.« Ich schüttle den Kopf. »Sie hat gesagt, ihr wärt Freundinnen. Sie meinte, sie hätte mit dir über alles geredet, bevor sie zu Ms. Gallagher gegangen ist, und –«

»Und das glaubst du?«, schnieft Ishu.

»Keine Ahnung«, sage ich. »Ich weiß nicht, was ich glauben soll.«

»Weißt du nicht mehr, wie Aisling und Deirdre dich wegen unserer Beziehung fertiggemacht haben? Ohne mir überhaupt eine Chance zu geben?«, fragt Ishu. Die Party kommt mir jetzt so lange her vor, dabei liegt sie erst zwei Wochen zurück. Wahrscheinlich werde ich diesen Moment nie vergessen,– nie vergessen, wie die Aufmerksamkeit des gesamten Raums auf mir lag. Wie Aisling und Dee mich ausgegrenzt haben, weil ich keinen Alkohol trinke. Weil ich es gewagt habe, so offensichtlich anders zu sein. Aber würden sie so weit gehen?

»Weißt du was …«, sagt Ishu langsam. »Wenn ich dich nicht gedatet hätte, würde ich jetzt nicht in diesem Schlamassel stecken. Ich wünschte, ich hätte nicht bei deinem Plan mitgemacht.«

»Meinem Plan?« Wütend starre ich sie an. »Du hast mitgemacht, weil du Schulsprecherin werden wolltest. Ich hab dich nicht bequatscht. Ich hab dich nicht gezwungen. Als ich angerufen habe, meintest du, du willst nicht mitmachen, und das war okay für mich. Du kannst mir jetzt nicht die Schuld in die Schuhe schieben.«

»Doch, kann ich.« Ishu steht auf und wischt die letzten

Tränen weg. »Ich weiß nämlich, dass du zu Aisling halten wirst. Egal, was …« Sie verstummt, atmet tief durch, als könnte sie den Gedanken an uns und unsere Beziehung nicht länger ertragen. »Wir passen sowieso nicht zusammen«, sagt sie dann. »Wir sind einfach zu verschieden.«

Ich weiß zwar nicht, ob ich das auch so sehe, nicke aber. »Das sind wir wohl.«

Als Ishu ihre Sachen zusammenpackt und zur Tür geht, versuche ich nicht, sie aufzuhalten. Am Türrahmen zögert sie, und ich spüre, wie mein Herzschlag Fahrt aufnimmt, so schnell hämmert, dass ich Angst habe, mein Herz könnte mir aus der Brust springen.

»Du verdienst bessere Freundinnen als Aisling und Deirdre, ich hoffe, das weißt du«, sagt sie schließlich. »Freundinnen, bei denen du dich nicht verstecken musst, und die nicht versuchen, dich zu irgendwas zu machen, was du nicht bist.« Mit diesen Worten verschwindet sie durch die Tür.

Ich warte, bis ich die Haustür ins Schloss fallen höre. Dann erst lasse ich den Tränen freien Lauf.

KAPITEL FÜNFUNDDREIßIG

Ishu

Ich komme mir dumm vor, weil ich zu Hani gegangen bin und dachte, sie würde tatsächlich hinter mir stehen. Hani hat viele wunderbare Eigenschaften, aber für Konfrontationen ist sie eindeutig nicht der Typ. Seit ich sie kenne, sehe ich mit an, was für ein furchtbares Verhalten und welche unterirdischen Kommentare sie von ihren Freundinnen ertragen muss.

Jetzt stecke ich wohl allein in der Scheiße und muss herausfinden, wie es weitergehen soll, ganz ohne jemanden auf meiner Seite.

Endlich wieder zu Hause gehe ich direkt ins Bett, kann aber einfach nicht einschlafen. Ich wälze mich herum und denke darüber nach, dass alles so gründlich schiefgegangen ist, wie ich es mir gar nicht hätte vorstellen können. Dass ich es hätte kommen sehen müssen. Dass ich niemals so unvorsichtig hätte werden dürfen, niemals Hani an mich ranlassen, mich niemals …

Irgendwann greife ich nach meinem Handy. Zuerst lande ich auf Hanis Instagram-Seite mit viel zu vielen Fotos von uns beiden. Ich starre sie an, bis sie sich auf meine Netzhaut gebrannt haben. Dann wechsle ich zur Seite meiner Schwester und sehe mir noch mal die Bilder von der Verlobung an. Auf der Feier waren bestimmt fünfzehn Leute, so viel erkenne ich auf den Fotos. Die meisten wohl Freundinnen und Freunde von der Uni. Aber ich sehe auch Rakeshs Familie – seine Eltern und Geschwister. Das versetzt mir einen Stich. Ich hätte dabei sein sollen. Ammu und Abbu hätten dabei sein sollen.

Ehe ich mich versehe, tippe ich eine Nachricht an Nik:

> **Ich:** Hab die Verlobungsbilder gesehen ... herzlichen Glückwunsch. Ich wär gern dabei gewesen.

Überraschenderweise erscheinen fast sofort die drei Punkte, die zeigen, dass Nik gerade schreibt.

> **Nik:** Ich hab dich und ammu und abbu vermisst ... Hätte euch auch so gern dabeigehabt.

Ich kaue mir auf der Lippe herum und lasse den Daumen über dem leeren Textfeld schweben. Was habe ich schon zu verlieren?

> **Ich:** Ein mädchen in der schule behauptet, ich hätte abgeschrieben ... Darf mich jetzt nicht mehr als schulsprecherin bewerben. Und hani und ich sind glaub ich nicht mal mehr befreundet.

Mit angehaltenem Atem warte ich auf Niks Antwort. Unter meiner Nachricht steht »gelesen«, aber die drei Punkte tauchen nicht auf. Fünf Minuten vergehen. Dann zehn.

Ich atme tief durch und gebe auf. Ich hätte von Nik nicht erwarten sollen, dass sie sofort für mich da ist – nicht, wenn alles andere auch gerade den Bach runtergeht. Klar, letztes Mal meinte Nik – sie hat darauf bestanden –, dass ich mit jedem Problem zu ihr kommen kann. Aber so eine Beziehung zueinander hatten wir nie. Wie komme ich also auf die Idee, sie würde mir jetzt helfen?

Gerade will ich das Handy wieder auf den Nachttisch legen, um endlich wirklich zu schlafen, als es vibriert. Ein Anfruf. Von Nik.

Bevor ich rangehe, atme ich tief durch.

»Hallo?«

»Warum hast du denn nicht erzählt, was los ist?« Niks Stimme klingt ungewöhnlich hoch. Am anderen Ende der Leitung höre ich ein klackerndes Geräusch. Ich frage mich kurz, was sie gerade macht, aber dann legt sie wieder los.

»Warum hast du mir nicht erzählt, was los ist, als wir gestern geredet haben?«

Ich seufze. »Das ist eigentlich alles gerade erst passiert. Heute war … kein guter Tag.«

»Ein richtig schlechter Tag, wie es sich anhört.« Niks Stimme klingt mitfühlend. »Geht's dir … gut?«

»Es ist ein Uhr morgens, und ich bin hellwach und rede mit dir. Was glaubst du?«

»Stimmt wohl … und morgen hast du auch noch Schule«, fügt Nik hinzu. »Okay, also ich will alles bis ins kleinste Detail wissen. Vielleicht kann ich dir ja helfen?«

»Okay –«

»Aber nicht jetzt.« Sie fällt mir ins Wort und klingt dabei etwas mehr nach der alten, forschen Nik. »Ich komm vorbei.«

»Nik, du wohnst in einem anderen Land«, sage ich. »Du kannst nicht mal eben vorbeischneien.«

»Klappe. Seit du geschrieben hast, suche ich Flüge … Morgen früh gibt es einen –«

»Nik.«

»Ishu.«

»Nik.«

»Ishu.«

»Nik, warum soll es denn helfen, wenn du alles über den Haufen wirfst, um hierher zu kommen?«

»Darum«, sagt sie. »Hör mal … ich weiß, wie das mit Ammu und Abbu ist. Und wie das in dieser Schule ist. Deshalb … komme ich. Und ich muss auch nicht alles über den Haufen werfen für eine Stunde Flug zur Nachbarinsel, Dummerchen.«

Ich verdrehe die Augen, kann aber das Lächeln, das mir in den Mundwinkeln zuckt, nicht unterdrücken. Das ist schon eher die Nik, die ich kenne. »Okay, du lässt dich wohl nicht aufhalten.«

»Bis morgen, Ishu. Du schaffst das«, verspricht Nik. »Du … bist so ziemlich der stärkste Mensch, den ich kenne.«

»Sag das noch mal, damit ich es aufnehmen kann«, sage ich.

Nik lacht. »Jetzt versuch ein bisschen zu schlafen. Gute Nacht.«

Ich lege das Handy beiseite, drehe mich auf den Rücken und betrachte die kleinen Risse und Macken an der Decke. Ich muss noch breiter lächeln. Ja, alles ist scheiße, aber … wenigstens ist eine Sache nicht so scheiße, wie sie sein könnte. Wenigstens ist Nik bald hier. Vielleicht kann sie sich mit Ammu oder Abbu wieder vertragen. Vielleicht kann sie mir helfen.

Auf jeden Fall ist endlich jemand auf meiner Seite. Auch wenn es nur meine nervige große Schwester ist.

*

Als ich am nächsten Morgen krank spiele, damit ich nicht in die Schule gehen und die abschätzigen Blicke der anderen ertragen muss, zuckt Ammu nicht mal mit der Wimper. Als hätte sie nichts anderes erwartet.

»Wir sind den ganzen Tag im Laden, Ishu«, ruft sie durch meine angelehnte Tür. »Wenn du was brauchst, ruf an.«

»Alles klar.« Ich rolle auf die andere Seite und versuche, nicht darüber nachzudenken, dass Ammu und Abbu sich nicht mal einen Tag freinehmen, um sicherzugehen, dass bei mir alles okay ist.

In meinem Leben habe ich noch keinen einzigen Tag Schule verpasst. Es löst ein seltsames Gefühl in meiner Magengegend aus, mitten in der Woche zusammengerollt im Bett zu liegen. Es ist seltsam, mich im Bett einzuigeln, statt zu lernen. Aber was soll's. Wie ich so daliege und die Decke anstarre, fühlt sich eh alles egal an.

Mein Handy vibriert. Ich nehme es in die Hand und sehe eine Nachricht von Nik:

Nik: Sind ammu und abbu noch da? Bin unterwegs.

Ich antworte kurz, bevor ich damit fortfahre, teilnahmslos die Decke anzustarren.

> **Ich:** Sind im laden ... ganzen tag vermutlich.

Das Nächste, was ich mitbekomme, ist das Türklingeln. Ich klettere aus dem Bett, reibe mir den Schlaf aus den Augen und strecke meine tauben Glieder.

Als ich die Tür öffne, mustert Nik mich stirnrunzelnd von oben bis unten. »Meine Güte, siehst du schlimm aus.«

»Danke.« Ich verdrehe die Augen. »Genau das wollte ich hören.« Nik folgt mir ins Haus und stellt ihren Rucksack an der Tür ab.

»Du warst den ganzen Tag zu Hause?«, fragt sie. »Und hast … im Bett rumgelegen?«

Ich zucke mit den Schultern. »Jup.«

»Und Ammu und Abbu haben dich einfach allein gelassen?«

Ich zucke noch mal mit den Schultern, und Nik seufzt schwer.

»Na, dann zieh dich mal an, okay?«

»Was?« Ich drehe mich zu ihr um. Sie zupft an ihrer Bluse, als ob sie gleich irgendwohin will.

»Ich dachte, wir reden, oder so. Denken uns einen Plan aus, oder …«

Nik sieht mich scharf an. »Reden können wir später. Erst müssen wir alles wieder in Ordnung bringen. Und dazu musst du dich anziehen.«

»Aber –«

»Keine Zeit für Fragen, Ishita. Zieh dich an, wir müssen los.«

Das Letzte, was ich will, ist von Nik irgendwohin geschleift werden. Aber sie ist immerhin extra hergeflogen, um mir zu helfen, da kann ich wohl schlecht nein sagen. Ich streife mir eine Jeans und ein T-Shirt über und stolpere die Treppe wieder runter. Nik scheint mit meinem Aufzug nicht sehr zufrieden zu sein. Sie mustert mich noch einmal von oben bis unten und seufzt.

Dann nimmt sie eine Bürste aus ihrer Handtasche, entwirrt mir damit die Haare und zieht mir einen ordentlichen Mittelscheitel. »Besser«, sagt sie, auch wenn sie offensichtlich immer noch nicht besonders begeistert ist.

Wir gehen trotzdem los. Nik schließt das Auto auf – »Mietwagen«, erklärt sie –, dann machen wir uns auf den Weg.

KAPITEL SECHSUNDDREIßIG

Hani

Ich erzähle Amma nichts, aber sie weiß natürlich trotzdem, dass irgendwas nicht stimmt. Als Ishu gegangen ist und ich mich schon zu lange im Bett verkrochen habe, um so zu tun, als wäre alles okay, kommt sie zu mir ins Zimmer. Leise tapst sie über den Plüschteppich und setzt sich neben mich.

Sie streicht mir ein paar Locken aus dem Gesicht und wischt mir die Tränen von den Wangen. »Hast du dich mit Ishu gestritten?«, fragt sie.

Ich schüttle den Kopf und setze mich auf. »Nein … ja … so was in der Art. Ich weiß nicht.« Ich weiß nicht, ob ich das, was wir hatten, als Streit bezeichnen würde. Das Wort wird der Situation nicht gerecht, finde ich. »Es ist … kompliziert.«

»Ich höre«, sagt Amma.

Und dann, ehe ich richtig darüber nachdenken kann, schwappt alles in mächtigen Wellen aus mir heraus. Von Aisling und Dees Zweifel an meiner Bisexualität vor so vielen Wochen, über Ishus und meine Entscheidung, eine Beziehung vorzutäuschen, bis hin zu unserer wachsenden Nähe, Aislings Anschuldigung und unserem Streit. Amma hört mir aufmerksam und mit beinahe unbewegter Miene zu. Als ich fertig bin, nickt sie weise, als wüsste sie genau, was ich gerade durchmache.

»Warum hast du mir das alles nicht früher erzählt?«, fragt sie nach einer kurzen Pause.

Ich zucke nur mit den Schultern. Wenn ich ihr gleich zu Beginn alles erzählt hätte, würde ich jetzt vielleicht nicht in diesem Schlamassel stecken. Vielleicht hätte ich dann von Anfang an bessere Entscheidungen getroffen.

»Ich finde, du warst Ishu gegenüber nicht ganz fair«, sagt Amma schließlich. »Oder was denkst du?«

»Keine Ahnung …« Ich verstumme. »Aisling und Dee sind doch meine Freundinnen.«

»Und Ishu nicht?«, fragt sie.

»Ishu ist … na ja … Aisling und Dee kenne ich schon viel länger. Wir haben so viel zusammen erlebt.« Aisling und ich sind seit der Grundschule beste Freundinnen. Dee haben wir im ersten Jahr auf der Secondary School kennengelernt. Seitdem sind wir unzertrennlich. Wir waren immer füreinander da … oder etwa nicht?

»Das ist aber kein Grund, unfair zu Ishu zu sein.« Amma seufzt. »Glaubst du wirklich, dass Ishu in Biologie abschreiben würde?«

»Ishu ist der fleißigste Mensch, den ich kenne«, sage ich. »Und der schlauste. Sie könnte wahrscheinlich das komplette Biobuch runterleiern, wenn man sie darum bittet. Aber … warum sollte Aisling lügen?«

»Das musst du wohl sie fragen«, meint Amma. Bei der Vorstellung, Aisling zu konfrontieren, breitet sich ein flaues Gefühl in meinem Magen aus. Als ich Amma davon erzähle, schaut sie mir fest in die Augen. »Wenn du und Aisling wirklich Freundinnen seid, dann solltest du mit ihr über so was reden können. Freundinnen reden über Probleme. Lösen Probleme. Lassen sie hinter sich. Willst du etwa eine Freundin, der du nie widersprechen kannst? Mit der du nicht gemeinsam wachsen kannst?«

»Wahrscheinlich nicht.« Ich seufze. Die Sache ist die, ich weiß nicht mal mehr, was für eine Freundschaft das mit Aisling überhaupt sein soll. Und ehrlich gesagt habe ich Angst davor, es herauszufinden.

*

Am nächsten Morgen kommt Ishu nicht zur Schule. Ist wahrscheinlich besser so, alle reden nämlich schon darüber, dass sie in Bio geschummelt hat. Es wird darüber diskutiert, ob man ihr noch irgendwas glauben kann – wenn sie vielleicht nicht mal wirklich Jahrgangsbeste ist. Ich weiß, ich sollte sie in Schutz nehmen – für unsere Mitschülerinnen sind Ishu und ich noch zusammen –, aber ich kann mich nicht halbfremden Leuten in den Weg stellen, nur um Ishu zu verteidigen. Vor allem, wenn ich nicht weiß, was wirklich passiert ist. Vor allem, wenn Aisling garantiert Wind davon bekommt.

»Hey, alles gut?«, fragt Aisling, als sie zu meinem Schließfach rüberkommt. Sie umarmt mich sogar, so als würde ich ihr leidtun. »Hast du mit Ishita geredet?«

»Ja.« Ich stopfe die letzten Bücher ins Schließfach und lasse die Tür zufallen. Ein befriedigendes Klicken ertönt. »Ishita meinte, sie hat nicht von dir abgeschrieben.«

»War doch klar, dass sie das sagt.« Aisling lehnt sich gegen das Schließfach neben mir und sieht mich mitleidig an. »Aber … na ja, die Wahrheit ist halt die Wahrheit.«

»Stimmt …«, sage ich. »Ich wünschte … ich wünschte, du würdest mir die Wahrheit sagen, Aisling.« Meine Stimme ist leise, aber Aislings Miene verändert sich schlagartig. Der weiche, mitfühlende Ausdruck verhärtet sich, so als hätte ich sie beschuldigt. Sie richtet sich auf und funkelt mich an.

»Ich habe dir die Wahrheit gesagt, Maira. Ich würde dich nie anlügen. Ich hab die ganze Zeit versucht, dich zu beschützen.«

Ich reibe mir die Ellbogen, schaue auf den grau gesprenkelten Fußboden und wünschte, er würde mich verschlingen. Keine Ahnung, wie man solche Gespräche führt. Ich will solche Gespräche nicht führen. »Aber …«, fange ich an. »Ishita würde nicht –«

»Du bist jetzt seit ungefähr zwei Wochen mit Ishita zusammen. Wir sind schon unser ganzes Leben beste Freundinnen, Maira. Komm schon, das kannst du echt nicht bringen. Sisters before Misters!« Sie legt mir die Hand auf die Schulter. Als ich aufblicke und sie ansehe, lächelt sie verständnisvoll. »Mach dir keine Sorgen. Dee und ich finden schon jemanden für dich, jemand viel Besseres als Ishita. Meinetwegen auch ein Mädchen, wenn du da gerade wirklich drauf stehst.«

Ich winde mich aus ihrem Griff, sehe ihr aber weiter direkt in die Augen. »Was meinst du damit … wenn ich da gerade drauf stehe?«

»Ich meine …« Aisling verdreht die Augen. »Ach komm, du weißt doch, was ich meine. Ich dachte, du hast dich noch nicht entschieden. Wie's dir lieber ist halt.«

Ich schüttle den Kopf. »Aisling … ich bin bisexuell, das weißt du. Das ist nicht entweder auf Jungs oder Mädchen stehen«, erkläre ich. »Ich versteh nicht, warum du da so ein Ding draus machst.«

Aisling seufzt und verschränkt die Arme. »Ich versteh nicht, warum *du* da so ein Ding draus machst. Mega unnötig. Am Ende landest du eh beim einen oder anderen, also –«

»Meine Sexualität ändert sich dann aber trotzdem nicht. Nennst du Ishu und mich deswegen immer Lesben? Weil du denkst, dass zwei Mädchen in einer Beziehung lesbisch sein müssen?«

Wieder verdreht Aisling die Augen. »Wieso reden wir da eigentlich ständig drüber? Wir wissen alle, dass du am Ende mit einem Typen zusammenkommst und dich mit dieser ganzen Bisexualitätsgeschichte nur interessant machen willst. Ich meine, du bist ach so muslimisch und willst nicht mal einen Tropfen Alkohol trinken, und dann sollen wir dir echt glauben, dass du lesbisch bist?«

»Wow.« Ich schüttle den Kopf. Ich weiß nicht mal genau, wie ich darauf antworten oder ihren Kommentar über den Islam und Homosexualität richtigstellen soll. Eigentlich dachte ich, sie und Dee hätten es endlich verstanden, jetzt, wo sie tatsächlich mal Zeit mit mir und Ishu verbracht haben und sich auch tatsächlich gut mit Ishu zu verstehen schienen. Offenbar war das alles von Anfang an zum Scheitern verurteilt. Vielleicht werden Aisling und Dee es nie verstehen, ganz egal, was ich sage.

»Ich muss los, ich hab Unterricht.« Ich werfe mir den Rucksack über die Schulter.

Aisling schaut mich einfach nur an. Sie hat die Lippen auf ihre typische Art zusammengepresst. Einen Augenblick lang sieht es so aus, als würde sie gleich noch was sagen, sich weiter verteidigen. Aber als ich mich wegdrehe und sie stehenlasse, sagt sie kein einziges Wort.

KAPITEL SIEBENUNDDREIßIG

Ishu

Nik und ich reden die Fahrt über fast gar nicht. An jeder Kreuzung werde ich nervöser. Die Strecke kommt mir unangenehm bekannt vor.

»Was genau machen wir eigentlich?«, frage ich.

»Eine Sache in Ordnung bringen«, sagt Nik, den Blick starr geradeaus auf die Straße gerichtet. »Keine Sorge, danach fühlst du dich garantiert besser.«

Als wir um die letzte Ecke biegen, spielt mein Magen völlig verrückt, und ich bin mir ziemlich sicher, dass ich mich gleich übergebe.

»Nik … es gibt schon einen Grund, warum ich heute nicht in der Schule bin!«, rufe ich. »Warum sind wir hier?«

»Vertrau mir einfach, ja?« Nik greift nach meiner Hand und drückt sie beruhigend. »Ich würde dich nicht hierherbringen, wenn ich nicht genau wüsste, was ich tue. Also komm.«

Es ist zwei Uhr, die Mittagspause ist also zum Glück schon vorbei. Die Flure sind leer, als wir das Gebäude betreten – Nik erhobenen Hauptes, ich mehr oder weniger hinter sie geduckt.

Nik klopft an die Glasscheibe zum Sekretariat. »Hallo … wir haben einen Termin bei der Schulleiterin.«

»Oh …« Anna, die Schulsekretärin, blickt von ihrem Handy auf. Ihr Gesichtsausdruck wechselt von verwirrt zu erfreut, als sie Nik sieht. »Nikhita«, ruft sie. »Wie schön, dich zu sehen!«

»Ja … ebenfalls.« Nik setzt ihr höflichstes Lächeln auf. »Principal Gallagher?«

»Ach so, ja … geht einfach rein. Sie ist im Büro.«

»Perfekt, danke.«

»Nik …« Ich folge ihr, während sie mit zielstrebigem Blick auf die Bürotür von Principal Gallagher zumarschiert. »Ich bin mir nicht sicher, ob …«

Ich kann den Satz nicht beenden, weil Nik bereits die Tür geöffnet hat. Ms. Gallagher steckt mitten in einem Telefongespräch. Sie blickt auf, und ihre Miene verdunkelt sich bei unserem Anblick.

»Ich rufe zurück. Ich habe jetzt ein Meeting«, murmelt sie in den Hörer und winkt uns herein. Ich nehme auf demselben Stuhl Platz wie gestern, als mein Leben auf den Kopf gestellt wurde. Nik bleibt stehen, die Arme vor der Brust verschränkt und laut mit dem Fuß tappend.

»Nikhita!« ruft Ms. Gallagher, sobald sie aufgelegt hat. »Wie schön, dich zu sehen! Wie läuft's am UCL?«

Nik verdreht die Augen. »Ms. Gallagher, ich bin wegen meiner Schwester hier. Offenbar wurde sie unfairerweise beschuldigt, abgeschrieben zu haben. Von Ihnen.«

»Nicht … nicht von mir«, Ms. Gallagher reißt betont schockiert die Augen auf. Als hätte nicht sie selbst Ammu und Abbu in dieses Büro gerufen und mich vor ihnen mit Aislings Anschuldigungen überfallen.

»Von einer Schülerin. Egal.« Nik winkt ab, als wäre das völlig nebensächlich. »Das sind falsche Anschuldigungen.

Ich weiß, dass Ishita nicht abgeschrieben hat. Sie wissen, dass Ishita nicht abgeschrieben hat. Das Ganze mit dieser lächerlichen Untersuchung in die Länge zu ziehen und sie deshalb als Kandidatin von der Schulsprecherinnenwahl auszuschließen ist einfach nur ungerecht.«

»Eine Untersuchung ist die übliche Verfahrensweise, wenn eine Schülerin beschuldigt wird, abgeschrieben zu haben.« Ms. Gallaghers Stimme trieft vor Mitgefühl, aber auf ihrem Gesicht sind keine Anzeichen davon zu erkennen. Ich meine sogar, einen Funken Schadenfreue in ihren Augen flackern zu sehen. Als hätte sie es meiner Schwester und mir endlich gezeigt. Immerhin waren wir beide unsere gesamte Schulzeit über die Jahrgangsbesten. »Da lässt sich leider wirklich nichts machen«, fährt Ms. Gallagher fort. »Es tut mir leid, dass du extra hergekommen bist –«

»Könnte ich bitte die Tests sehen?« Nik scheint ihr überhaupt nicht zuzuhören. »Beide?«

»Ich denke nicht, dass –«

Ich falle ihr ins Wort. »Sie haben sie meinen Eltern gezeigt. Dann hat Nik ja wohl auch ein Recht darauf.«

Ms. Gallagher stößt einen Seufzer aus und kramt in einer der Schreibtischschubladen. Sie zieht beide Tests heraus und legt sie auf den Tisch. Nik schnappt sie sich und blättert sie durch, dabei schnalzt sie mit der Zunge.

»Könnten wir die andere Schülerin bitte auch ins Büro holen?«, fragt sie und blickt wieder zu Ms. Gallagher auf.

»Sie möchte gerne anonym bleiben«, sagt Ms. Gallagher.

»Ihr Name steht auf dem Test.« Nik hält ihn in die Höhe, den Klebezettel hochgefaltet, sodass wir alle »Aisling Mahoney« lesen können.

Ms. Gallagher seufzt erneut. »Ist das wirklich nötig, Nikhita? Natürlich, Ishita ist deine Schwester, aber –«

»Ms. Gallagher.« Niks Lächeln ist so angestrengt, als würde es ihr körperliche Schmerzen bereiten. »Ich möchte doch nur nicht, dass Sie Ihre Zeit verschwenden. Bitte.«

Ms. Gallagher drückt auf die Sprechanlage auf dem Schreibtisch. »Aisling Mahoney ins Büro der Schulleiterin, bitte. Aisling Mahoney ins Büro der Schulleiterin, bitte.« Die Durchsage hallt einen Moment nach, dann wendet Principal Gallagher sich wieder Nik zu.

»Aisling ist wirklich eine ganz tolle Schülerin. Alle ihre Mitschülerinnen und Lehrkräfte mögen sie. Ich kann mir wirklich keinen Grund vorstellen, warum sie abschreiben sollte. Oder wieso sie Ishita grundlos beschuldigen sollte. Sie war völlig aufgelöst, als sie deshalb zu mir gekommen ist. Sie meinte, Ishita sei eine Freundin, und sie wolle keine Probleme verursachen.«

Nik schenkt Ms. Gallagher ein schmales Lächeln. »Nun, wir werden sehen.«

Es klopft an der Tür, und Aisling tritt zaghaft ein. Mit runden Augen und besorgtem Blick sieht sie von mir zu Nik zu Ms. Gallagher.

»Ähm, Sie wollten mich sprechen, Principal Gallagher?«

»Bitte setz dich.« Ms. Gallagher schenkt ihr ein aufrichtiges, warmes Lächeln.

Aisling setzt sich neben mich und wirft mir einen neugierigen Blick zu. »Hallo, Ishita. Ich dachte, du wärst heute nicht zur Schule gekommen?«

Ich sehe zu meiner Schwester auf und schürze die Lippen.

»Aisling … könntest du mir bitte intraspezifische Konkurrenz erklären?«, fragt Nik.

Mein Herz pocht heftig. Das war eine der Fragen im Test. Statt Nik sieht Aisling Ms. Gallagher an.

»Principal Gallagher, was soll das?«, fragt sie.

Ausnahmsweise hilft Principal Gallagher ihr einmal nicht aus der Klemme. Sie schüttelt bloß den Kopf und sagt: »Beantworte bitte die Frage, Aisling.«

Jetzt sieht Aisling mich an, als würde sie hoffen, dass ich ihr gleich die Antwort verrate. Schließlich sieht sie Nik in die Augen und öffnet den Mund.

»Ähhh … intraspezifische Konkurrenz. Wenn bestimmte Leute untereinander Konkurrenten sind?«

Niks Mund zuckt, und ich kann sehen, dass sie sich ein triumphierendes Lächeln verkneift. Mit hochgezogener Augenbraue wendet sie sich schnell mir zu.

»Intraspezifische Konkurrenz?«

»Bei der intraspezifischen Konkurrenz konkurrieren Lebewesen der gleichen Art miteinander um Ressourcen.«

»Und was sind Saprophyten?« Nik springt direkt zur nächsten Frage, den Blick wieder auf Aisling gerichtet.

Dieses Mal versucht Aisling gar nicht erst zu antworten. Sie starrt nur auf den Teppichboden und schüttelt den Kopf. »Weiß ich nicht.«

»Saprophyten sind Organismen, die sich von totem organischem Material ernähren«, antworte ich.

Nik dreht sich zu Principal Gallagher um. »Im Test haben beide die Fragen richtig beantwortet«, stellt sie fest. »Aber Aisling scheint die Definitionen gar nicht zu kennen.« Sie reicht Ms. Gallagher die Tests und bemerkt nüchtern: »Womit wohl alles gesagt wäre.«

Ms. Gallagher schüttelt den Kopf und murmelt: »Ich bin sehr enttäuscht.« Sie seufzt, umrundet den Tisch und sieht dabei nicht sonderlich enttäuscht aus.

Neben mir ringt Aisling mit den Tränen, gibt den Kampf aber nach wenigen Sekunden auf und füllt den Raum mit lautem Geschniefe. Sie wischt sich über die Wangen und senkt den Kopf, als könnte sie so verbergen, dass sie ganz offensichtlich weint.

»Es tut mir so lei-heid.«

Ms. Gallagher beugt sich vor und reicht Aisling die Schachtel Zupftaschentücher von ihrem Schreibtisch. Sie tätschelt ihr sogar die Hand, als wäre Aisling ein unartiges Haustier und keine manipulative Bitch.

»Aisling, du kannst gehen«, sagt sie.

Aisling sieht Ms. Gallagher mit großen Augen an und wischt sich noch mehr Tränen mit dem Handrücken von der Wange. Sie verliert keine Zeit. Mit einem schwachen »D-danke« verschwindet sie durch die Tür.

»Ich nehme an, es wird jetzt eine Untersuchung zu Aislings Verhalten geben?«, fragt Nik. »Schließlich hat sie nicht nur abgeschrieben, sondern auch noch Ishita mit falschen Anschuldigungen schikaniert.«

»Ich denke nicht, dass das nötig ist«, antwortet Principal Gallagher ernst. »Wir haben das arme Mädchen wohl schon ausreichend traumatisiert. Ishita hat nicht abgeschrieben, sondern Aisling. Das sehe ich ein, und wir können weitermachen. Ishita kann sich als Schulsprecherin zur Wahl stellen, sie hat unsere Unterstützung. Danke, dass du das alles aufgeklärt hast, Nikhita.«

»Also musste in Ishitas Fall alles peinlich genau untersucht und sie vor unseren Eltern blamiert werden … und

Aisling kommt ungeschoren davon? Völlig ohne Konsequenzen?«

»Natürlich gibt es Konsequenzen«, sagt Principal Gallagher wenig überzeugend. »Nachsitzen …«

»Nachsitzen.« Nik lacht höhnisch auf. Ich bin schon aufgestanden. Wenigstens ist jetzt meine Unschuld bewiesen, egal, was mit Aisling passiert – oder nicht passiert.

»Lass uns gehen, Nik«, murmle ich.

»Ishu …«

»Bitte?«

Nik seufzt einmal tief und wirft Ms. Gallagher einen letzten vernichtenden Blick zu. Dann verlassen wir das Büro.

KAPITEL ACHTUNDDREIßIG

Ishu

»Du hättest mich ruhig vorwarnen können«, sage ich zu Nik, als wir wieder im Auto sitzen. Jetzt, wo die Wahrheit draußen ist, fühle ich mich nicht unbedingt frei, aber zumindest ein Teil der zentnerschweren Last scheint mir von den Schultern genommen worden zu sein. Ich fühle mich leichter.

Vom Fahrersitz aus grinst Nik mich an. »Es macht aber mehr Spaß, dich zu überraschen.«

»Nicht, wenn dabei meine Schullaufbahn auf dem Spiel steht«, brumme ich. »Wo fahren wir jetzt hin?«

Nik biegt in die falsche Richtung ab, nicht nach Hause.

»Wir müssen doch feiern, dass wir es dieser beschissenen Schule gezeigt haben und diesem Mädchen auch … wie auch immer sie heißt«, sagt Nik. »Ich lade dich zum Mittagessen ein.«

»Aisling.« Ihr Name auf meiner Zunge lässt wieder ein ungutes Gefühl in mir aufsteigen. »Ich kann nicht glauben, dass die Schule überhaupt nichts wegen ihr unternehmen wird …«

»Lass uns nicht weiter darüber nachdenken«, sagt Nik. Sie parkt vor Mao's ein. »Thailändisch?«

Wenig später schaufelt Nik sich Pad Thai in den Mund und betrachtet mich dabei mit neugierigem Blick.

»Was?«, frage ich, nachdem sie mich so lange wortlos angestarrt hat, dass es mir langsam unangenehm wird.

»Was ist denn eigentlich mit Hani passiert?«

»Ich will nicht drüber reden.« Ich nehme einen großen Bissen Nudeln, um nichts sagen zu müssen. Nik pikst mich in die Seite.

»Ich bin extra hergeflogen …«

»As kanns u nich jees Ma sagn.«

Nick verdreht die Augen. »Ich nerv dich einfach, bis du mir alles erzählt hast. Mir egal, ob du gerade isst. Ich bin deine Schwester – ich kann dir bei diesen Sachen helfen.« Sie zieht geradezu drohend die Augenbraue hoch. Ich schlucke die Nudeln runter und seufze.

»Es ist kompliziert.«

»Sonst wäre es ja auch nicht romantisch, oder?«

Mit der Gabel schiebe ich einen Moment lang meine Nudeln hin und her, dann lege ich los: »Die Sache ist die … Aisling und Hani sind beste Freundinnen.«

Was auch immer Nik erwartet hat, das war es wohl nicht. Vor Schock fällt sie fast vom Stuhl. Ihr Messer und ihre Gabel landen laut scheppernd auf dem Boden. Die anderen Restaurantgäste werfen uns verärgerte Blicke zu. Nik lächelt höflich zurück, hebt das Besteck auf, legt es auf dem Tisch ab und sieht mich scharf an.

»Hani kommt mir gar nicht wie jemand vor, der mit Aisling befreundet wäre. Ich meine … also …«

Ich zucke mit den Schultern. »Keine Ahnung, warum die befreundet sind, ehrlich gesagt. Aber das sind sie schon, seit ich mich erinnern kann. Und, na ja … Hani war natürlich auf ihrer Seite.«

»Hani glaubt, du hast abgeschrieben?« Niks Stimme schießt am Ende der Frage in die Höhe.

»Na ja … nicht direkt.«

»Sondern …«

»Sie … keine Ahnung. War sich nicht sicher. Sie meinte, sie wäre verwirrt. Wüsste nicht, wem sie glauben soll.«

»Und dann habt ihr Schluss gemacht?«

Statt zu antworten, nehme ich noch eine Gabel voll Nudeln und fange an zu kauen. So kann ich wenigstens den Kloß in meinem Hals und die Tränen unterdrücken.

»Dann … hast wohl eher du mit ihr Schluss gemacht, hm?« Nik wendet sich wieder ihrem Pad Thai zu. »Weißt du, Ishu, du bist ja vieles – schroff, verschlossen, kühl, manchmal ein bisschen fies, eifersüchtig auf jeden Fall und auch –«

»Nik!«

»Entschuldigung.« Nik lächelt. »Ich hätte dich aber nie für dumm gehalten. Schlauheit war doch immer deine herausragendste Eigenschaft.«

»Was soll das denn heißen?«, frage ich.

»Na ja … du hast Aisling alles gegeben. Du hast das Mädchen aufgegeben, mit dem du zusammen sein willst, statt um sie zu kämpfen, oder ihr auch nur deine Sicht der Dinge zu erklären. Du hast sie geradewegs in Aislings Arme getrieben. Warum sollte Hani dir glauben, wenn du sie so einfach aufgibst?« Nik sieht mich nicht an, sondern nimmt immer wieder kleine Happen Nudeln zwischen den Worten.

»Wir waren ja gar nicht zusammen, Nik. Die ganze Sache … war eine Lüge. Ich dachte, wir könnten zumindest Freundinnen sein, aber … eigentlich sind wir nicht mal das. Nie im Leben hätte sie mir geglaubt«, sage ich. »Ich könnte wetten, dass Aisling sich schon alle möglichen Lügen ausgedacht hat, damit Hani glaubt, dass sie nichts falsch gemacht hat. Dass ich an allem Schuld bin. Sie … sie ist bei ihren weißen Freundinnen ganz anders. Sie versucht, wie sie zu sein, sich anzupassen oder was auch immer. Ich bin mir nicht mal sicher, ob ich mit so jemandem überhaupt zusammen sein will.«

Nik funkelt mich an. »Deshalb kannst du ihr ja wohl nicht böse sein.«

»Doch, kann ich«, beharre ich und funkle zurück.

»Du bist doch auch nicht immer ganz du selbst. Du machst Dinge, nur weil Ammu und Abbu es wollen. Hättest du dich von Aisling und Principal Gallagher so klein machen lassen, wenn Ammu und Abbu nicht dabei gewesen wären?«

»Na ja, nee, aber das ist was anderes. Das sind meine Eltern.«

»Worauf ich hinauswill, liebe Schwester, ist, dass wir alle irgendwelche Leute haben, für deren Anerkennung wir uns verbiegen. Für uns beide sind das Ammu und Abbu. Für Hani sind es ihre Freundinnen. Wir wollen alle nur dazugehören, geliebt werden, Anerkennung bekommen. Da sind du und Hani gar nicht so verschieden, wenn du mal genauer darüber nachdenkst.«

Nik hat unrecht. Ganz sicher. Ich verbiege mich nicht oder versuche für Ammu und Abbu eine andere zu sein. Sie haben doch nie von mir verlangt, wer anders zu sein als ich bin, oder? Sie haben nie verlangt, dass ich Schulsprecherin werde. Andererseits … hätte ich es versucht, wenn ich nicht mit ihrer Anerkennung gerechnet hätte?

Die Nudeln schmecken plötzlich nach Pappe. Ich schlucke runter, was ich noch im Mund habe, und schiebe den Teller von mir weg.

»Jedenfalls weiß ich, dass das mit Hani mehr als nur ›Fake-Dating‹ war«, sagt Nik nüchtern.

»War es *nicht.*« Ich verschränke die Arme vor der Brust, aber mein defensives Verhalten scheint sie nicht zu überzeugen. Nik lächelt.

»Offensichtlich bedeutet sie dir viel«, stellt sie fest.

Ich schüttle den Kopf. Ja, vielleicht tut sie das. Aber ich *will* es nicht. Wenn diese ganze Sache irgendwas bewiesen hat, dann, dass Hani und ich nicht zusammenpassen. Dass ich nie auf meine Gefühle hätte hören sollen. Vielleicht würde das alles dann nicht so sehr wehtun.

»Können wir das jetzt gut sein lassen und endlich mal über dich und diese Hochzeit reden? Werden Ammu und Abbu wirklich nicht kommen?«

Nik seufzt und schiebt ebenfalls ihr übriges Pad Thai von sich. Als hätte das Gesprächsthema ihr sofort den Appetit verdorben. »Also … ich hab ihnen gesagt … dass ich nicht wieder an die Uni zurückgehe. Das hat für sie wohl das Fass zum Überlaufen gebracht. Sie meinen, sie werden auf keinen Fall zur Hochzeit kommen, wenn Rakesh und ich mein Leben so aus der Bahn werfen.« Sie zuckt mit den Schultern, als wäre es keine große Sache, aber ich sehe, wie ihre Hände zittern. Ich beuge mich vor und greife nach ihnen.

»Warum gehst du denn nicht zurück an die Uni? Ist es … bist du …«

»Ishu, ich hab dir das nie gesagt, aber … ich wollte gar nicht Medizin studieren. Oder … vielleicht schon. Keine Ahnung.« Nik schüttelt den Kopf. »Ich war so fokussiert darauf, was Ammu und Abbu wollten, dass ich nie auch nur darüber nachgedacht habe, was ich selbst eigentlich will. Sie haben mich überzeugt, dass ein Medizinstudium am UCL das Allerbeste wäre, was ich mit meinem Leben anfangen könnte. Ich wollte, dass sie stolz auf mich sind, und ich war es gewohnt, ständig im Wettbewerb zu stehen. Mit dir, mit meinen Mitschülerinnen. Also hab ich einfach weitergemacht. Und erst als ich da war, an der Uni, ist mir klargeworden, dass ich es hasse. Dass ich alles hasse, was wir bis dahin getan hatten.«

Sie seufzt schwer und drückt mir die Hand. Vermutlich eher, um sich selbst Stärke zu geben als mir. »Mein erstes Jahr an der Uni war schrecklich. Ich war richtig schlecht in allen meinen Kursen, und nachdem ich bisher jeden Leistungswettbewerb gewonnen hatte, hat sich alles … wie verkehrte Welt angefühlt. Ich war so davon besessen, erfolgreich in etwas zu sein, das ich nicht mal mochte, dass ich depressiv geworden bin, aufgehört habe zu essen, aufgehört habe … mich um mich selbst zu kümmern, mental und körperlich. Gott sei Dank hab ich dann Rakesh kennengelernt.«

»Er hat dir geholfen?«

Sie nickt. »Und wie. Also, zuerst waren wir nur befreundet, und er hat mir geholfen, zu lernen und mich wieder zu sortieren. Seine große Schwester ist Ärztin, sie hat mich sehr unterstützt. Ich hab die Prüfungen bestanden … gerade so. Ich hab euch nicht besucht, weil ich solche Angst hatte, Ammu und Abbu zu enttäuschen … Ist das nicht schrecklich? Ich wollte sie ja endlich wiedersehen, wollte dich sehen. Ich wollte nach Hause kommen, in meinem alten Bett schlafen, aber ich war so gelähmt vor Angst, was Ammu und Abbu zu meinen schlechten Noten sagen würden. Also bin ich einfach in London geblieben. Rakesh und ich sind zusammengekommen, und je mehr Zeit verging, desto klarer wurde mir, dass ich das alles nicht mehr wollte. Zuerst dachte ich, ich mach ein Jahr Pause von der Uni. Da bin ich dann auch hergekommen und … hab Rakesh und die Verlobung als Ausrede benutzt. Das hätte ich nicht machen sollen. Er hat überhaupt nichts damit zu tun. Ich hab das bloß gesagt, damit Abbu und Ammu nicht so enttäuscht sind.«

»Und … was möchtest du dann eigentlich machen?«, frage ich.

Nik seufzt. »Das weiß ich selbst nicht so richtig. Ich glaube, ich möchte vor allem Zeit haben, um es mir zu überlegen. Seit ich mich entschieden habe, die Uni abzubrechen … hat sich so was wie eine Wolke über meinem Kopf aufgelöst, und ich lerne mich selbst endlich kennen. Es fühlt sich an, wie wenn man nach einer schlechten Beziehung erst mal rausfinden muss, wer man selbst eigentlich als Person ist, verstehst du?«

»Nein, aber … vielleicht?«, sage ich.

Nik lächelt. »Stimmt. Das mit Hani war ja deine erste Beziehung.«

»Erste *Fake-Beziehung* …« Ich versuche, nicht zu sehr über das *war* nachzudenken und darüber, wie echt sich so vieles davon angefühlt hat.

»Du weißt schon, dass du das noch in Ordnung bringen kannst?« Nik betrachtet mich mit schiefgelegtem Kopf. »Es ist noch nicht zu spät.«

Ich zucke mit den Schultern. »Ich will einfach nur mein Leben wieder in geordnete Bahnen lenken. Ich kann nicht bloß wegen Hani und ihrer beschissenen besten Freundin alles, auf das ich hingearbeitet habe, den Bach runtergehen lassen.«

Nik seufzt. »Ja … darüber wollte ich mit dir auch reden. Ärztin werden … ist das wirklich, was du willst?«

»Äh. Ja.« Ich blinzle sie an. Irgendwie habe ich nie darüber nachgedacht, etwas anderes zu machen – es ist auf jeden Fall das, was mich motiviert.

»Weil … wenn das nur von Ammu und Abbu kommt, kannst du es dir immer noch anders überlegen. Ich würde dir helfen, egal was passiert. Ich hoffe, das weißt du. Ich bin nur eine Flugstunde weit weg.«

»Danke, Nik.« Ich lächle sie an. Sie umschließt meine Hände fest, und die Wärme der Berührung strömt mir durch den ganzen Körper. Ich weiß nicht, wann Nik und ich das letzte Mal so miteinander geredet haben. Ich glaube, das haben wir noch nie.

Es ist irgendwie ganz schön, eine große Schwester zu haben, die sich um einen kümmert.

KAPITEL NEUNUNDDREIẞIG

Hani

Die nächsten Schultage vergehen schleppend, aber zu Hause herrscht große Hektik. Bis zur Wahl sind es nur noch ein paar Tage. Es fühlt sich an wie zu wenig Zeit und zu viel zu erledigen. Abba fährt jeden Tag in die Moschee, betet erst Seite an Seite mit den Muslimen unserer Community und geht dann nahtlos dazu über, ihnen von seinem Wahlprogramm zu erzählen.

Wann immer er die Moschee besucht, trotte ich hinterher, stolpere ganz allein nach oben in den Frauenbereich, stets beladen mit einem Stapel Flyer.

Das Gute an der ganzen Wahlhektik ist, dass mir nicht viel Zeit zum Nachdenken bleibt. Über Aisling und Dee und … Ishu. Schon seit Tagen habe ich mit keiner der drei gesprochen, auch wenn ich immer noch bei jeder Kleinigkeit mein Handy raushole, um Ishu zu schreiben. Aber ich weiß, es wäre falsch. Solange ich nicht weiß, wo ich stehe, sollte ich mich auch nicht bei ihr melden. Solange ich unsicher bin, ob ich Aislings Aktion wiedergutmachen kann. Solange ich nicht mal den Mumm habe, Aisling zur Rede zu stellen.

Aisling und Dee meide ich ebenfalls wie die Pest. Das ist gar nicht so leicht, weil wir so gut wie jeden Kurs zusammen haben und normalerweise gemeinsam Mittagspause machen. Aber ich habe mich in allen Kursen umgesetzt, weiter nach vorne, wo ich Aisling und Dees missbilligendes Stirnrunzeln im Nacken spüren kann. Und in der Mittagspause schleiche ich mich raus vor die Schule. Da sitze ich dann an einen Baumstamm gelehnt und esse allein, versuche, die Tatsache zu verdrängen, dass innerhalb von ein paar Wochen gefühlt mein komplettes Leben aus der Bahn geraten ist. Und dass ich nicht weiß, wie ich es wieder in Ordnung bringen soll.

Als ich Freitagnachmittag nach Hause komme, sitzt Abba, den Kopf in den Händen vergraben, im Wohnzimmer. Amma sitzt daneben und streicht ihm in beruhigenden Kreisbewegungen über den Rücken.

Ich schließe die Haustür hinter mir so vorsichtig, wie ich kann, aber beim Klicken des Schlosses schauen meine Eltern gleichzeitig auf. Amma setzt ihr typisches Lächeln auf, und Abba verzieht das Gesicht zu einem Ausdruck, der mich wohl beruhigen soll – was er nicht tut. Sein Lächeln sieht eher aus wie eine Grimasse.

»Ist alles okay?«, frage ich. Ich kann mir nicht vorstellen, warum Abba so aufgewühlt sein könnte – außer, es ist schon irgendwas wegen der Wahl rausgekommen.

»Alles bestens.« Amma lächelt, aber anscheinend sehe ich nicht so überzeugt aus, denn die beiden wechseln einen Blick.

»Dein Abba ist nur ein bisschen gestresst wegen morgen«, sagt Amma schließlich mit einem Seufzen. »Aber … wir haben getan, was wir konnten.« Bei diesen Worten schaut sie Abba nachdrücklich an.

Abba lehnt sich zurück und seufzt ebenfalls tief. Er

sieht auch nicht überzeugt aus, nickt aber und wiederholt: »Wir haben getan, was wir konnten.«

Bei diesen Worten rutscht mir das Herz in die Hose. *Haben* wir getan, was wir konnten? Ich habe Abba nicht erzählt, dass ich neulich den Wahlkampf bei uns im Viertel sausengelassen habe. Dass Aisling und Dee mich überredet haben, in die Stadt zu gehen und mit ihren Freunden zu feiern. Während des Wahlkampfs war ich im Kopf die meiste Zeit so mit Aisling, Dee und Ishu beschäftigt, dass ich Abba und meiner Verantwortung ihm gegenüber nicht gerecht geworden bin.

Amma steht auf und klatscht in die Hände. »Es hat keinen Sinn, hier rumzusitzen und sich den Kopf darüber zu zerbrechen, was morgen passiert oder nicht passiert. Wie wär's, wenn ich uns was Leckeres zum Abendessen koche?«

Abba nickt zustimmend, und Amma entschwebt in die Küche. Allerdings fühlt Abba sich nicht wirklich besser, das sehe ich.

Ich stecke zwar noch in meiner Schuluniform, quetsche mich aber trotzdem zu ihm aufs Sofa.

»Irgendwas ist passiert, oder?«, frage ich langsam.

Abba seufzt. »Es gibt ein paar neue Umfragewerte, die ... nicht sehr vielversprechend sind.«

»Umfragen sind oft falsch«, erinnere ich ihn. »Es ist noch alles offen.«

Lächelnd dreht Abba sich zu mir. »Deine Amma hat mir erzählt, dass du in letzter Zeit selbst ganz schön viel um die Ohren hast.«

Ich rutsche unbehaglich auf meinem Platz hin und her.

Meine ganzen Probleme am Tag vor der Wahl bei

Abba abzuladen ist das Letzte, was ich will. »Mir geht's gut.«

»Hani … du kannst mit mir jederzeit über alles reden, das weißt du doch?«, sagt er. »Deine Amma … sie macht sich ein bisschen Sorgen um dich.«

»Und sie macht sich Sorgen um dich«, sage ich.

Sein Lächeln wird breiter. »Das heißt, wenn wir uns gegenseitig helfen, macht sie sich vielleicht gleich viel weniger Sorgen.«

Nach und nach bringe ich Abba in Sachen Aisling, Dee und Ishu auf den neusten Stand. »Ich weiß, ich muss irgendwie wiedergutmachen, was ich Ishu angetan habe, aber … ich weiß nicht, wie ich mich bei ihr entschuldigen soll. Nicht, wenn ich Aisling und Dee noch nicht mal wirklich zur Rede stellen kann. Ich weiß nicht, wie ich … irgendwas davon wieder in Ordnung bringen soll.«

Abba betrachtet mich einen Augenblick lang nachdenklich. »Wenn du an Ishus Stelle wärst, was würde dir in dieser Situation helfen?«

Darüber muss ich kurz nachdenken. Es ist gar nicht so leicht, mich in Ishus Lage zu versetzen. Wir sind so verschieden. Wenn ich jetzt an sie denke, sehe ich sie vor mir, wie sie vor unserer Haustür gesessen hat, klein und gebrochen. »Ich glaube, ich würde einfach gerne wissen, dass … eine Person, von der ich dachte, sie wäre meine Freundin, nicht schlecht über mich denkt.«

»Dann musst du ihr das nur irgendwie zeigen.« Abba sagt es so, als wäre es das Leichteste auf der Welt. Aber wie soll ich Ishu *zeigen*, dass sie mir wichtig ist? Dass Aisling und Dee mir nicht wichtiger sind als sie? Und als ich so darüber nachdenke, frage ich mich, ob ich stark genug bin, um Ishu zu zeigen, dass sie mir vertrauen kann. Ihr zu zeigen, dass wir Freundinnen *sind* … und vielleicht mehr als das. Vielleicht hat Ishu recht … vielleicht sind wir zu verschieden, um ein Paar zu sein. Vielleicht können wir noch nicht mal gegenseitig Teil unseres Lebens sein. Vielleicht war es ja gar nicht die Angst, einander aufgedrängt zu werden, die uns all die Jahre davon abgehalten hat, befreundet zu sein. Vielleicht waren es unsere Unterschiede.

*

Am nächsten Morgen ist der Himmel grau bedeckt, und Nieselregen perlt von meinem Fenster. Amma macht Paratha und Halwa zum Frühstück, und es soll eigentlich festlich sein. Nur ist die Stimmung bei uns zu Hause alles andere als festlich.

Amma muss zur Schulkonferenz, darum fahren Abba und ich alleine zum Wahllokal. Es liegt in einer Grundschule, nur zehn Minuten Autofahrt entfernt, aber der Weg fühlt sich länger an. Zum ersten Mal seit Wochen denke ich nicht an meine Freundinnen oder Ishu, sondern daran, was diese Wahl für uns bedeuten könnte.

Kaum sind wir aus dem Auto gestiegen, da macht Abba schon die ersten bekannten Gesichter aus der Moschee vor dem Schulgebäude aus. Ein paar Leute erkenne ich – wie Uncle Salim –, aber viele sind mir fremd. Ich bin mir ziemlich sicher, dass die meisten nicht bengalisch sind.

»Salam Aleikum«, grüßt Abba, als er langsam auf sie zugeht. Nach und nach weicht seine bedrückte Miene dem geschliffenen Politikerlächeln, das er sich im Laufe des Wahlkampfs antrainiert hat.

»Waleikum Salam«, antworten die Uncles einstimmig.

»Wir haben gerade gesagt, dass heute ein historischer Tag ist«, verkündet Uncle Salim. »Einer von uns ist bald Mitglied im Stadtrat.«

Abba lächelt angespannt. »Na ja … Inschallah.«

»Sajib, du hast im Wahlkampf wirklich tolle Arbeit geleistet«, versichert einer der Uncles – ein großer, blasser Mann mit schwarzem Schnurrbart. »Ich habe überall deine Plakate gesehen … und die Leute, die bei mir geklopft und dein Wahlprogramm vorgestellt haben? Phänomenal. Wenn ich dich nicht sowieso gewählt hätte, wäre ich danach auf jeden Fall überzeugt gewesen.«

Uncle Salims Gesichtsausdruck verändert sich kaum merklich. Mit einem leichten Stirnrunzeln dreht er sich zu Abba. »Du hast Leute durch die Nachbarschaft gehen lassen?«

»Ein paar«, gibt Abba zu. »Allzu viele zu koordinieren war schwierig, aber ich habe mehrere Teams losgeschickt. Und … Hani.« Er dreht sich zu mir und legt mir den Arm um die Schulter. »Sie war wirklich eine große Hilfe. Sie hat ihre Freundinnen überredet, ihren Sonntagnachmittag zu opfern und beim Wahlkampf zu helfen … also wer weiß, was sie sonst noch an Überzeugungsarbeit geleistet hat?«

Ich versuche zu lächeln und habe gleichzeitig nagende Schuldgefühle. Abba hat im Wahlkampf nicht gerade viel von mir verlangt – in dieser *historischen* Phase, wie Uncle Salim sagen würde. Und ich habe nicht mal das Mindeste getan.

Für einen Augenblick betrachtet Uncle Salim mich nachdenklich, dann wendet er sich wieder Abba zu. »Du hättest die Leute auch zu uns in die Nachbarschaft schicken sollen, finde ich«, sagt er. »Ich kann mich nicht erinnern, dass bei uns irgendwer vorbeigekommen wäre. Aber gut … es ist, wie es ist.« Er seufzt. Anscheinend schmerzt es ihn sehr, dass kein Team an seine Tür geklopft hat, um ihm seinen eigenen Wahlfavoriten anzupreisen. »Lasst uns reingehen.«

Bevor Abba den anderen Männern folgt, mache ich ein Foto von ihm vor dem Wahllokal. Dann sage ich ihm, dass ich im Auto warte.

Sobald Abba drinnen ist, ziehe ich mein Handy aus der Tasche. Ich habe so lange nicht mit Dee und Aisling gesprochen, dass es sich komisch anfühlt, unseren Gruppenchat zu öffnen.

> **Ich:** Hey … wählen eure eltern heute meinen dad?

Ohne zu lange drüber nachzudenken, drücke ich auf Senden. Nur weil wir Streit haben, heißt das ja nicht, dass wir nicht mehr *befreundet* sind. Oder?

Aislings Antwort kommt fast sofort:

> **Aisling:** Oh, jetzt kannst du also wieder mit uns reden?

Ich seufze. Keine Ahnung, wieso ich von Aisling irgendetwas anderes erwartet habe. Ich rechne damit, dass sie noch was schreibt – ja, ihre Eltern wählen Abba, oder nein, sie wählen ihn nicht. Aber es kommen keine Nachrichten mehr.

KAPITEL VIERZIG

Hani

Es dauert fast zwanzig Minuten, bis Abba wieder ins Auto steigt. Er winkt den Uncles zum Abschied, öffnet die Fahrertür und lässt sich auf den Sitz fallen. Als die Tür hinter ihm ins Schloss klickt, lehnt er sich mit geschlossenen Augen zurück. Ein Seufzer der Erleichterung entweicht ihm.

»Ich wünschte, ich könnte wählen«, sage ich nach einer etwas zu langen Stille. »Dann hättest du eine Stimme mehr.«

Abba öffnet die Augen. Ein kleines Lächeln spielt um seine Lippen. Es ist sein erstes echtes Lächeln heute. »Hani, du hast schon mehr als genug für mich und diese Wahl getan«, sagt er. »Du bist so oft mit in die Moschee gekommen, hast deine Freundinnen zu den Bezirksversammlungen gebracht, um mich zu unterstützen, und sie zusammengetrommelt, damit sie mit dir durch die Nachbarschaft ziehen … du hast sogar Uncle Salim ertragen.«

»So schlimm ist er nicht.« Ich versuche, ein Lachen zustande zu bringen. Es klingt hohl. Abba denkt, ich hätte weiß Gott was getan, um ihn zu unterstützen. Aber in Wirklichkeit … bin ich vielleicht der Grund, dass er die Wahl verliert. Und er würde es nie auch nur vermuten.

Abbas Lächeln wird breiter. »Ich weiß, du und deine

Amma seid nicht gerade seine größten Fans, aber … er ist ein wichtiges Mitglied der Gemeinschaft. Ohne ihn hätte ich vermutlich gar keine Chance bei dieser Wahl. Obwohl, sogar mit seiner Hilfe bin ich nicht so sicher, wie meine Chancen stehen.«

Ich rutsche auf meinem Sitz hin und her, zupfe am Sicherheitsgurt und hoffe, dass Abba jetzt einfach den Motor startet. Dass wir einfach nach Hause fahren und ich vergessen kann, was ich getan habe. Nur … weiß ich nicht, ob das geht. Was, wenn Abba die Wahl verliert? Was, wenn das meine Schuld ist?

Abba steckt den Schlüssel ins Zündschloss, und das Auto erwacht zum Leben. Als er den Wagen vom Parkplatz auf die Straße steuert, sind seine Knöchel am Lenkrad ganz weiß. In meinem Kopf wirbelt alles durcheinander. In letzter Zeit habe ich viel über die ganzen Lügen nachgedacht, die ich erzählt habe – meinen Freundinnen, Amma und Abba … und wäre nicht alles besser gelaufen, wenn ich von Anfang an die Wahrheit gesagt hätte? Dann würde ich jetzt definitiv nicht in diesem Schlamassel stecken.

Als Abba den Wagen vor unserem Haus parkt, habe ich mich entschieden.

»Abba«, sage ich. Der Wagen kommt zum Stehen, und ich löse den Sicherheitsgurt.

»Hmm?«

»Ich hab dir doch von meinen Freundinnen erzählt«, beginne ich zögernd. »Und dass sie … mir nicht immer zuhören. Und … na ja, alles, was mit Ishu passiert ist?«

»Ja.« Abba nickt. »Ist sonst noch was passiert?«

»Na ja …« Ich schaue aus dem Fenster, auf den Regen,

der an den Scheiben runterläuft. Es regnet viel stärker als heute früh, und ich kann die Tropfen auf den Asphalt prasseln hören. »Neulich … als du mich gebeten hast, meine Freundinnen mitzunehmen … um bei uns in der Nachbarschaft von Tür zu Tür zu gehen … ich weiß nicht, was da los war. Ich hätte nicht auf sie hören sollen, aber … sie haben mich überredet, nicht zu gehen. Ich dachte, ich würde es an einem anderen Tag nachholen, aber … das hab ich nicht.« Laut ausgesprochen klingt es noch schlimmer. Ich bringe die Worte kaum raus. Weil ich nicht mal sicher bin, wessen Schuld das alles ist.

Einen Augenblick herrscht Stille im Auto, nur unterbrochen vom Geräusch des Regens draußen. Ich schaue Abba an, aber er starrt geradeaus, die Lippen zu einer schmalen Linie zusammengepresst.

»Abba … es tut mir leid.« Meine Stimme ist nicht mehr als ein Flüstern. Langsam schüttelt Abba den Kopf. Er schließt die Augen und atmet tief durch.

»Dass bei Salim niemand vorbeigekommen ist, lag also an dir und deinen Freundinnen«, fasst er schließlich zusammen. Seine Stimme ist seltsam ruhig, das macht mir Angst.

»Ja … wahrscheinlich«, sage ich. »Ich hätte nicht auf Dee und Aisling hören sollen. Ich weiß. Ich weiß, ich hab dich hängenlassen. Ich weiß, dass –«

»Wenn Salim das rausfindet«, unterbricht Abba mich, »weißt du, wie ich dann dastehe? Ich habe ihm erzählt, allen erzählt, wie meine Familie mich während der gesamten Kampagne unterstützt hat. Ich habe dich in höchsten Tönen gelobt, immer davon geredet, was du alles für mich und die Kampagne getan hast. Aber du hast mich die ganze Zeit angelogen.«

»Nur bei dieser einen Sache«, sage ich. »Sonst habe ich nicht gelogen. Und Uncle Salim muss es nie erfahren, niemand muss das. Ich wollte … ich wollte es dir nur erzählen, weil du dir Sorgen um das Wahlergebnis machst und … ich weiß, ich hätte mehr tun sollen.«

Abba schüttelt den Kopf, als könne er nicht glauben, was er da gerade hört. »Dass du Probleme mit deinen Freundinnen hast, weiß ich ja, Hani. Aber ich hätte mehr von dir erwartet.«

»Das ist nicht fair«, entgegne ich. »Du hast doch selber gelogen.« Jetzt wirbelt Abba herum und schaut mich mit zusammengezogenen Augenbrauen an.

»Du hast gesagt, wenn Uncle Salim rausfindet, dass *ich* gelogen habe, stehst du schlecht da, aber … was ist denn mit dir? Du hast ihn doch selber die ganze Zeit über angelogen und so getan, als wärst du jemand anders. Bist fast jeden Tag in die Moschee gegangen, obwohl Amma und du vorher nie da wart. Du wolltest die Stimmen der muslimischen Community, dabei sind dir die Leute und ihre Wünsche egal.« Keine Ahnung, wo das alles herkommt, aber plötzlich ist es raus. Abba sieht mich immer noch an, aber ich kann ihm nicht in die Augen schauen. Plötzlich ist es unangenehm warm im Auto, die Stille im Innern ist betäubend.

»Ich habe gesagt … es tut mir *leid*«, flüstere ich schließlich, auch wenn es sich anfühlt, als wäre es nicht genug. Innerlich winde ich mich vor Schuldgefühlen, aber auch vor Wut. Einer beißenden Wut, von der ich nicht mal wusste, dass ich sie die ganze Zeit über mit mir herumgetragen habe. Ist denn nicht alles, was ich gesagt habe, wahr? Ich bin nicht die Einzige, die in den letzten Wochen was vorgespielt hat. »Ich versuche hier gerade, meinen Fehler wiedergutzumachen, Abba. Aber du … wenn du die Wahl gewinnst, dann geht deine Lüge einfach weiter. Uncle Salim und die anderen … sie werden nie erfahren, dass du das alles nicht für sie getan hast – sondern nur für dich selbst.«

Ich sehe zu, wie Abba einmal langsam und tief durchatmet. Dann zieht er den Schlüssel aus dem Zündschloss, macht die Tür auf und steigt aus, geht raus in den strömenden Regen. Er wartet nicht mal, bis ich auch ausgestiegen bin, sondern geht zum Haus, öffnet die Tür und verschwindet im Innern.

Tränen bahnen sich den Weg in meine Augen, aber ich blinzle sie weg. Mein Handy vibriert in der Hosentasche, und als ich die Benachrichtigungen checke, sehe ich endlich eine neue Nachricht in unserem Gruppenchat.

Dee: Meine eltern unterstützen sein programm nicht wirklich, also nope.

Und irgendwie stoppt diese Nachricht die Tränen, befreit meinen Hals von dem Kloß, der sich während des Gesprächs mit Abba langsam gebildet hat. Denn endlich – endlich – weiß ich ganz genau, was ich zu tun habe. Und vielleicht bin ich mittlerweile wütend genug, um es auch wirklich zu tun.

KAPITEL EINUNDVIERZIG

Ishu

Es fällt mir sehr schwer, nicht an Hani zu denken, besonders weil ich sie in der Schule ständig überall sehe. Mittlerweile kenne ich ihren Stundenplan auswendig. Ich weiß, wann sie wo welchen Unterricht hat. Ich weiß, wann sie zu ihrem Schließfach geht, und ich kenne ihre Lieblingsstellen auf dem Schulgelände, an die sie sich zurückzieht, wenn sie die Mittagspause nicht mit Aisling und Deirdre verbringen will.

Ich weiß, dass ich Hani aus dem Weg gehen sollte, sie vergessen. Aber ich kann einfach nicht aufhören, sie anzustarren, wenn wir zwischen den Unterrichtsstunden beide vor unseren Schließfächern stehen, oder sie in der Mittagspause durch das Fenster mit Blick zu den Bäumen, unter denen sie gern sitzt, zu beobachten.

Es gab schon viel zu viele Momente, in denen ich fast zu ihr rübergelaufen wäre, um ihr alles über Nik und meine Eltern zu erzählen, und über meine Pläne für die Schulsprecherinnenwahl. Jedes Mal halte ich mich in letzter Sekunde zurück.

Egal, was ich für Hani empfinde, es ändert nichts daran, dass sie immer noch mit Aisling und Dee befreundet ist. Dass sie ihnen niemals die Stirn bieten wird. Sich niemals für mich und gegen sie entscheiden wird. *Ich* kann daran nichts ändern.

Am Wochenende wache ich mit dem festen Entschluss auf, mein Leben wieder in geordnete Bahnen zu lenken. Die ganze Sache mit Hani, Aisling und Deirdre hat mich fast vergessen lassen, was wirklich wichtig ist: Schulsprecherinnenwahl, Leaving Cert, an die bestmögliche Uni kommen.

Als ich am Samstagmorgen Nik anrufe, geht sie nach dem zweiten Klingeln ran.

»Schläfst du auch mal aus?«, stöhnt Nik zur Begrüßung.

»Manchmal«, antworte ich. »Aber nicht in der Woche vor der Schulsprecherinnenwahl!«

Nik seufzt tief. »Natürlich.«

»Ich bräuchte deine Hilfe. Ich will das wirklich gewinnen, okay? Und das wird jetzt noch schwieriger als eh schon. Die beliebten Mädchen sind nicht auf meiner Seite – ich glaube sogar eher, dass es mittlerweile Aislings erklärtes Ziel ist, mein verdammtes Leben zu ruinieren … aber ich muss gewinnen. Du musst mir helfen.«

Am anderen Ende der Leitung raschelt und knarzt es. Ich versuche mir Nik vorzustellen, wie sie sich im Bett aufsetzt, aber weil ich keine Ahnung habe, wie ihr Zimmer aussieht, ist das gar nicht so leicht. Ich habe Nik noch nie in London besucht, und ich bin mir nicht sicher, ob Ammu und Abbu mich jetzt noch hinfahren lassen würden.

»Ishu …«, sagt Nik schließlich. »Du weißt schon, dass ich die Schulsprecherinnenwahl *verloren* habe, oder? Ich war nicht mal Stellvertreterin. Ich bin vermutlich nicht die Richtige, um dir zu helfen.« Sie sagt das, als stünden die

Leute Schlange, um mir zu helfen, und ich hätte mich nur zufällig für sie entschieden. Als wäre sie nicht die einzige Person, die ich im Moment um Hilfe bitten *kann.* Aber wenn ich das laut sage, klinge ich wirklich erbärmlich. Auch wenn Nik meine Schwester ist und weiß, dass ich ein bisschen erbärmlich bin – besonders, nachdem sie extra herkommen musste, um meine Probleme für mich zu lösen. Aber ich will sie nicht auch noch daran erinnern.

Also sage ich bloß: »Bitte?«, und zu meiner Überraschung stimmt sie tatsächlich widerwillig zu, mir zu helfen.

»Also, morgen müssen wir vor dem gesamten Jahrgang eine Rede halten, warum wir Schulsprecherin werden wollen und warum wir dafür am besten geeignet sind«, sage ich. »Ich dachte mir, ich stell mich einfach hin und … erzähl ein bisschen.«

Kurz ist es still, dann höre ich Nik kichern.

»Aha? Und du willst sie dann mit deinem einnehmenden Lächeln und deiner Persönlichkeit für dich gewinnen?«

»Ich kann freundlich sein«, sage ich. »Ich hab gelernt, die Leute im Jahrgang zu tolerieren. Hani … hat es mir beigebracht. Ich war schon auf Partys mit ihnen. Ich hab mich mit ihnen unterhalten.«

Nik lacht immer noch. »Also … so richtig unterhalten? Oder sie böse angestarrt, während sie versucht haben, mit dir zu reden?«

»Nein, richtig unterhalten!«, entgegne ich. »Auch wenn … jetzt natürlich alles anders ist, seit Hani und ich uns getrennt haben und … alle denken, ich hätte abgeschrieben.«

Das lässt Nik wieder etwas ernsthafter werden. »Okay, dann ist dieser Vortrag doch die Gelegenheit für dich, Missverständnisse aus dem Weg zu räumen. Sag ihnen die Wahrheit: Du hast nicht abgeschrieben! Die Lehrkräfte wissen das doch – sie werden es bestätigen.«

Ich weiß, dass Nik recht hat, aber ich kenne auch Aisling. Sie wird einen Weg finden, es so zu drehen, dass ich am Ende die Böse bin.

»Vielleicht«, sage ich.

»Na, komm … ich helf dir, was vorzubereiten«, bietet Nik an. »Wir machen eine Präsentation. Eine PowerPoint zum Thema ›Warum Aisling eine Bitch ist‹.«

Ich muss ein Lachen unterdrücken. »Okay … eine PowerPoint … gute Idee. Dann kann ich zeigen, warum ich eine gute Schulsprecherin wäre. Ich zähle auf, was ich schon alles gemacht hab …« Viel fällt mir allerdings nicht ein, was mich als Schulsprecherin qualifizieren würde. Klar, ich habe die besten Noten geschrieben, und mit Hanis Hilfe habe ich mit Leuten aus meinem Jahrgang, mit denen ich vorher noch nie geredet habe, fast so was wie Bekanntschaften geschlossen. Aber … macht mich das zu einer guten Schulsprecherin?

»Ishu? Hallo? Ist die Verbindung weg?«

Ich schüttle den Kopf. »Nein, alles gut. Ich … denk nur nach. Über Montag.«

»Du brauchst nicht über Montag nachdenken, wenn wir uns noch gar nicht vorbereitet haben. Na los, an den Rechner. Lass uns loslegen.« Mit dem Handy in der einen Hand klappe ich also den Laptop auf, und dann machen Nik und ich uns an die Arbeit.

KAPITEL ZWEIUNDVIERZIG

Hani

Ich schlüpfe nur kurz ins Haus, um mir einen Schirm zu schnappen, dann gehe ich wieder raus in den Regen. Ich nehme den Bus, der mich direkt vor Aislings Haustür absetzt, und denke dabei die ganze Zeit an all die Dinge, die ich ihr und Dee sagen muss und die ich bisher für mich behalten habe. Sätze, die ich viel zu lange im Kopf geübt und vor lauter Angst nie ausgesprochen habe.

Als ich an der Tür klingle, bin ich auf Hochtouren. Ich bin so wütend wie schon lange nicht mehr.

Aber dann geht die Tür auf, und Aislings Mom steht vor mir. Bei meinem Anblick hellt sich ihre Miene auf.

»Humaira«, ruft sie freudig und zieht mich ins Haus. »Ich wusste gar nicht, dass du heute vorbeikommst.« Sie schließt mich in die Arme, wie immer, wenn wir uns sehen. Ich spüre, wie mein Ärger sich langsam in Luft auflöst. Plötzlich kann ich nur noch daran denken, dass ich Aisling seit meiner Kindheit kenne. Wir haben seit der Vorschule nebeneinandergesessen. Will ich das alles wirklich wegwerfen?

»Aisling und Deirdre sind oben«, sagt Mrs. Mahoney.

Langsam steige ich die Treppe hoch, lausche dem Klang von Aisling und Dees Stimmen hinter der geschlossenen Zimmertür und meinem eigenen, viel zu lauten Herzschlag.

Als ich schließlich anklopfe, reißt Dee die Tür auf.

»Oh, da bist du ja«, sagt sie, als hätte sie mich schon erwartet. Sie tritt beiseite, um mich reinzulassen.

Aisling sitzt im Schneidersitz auf dem Bett, mit dem Handy in der Hand. »Maira, *endlich*«, empfängt sie mich. Hab ich sie etwa warten lassen? »Wenn du dieses Woche n-ende nicht aufgetaucht wärst, hätten Dee und ich einen Suchtrupp losschicken müssen oder so.«

Ich verschränke die Arme. Es gibt eine Million Dinge, die ich Aisling sagen will – beiden, ihr und Dee –, aber irgendwie bleiben mir die Worte im Hals stecken, weigern sich rauszukommen.

»Dee und ich haben gerade darüber geredet, wie Ishita mich *gedemütigt* hat. Wir müssen uns was überlegen, um es ihr heimzuzahlen.« Bei diesen Worten sieht Aisling mich kaum an, sondern springt vom Bett auf und tigert durchs Zimmer. »Ich werde dafür sorgen, dass sie *niemals* Schulsprecherin wird. Wenn ich mit Ishita fertig bin, wird niemand auch nur neben ihr sitzen wollen.«

»Es will *jetzt* schon niemand neben ihr sitzen«, bemerke ich spitz.

Aisling schaut mich an, die Augenbrauen zusammengezogen, so als hätte sie vergessen, dass ich auch noch da bin. »Was?«

»Ishita macht das nichts«, sage ich. »Sie *will* gar nicht, dass sich jemand neben sie setzt. Ihr ist es egal, was andere Leute über sie denken. Das war es schon immer.«

»Ishita tut nur so, als wär ihr das egal. So was ist *niemandem* egal.«

Ich schüttle den Kopf. »Ihr schon. Und wie … wie genau hat sie dich gedemütigt?«

Aisling wechselt einen Blick mit Dee, und ich frage mich, ob sie gleich die Wahrheit sagen oder mir wieder irgendeine Lüge auftischen wird. »Dann hat sie's dir also noch nicht erzählt …«

»Wir haben seit … ein paar Tagen nicht geredet.« Es fühlt sich wie eine Ewigkeit an, aber das muss Aisling nicht wissen.

Das Lächeln, das sich bei meinen Worten auf Aislings Gesicht ausbreitet, dreht mir den Magen um. Aber klar – das wollte sie ja von Anfang an, oder? Die ganze Zeit hat sie versucht, mich von Ishu fernzuhalten.

»Tja, Ishita und ihre Schwester haben mich zur Direktorin geschleift, und jetzt denkt Ms. Gallagher, *ich* hätte geschummelt. Was nicht mal stimmt. Es war schrecklich, und jetzt werden wir uns rächen. Umso besser, dass ihr Schluss gemacht habt und –«

»Wenn Principal Gallagher glaubt, du hättest von Ishu abgeschrieben … was heißt das für dich?«

»Mom hat mit ihr geredet.« Aisling zuckt mit den Schultern. »Ich hab versprochen, es nie wieder zu machen, also hat sie mir nur 'ne kleine Verwarnung gegeben. Alles kein Thema. Außer –«

»Der Demütigung«, beende ich den Satz für sie.

»Sie hat mich vor Ms. Gallagher wie eine Idiotin dastehen lassen, und falls die ganze Schule davon erfährt –«

»Alle denken, Ishita war's«, unterbreche ich sie. »Weil du dir nicht die Mühe gemacht hast, irgendwem die Wahrheit zu sagen.«

»Die *Wahrheit* ist, dass das alles Ishitas Schuld ist. Also warum sollte ich irgendwem irgendwas sagen?«

Ich höre kaum noch, was sie redet. Dabei wird ihre Stimme mit jedem Wort lauter.

»Warum hast du das gemacht?«

»Was redest du, Maira?« Endlich sieht Aisling mich richtig an. Endlich erkenne ich die Wut in ihrem Blick. Aber sie ist nicht wütend, weil ich sie fälschlicherweise beschuldige. Sie ist nicht auf dieselbe herzzerbrechende Weise aufgebracht wie Ishu letzte Woche vor meinem Haus, überzeugt, dass niemand ihr glauben wird, überzeugt, alles verloren zu haben, wofür sie so hart gearbeitet hat. Aisling ist wütend, weil ich ihre Version der Geschichte nicht wortlos hinnehme, weil ich kein Mitgefühl für ihre Notlage zeige, weil ich ihr nicht dabei helfen will, Ishu weiter fertigzumachen.

Einen Augenblick lang sehe ich Aisling vor mir, wie sie früher war. Die Aisling, die in der Vorschule neben mir gesessen und jeden Freitag ihre Süßigkeiten mit mir geteilt hat. Die auf meiner Seite war, als mein allererster Freund sich als Arschloch entpuppte. Auf einmal ist mir klar, dass die Aisling von damals und die von heute nicht dieselbe Person sind. Sie sind schon seit einer Weile nicht mehr dieselbe Person. Und ich wollte es einfach nicht wahrhaben.

»Warum hast du Principal Gallagher angelogen und gesagt, Ishita hätte bei dir abgeschrieben? Warum hast du mich angelogen?«, frage ich.

»Ich hab nicht –«

»Aisling.« Ich bin überrascht, wie fest meine Stimme klingt, obwohl mein Herz mit einer Million km/h vor sich hin rast. So schnell, dass es eigentlich aus meiner Brust springen müsste.

Endlich wird ihr wütender Gesichtsausdruck weicher. »Ich wollte dich nicht verlieren. Und Dee auch nicht.«

»Dann habt ihr das also geplant? Zusammen?« Mein Blick wandert von Aisling zu Dee. Dee hat immerhin den Anstand, so auszusehen, als würde sie sich schämen. Mit gesenktem Kopf starrt sie zu Boden, statt meinen Blick zu erwidern. Aisling dagegen blickt mir fast schon herausfordernd in die Augen, so als ob sie gar nichts bereut. Tut sie wahrscheinlich auch nicht.

»Wir haben einfach gesehen, was dieses Mädchen mit dir gemacht hat. Sie hat einen schlechten Einfluss auf dich.«

»Das versteh ich nicht.« Ich schüttle den Kopf. »Was hat sie denn mit mir gemacht? Was für ein schlechter Einfluss?«

»Na ja, es hat angefangen, als wir alle zusammen im Kino waren und du von euch beiden erzählt hast. Ohne Ishita hättest du auch nicht plötzlich entschieden, dass du bisexuell bist, klar«, sagt Aisling. Ich balle die Hände zu Fäusten und versuche, meine Wut und meinen Ärger für mich zu behalten. »Und bei der Party warst du dann einfach *komisch*. Den ganzen Abend hast du mit Ishita in der Ecke gesessen, und dann seid ihr früh abgehauen.«

»Seit Ishita da ist, sehen wir uns fast gar nicht mehr«, fügt Dee hinzu. »Als wären wir dir jetzt nicht mehr wichtig.«

»Und wenn sie dabei ist, bist du anders«, sagt Aisling. »Nicht du selbst. Keine Ahnung.«

Ich balle die Fäuste jetzt so fest, dass sich die Fingernägel schmerzhaft in meine Haut graben. Aber es hilft, die Wut unter Kontrolle zu halten.

»Ishita hat mich nicht bisexuell gemacht … so läuft das nicht«, erwidere ich. »Ich hab mich schon vor Ewigkeiten vor meinen Eltern geoutet. Vor euch nicht, weil … weil ich Angst hatte, dass ihr genau so reagiert. Und … auf der Party war ich komisch, weil ihr mir das Gefühl gegeben habt, ich würde nicht dazugehören. Weil ich nicht trinke. Wahrscheinlich hab ich wirklich nicht dazugehört. Und … Ishita macht mich nicht anders. Mit ihr bin ich mehr ich selbst, als ich es mit euch beiden je war. Ihr benutzt ja nicht mal meinen richtigen Namen.«

»Was?! Maira ist ein Spitzname!«, sprudelt es aus Aisling hervor. »So wie Deirdre Dee ist, und ich manchmal Ash.«

»Dich hat echt noch nie irgendwer Ash genannt«, sage ich. »Und ich bin Maira, weil ihr euch nie die Mühe gemacht habt zu lernen, wie man meinen echten Namen ausspricht. Ich hab nichts gesagt, weil … ich eure Freundin sein wollte. Mein Dad verliert vielleicht die Wahl, weil ihr mich überredet habt, ihm nicht zu helfen. Und … ihr konntet nicht mal eure Eltern bitten, ihn zu wählen.«

Ich atme tief durch und lasse beim Ausatmen ein bisschen was von meiner Wut entweichen. »Keine Ahnung, ob es das alles noch wert ist.«

Ich warte ihre Antwort nicht ab, sondern drehe mich um und poltere die Treppe runter, zurück in den Regen.

Ich hätte nicht herkommen sollen.

Ich hätte Aisling nicht glauben sollen.

Ich hätte Ishu nicht im Stich lassen sollen.

Ich hoffe, es ist noch nicht zu spät.

KAPITEL DREIUNDVIERZIG

Hani

Auf der Rückfahrt überlege ich viel zu lange hin und her, ob ich Ishu anrufen soll oder nicht. Einerseits will ich ihr unbedingt erzählen, was seit unserem letzten Gespräch alles passiert ist. Von Abba und unserem Streit, dass er vielleicht wegen mir die Wahl verliert, von meinen Schuldgefühlen … und von Aisling und Dee.

Andererseits denke ich die ganze Zeit daran, was Abba gestern gesagt hat. Ich muss ihr irgendwie *zeigen*, dass ich ihr glaube. Und ich bin nicht sicher, ob Aisling und Dee die Meinung zu sagen dafür ausreicht. Deshalb wird Ishu mir nicht plötzlich wieder vertrauen.

Zum millionsten Mal öffne ich unseren Guide, scrolle durch unsere lächerlichen Regeln. Jede einzelne davon haben wir gebrochen. Die ganze Zeit haben wir gedacht, unser Fake-Dating-Plan würde aufgehen, dabei haben meine Freundinnen uns nur beide manipuliert. Ich frage mich, ob wir mit dem Plan je unsere Ziele hätten erreichen können …

Aber mittlerweile bin ich natürlich froh, nicht bekommen zu haben, was ich wollte. Was ich *jetzt* will, ist eine feste Beziehung mit Ishu. Und vielleicht kann ich nicht mal mehr das haben.

Und Ishu will …

Kurz halten meine Finger beim Scrollen inne. Ishu will Schulsprecherin werden. Und jetzt, da die ganze Schule denkt, sie hätte geschummelt, und Aisling und Dee gegen sie sind, glaubt sie bestimmt, sie hätte keine Chance. Aber vielleicht kann *ich* ihr ja helfen, die Wahl zu gewinnen?

Als ich zu Hause ankomme, hat mein Plan schon Gestalt angenommen. Ich glaube zwar nicht, dass ich Ishu im Alleingang zur Siegerin machen werde, aber ich *weiß*, dass ich helfen kann. Schließlich war das doch einer der Gründe, weshalb Ishu und ich überhaupt mit dem Fake-Dating angefangen haben.

Als ich, ein bisschen feucht vom Regen, ins Haus trete, ist es drinnen merkwürdig still. Ich schüttle den Regenschirm aus und lege ihn zum Trocknen an die Hintertür, dann gehe ich nach oben. Hoffentlich ist Abba nicht mehr zu Hause, ich habe nämlich keine Ahnung, was ich ihm sagen soll. Ich weiß, dass ich auch bei ihm einiges wieder geraderücken muss, nur bin ich noch nicht sicher, wie ich das anstellen soll.

Ich stoße die Tür zu meinem Zimmer auf, und da sitzt Amma auf dem Bett und starrt stirnrunzelnd auf ihr Handy. Beim Quietschen der Tür blickt sie auf, und ihr Gesicht entspannt sich, als sie mich sieht.

»Du hättest bei dem Regen nicht rausgehen sollen«, sagt sie. »Deine Haare sind ja ganz nass.«

»Ich hatte ’nen Regenschirm dabei«, murmle ich. »Aber … bei dem Wind hat der nicht viel gebracht.«

Amma fegt an mir vorbei, schnappt sich ein Handtuch und fängt an, mir die Haare trocken zu rubbeln, so als wäre ich ein kleines Kind und nicht siebzehn Jahre alt. Sie macht es so sanft, dass es sich schön anfühlt. Trotzdem spüre ich ein ängstliches Ziehen im Magen. Amma hat nicht in meinem Zimmer gesessen und gewartet, bloß um mir die Haare zu trocknen, so viel ist klar.

»Dein Abba hat mir erzählt, was heute passiert ist«, sagt sie so langsam, als würde sie jedes Wort einzeln abwägen. »Er hat nicht damit gerechnet. Vor allem nicht heute.«

»Ich hab doch gesagt, dass es mir leidtut«, verteidige ich mich, aber die Worte klingen leer. Was bringt ein »tut mir leid«, wenn er wegen mir die Wahl verliert? Was bringt ein »tut mir leid«, wenn ich ihn gleich danach noch beschuldigt habe, Uncle Salim und die anderen zu manipulieren? »Ich fühl mich schlecht deswegen ... ich weiß, ich hätte mich nicht von Aisling und Dee überreden lassen sollen. Ich weiß, die Wahl ist wichtig für Abba, und sie ist *mir* wichtig, weil sie ihm wichtig ist, aber –«

»Hani«, schneidet Amma mir das Wort ab. Sie faltet das Handtuch zusammen und setzt sich wieder aufs Bett. »Du hast Probleme mit deinen Freundinnen, das weiß ich. Aber das ist kein Grund, alles, was dir wichtig ist, aufzugeben. Deine Freundinnen dürfen dir nicht vorschreiben, was du zu tun hast ... und wie viel du für deine Familie tust.«

»Ich weiß.« Ich kann nur beschämt den Kopf hängenlassen. Ich hätte es besser wissen sollen – aber es war einfach so viel leichter, Aisling und Dees Forderungen nachzugeben. Das war es schon immer. »Ist er zu Hause? Ich entschuldige mich noch mal, und ich werd alles tun, um es wiedergutzumachen, ich –«

»Er sagt, du hattest recht«, unterbricht mich Amma.

»Mit deinen Vorwürfen … dass er selbst nicht gerade ehrlich war. Er ist zu Uncle Salim gegangen.«

»Oh.« Ich blinzle. Was auch immer ich erwartet habe, das war es nicht.

»Hat er … wissen wir schon, wie die Wahl ausgegangen ist?«

»Die Wahllokale haben noch nicht mal geschlossen, Hani.« Amma lacht in sich hinein. »Das endgültige Ergebnis kriegen wir erst morgen früh.«

»Ich wollte den Tag heute nicht noch schlimmer für ihn machen«, sage ich. »Aber … er hat die ganze Zeit darüber geredet, wie toll ich ihn bei der Wahl unterstützt habe, und … ich hab mich wie die schlechteste Tochter der Welt gefühlt.«

Amma streckt die Hände aus und greift nach meinen. Sie zieht mich zu sich aufs Bett und nimmt mich in den Arm, und ich kann den Duft ihres Kokosshampoos riechen. Es ist eine gefühlte Ewigkeit her, dass wir uns zusammengesetzt und wirklich darüber geredet haben, was in unserem Leben gerade los ist. Ich habe mich so in meine Lügen verstrickt, dass ich vergessen habe, was wirklich wichtig ist.

»Du hast einen Fehler gemacht, und dein Abba auch«, sagt sie sanft. »Das macht niemanden zum schlechtesten Irgendwas der Welt. Es macht uns einfach nur menschlich.«

*

Als ich am nächsten Morgen nach unten komme, sitzt Abba am Frühstückstisch. Mit grimmiger Miene tippt er etwas auf seinem Laptop. Ich habe seit unserem schrecklichen Streit im Auto nicht mehr mit ihm geredet – er ist gestern Abend erst spät von Uncle Salim zurückgekommen. Jetzt weiß ich nicht, wie ich die ohrenbetäubende Stille zwischen uns brechen soll.

Ich muss allerdings nicht allzu lange darüber nachgrübeln, denn als er aufschaut und mich sieht, verändert sich sein gesamter Gesichtsausdruck. Seine Miene wird weicher, und auf seinen Lippen breitet sich ein Lächeln aus.

»Hani«, sagt er, als wäre mich zu sehen das Beste, was ihm seit Ewigkeiten passiert ist. »Hast du schon die guten Neuigkeiten gehört?«

»Du hast gewonnen?«, frage ich.

»Ich habe gewonnen.« Bei diesen Worten sieht er glücklicher aus, als ich ihn je gesehen habe. Ich muss mich sehr zurückhalten, um nicht vor Freude auf und ab zu springen.

»Du hast gewonnen! Abba … das ist … wow.« Mir fehlen die Worte, um richtig auszudrücken, wie unglaublich sein Sieg ist. Uncle Salim hatte nämlich recht – sein Sieg ist historisch. Es ist historisch, dass er überhaupt Kandidat bei dieser Wahl war. Er ist der erste Muslim, der erste Mensch aus Bangladesch, der in Irland je in den City Council gewählt wurde. Aber meine Aufregung wird schnell von der Erinnerung an unseren Streit gestern überschattet.

»Amma meinte, du warst gestern bei Uncle Salim. Habt ihr … über mich geredet? Über das, was ich gesagt habe?«

Abbas Lächeln verschwindet, und er nickt ernst. »Ich arbeite gerade an einem Projekt für ihn.« Er winkt mich zu sich, damit ich einen Blick auf den Bildschirm werfen kann. Ich haste rüber und betrachte das geöffnete Word-Dokument.

Ganz oben steht *Programm zur Förderung des Islamischen Zentrums*, und weiter unten ist ein Foto von unserer Moschee.

»Was ist das?«

»Na ja … was du gesagt hast, hat mich zum Nachdenken gebracht. Über die Menschen, die gestern für mich gestimmt haben. Die Leute in der Moschee haben alle für mich gestimmt, weil sie darauf vertrauen, dass ich sie repräsentiere … als Muslim.« Abba seufzt tief. »Hani, hat deine Amma dir je von unseren ersten Jahren in Irland erzählt?«

Langsam schüttle ich den Kopf. Amma und Abba leben mittlerweile seit über drei Jahrzehnten hier. Sie kennen Irland wie ihre Westentasche – es ist ihre Heimat. Vielleicht sogar *eher* als Bangladesch, denn als sie geboren wurden, war Bangladesch ja noch nicht mal ein unabhängiger Staat. Aber Amma und Abba reden beide nicht oft über die Vergangenheit – außer, wenn sie davon schwärmen, wie viel besser heutzutage alles ist.

»Also, als wir hergekommen sind, war es erstmal … schwierig. Hier haben kaum Leute aus Bangladesch gelebt, und muslimische Menschen gab es auch fast keine. Es gab keine Moschee, keine Gemeinschaft. In den ersten Jahren konnten wir nicht mal halales Fleisch finden.« Abbas Blick ruht in weiter Ferne. Offenbar erinnert er sich gerade an eine Zeit zurück, an die er lange nicht mehr gedacht hat. »Bangladesch hat uns beiden gefehlt, und unsere Familien auch. Aber … wir hatten so gekämpft, um herzukommen.

Und das Geld, das deine Amma und ich hier verdient haben, hat für ein paar deiner Cousins und Cousinen zu Hause die Schule und Uni bezahlt. Wir konnten nicht aufgeben.«

»Ihr wolltet aufgeben?« Ich kann mir nicht vorstellen, dass Amma und Abba jemals irgendetwas aufgeben wollten – ganz besonders nicht so was Großes, wie sich ein Leben in Irland aufzubauen. Aber ich kann mir ja auch nicht vorstellen, wie schwierig es für sie gewesen sein muss, in ein vollkommen fremdes Land zu gehen und noch mal ganz von vorne anzufangen.

»Manchmal.« Abba lacht leise. »Aber deine Amma und ich hatten einander, und dann kam Akash. Das hat geholfen, es hat unsere Perspektive verändert. Akash, Polash, du … ihr habt hier mehr Möglichkeiten, als ihr sie in Bangladesch jemals gehabt hättet. Aber … an manchen Dingen konnten wir irgendwann nicht mehr festhalten … unter anderem … am Islam.«

»Oh …« Ich habe noch nie darüber nachgedacht, dass es den eigenen Glauben beeinflussen könnte, wenn man in ein fremdes Land auswandert. Natürlich hab ich das nicht, schließlich habe ich mein ganzes Leben im selben Haus verbracht, mit denselben Freundinnen. Alles war immer gleich. Wie soll ich verstehen, was Abba und Amma durchgemacht haben, um unser Leben heute zu ermöglichen?

»Es war schwierig ohne Moschee, wo wir freitags zum Juma-Gebet hingehen konnten, ohne Familie und Freunde, um die Eid-Feiertage gemeinsam zu verbringen, ohne irgendetwas, das … uns mit dem Islam verbunden hätte.« Abba seufzt noch einmal, anscheinend tut es ihm weh, darüber zu sprechen. »Mit der Zeit wurde es einfach leichter, das alles zu vergessen, sich … zu distanzieren. Und als dann die Clonskeagh-Moschee gebaut wurde, als langsam eine islamische Gemeinschaft entstanden ist … da hat es sich dann für uns schon nicht mehr richtig angefühlt.«

»Das tut mir leid«, sage ich, weil mir sonst nichts einfällt. Ich habe mich immer so selbstverständlich im Islam wiedergefunden, den Koran gelesen, und konnte bei jeder Gelegenheit in die Moschee gehen.

»Das muss es nicht.« Abba schüttelt den Kopf. »Als du angefangen hast, dich für den Islam zu interessieren, als du deine Amma und mich zum Beten und zum Fasten im Ramadan ausgefragt hast … da haben wir uns dem Islam wieder ein bisschen näher gefühlt. Und … jetzt wird mir langsam klar, dass du recht hattest. Ich hätte die Leute in der Moschee nicht für mich stimmen lassen sollen, obwohl ich mich gar nicht als Teil dieser Gemeinschaft gefühlt habe. Obwohl ich nie Teil dieser Gemeinschaft war.«

»Aber das ist nicht deine Schuld«, sage ich schnell. Abba soll auf keinen Fall das Gefühl haben, irgendwas beweisen zu müssen – weder mir, noch sich selbst, noch den Leuten in der Moschee. »Für mich ist es leicht, weil ihr alles getan habt, um es mir leicht zu machen. Den Koran zu lesen, zu beten und in die Moschee zu gehen. Ich … wusste nicht, dass es für dich und Amma so schwer war.«

»Das war es«, gibt Abba zu. »Aber ganz schuldlos bin ich auch nicht. Und … gestern hatten Uncle Salim und ich ein langes Gespräch über all das. Und … wir haben gemeinsam eine Entscheidung getroffen.« Abba deutet wieder auf seinen Computerbildschirm. »Bei diesem Projekt geht es um die südasiatische Moschee in unserem Viertel.

Mit Uncle Salims Hilfe gestalten wir sie um. Wir wollen sie zu einem richtigen Islamischen Zentrum machen, und außerdem inklusiver.«

Ich war noch nie in der Moschee bei uns im Viertel – da gibt es nämlich keinen Frauenbereich. Es ist ein kleines Gebäude, das aussieht wie ein Wohnblock, grau und trist, und dort beten nur Gläubige aus Südasien – überwiegend aus Bangladesch.

»Und wie wollt ihr das machen?«, frage ich. Ich kann mir nicht vorstellen, wie man ausgerechnet an *diesem Ort* irgendwen fürs Juma-Gebet begeistern soll.

»Tja, ich bin dabei, die richtigen Leute zu kontaktieren. Vielleicht können wir die Moschee ein wenig vergrößern, oder sie sogar verlegen. Und Uncle Salim hat vorgeschlagen, dass man dort Arabisch, den Koran und islamische Geschichte unterrichten könnte, wenn gerade nicht gebetet wird.« Abbas Gesicht leuchtet, während er all das erzählt. Er sieht so glücklich aus wie schon lange nicht mehr. Ich muss einfach mitgrinsen.

»Klingt nach 'nem ziemlich großen Projekt.«

»Das ist es ...« Abba verstummt. »Und es wird wahrscheinlich lange dauern. Deshalb brauche ich dabei auch deine Hilfe.«

Er blickt mir in die Augen, und auch wenn er nicht sagt, wie sehr ich ihn im Wahlkampf enttäuscht habe, weiß ich, dass er daran denkt.

»Es tut mir leid, dass ich ... nicht genug geholfen habe.«

»Hani«, unterbricht mich Abba und legt mir eine Hand auf die Schulter. »Bei unserem Streit ging es nicht darum, dass du nicht geholfen hast. Es ging darum, dass du gelogen und mir nicht gesagt hast, dass du es nicht schaffst. Ich hätte das verstanden. Aber … ich habe mich auf dich verlassen, und du hast mich enttäuscht.«

»Ich weiß.« Ich starre auf den gefliesten Küchenboden und meide Abbas Blick.

»Wie dem auch sei, wir haben beide Fehler gemacht.« Abbas Hand drückt leicht meine Schulter, und als ich aufschaue, ist da keine Enttäuschung in seinem Blick. »Und ich bin stolz auf dich. Ohne dich würde ich jetzt nicht an diesem Projekt arbeiten, Hani.«

Hinter meinen Augenlidern spüre ich Tränen prickeln, und diesmal sind es Freudentränen. Ich versuche, sie wegzublinzeln, während Abba mich liebevoll in die Arme schließt.

*

Nach unserem Gespräch macht Amma das perfekte Frühstück zur Feier von Abbas Sieg: Bhapa Pitha. Sie macht sie aus gedämpftem Reis: Einige sind süß und mit Gur gefüllt, andere mit Hackfleisch und ein paar mit Käse. Ich esse von jeder Sorte eins und bin danach pappsatt.

Aber es ist nicht das Essen, das alles perfekt macht, sondern die Tatsache, dass ich mit Abba und Amma am Tisch sitze, glücklich und zufrieden. Ich habe das Gefühl, dass langsam alles wieder in Ordnung kommt. Alles … abgesehen von meiner Beziehung zu Ishu. Allerdings habe ich auch was das angeht einen Plan.

Und so stehe ich nach dem Frühstück in der Küche und krame die Backbleche aus den Regalen hervor.

»Du willst backen?«, fragt Amma mit hochgezogener Augenbraue.

»Ich muss mich richtig bei Ishu entschuldigen«, erkläre ich. »Wie du und Abba gesagt habt … ich will ihr zeigen, dass ich auf ihrer Seite bin.«

»Und das versteht sie, wenn du ihr was backst?«, fragt Amma. Ihr Kommentar lässt mich mitten in der Bewegung innehalten. Es ist nicht gerade die genialste Idee aller Zeiten, aber eine andere habe ich nicht.

Ich hole tief Luft und sage: »Ich hoffe es.«

KAPITEL VIERUNDVIERZIG

Ishu

Am Montagmorgen weckt mich eine Nachricht von Nik:

Nik: Viel glück heute!

Anstatt mich deshalb besser zu fühlen, dreht sich mir der Magen um. Die Vorstellung, in die Schule zu gehen, mich vor den gesamten Jahrgang zu stellen und ihnen zu erzählen, warum ich nächstes Jahr Schulsprecherin werden soll? Das ist mir gerade alles viel zu viel.

Trotzdem stehe ich auf und schlüpfe in meine Schuluniform. Dann schlurfe ich die Treppe runter. Am Esstisch wartet Ammu auf mich. Einen Moment lang frage ich mich, ob sie irgendwie von den Reden für die Schulsprecherinnenwahl gehört hat. Vielleicht von anderen Eltern, oder direkt von der Schule. Der Gedanke lässt ein ungutes Gefühl in mir aufsteigen. Was, wenn ich nicht gewinne – was mir gerade ziemlich wahrscheinlich vorkommt – und meine Eltern schon wieder enttäusche?

»Ishu.« Auf Ammus Lippen formt sich ein Lächeln, als sie mich sieht. »Soll ich dir was zum Frühstück machen?«

»Äh, nee danke«, murmle ich. »Ich esse Cornflakes.«

Ich schnappe mir die Milch, eine Schale und die Cornflakes und setze mich Ammu gegenüber an den Tisch. Sie guckt nicht mal auf ihr Handy oder so, sondern beobachtet mich einfach nur, als würde sie mich zum ersten Mal seit Langem sehen.

»Die Schule hat angerufen«, sagt sie schließlich, als ich schon halb aufgegessen habe.

»Ach ja?« Ich versuche, beiläufig zu klingen, aber das ungute Gefühl in meiner Magengrube wird immer stärker.

»Die Vorwürfe dieser Schülerin gegen dich wurden fallengelassen. Es gibt keine Untersuchung mehr.«

»Ja.« Ich nicke und unterdrücke einen Seufzer der Erleichterung. »Hab ich … das nicht erzählt?« Ich bin mittlerweile einfach zu gut darin, Ammu und Abbu aus dem Weg zu gehen. Weil sie ständig beschäftigt sind, ist das aber auch viel zu einfach.

»Deine Schulleiterin sagt, Nik hat mit ihr gesprochen und geholfen, deine Unschuld zu beweisen.«

Den Löffel in der Luft haltend erstarre ich mitten in der Bewegung. Mit fragendem Blick sieht Ammu mir direkt in die Augen.

»Ja … Nik … ich, äh, hab sie angerufen.« Mit einem Platschen lasse ich den Löffel wieder in die Schale fallen. Plötzlich hab ich keinen Hunger mehr.

Ammu schüttelt den Kopf. »Dein Abbu war darüber nicht so froh. Du hättest mit *uns* reden sollen. Wir wollen Nik etwas Raum geben. Wir wollen –«

»Sie aus der Familie ausschließen«, beende ich ihren Satz. »Ich … habe mit euch geredet. Ihr habt mir nicht geglaubt. Nik … sie hat mir geglaubt. Ihr war klar, dass ich nie abschreiben würde. Ich musste sie nicht mal um Hilfe bitten. Ich hab sie um gar nichts gebeten. Aber sie hat mir geholfen. Sie wusste genau, was zu tun war. Sie war für mich da.«

Ammu holt tief Luft. »Nun, ich bin froh, dass sie dir geholfen hat, wirklich. Aber du kannst nicht mit jedem Problem zu deiner Schwester rennen. Sie muss erkennen, dass sie das Falsche tut. Dass wir ihre Entscheidung nicht unterstützen.«

»Aber sie ist glücklich«, sage ich. »Und … findet ihren eigenen Weg.«

»Sie hatte schon einen Weg.« Ammus Stimme ist kalt und fest. Als wäre ihre Meinung zu Nik nicht mehr zu ändern. Einen Moment lang bin ich mir nicht sicher, ob ich die Frage stellen soll, die mir auf der Zunge liegt. Ich habe Angst vor Ammus Antwort. Ich habe Angst, dass unsere Eltern uns vielleicht nicht so bedingungslos lieben, wie ich immer dachte.

Aber dann sind die Worte plötzlich schon draußen. »Was, wenn Nik nie zurück an die Uni geht? Was, wenn sie keine Ärztin wird? Redest du dann nie wieder mit ihr?« Die Fragen hängen schwer in der Luft, und Ammus Miene verändert sich. Härte und Kälte weichen einem Ausdruck der Verzweiflung.

»Das wird nicht passieren.« Aber am Zittern in Ammus Stimme erkenne ich, dass sie es für möglich hält. Vielleicht war meine Familie an dem Tag, als Nik nach Hause gekommen ist, zum letzten Mal komplett. An dem Tag, als wir zusammen an diesem Tisch gesessen und Biryani gegessen haben. An dem Tag, als sich alles verändert hat.

Und ich wusste es nicht mal zu schätzen.

*

Sobald ich in der Schule ankomme, ruft Principal Gallagher mich in ihr Büro. Kurz habe ich Angst, dass Aisling schon wieder irgendwelche Anschuldigungen gegen mich vorgebracht hat. Zögerlich betrete ich das Büro und frage mich, ob ich gleich wieder überfallen werde. Aber Principal Gallagher bittet mich nur, Platz zu nehmen, und schenkt mir ein freundliches Lächeln, das sie aussehen lässt, als würde sie an Verstopfung leiden.

So sieht das bei mir wohl auch aus, wenn ich so tue, als würde ich Leute mögen, die ich eigentlich verabscheue – laut Hani zumindest.

»Wie geht's uns heute?«, fragt Ms. Gallagher, als wären wir alte Freundinnen, und klatscht dabei munter in die Hände. So als hätte sich bei unserem letzten Treffen hier nicht meine Schwester bemüht, meine Unschuld zu beweisen, und Aisling nicht auf genau diesem Stuhl gesessen und sich als weiße Frau einfach mit ihren Tränen aus der Misere gezogen.

»Mir geht's ganz gut.«

»Wunderbar. Und du bist bereit für deine Rede?«

»Ja … Nik hat mir bei der Vorbereitung geholfen.« Ich halte den USB-Stick mit der Präsentation in die Höhe.

»Toll … toll.« Ms. Gallaghers steifem Lächeln nach zu urteilen, findet sie es überhaupt nicht toll. »Die Sache ist die … ich habe mit den Eltern von Aisling Mahoney gesprochen. Natürlich bekommt sie ihre Strafe.«

»Natürlich«, murmle ich, auch wenn ich schon weiß, dass, was auch immer Ms. Gallagher als Nächstes sagt, mich nicht glücklich machen wird.

»Aber … ich denke es ist in unser aller Interesse, wenn wir das Ganze vertraulich behandeln. Es muss ja niemand wissen, was zwischen Aisling und dir vorgefallen ist. Was bringt es, das wieder hervorzukramen. Das verstehst du doch.«

»Es war erst letzte Woche.« Der Satz hat meine Lippen schon verlassen, bevor ich ihn zurückhalten kann. Aber ich bereue ihn auch nicht. »Die ganze Schule denkt, ich hätte abgeschrieben. Dass ich … bloß gute Noten bekomme, weil ich abschreibe, was nicht stimmt. Und Sie wollen, dass ich weiter so tue, als wäre das wahr?«

»Wir sagen natürlich allen, dass das nicht stimmt. Und es glaubt ja auch keiner, dass –«

»Doch, natürlich!« Meine Stimme schießt eine Oktave in die Höhe. Ich schließe die Augen und atme tief durch. Letztes Mal hat es mir nicht geholfen, die Fassung zu verlieren. »Principal Gallagher.« Ich versuche, Hanis ruhige, gefasste Stimme nachzuahmen, die sie für ihre weißen Freundinnen reserviert. »Die Leute denken alle schlecht über mich. Und Aisling *hat* abgeschrieben. Warum ist es ein Problem, wenn die anderen die Wahrheit erfahren? Weil ihre *Eltern* Sie gebeten haben, es unter Verschluss zu halten?«

»Weil wir an dieser Schule nicht den Ruf von Leuten beschmutzen, Ishita. Es geht niemanden etwas an, was hier im Büro passiert ist. Tut mir leid, Ishita, aber ganz besonders heute bei der Rede werden wir Aisling nicht erwähnen. Sie hat sich ja auch nicht als Schulsprecherin oder Vertrauensschülerin beworben, das sollte also kein Problem sein. Verstanden?«

Es gibt so viel, was ich Principal Gallagher darauf antworten möchte. Stattdessen beiße ich die Zähne zusammen und sage: »Verstanden.«

KAPITEL FÜNFUNDVIERZIG

Hani

Als ich Montag früh zur Schule komme, habe ich nur ein einziges Ziel: Ishu finden. Mit ihr reden. Alles wiedergutmachen.

Ich ignoriere mein Schließfach direkt neben Aislings und Dees und steuere geradewegs auf das von Ishu zu. Sie steht davor und starrt mit abwesendem Blick in die dunkle Öffnung.

Offenbar ist sie wegen der Rede nervöser als ich dachte.

»Ishu?« Ich tippe ihr auf die Schulter.

Sie wirbelt herum, und schlagartig weicht ihr ausdrucksloser Blick einem wütenden Funkeln. Ich versuche, das schmerzhafte Ziehen zu ignorieren, dass ihr Blick in mir auslöst.

»Fuck, was soll das?« Sie macht einen Schritt von mir weg, als ob allein mein Antippen ihr schon zu viel Nähe war.

»Ich wollte … dir nur viel Glück für die Rede wünschen«, sage ich. »Und …« Ich hole die Dose mit den Red-Velvet-Cupcakes hervor, die Amma und ich gestern zusammen gebacken haben. »Ich hab Cupcakes gemacht, guck mal.« Ich öffne die Dose, damit Ishu mein Werk sehen kann, die Cupcakes mit dem Schriftzug *WÄHLT*

ISHITA aus grellrosa Zuckerguss. Zucker schien mir die beste Art, Leute für unseren Zweck zu gewinnen – die kollektive menschliche Schwachstelle. »Damit helfe ich dir, die anderen zu –«

»Ich will deine Hilfe nicht«, unterbricht Ishu mich schroff. Sie knallt die Tür ihres Schließfachs zu, als hätte es sie persönlich beleidigt. »Ich *brauche* deine Hilfe nicht.«

»Ishu, ich will nur –«

»Ishita«, korrigiert sie mich. »Und lass mich einfach in Ruhe.« Sie stößt mich beiseite und verschwindet in einer Gruppe von Mädchen aus unserem Jahrgang. Ich habe ein flaues Gefühl im Magen. Ich wurde dazu degradiert, sie Ishita zu nennen, so als würde ich sie gar nicht kennen, so als hätte ich keine Zeit mit ihr verbracht, nicht mit ihr Händchen gehalten oder bis spät in die Nacht mit Schmetterlingen im Bauch an sie gedacht.

Als würden wir einander rein gar nichts bedeuten.

*

Um halb neun ertönt die Klingel, und bis auf unseren Jahrgang schlurfen alle in die Klassenzimmer. Zusammen mit meinen Mitschülerinnen gehe ich in die Aula, wo schon alles für die Reden der potenziellen Schulsprecherinnen bereit ist.

Im Saal sind Reihen von Stühlen aufgestellt, und ganz vorne wurde eine Bühne aufgebaut. Es gibt sogar ein kleines Podium mit einem Mikro, außerdem einen Beamer, der auf die Leinwand über der Bühne gerichtet ist. Irgendwie fühlt sich das hier sogar noch offizieller an als sämtliche von Abbas Wahlveranstaltungen.

Die Stuhlreihen füllen sich schnell, und ich entdecke Aisling und Dee relativ weit vorne. Beide lümmeln auf ihren Stühlen, als wären sie am liebsten irgendwo anders. Und sie tuscheln. Bei ihrem Anblick zieht sich mein Magen zusammen, und ich schaue schnell weg.

Ich entscheide mich für einen Platz ganz hinten im Saal – so weit weg von Aisling und Dee, wie es nur irgendwie geht. Aber ich werde keine Zeit damit verschwenden, mich wegen gestern schlecht zu fühlen. Nur weil Ishu mich jetzt hasst, heißt das nicht, dass ich ihr nicht trotzdem so gut wie möglich helfen kann.

Ich habe versprochen, sie bei der Wahl zur Schulsprecherin zu unterstützen. Und das werde ich jetzt auch tun.

Also nehme ich die Dose mit den Cupcakes aus meinem Rucksack und drehe mich zu den Mädchen neben mir: Hannah, Yasmin und Sinéad.

»Hey«, sage ich möglichst fröhlich. »Wählt ihr Ishita?« Ich halte ihnen die Cupcakes vor die Nase, damit sie sehen können, dass sie für Ishus Unterstützerinnen gedacht sind.

Die drei tauschen Blicke, dann sieht Sinéad mich stirnrunzelnd an. »Ähm … hat Ishita nicht neulich beim Biotest geschummelt? Keine Ahnung, ob man so eine wählen sollte.«

Unbeirrt lächle ich weiter – auch wenn es mir schwerfällt. »Wenn Ishu wirklich geschummelt hat, warum durfte sie sich dann zur Wahl stellen?«

Hannah zuckt mit den Schultern. »Na ja, wenn sie so einfach schummelt, wer weiß, wozu sie noch so fähig ist? Sie war ja schon immer sehr ehrgeizig.« Es klingt, als wäre Ehrgeiz die schlimmste Eigenschaft, die ein Mensch nur haben kann.

»Ishita hat nicht geschummelt«, sage ich so bestimmt, wie ich kann, ohne unfreundlich zu klingen. »Das hat sich alles geklärt. Es war ... es war ...« Ich werfe einen verstohlenen Blick nach vorne zu Aisling. Sie hat die Arme verschränkt und starrt hoch auf die Bühne zu Ishu. »Aisling hat geschummelt.«

Perplex blinzelt Hannah mich an. Die anderen beiden ebenfalls. So als wäre es unvorstellbar, dass *Aisling* abgeschrieben haben soll. Wahrscheinlich hat Aisling ihnen den ganzen Quatsch über Ishu erzählt.

»Ihr solltet Ishita wählen«, sage ich und halte ihnen noch einmal die Cupcakes hin. »Sie ist die Beste für den Job, vertraut mir.«

So ganz überzeugt sehen die drei nicht aus, aber sie nehmen jede einen Cupcake aus der Dose.

Ich verteile noch ein paar Cupcakes – und erzähle noch ein paar Leuten, dass es nicht *Ishu* war, die geschummelt hat –, dann spaziert Principal Gallagher auf die Bühne. Ich sinke wieder auf meinen Stuhl, während sie lächelnd den Blick über die Bühne schweifen lässt.

»Herzlich willkommen«, sagt sie ins Mikrofon. »Dieses Jahr habt ihr die Gelegenheit, eine sehr wichtige Entscheidung für diese Schule zu treffen. Ihr dürft wählen, welche dieser vier Kandidatinnen euch, und die gesamte Schule, im kommenden Jahr als Schulsprecherin repräsentieren wird. Und ihr wählt außerdem die stellvertretende Schulsprecherin. Beides sind überaus wichtige Posten.« Für einen langen, bedeutsamen Moment hält sie Blickkontakt. Sie tut gerade so, als würden wir gleich die nächste Präsidentin von Irland wählen. Dabei entscheiden wir nur, welche zwei Personen sich nächstes Jahr um die Schulfotos und den Abschlussball kümmern dürfen.

»Jetzt stellt euch jede dieser Kandidatinnen ihr Programm vor, und danach könnt ihr eine wohlüberlegte Entscheidung treffen.« Ms. Gallagher blickt zu den vier Mädchen, die hinten auf der Bühne sitzen. Alex, Siobhán und Maya lächeln zu uns runter. Aber Ishu, die ganz am Rand sitzt, bekommt offenbar gar nichts mit. Ihre Augenbrauen sind zusammengezogen, und sie scheint tief in Gedanken versunken. Bei ihrem Anblick zieht sich mein Magen zusammen.

»Wir beginnen mit Alexandra Tuttle.« Applaus füllt den Saal, und Ms. Gallagher setzt sich auf einen Stuhl am anderen Ende der Bühne.

Alle hören aufmerksam zu, während Alex von ihren Erfahrungen als Führungsperson berichtet. Sie erzählt, dass sie seit der fünften Klasse auf diese Schule geht und nächstes Jahr den bestmöglichen Abschluss machen will. Danach sagt Siobhán fast genau dasselbe, lächelt dabei aber viel mehr. Maya redet viel zu lange über den Abschlussball. Anscheinend träumt sie von ihrem eigenen, seit sie vor ein paar Jahren das Ballkleid ihrer großen Schwester gesehen hat. Deswegen will sie alles tun, um den besten Abschlussball zu organisieren, den die Schule je gesehen hat. Sie hat sogar eine PowerPoint mit ein paar Ideen vorbereitet, wie der Ballsaal aussehen könnte. Als sie zurück an ihren Platz geht, gibt es lauten Beifall und Jubelrufe.

Sieht aus, als wären Führungskompetenz und schulische Leistung nicht unbedingt das, wonach unsere Mitschülerinnen bei einer Schulsprecherin suchen.

Endlich ist Ishu dran.

»Hallo zusammen«, sagt sie zögernd. »Ich bin … Ishita Dey.« Zitternd holt Ishu Luft, und das Geräusch hallt über die Lautsprecher verstärkt durch den Saal. »Ich denke, ihr solltet mich zur Schulsprecherin wählen, weil … ich die Beste für den Job bin. Ich war durchgehend Klassenbeste, das zeigt, wie fleißig ich bin, und –«

Ishus Rede wird von einem leisen Hüsteln unterbrochen, das eindeutig nach »Schummlerin« klingt. Ihm folgt ein weiteres, noch deutlicheres »Lügnerin«. Ich schaue nach vorne zu Aisling und Dee, aber ich bin nicht mal sicher, ob sie es waren. Es könnte jede gewesen sein – alle hier halten Ishu für eine Schummlerin.

Ishu hält inne und schaut kurz zu Principal Gallagher. Ich warte darauf, dass Ms. Gallagher aufsteht und allen die Wahrheit sagt. Dass es *Aisling* war, die geschummelt hat, nicht Ishu. Aber Principal Gallagher sieht Ishu nicht mal an, sondern starrt nur mit ausdrucksloser Miene in die Ferne.

Ishu räuspert sich. »… und damit möchte ich meine Kandidatur für die Wahl zur Schulsprecherin offiziell zurückziehen.«

Jetzt rutscht Principal Gallagher unbehaglich auf ihrem Stuhl herum. »Ishita –«, fängt sie an, aber Ishu hat schon die Bühne verlassen und eilt hastig Richtung Ausgang. Der zuvor stille Saal bricht bei Ishus Abgang in hektisches Flüstern und Kichern aus. Sie geht mit hoch erhobenem Kopf – trotz der hämischen Blicke.

Keine Ahnung, was mich reitet, aber gerade sitze ich noch auf meinem Platz und schaue Ishu nach, dann haste ich plötzlich auf die Bühne.

»Ishita ist *keine* Schummlerin.« Im Saal wird es wieder

still. Alle Augen sind auf mich gerichtet, aber jetzt gibt es kein Zurück mehr. »Wenn ihr das denkt, seid ihr echt bescheuert. Glaubt ihr wirklich alles, was Aisling sagt?« Ich sehe kurz zu Aisling. Wenn Blicke töten könnten … Ich spüre ein fieses Ziehen im Magen. Wir sind *beste Freundinnen. Wir* waren *beste Freundinnen*, erinnere ich mich, dann wende ich den Blick ab und richte ihn auf Principal Gallagher. »Ms. Gallagher, Sie wissen, dass Aisling geschummelt hat. Sie hat's mir gesagt. Warum lassen Sie zu, dass Ishita beschuldigt wird?«

Jetzt steht Ms. Gallagher endlich auf und huscht zum Podium. Als hätte sie kein einziges meiner Worte gehört, sagt sie ins Mikro: »Ich danke den *drei* Kandidatinnen für ihre Reden. Die Wahl ist nächste Woche. Ihr könnt jetzt zurück in die Klassenzimmer gehen.«

Raschelnd erheben sich alle und schlurfen zur Doppeltür am Ende des Saals. Dabei werfen sie mir die ganze Zeit Blicke zu. Meine Kühnheit von eben ist schnell verebbt, und alles, was bleibt, ist das Gefühl, dass mir irgendwas Schlimmes bevorsteht.

Als der Saal sich einigermaßen geleert hat, wendet Ms. Gallagher sich schließlich mir zu. »Humaira«, ermahnt sie mich. »Du kannst dich nicht einfach vor den gesamten Jahrgang hinstellen und solche Dinge behaupten.«

»Aber es ist die Wahrheit«, erwidere ich.

»Ishita und ich haben eine Abmachung, was die Situation mit Aisling betrifft«, sagt Ms. Gallagher. Irgendwie glaube ich ihr kein Wort.

»Dass Aisling alles machen kann, was sie will?«

»Sie wird ihre Strafe bekommen. Aber … ihren Namen vor der ganzen Schule durch den Dreck ziehen? Wir haben hier null Toleranz für Mobbing. Ich an deiner Stelle wäre also vorsichtig, was ich sage. Du kannst jetzt zurück in den Unterricht.«

In meinem Kopf herrscht immer noch Chaos, aber es ist aussichtslos, mit Principal Gallagher zu diskutieren. Aus irgendeinem Grund sieht sie Aisling als Opfer und Ishu als Täterin, und nichts, was ich sage, wird ihre Sicht auf die beiden ändern. Also verlasse ich die Bühne und reiße mich so gut es geht zusammen, damit meine Wut nicht überkocht.

KAPITEL SECHSUNDVIERZIG

Ishu

Ich: Ich bin aus der Wahl ausgestiegen.

Ich schicke die Nachricht ab und stoße einen Seufzer aus. Jemand hat die Tür der Klokabine, in der ich mich verstecke, mit schwarzem Stift mit einem Songtext von Ariana Grande bekritzelt. Die Vorstellung, wie irgendeine meiner Mitschülerinnen lieber sorgfältig Klotüren mit Songs beschriftet als am Unterricht teilzunehmen, bringt mich zum Lächeln.

Niks Antwort lässt wenige Minuten später mein Handy vibrieren.

Nik: ????

Nik: WARUM???

Ich: Weil mich alle beschuldigen ...

Ich zögere und lösche die Nachricht wieder. Das ist nicht der *wirkliche* Grund.

Ich: Weil ich nicht sagen konnte …

Wieder breche ich ab und starre aufs Handy, unsicher, wie ich meiner Schwester erklären soll, warum ich eine Entscheidung getroffen habe, die ich vielleicht selbst nicht so ganz verstehe.

Mir bleibt nicht viel Zeit zum Nachdenken, da mein Handy einen Moment später schon wieder brummt: ein Anruf.

»Hallo?«, flüstere ich und hoffe, dass keine der Lehrkräfte reinkommt, um mich zu suchen.

»Was ist passiert?«, fragt Nik. »Muss ich noch mal rüberkommen?« Sie sagt das als Scherz, aber ich bin mir ziemlich sicher, dass sie es, wenn nötig, tun würde.

»Nein …« Ich zögere, unsicher, wo ich anfangen soll. »Ich war bloß … ich stand da oben und hatte nichts zu sagen, Nik«, erzähle ich ihr. »Warum will ich denn Schulsprecherin werden? Die anderen haben alle über Pullis und den Abschlussball und ihre ganze Führungserfahrung gesprochen. Ich will diese Mädchen doch gar nicht anführen, verdammt noch mal. Meistens hab ich ja nicht mal Bock, mit denen zu reden. Und vor allem will ich nicht mein halbes Abschlussjahr damit verbringen, einen Ball zu planen, auf dem ich mich wahrscheinlich nur elend fühle.«

»Na ja, wenn du mit Hani hingehst, wird es bestimmt –«

»Nik.«

»Sorry.« Sie kichert. »Hör mal, ich hätte dir auch sagen können, dass deine Gründe, Schulsprecherin werden zu wollen, kompletter Quatsch sind, aber du hattest dir das halt in den Kopf gesetzt.«

»Ich wäre überhaupt nicht auf die Idee gekommen, bis … bis du gesagt hast, du brichst die Uni ab.«

»Du wolltest also Schulsprecherin werden … um besser dazustehen als ich?«

»Um Ammu und Abbu zu zeigen, dass ich … nicht du bin«, murmle ich. Als ich Ammu und Abbu angekündigt habe, Schulsprecherin zu werden, hat sich die Entscheidung richtig angefühlt. Aber wenn ich jetzt über die Gründe nachdenke, dreht sich mir der Magen um.

»Glaub mir, Ishu … Ammu und Abbu denken nicht, dass du ich bist. Mich haben sie schon aufgegeben, aber an dich glauben sie noch.«

Nik sagt das so dahin, aber ich spüre, wie sehr es ihr wehtut.

»Sie haben dich nicht aufgegeben«, sage ich, auch wenn ich mir nicht sicher bin, ob ich das selbst glaube.

»Ist egal.« Nik seufzt. »Also … wenn du Ammu und Abbu zuliebe Schulsprecherin werden willst, versteh ich das. Aber … du *musst* das nicht machen.«

»Ich glaube … ich will gar nicht Schulsprecherin werden. Außerdem … kann ich auch gar nicht Schulsprecherin werden. Die denken immer noch alle, ich hätte abgeschrieben.« Ich seufze. »Anscheinend müssen sie Aisling schützen.«

»Gott ey, diese verdammte Schule«, murmelt Nik. »Die war schon immer ein scheiß Albtraum, aber irgendwie ist sie noch schlimmer geworden.«

»Hani hat sich für mich eingesetzt.« Keine Ahnung, warum ich Nik das erzähle, obwohl ich doch eigentlich versuche, weiter sauer auf Hani zu sein. Aber das wird wirklich immer schwerer, nachdem sie Cupcakes gebacken und die Bühne gestürmt hat, um mich vor dem gesamten Jahrgang zu verteidigen.

»Na, warum sie das wohl gemacht hat?« Niks Stimme trieft vor Sarkasmus.

»Halt die Klappe.«

»Hör mal, Ishu … du musst nichts tun, was du nicht willst. Du musst nicht weiter kandidieren, wenn du nicht willst. Und Hani musst du auch nicht vergeben, wenn du das nicht willst. Ich möchte nur … sichergehen, dass du das alles aus den richtigen Gründen tust. Also nicht nur wegen Ammu und Abbu und auch nicht, um der Sache mit Hani von vorneherein keine Chance zu geben.«

»Das ist nicht der Grund.« Ich klinge abwehrender, als ich möchte und kann Niks wissendes Lächeln vor mir sehen.

»Okay, Ishu … wie du meinst. Ich muss jetzt. Kommst du klar?«

»Ja … alles gut.« Und ich gebe mir Mühe, es wirklich gut klingen zu lassen, und nicht, als würde ich gerade in einer hässlichen grünen Klokabine stehen und absolut alles hinterfragen.

KAPITEL SIEBENUNDVIERZIG

Hani

Das Geflüster der anderen folgt mir den restlichen Tag über auf Schritt und Tritt. Keine Ahnung, ob ich Ishu wirklich geholfen oder die Situation einfach nur schlimmer gemacht habe. Aber wirklich schlimm ist, dass ich Ishu nirgendwo finden kann. Offensichtlich geht sie mir immer noch aus dem Weg, und ich weiß nicht mal, ob ich ihr einen Vorwurf machen kann. Ich verbringe den Schultag geduckt, den Kopf in den Büchern vergraben.

Als es zum Schulschluss klingelt, bin ich einfach nur froh. Ich haste zu meinem Schließfach und dann Richtung Ausgang, so als würde ein möglichst großer Abstand zum Schulgebäude auf magische Weise alle meine Probleme lösen.

Irgendwie sind Aisling und Dee trotzdem schneller als ich. Sie warten schon am Schultor und starren mich wütend an.

»Scheiße, Maira, was sollte das heute?«, fragt Aisling, sobald ich in Hörweite bin.

»Unglaublich, dass du dich vor den kompletten Jahrgang hinstellst und Aisling beschuldigst –«

»Indem ich die Wahrheit sage?«, unterbreche ich Dee, bevor sie ihren Satz beenden kann. »Die Wahrheit ist keine Beschuldigung.« Ich starre die beiden an und versuche, mich an ihnen vorbeizudrängen, aber sie sind zu zweit, und ich bin alleine.

»Dein Ernst, wegen dem *einen* Streit?«, fragt Dee.

»Es war nicht nur ein –«, beginne ich, aber Aisling schneidet mir das Wort ab.

»Es tut mir leid.« Die Worte, so unerwartet aus Aislings Mund, stehen plötzlich einfach so zwischen uns.

Ich halte inne und sehe Aisling an. Sie hält den Kopf gesenkt und spricht zögernd, so als ob ihr die Worte unglaublich schwerfallen. Auch Dee starrt Aisling mit weit aufgerissenen Augen an, also kann das nicht geplant gewesen sein.

»Es tut dir leid?«, sage ich spöttisch. »Was denn?«

»Na ja … alles irgendwie. Ich hätte nicht …« Aisling seufzt. »Ich hätte nicht so komisch zu dir sein sollen, nur weil du lesbisch bist –«

»Bisexuell.«

»Bisexuell, ja. Und … ich hätte nicht … eifersüchtig auf Ishita sein sollen.«

»Deshalb hast du das alles gemacht? Aus Eifersucht?«, frage ich.

Aisling zuckt mit den Schultern. »Wir sind seit der Vorschule befreundet … ich wollte dich einfach nicht verlieren.«

Ich nicke langsam. »Und du entschuldigst dich bei Ishu?«

»Sind wir wieder Freundinnen?« Endlich erwidert Aisling meinen Blick. Es liegt so viel Hoffnung darin, aber ich fühle nichts. Wie soll ich ihr je wieder vertrauen, nach all ihren Lügen? Nach allem, was sie getan hat?

Ich schüttle den Kopf. »Ich weiß nicht. Ich brauche … Zeit.«

Aisling sieht Dee an, nicht mich. »Ich glaub's nicht, du nimmst nicht mal meine Entschuldigung an. Ich weiß echt nicht, was du von mir *willst!*«, ruft sie.

»Ich will, dass du mir Zeit gibst«, wiederhole ich. »Was du getan hast … das war echt heftig, Aisling. Da gibt's ganz schön viel zu vergeben.«

»Es war ein Fehler«, sagt Dee. »Aisling bereut das.«

»Wie können Lügen und Manipulation ein Fehler sein?«, frage ich. »Außerdem bin ich nicht die Einzige, die eine Entschuldigung verdient hat. Und das weißt du.«

Aisling beißt sich auf die Lippe. So nervös habe ich sie glaub ich noch nie gesehen. Und so menschlich schon sehr lange nicht mehr. Dann schüttelt sie den Kopf.

»Vergib mir, vergib mir nicht. Mir egal. Ich entschuldige mich nicht bei Ishita Dey.« Sie hält kurz inne, als würde sie auf eine Erwiderung warten – darauf warten, dass ich alles zurücknehme. Dann macht sie auf dem Absatz kehrt und stolziert die Treppe hoch, die aus dem Schulgebäude führt. Dee schaut zwischen uns hin und her, als könne sie sich nicht zwischen uns entscheiden. Als hätte sie das nicht schon längst getan. Dann ist auch sie verschwunden.

Und ich bin allein.

KAPITEL ACHTUNDVIERZIG

Ishu

Wahrscheinlich wäre ein schlechtes Gewissen angebracht, weil ich Hanis Gespräch mit ihren Freundinnen belauscht habe. Aber als Aisling und Deirdre sie stehen lassen, als wäre sie nichts wert, bin ich sehr froh über meine Entscheidung.

Die Schülerinnen strömen an Hani vorbei und werfen ihr neugierige Blicke zu. Ich bin mir sicher, Aisling wird ihnen schon in wenigen Stunden die Köpfe mit Propaganda über Hani gefüllt haben – auch wenn sie eigentlich Freundinnen sind. Wobei ich mir nicht sicher bin, ob sie noch Freundinnen sind. Nicht nach diesem Streit.

Während ich Hani beobachte, wie sie ganz allein dasteht und ihren furchtbaren Freundinnen hinterherschaut, lösen sich alle meine Fragen, die ganze Verwirrung in Nichts auf. Nik hatte recht. Ich bin bereit, Hani zu vergeben, aber vielleicht war ich nicht bereit herauszufinden, ob es mit Hani und mir funktionieren könnte.

Ich trete aus meinem versteckten Winkel hinter dem Schulgebäude hervor und gehe auf sie zu.

»Wow«, sage ich. Hani dreht sich mit großen, feuchten Augen um. Als sie mich sieht, versucht sie die nahenden Tränen wegzublinzeln.

»Hey … was machst du denn …« Sie schluckt, als müsste sie einige Kraft aufbringen, nicht loszuweinen. Aisling und Deirdre sind ihre Tränen definitiv nicht wert. Das muss Hani wohl noch lernen.

»Ich wollte gerade nach Hause gehen, als ich gesehen hab, was hier los ist, also … hab ich gewartet, um zu sehen, wie es ausgeht.« Ich zucke mit den Schultern. »Du hast dich ziemlich gut geschlagen.«

Hani schnieft, und Tränen rollen ihr langsam die Wange hinunter. Sie wischt sie fast schon aggressiv weg. Vielleicht sind es eher wütende als traurige Tränen, aber irgendwie glaube ich das nicht.

»Ich k-komm mir … so blöd vor.«

Ich lache leise auf. Mache einen Schritt nach vorn. Wische ihr eine weitere Träne von der Wange. Sanfter, als sie es getan hat. Ihre Haut fühlt sich heiß an. Nichts will ich mehr, als sie noch mal zu berühren, aber ich tue es nicht.

»Die verdienen dich nicht«, sage ich sanft. »Das haben sie nie getan.«

»I-ich bin schon m-mein ganzes Leb-Leben … mit ihnen b-befreundet.«

Ich wische ihr noch eine Träne von der Wange und streiche ihr eine Haarsträhne aus der Stirn. Dann umschließe ich ihr Gesicht mit den Händen und halte es so, dass wir uns direkt in die Augen sehen. Sie blinzelt. Hickst. Und schnieft.

»Du wirst neue Freundinnen finden«, sage ich. »Andere Menschen. Die … dich wertschätzen. Die es ernst meinen, wenn sie sich entschuldigen. Die das Wort ›bisexuell‹ rausbringen, ohne sich anzustellen.«

Hani lacht leise auf. Die Spur eines Lächelns auf ihrem Gesicht bringt auch mich zum Lächeln.

»Es tut mir leid«, flüstert sie. »Ich hätte nicht –«

Aber da küsse ich sie schon, und die restlichen Worte bleiben zwischen uns hängen. Die Entschuldigung tanzt zwischen unseren Lippen und Zungen hin und her, steckt in ihren Händen in meinem Haar und meinen Händen auf ihrem Rücken. Erst beim Geräusch von Regen auf den Pflastersteinen lösen wir uns voneinander. Ich habe keine Ahnung, wie lange es schon regnet. Hanis Gesichtsausdruck nach zu urteilen, sie auch nicht. Wir lächeln beide – oder grinsen eher – und halten uns gegenseitig an den Händen fest, als wäre das unsere Rettungsleine und wir könnten ertrinken, wenn wir losließen. Wir sind beide schon völlig durchnässt, beugen uns aber noch einmal vor, bis wir uns mit der Stirn berühren, und Hani malt mir mit der Fingerspitze eine Linie den Nacken hinunter.

»Also … vergibst du mir?«, fragt sie, und ihre Augen leuchten hoffnungsvoll. Statt zu antworten, küsse ich sie noch einmal.

»Komm.« Ich nehme sie bei der Hand und ziehe sie die Straße hinunter, weg vom Schultor. Der Regen auf unserer Haut ist kalt, aber das hat schon fast etwas Reinigendes, Wunderbares.

»Wo gehen wir hin?«, fragt Hani und lässt sich von mir weiterziehen.

»Irgendwohin, wo wir zusammen sein können«, sage ich.

KAPITEL NEUNUNDVIERZIG

Hani

Es ist der heißeste Sommertag bisher, und ich bin froh, dass seit letzter Woche Ferien sind. In der sengenden Hitze im Klassenzimmer festzusitzen hätte definitiv keinen Spaß gemacht.

Der Großteil der irischen Bevölkerung ist wahrscheinlich gerade am Strand oder im Park sonnenbaden. Ishu und ich hingegen stehen draußen vor der winzigen Moschee in unserem Viertel – und grillen.

»Ich fühle mich unwohl«, flüstert mir Ishu ins Ohr und zupft an ihrem Salwar Kamiz. Es ist ein blassgelber Baumwoll-Kamiz. In Gelb sollte eigentlich niemand gut aussehen – aber Ishu sieht toll aus.

»Warum?«

»Alle außer mir sind muslimisch.« Sie schaut sich um, als ob irgendwas Schlimmes passiert, falls jemand herausfindet, dass sie nicht muslimisch ist. »Sie sagen die ganze Zeit ›Salam‹, und ich weiß nicht, ob ich es zurücksagen soll oder nicht.«

»Du weißt schon, dass ›Salam‹ einfach nur ›Hallo‹ auf Arabisch heißt?«

»Ja, aber –«

»Wenn jemand ›Dia dhui‹ zu dir sagt, was übrigens

›Möge Gott mit dir sein‹ bedeutet, sagst du dann ›Dia is muire dhuit‹ oder –«

»Okay, okay.« Ishu verdreht die Augen und gibt sich geschlagen. »Ich meinte nur … ist es wirklich okay, dass ich hier bin?«

»Ja, klar.« Ich strecke die Hand aus, verschränke meine Finger kurz mit ihren und drücke sie sanft. Sie atmet tief durch und scheint zumindest ein bisschen beruhigt.

»Hani?« Abba winkt mir vom Grill aus zu. Um ihn herum stehen die muslimischen Männer aus der Moschee, die er in den letzten Wochen immer besser kennengelernt hat. Tatsächlich sehe ich Uncle Salim im Moment öfter als Ishu. Es kommt mir vor, als wäre er ständig bei uns.

»Bin gleich wieder da«, sage ich zu Ishu, dann husche ich rüber zu Abba und seinen Freunden.

»Hey, Abba«, begrüße ich ihn beim Näherkommen. Uncle Salim werfe ich einen vorsichtigen Blick zu.

»Wir wollten dir jemanden vorstellen.« Abba zeigt auf ein Mädchen neben Uncle Salim. Sie hat lange, wellige schwarze Haare und trägt ein babyblaues Sommerkleid, das ihr bis zu den Knöcheln reicht. Außerdem ist sie fast so groß wie Uncle Salim.

»Das ist meine Tochter«, stellt Uncle Salim sie vor.

»Hey, ich bin Aisha.« Sie winkt mir zu.

»Ich bin Hani.«

»Ihr Bhalo Nam ist Humaira.« Uncle Salim strahlt, als könnte er auf diese Tatsache nicht stolzer sein.

»Oh … Prophet Muhammads Spitzname für Aisha!«, ruft Aisha.

»Mich nennt aber eigentlich niemand Humaira.«

»Das da drüben ist ihre Freundin.« Uncle Salim zeigt

auf Ishu, die etwas abseits steht und ein bisschen verloren aussieht. »Ich dachte, Aisha könnte euch beiden vielleicht Gesellschaft leisten.«

»Oh … klar«, stimme ich zu. »Komm mit.« Ich drehe mich um und gehe mit Aisha im Schlepptau zu Ishu.

»Deine Freundin … wie *feste* Freundin?«, fragt sie zögernd.

»Ja …«

»Mutig von dir, sie hierher mitzubringen.«

»Ehrlich gesagt hab ich nicht erwartet, dass wir das überhaupt erzählen«, sage ich. »Also … nicht, dass wir es verstecken würden. Nur es allen auf die Nase binden halt auch nicht. Aber anscheinend hat mein Dad es deinem gesagt.«

»Ach, weißt du, als Leo Varadkar Taoiseach geworden ist, dachte ich, meinem Dad würde der Kopf explodieren – ein schwuler Premierminister. Er hat's einfach nicht kapiert. Aber ich hab das Gefühl, er hat sich seitdem an vieles gewöhnt«, sagt sie. »Musste er wahrscheinlich, mein Bruder ist nämlich schwul.«

»Wirklich?« Der Gedanke an einen anderen queeren Muslim in dieser Community macht mich so glücklich, dass es mich selbst überrascht.

»Wirklich! Und, na ja, wir würden jetzt auch nicht rumlaufen und es überall rumposaunen. Aber mein Dad mag *deinen* wirklich gerne … und dich anscheinend auch.« Aisha betrachtet mich prüfend. »Mein Bruder ist ungefähr so alt wie du, würde ich sagen. Er macht nächstes Jahr sein Leaving Cert.«

»Ich mache meins auch nächstes Jahr!«

Sie grinst. »Tja, ich würd dich ja vorstellen, wenn er

hier wäre, aber irgendwie hat er's geschafft, sich zu drücken. Ich glaub, er fühlt sich manchmal noch unwohl … es ist neu für ihn, geouteter Muslim sein und so.«

»Oh … na ja. Vielleicht können wir uns irgendwann mal unterhalten. Also, ich bin …« Ich verstumme, unsicher, ob ich den Satz beenden will. Als ich das letzte Mal jemandem erzählt habe, dass ich bisexuell bin, ist es nicht besonders gut gelaufen. Aber mit meinen Freundinnen damals hatte ich so viel zu verlieren. Aisha habe ich gerade erst kennengelernt. »Ich bin bisexuell, also ist es vielleicht nicht dasselbe, aber …«

»Ganz ehrlich, er wird komplett ausrasten, wenn ich ihm von dir erzähle. Er wird sich so ärgern, dass er heute nicht da war.«

»Hey …«, murmelt Ishu zögerlich, sobald wir in Hörweite sind. Sie lächelt Aisha an – und ihr Lächeln sieht nicht nach Verstopfung aus. Daran hat sie gearbeitet.

»Ishu … das ist Aisha, die Tochter von Uncle Salim«, sage ich. »Und das hier ist Ishu.«

»Freut mich«, begrüßt Aisha Ishu mit einem Lächeln. »Wie lange seid ihr zwei schon zusammen?«

Ishu sucht meinen Blick, als bräuchte sie meine Erlaubnis. Bisher hat uns nie wirklich jemand diese Frage gestellt – in der Schule glauben alle, wir wären zusammen, seit wir mit dem Fake-Dating angefangen haben, Amma und Abba kennen mittlerweile die Wahrheit, und Ishus Eltern denken immer noch, wir wären bloß befreundet.

»Na ja …« Ich zögere, unsicher, was ich darauf antworten soll. »Wir sind erst seit drei Wochen oder so zusammen. Aber … *eigentlich* hätten wir schon viel länger zusammen sein können.«

Aisha sieht uns mit hochgezogener Augenbraue an. »Das müsst ihr mir glaub ich erklären.«

»Warte mal kurz«, murmelt Ishu und holt ihr Handy aus der Tasche. Sie tippt ein paarmal, und ich sehe unseren Guide auf dem Display auftauchen. »Eigentlich hatten wir vor sechs Wochen unser erstes Date«, sagt sie mit Blick auf das erste Foto von uns beiden auf unserem »ersten Date«. Wir sehen beide schrecklich verkrampft aus. »Aber das war nur fake.«

»Aber durch unser Fake-Dating haben wir gemerkt, dass wir uns auch in echt mögen«, füge ich hinzu. »Und … vor ungefähr drei Wochen sind wir dann in echt zusammengekommen.«

Ishu schaut von ihrem Handy auf und erwidert meinen Blick. Diesmal lächelt sie ein richtiges Lächeln – dieses Lächeln, das mich, da bin ich sicher, überhaupt erst dazu gebracht hat, mich in sie zu verlieben. Das seltene, das sie für die wichtigsten Menschen aufspart.

»Wow.« Aisha gluckst. »Ich dachte, so was passiert nur im Film.«

»Im Film und bei uns, wie's aussieht.« Ich schlinge die Arme um Ishu und ziehe sie an mich.

KAPITEL FÜNFZIG

Ishu

Hani in echt zu daten ist komisch. Anders, als nur so zu tun.

Vielleicht weil ich jetzt weiß: Wenn Hani mit mir Händchen hält, dann weil sie es *möchte*, nicht weil sie ihren Freundinnen etwas beweisen will. Weil ich weiß: Hani mag mich auf die gleiche Art, wie ich sie mag. Außerdem zwingt sie mich, diesen Sommer weniger Zeit über Bücher und Prüfungsfragen gebeugt in meinem Zimmer zu verbringen – auch wenn ich ihr immer wieder sage, dass es unser *letzter Sommer* vor dem Leaving Cert ist – und mehr Zeit mit ihr an neuen Orten zu verbringen.

So finde ich mich jetzt bei Veranstaltungen wie der Grillparty ihrer Eltern vor der Moschee wieder, oder heute im Park St. Stephens Green mit einem eisgekühlten Bubble Tea in der Hand. Wir stecken gerade mitten in einer Hitzewelle, und um uns herum haben viel zu viele Leute ihr T-Shirt ausgezogen. Normalerweise fände ich das scheißnervig, aber mit Hani im Arm ist es mir völlig egal. Ich will mich überhaupt nicht nach Hause zu meinen Büchern verkrümeln.

»Wir könnten häkeln!«, ruft Hani, als hätte sie gerade die Welthungerkrise gelöst. »Amma macht das, und sie findet es sehr beruhigend. Außerdem häkelt sie mir immer tolle Sachen.«

»Häkeln klingt jetzt nicht so … nach meinem Ding«, gestehe ich. Seit Wochen versucht Hani mich dazu zu bringen, ein Hobby zu finden. Ich habe hauptsächlich Ja dazu gesagt, weil sie, was auch immer ich mir aussuche, mitmachen will. Aber *Häkeln* wird es garantiert nicht.

Plötzlich stößt Hani einen kleinen Freudenschrei aus, als hätte sie großartige Neuigkeiten erhalten. Sie deutet rüber zum Parkeingang, wo ein paar Leute gerade Instrumente aufbauen. »Was sie wohl spielen werden?«, flüstert Hani mit vor Staunen glänzenden Augen – als könnte man nicht immer und überall Zillionen Leute in Dublin finden, die jede erdenkliche Art von Straßenmusik spielen.

Sie legen eine aufgeklappte Gitarrentasche vor sich auf den Boden und stimmen eine simple, fröhliche Melodie an. Hani wackelt mit dem Kopf, als wäre es die beste Musik, die sie je gehört hat.

Ich unterdrücke ein Stöhnen und ein Augenrollen. Na gut, *furchtbar* ist die Musik jetzt nicht.

»Wie wär's, wenn wir eine Band gründen?«, fragt Hani.

»Spielst du ein Instrument?«, frage ich.

Stirnrunzelnd sieht Hani mich an. »Nein …«

»Ein gewisses musikalisches Talent ist irgendwie relativ wichtig, wenn man eine Band gründen will«, sage ich. »Also … ich kann zwar Gitarre spielen, aber –«

»Wie bitte?!« Hani dreht sich zu mir um, den Unterkiefer quasi bis zum Boden runtergeklappt.

»Ich kann Gitarre spielen, aber schlecht«, beende ich den Satz. »Hab ich vor Jahren mal gelernt, als Kind. Meine Schwester und ich wollten eine Band gründen. Keine

Ahnung, ob ich überhaupt noch spielen kann. Außerdem … war Nik natürlich tausendmal besser als ich.«

»Aha, mit deiner Schwester gründest du also eine Band, aber mit mir nicht?« Hani klingt zutiefst enttäuscht.

»Ja, als *Kind*, Hani.« Ich seufze, lehne mich zurück und beobachte die Band, die gerade einen neuen Song anfängt. Eine Frau mit üppigen Locken wirft ihnen im Vorbeigehen eine Münze zu.

»Hat es dir Spaß gemacht?«, fragt Hani.

»Joa, schon …« Ich halte inne und versuche mich an das Gefühl zu erinnern. Das ist schon so viele Jahre her. In der Zwischenzeit hat sich meine Begeisterung für die Gitarre, oder Musik im Allgemeinen, gelegt.

Mein Handy vibriert. Ich ziehe es aus der Tasche, lese Niks Nachricht und stöhne dabei automatisch auf. »Ich muss es ihr sagen«, seufze ich mit einem Blick zu Hani.

Ein zartes Lächeln erscheint auf Hanis Lippen. »Na, du hast es ja lange genug aufgeschoben. Einfacher wird es nicht – vielleicht sogar eher schwerer.«

Ich lege mich auf den Rasen und spüre den warmen Sonnenschein auf der Haut. Hani legt sich neben mich ins Gras. Auch ohne mich auf die Seite zu drehen, sehe ich, wie sich ihre langen schwarzen Haare um sie herum ausbreiten.

»Stell dir mal vor, du kannst Nik erzählen, dass du wieder Gitarre spielst …«, sagt Hani nach einer langen Pause. »Dann bist du besser als sie.«

Ich grinse. »Du lässt einfach nicht locker, was?«

Hani schiebt ihre Finger zwischen meine, sodass ich die Wärme ihrer Haut spüren kann. »Zumindest nicht, bis ich rausgefunden habe, wie schlecht du wirklich bist.«

Als ich nach Hause komme, ist Ammu gerade in der Küche und kocht Abendessen. Der Geruch von Hähnchencurry und Reis füllt das Haus.

»Ammu …«

Sie sieht auf und hebt die Augenbraue. »Da bist du ja. Warst du wieder mit Hani unterwegs?« Sie klingt nicht unbedingt sauer, aber es gibt da einen leichten Unterton in ihrer Stimme. Vermutlich wäre es ihr lieber, wenn ich lerne, statt so viel Zeit mit »einer Freundin« zu verbringen. Aber ich ignoriere diesen Unterton.

Ich atme tief durch und komme direkt zur Sache. »Ammu, du weißt, dass Nik in zwei Wochen heiratet, oder?«

Bei der Erwähnung von Nik zieht sie die Augenbrauen zusammen. Sie haben, glaube ich, schon seit Wochen nicht mehr miteinander geredet. »Ja«, antwortet sie, als wäre damit alles gesagt. Dann widmet sie sich wieder dem Essen auf dem Herd.

»Du gehst wirklich nicht zur Hochzeit?«, frage ich. »Sie ist deine Tochter … du wirst es später bereuen.«

Ammu rührt weiter das Hähnchencurry um, wobei ich mir nicht sicher bin, ob es überhaupt gerührt werden muss. Ich kaue mir auf der Lippe herum und überlege, wie ich weitermachen soll, als Ammu innehält und sich wieder zu mir dreht.

»Wenn ich hingehen könnte, würde ich«, sagt sie langsam. »Ich kann nicht immer tun, was ich will. Dein Abbu …« Sie schüttelt den Kopf. »Aber er hat ja auch recht. Wenn wir jetzt hingehen, wenn wir diese schwachsinnigen Entscheidungen von ihr unterstützen, denkt sie, das wäre so in Ordnung. Dann geht sie nie zurück an die Universität, um ihren Abschluss zu machen.«

»Sie wird sicher nicht zurückgehen, nur weil ihr sie dafür bestraft, dass sie ihren eigenen Weg findet«, sage ich. »Sie tut einfach nur … was sie glücklich macht.«

Ammu schüttelt den Kopf. »Wir können nicht immer tun, was uns glücklich macht. Die Welt würde aufhören zu funktionieren. Meinst du, wir sind in dieses Land gekommen, weil uns das glücklich gemacht hat?«

Ich seufze. »Das ist was anderes, Ammu … du weißt, dass das was anderes ist … und ich gehe hin.«

Ammu dreht sich zu mir um und funkelt mich an. »Nein, das tust du nicht.«

»Nik hat mir schon ein Ticket gekauft … und Hani. Wir gehen zusammen«, sage ich. »Wenn ihr nicht hingehen wollt … okay. Aber ich verpasse bestimmt nicht die Hochzeit meiner einzigen Schwester, Ammu. Das solltet ihr auch nicht von mir verlangen.«

Sie funkelt mich immer noch an. Ich lege mir im Kopf die Argumente zurecht. Hani und ich üben schon seit Wochen dafür – seit wir entschieden haben, dass ich Niks Hochzeit nicht verpassen darf, auch wenn meine Eltern alles in ihrer Macht Stehende tun, um sie aus der Familie zu verstoßen.

Aber dann sagt Ammu nur »Gut« und wendet sich wieder dem Curry zu. »Hast du schon gegessen? Oder isst du mit uns?«

»Ich … äh … hab was gegessen«, antworte ich, unsicher, ob ich sie richtig verstanden habe.

»Wann fliegst du?« Sie dreht sich dabei nicht zu mir um, als hätte sie Angst, dass jemand sieht, wie sie meine Entscheidungen gutheißt.

»Freitagabend.«

»Ich fahr dich zum Flughafen«, sagt sie. »Und ich kläre das mit deinem Abbu.«

Unwillkürlich verziehe ich die Lippen zu einem Lächeln, und Tränen brennen mir in den Augen. Das habe ich wohl von Hani – zu viele Gefühle. Eigentlich weine ich selten, aber seit Hani und ich uns angefreundet haben …

»Du kannst auch mitkommen, weißt du«, versuche ich es noch einmal. »Wenn du möchtest. Nik will dich dabeihaben. Sie will dich *wirklich* gerne dabeihaben.«

Ammu schüttelt bloß den Kopf. Ich bin mir nicht sicher, ob das von ihr selbst oder von Abbu kommt, aber ich weiß, ich werde sie nicht umstimmen können.

KAPITEL EINUNDFÜNFZIG

Ishu

Niks Haus leuchtet wie ein Weihnachtsbaum. Die kleine Wohnung liegt etwas außerhalb von London, und sowohl Fassade als auch Rückseite sind über und über mit Lichterketten behängt. Es ist fast ein bisschen schwierig, direkt hinzusehen.

»Was für ein hübsches Haus«, sagt Hani. Dabei kneift sie die Augen so sehr zusammen, dass ich mich frage, ob sie das Haus überhaupt noch sehen kann.

»Danke …« Nik seufzt. »Wir wollen bald aus London weg und in eine bezahlbarere Gegend ziehen. Wenn wir mit dem ganzen Hochzeitskram durch sind.«

Sie hilft uns, die Koffer reinzubringen, und betrachtet uns dann mit einem strahlenden Lächeln. »Ich freu mich so, dass ihr hier seid«, sagt sie schließlich. »Es ist echt schön … jemanden aus der Familie bei der Hochzeit dabeizuhaben. Rakesh hat eine richtig große Familie hier in London, und es ist einfach schön …«

»Schon gut, jetzt werd mal nicht sentimental.« Ich unterbreche sie und verdrehe die Augen. »Schlafen wir auf der Couch?«

»Man kann sie zu einem Bett ausziehen.« Nik eilt herüber und zeigt uns, wie daraus ein Doppelbett wird. »Seht ihr?«

»Cool.« Ich nicke. Viel mehr Platz, als ich auf den ersten Blick dachte.

»Ihr schlaft hier aber nicht beide. Nur Hani«, sagt Nik. »*Du* schläfst bei mir im Bett.«

»Was? Warum?« Stirnrunzelnd sehe ich Nik an. »Ich hätte nicht gedacht, dass ausgerechnet du dich deshalb komisch anstellst.«

Nik seufzt. »Ich stell mich nicht an. Ich will nur … Zeit mit meiner Schwester verbringen und quatschen, nachdem wir uns so lange nicht gesehen haben. Aber wenn –«

»Okay, okay.« Ich gebe nach. Hauptsächlich, weil ich weiß, dass Nik mich sonst immer weiter damit nervt, bis ich doch nachgebe. In den letzten Monaten hat sie so viel für mich getan, da kann ich ihr wenigstens den Gefallen tun, in ihrem Bett zu schlafen. Wie damals, als wir als Kinder nach Dublin gezogen sind und nur eine winzige Wohnung mit einem Schlafzimmer hatten.

»Ist es für dich okay, allein auf der Couch zu schlafen?«, fragt Nik Hani. *Sie* darf natürlich frei entscheiden.

»Na klar, kein Problem. Sieht sogar ziemlich bequem aus.« Hani lächelt von einem Ohr zum anderen, und ich muss mich mal wieder davon abhalten, die Augen zu verdrehen.

Ich mache es mir auf der Couch gemütlich, Hani setzt sich daneben, und ich lege den Arm um sie. Das ist mir mittlerweile in Fleisch und Blut übergegangen. Bevor das alles anfing, hatte ich keine Ahnung, was es bedeutet, in einer Beziehung zu sein, aber mittlerweile könnte ich ziemlich sicher einen Guide für *echtes* Dating schreiben.

Hani würde vermutlich nicht zustimmen, aber ich glaube, ich bin inzwischen so was wie eine Dating-Expertin.

»Und … wann ist dein Holud?«, frage ich Nik. In Indien war der Holud für mich immer das Beste an jeder Hochzeit. Sie waren immer lustig und gemütlich. Mit Familie, Essen und so viel Liebe. Und natürlich Musik und Tanzen.

»Es gibt keinen Holud.« Nik seufzt. »Hast du eben nicht zugehört? Du bist als einziges Familienmitglied dabei!«

»Aber deine Freundinnen und Freunde kommen doch.«

»Ja … ein paar. Ein halbes Dutzend. Es wird so eine kleine Hochzeit, da … macht ein Holud einfach keinen Sinn.«

»Du brauchst unbedingt einen Holud«, sagt Hani. »Holuds sollen doch klein sein. Mit der Familie und engen Freundinnen und Freunden … das wird Spaß machen. Wann sollst du denn sonst dein Mehndi bekommen?«

»Wir organisieren das!«, rufe ich, obwohl ich in meinem ganzen Leben noch keine Party organisiert habe. Irgendwann ist wohl immer das erste Mal. »Wir können es morgen machen. Lad einfach nur deine Leute ein, und Hani und ich übernehmen den Rest.«

Hani wirft mir einen zweifelnden Blick zu, als wäre sie nicht sicher, ob wir das schaffen, aber ich weiß, dass wir es garantiert hinkriegen. Also ignoriere ich den Blick.

»Seid ihr euch da wirklich sicher?«, fragt Nik und sieht uns mit zusammengekniffenen Augen an.

»Ja, wir sind uns sicher. Ich lass nicht zu, dass du ohne

Holud heiratest, Nik.« Vor allem, weil sie schon ohne Ammu und Abbu heiraten muss.

Schließlich lächelt Nik. »Danke, Ishu.«

*

Den ganzen folgenden Vormittag sind wir damit beschäftigt, den Holud vorzubereiten. Hani schmückt Niks Wohnzimmer mit Blumengirlanden. Nik und ich verschieben die Couch, um mit Decken und Kissen eine Sitzecke auf dem Boden einzurichten. Aus der Matratze und einem alten Laken bauen Hani und ich davor eine improvisierte Bühne auf. Die Wand hinter der Bühne dekorieren wir mit Blumen, Glitzer und Ballons.

Während Hani die Kurkumapaste und Henna für das Mehndi vorbereitet und eine Playlist erstellt, kochen Nik und ich zusammen einen großen Topf Biryani.

»Du solltest dich langsam umziehen«, sage ich zu Nik, als das Biryani fertig ist. »Die Gäste kommen bald … denk dran, etwas in Holud zu tragen.«

»Ihr müsst euch auch noch umziehen«, sagt Nik.

»Das machen wir schon. Aber du bist die Braut – du bist ein bisschen wichtiger.«

»Ja, okay.« Nik gibt nach und verschwindet im Schlafzimmer.

Hani geht zum Umziehen ins Bad, und ich packe ebenfalls meine Sachen aus: ein feines Lahenga in Gelb und Grün. Eigentlich sind Lahengas nicht so meins – aber auf einer Hochzeit kann man damit nichts falsch machen. Ich lege sogar ein paar grüne Churis an, die bei jeder Armbewegung klimpern.

Als Hani aus dem Bad kommt, denke ich sofort, dass mein Lahenga nicht mithalten kann. Sie trägt einen dunkelroten Kamiz, so lang und ausladend wie ein Ballkleid. Ein paar grüne Akzente sind auf dem Kleid verteilt. Eigentlich sollten die Farben nicht zusammenpassen, tun sie aber. Und Hanis bronzefarbene Haut sieht darin noch schöner aus als sonst – auch wenn das Make-up vielleicht ebenfalls ein bisschen was dazu beiträgt.

»Du siehst toll aus!«, rufe ich. Ich gehe auf sie zu und greife nach ihren Armen. An unseren Handgelenken klimpern die Churis. Das Geräusch ist mir noch nie so angenehm vorgekommen.

»Du auch«, sagt Hani.

Ich streiche ihr eine Locke aus der Stirn und lehne mich vor, bis unsere Lippen sich berühren. Hani drückt sich an mich, ich vergrabe die Hand in ihren Haaren und …

»Aua!«

Ich zucke zusammen.

»Dein Churi …«, sagt Hani.

Einer meiner Armreifen hat sich in ihren Haaren verfangen. Ich beuge mich vor und versuche ihn abzunehmen.

»Bengalische Klamotten sind irgendwie nicht zum Küssen gemacht, oder?« Ich seufze. Das ist nicht das erste Mal, dass wir mit Desi-Kleidung unangenehm aneinander hängen geblieben sind. Man könnte meinen, wir hätten mittlerweile dazugelernt, aber wir legen es wohl wirklich darauf an.

»Wie schafft Bollywood es, das so unkompliziert und romantisch aussehen zu lassen?«, fragt Hani und zupft an ihren Haaren.

»Wir sind wohl nicht gerade Deepika und Ranveer, was?« Ich seufze.

Zum Glück müssen wir nicht Deepika und Ranveer sein, um zusammen ein Foto vor der dekorierten Bühne zu machen. Auf dem Bild drücken wir uns etwas zu nah aneinander, und Hani gibt mir einen Kuss auf die Wange. Nach all den gestellten Fotos sind wir inzwischen ziemlich gut darin, kitschige Pärchenbilder zu machen.

Niks Gäste tauchen ab sieben Uhr auf. Hauptsächlich sind es Freundinnen und Freunde von der Uni, aber auch ein paar andere. Die Dekorationen entlocken ihnen Uhhs und Ahhs, und ich bin ziemlich stolz drauf, was wir zu dritt in ein paar Stunden auf die Beine gestellt haben.

Als Nik aus dem Schlafzimmer kommt, in einen hellgelben Salwar Kamiz gehüllt, der sie strahlen lässt, wird es plötzlich ganz still. Ihre Wangen nehmen ein schönes Rosa an, und sie beginnt, alle zu begrüßen, zu umarmen und sich für ihr Kommen zu bedanken.

»Okay, okay.« Als die Umarmungen kein Ende zu nehmen scheinen, schreite ich irgendwann ein. »Wir sollten dann mal anfangen. Komm, Nik. Rauf auf die Bühne.« Ich führe Nik zur Matratze. Irgendjemand dimmt das Licht, und ein märchenhafter Schein legt sich über den Raum. Hani schaltet die Musik ein, und aus den Lautsprechern ertönt ein Bollywood-Song: »Mehndi Laga Ke Rakhna«. Ich kann ein Grinsen nicht unterdrücken – Hani hätte kein besseres Lied finden können, um den Abend einzuleiten.

Erst ein paar Stunden später lande ich endlich wieder bei Hani. Sie steht an die Wand gelehnt in einer Ecke und sieht zu, wie die meisten der Gäste zu »Bole Chudiyan« tanzen.

»Hey«, sagt Hani und legt den Kopf auf meine Schulter, als ich ihr den Arm um die Hüfte schlinge.

»Schön, oder?«

»Ja. Nik sieht … glücklich aus.«

Ich beobachte, wie Nik mit ihren Freundinnen lacht. Sie sieht fröhlicher aus, als ich sie seit Langem gesehen habe. Ich wünschte bloß, Ammu und Abbu wären auch hier, um das zu sehen.

»Die letzten Monate waren ganz schön hart für sie«, sage ich leise. »Ich … ich wünschte, ich hätte Ammu und Abbu überzeugen können zu kommen.«

Hani hebt den Kopf und sieht mich mit zusammengezogenen Augenbrauen an. »Daran darfst du heute nicht denken«, sagt sie. »Oder eigentlich solange wir hier sind. Wir wollen deine Schwester und ihre Hochzeit feiern. Nicht darüber nachdenken, was alles schiefgelaufen ist.«

»Es ist nur –«

»Pssst.« Hani drückt mir einen Finger auf die Lippen. »Man bleibt so leicht an allem Negativen hängen. Aber *das hier.* Ist ein *guter* Tag. Den sollten wir auch genießen.«

»Du hast recht.« Ich nicke, weil es stimmt. Wir sollten diesen Tag genießen. Hani schiebt ihre Finger zwischen meine, und einmal mehr bin ich überrascht, wie gut wir zusammenpassen. Auf so viele Arten, mit denen ich nie gerechnet hätte, nicht in einer Million Jahren. »Ich bin froh, dass du hier bist und wir das alles zusammen erleben.«

»Das Gute und das Schlechte«, sagt Hani.

»Das Gute und das Schlechte«, stimme ich zu. Sie

drückt meine Hand, und ein elektrisches Knistern breitet sich in mir aus.

In ihren Armen, mit Bollywood-Musik um uns herum, fühlt sich alles seltsam richtig an. Als wären die schlechten Dinge gar nicht mehr so wichtig. Denn mit Hani an meiner Seite wird alles gut.

DANKSAGUNG

Die Liste der Leute, die dieses Buch möglich gemacht haben, ist schier unendlich. Ich danke jeder und jedem Einzelnen von euch.

Als Erstes möchte ich meinem tollen Agenten Uwe Stender danken, für die anhaltende Unterstützung und das Vertrauen in meine Arbeit. Ich hoffe, wir können noch viele weitere Bücher gemeinsam auf die Welt bringen.

Ich danke meiner Lektorin Lauren Knowles, die mich immer wieder gefordert hat, um das Buch so gut wie nur möglich zu machen, und die meine Vision von Anfang an verstanden hat. Dank dir kann ich Bücher schreiben, die ganz selbstverständlich bengalisch, muslimisch, queer und vieles mehr sind.

Vielen Dank allen bei Page Street, die dieses Buch zur besten Version seiner selbst gemacht haben. Ich danke Tamara Grasty, Franny Donington, Hayley Gundlach, Elliot Phillips, Aïcha Martine Thiam und Marissa Giambelluca, die dazu beigetragen haben, dieses Buch zu etwas Besonderem zu machen. Ich danke Meg Baskis und Julia Tyler für die wunderschöne innere und äußere Gestaltung. Ich danke Lizzy Mason und Lauren Cepero für den Aufwand, mit dem sie das Buch beworben haben.

Ein riesiges Dankeschön an Nabigal-Nayagam Haider Ali. Ein besseres Cover hätte ich mir nicht ausmalen können. Du hast die Figuren zum Leben erweckt.

Ich danke meinem Bengali-Squad, Tammi und Priyanka. Ihr wart immer für mich da, wenn ich jemanden zum Zuhören brauchte, und (vor allem) Fragen zu Bangladesch und Bengali hatte. Ohne euch beide gäbe es das Buch gar nicht.

Muita obrigada an Gabhi. Ich habe so viele Stunden damit verbracht, über das Buch zu jammern, übers Schreiben und Überarbeiten … und du hast mir immer zugehört. Ich habe wirklich unglaubliches Glück, mit dir befreundet zu sein.

Ich danke meinen Freundinnen Aleema und Faridah. Ihr habt mir beim Schreiben des ersten Entwurfs von Hani und Ishu die Hand gehalten, euch stundenlang meine Probleme mit Figuren und Plot angehört und euch nie beschwert. Ihr habt dazu beigetragen, das Buch zu dem zu machen, das es ist. Ohne euch beide wäre es ein schlechteres Buch geworden.

Ein großes Dankeschön an meine Mitdebütantin Anuradha. Du hast mir während meines Debüts in einer so schwierigen Zeit Licht und Kraft gespendet, dafür werde ich dir immer dankbar sein.

Vielen Dank allen meinen Freundinnen und Freunden, die mich über die Jahre so großartig unterstützt haben: Amanda, Gavin, Lia, Ramona, Alyssa, April, Kristine, Shaun, Timmy, Alechia, Maria, London. Ihr bedeutet mir wirklich viel.

Ich danke meinem Bruder und meiner Schwägerin Biyut Apu, die mich zwei Wochen lang bei sich zu Hause aufgenommen haben, während derer ich den Großteil dieses Buches geschrieben habe. Ganz besonders danke ich euch, dass ihr mich zu hervorragendem Biryani bei Dum

Biryani und Dishoom eingeladen habt. Ich will nicht sagen, dass alle Biryani-Szenen im Buch deshalb entstanden sind, aber ich sage auch nicht, dass es nicht so war.

Mein Debütroman ist in merkwürdigen Zeiten erschienen, und ich bin allen Leuten extrem dankbar, die mir diesen ungewohnten Prozess erleichtert haben. Erst einmal danke ich meinen sehr talentierten Freundinnen Fadwa und Vanshika. Ich bin sehr froh, euch beide zu kennen. Ein ganz großes Dankeschön auch an Saajid und Carmen für all eure Unterstützung. Die Arbeit mit euch war mir eine Freude.

Ich danke allen, die meinen ersten Roman supportet haben, die zu den Online-Events aufgetaucht sind, mir Nachrichten und E-Mails geschrieben haben, warum sie sich meiner Arbeit verbunden fühlen, die Tweets verfasst, Fanart gemalt oder Moodboards und Edits erstellt haben. Das alles hat mich bei der Stange gehalten und mich motiviert, dieses zweite Buch herauszubringen. Alle Namen kann ich nicht aufschreiben, die Liste würde kein Ende nehmen. Aber ein paar Leute waren mir eine so große Hilfe, dass es unfair wäre, sie hier nicht auch zu nennen. Ein großes Dankeschön an Fanna, Gargee, Mis, Lili, CW, nicht nur für die Unterstützung meiner Arbeit, sondern für euren gesamten Einsatz für vielfältige Bücher und Stimmen. Für die literarische Community ist es ein großes Glück, dass es euch alle gibt.

Zuletzt und am allermeisten danke ich dir, liebe*r Leser*in, dass du dem Buch eine Chance gegeben und es gelesen hast.

Achtung: Spoiler!

Hani & Ishu: Fake-Dating leicht gemacht enthält Elemente, die triggern können.

Diese sind:

Rassismus, Homophobie (insbesondere Biphobie und Lesbophobie), Islamophobie, toxische Freundschaft, Gaslighting und elterliche Vernachlässigung